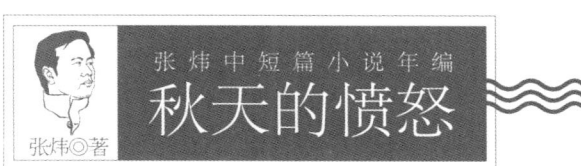

时代出版传媒股份有限公司
安徽文艺出版社

图书在版编目(CIP)数据

秋天的愤怒/张炜著.—合肥：安徽文艺出版社,2012.8
(张炜中短篇小说年编)
ISBN 978-7-5396-4339-7

Ⅰ.①秋…　Ⅱ.①张…　Ⅲ.①中篇小说－小说集－中国－当代
Ⅳ.①I247.5

中国版本图书馆CIP数据核字(2012)第161588号

| 总策划：朱寒冬　刘景琳 | 出版统筹：曾　冰 |
| 责任编辑：朱寒冬 | 封面设计：尚书堂 |

出版发行：时代出版传媒股份有限公司　www.press-mart.com
　　　　　安徽文艺出版社　www.awpub.com
地　　址：合肥市翡翠路1118号　邮政编码：230071
营 销 部：(0551)3533889
印　　制：安徽新华印刷股份有限公司　(0551)5859128

开本：880×1230　1/32　印张：11.875　字数：240千字
版次：2012年8月第1版　2012年8月第1次印刷
定价：43.80元(精装)

(如发现印装质量问题,影响阅读,请与出版社联系调换)

版权所有,侵权必究

目录

序

护秋之夜 / 1

秋天的思索 / 69

秋天的愤怒 / 146

你好！本林同志 / 274

附：中篇小说总目 / 375

序

我在近四十年的写作生涯中,除了长篇小说和散文之外,共写了十三部中篇小说和一百多部短篇小说。

这是我十分钟爱的文体。我把许多宝贵的时间花在这些篇章之中,可以说为之殚精竭虑。

现在的七部"中短篇小说年编",大致以写作时间为序编排。这成为一次盘点,一次回顾和总结:生命的痕迹、劳作的历史、艺术的变化、生活的记录……

时间匆匆而过,悉数消逝在渺茫无际的数字时代,好像离我们越来越远了。

不过,当重新展读这些篇章时,我却再度追上了漂流的时间,并且觉得一切都楚楚如新。

也许这就是文学的意义、写作的意义。

2012 年 1 月 12 日

护秋之夜

一

晚霞落进河道里,河水变红了。秋水很盛,涨满起来,反而在缓缓地流着。靠近堤岸的浅滩上,蒲苇和荻草在轻轻摆着。它们密得望不透,随着河道延伸开去,浓绿深远,似河水一般浩浩荡荡。暮雾渐渐升起,先是薄薄地挂在苇叶儿上,接着就凝聚起来,成丝成缕地缠绕在树梢上、悬起在河道上,变得厚重了,也变得美丽了。小鸟儿在商量着归巢,"喊喊喳喳"地叫着。乌鸦每到暮色降临时就感到不安,它们聚在一起,从这棵柳树飞到那棵柳树,在荻草上空一掠而过,像一片黑色的云烟。远处,密密的草丛里传来一声连一声嘶哑的啼叫,那是老野鸡在召唤迟归的儿女。风明显地变得凉爽了,也变得平和了。湿气掺和在风中,从河道的一边吹过来,徐徐飘过彼岸,去滋润堤外那一片茂盛的秋田了。

河边村子里,炊烟升起来,又慢慢融化到上空的雾气中。狗在树边懒散地走着,偶尔吠一声,鸡鹅在鼓噪。米饭的香味很浓。这是一种柔和、悠远的气味,不腻不烈,透着农家的恬然和淳朴,别有一种诱惑力。田里做活的老人、年轻人,甚至跑向村外的鸡鸭鹅狗,都会迎着这种气味走回来。晚餐,一家人坐在一起,每人取一碗饭吃起来,有时从饭桌上取点零食抛到身后——鸡狗们早在那儿期待着呢……的确有迟迟不归的男人和女人。他们恋着自己的土地,蹲到烟棵下、高粱丛里,不停地劳作,让汗水湿掉最后一片衣角。他们听得见庄稼拔节的声音,可是就常常听不见家里人催他们收工的呼唤。

年轻人不愿围在桌上吃饭,这一直是老年人感到苦恼的事情。从长远计,每一顿晚饭都是重要的,它关系到庄稼人的体魄、做活的耐力。一夜的消化充实,第二天的田里功夫就会做出个样子来。可是他们倚仗着年轻、倚仗着人生路途上这段骄傲的时光,全不把老年人的话放在心上。他们往往是随便从饭桌上取块干粮,一边吃就一边走出门去。肩膀上搭着衣服,嘴巴里哼着小调,这是吃饭的样子吗?东一家西一家地串着,每家里都有一两个年轻人在呼应。他们每到这傍晚时分就兴奋起来,不能安安稳稳地坐下来了。他们在商量着、集合着,到河边上去看护自己的秋田。他们出门去的时候常常带着猎枪、棍棒,甚至还牵着狗——护秋自然需要这些东西。可是老年人望着这群走进田野的背影,总是暗暗担心,怕演化出一些什么事情来……

二

种菜似乎比种庄稼好。

曲有振在河边上经营起一片大菜园,是惹人流过一阵口水的。

多好的一片园子啊,说是菜园,其实里边除了黄瓜、韭菜等各种蔬菜,还有葡萄、无花果等。好像好吃的东西他都感兴趣,遇到什么栽种什么,栽种什么就丰收什么。到了秋天,黄瓜还是嫩生生地挂在架子上,黄花儿,白刺儿,像一只只大海参。葡萄紫乌乌的,串穗儿真大,带着天生的一层白粉,在绿叶儿下闪闪露露的,有几分害羞的意味……各种蔬菜瓜果都长那么好,多少算一桩奇迹。这儿靠近芦青河,浇水方便,于是什么都长得水灵灵的。他和女儿大贞子整天在园里忙碌,很少有歇息的时候。

大贞子累了的时候就唱歌,唱她近来学会的唯一的一首歌:《年轻的朋友来相会》。

曲有振不喜欢任何年轻人到菜园里来。他们进了园子,吃了黄瓜还要吃葡萄,无花果的蕊儿没有红就被扯下来。大贞子只是唱歌:"年轻的朋友们,今天来相会……啊,亲爱的朋友们,美妙的春光属于谁?"年轻人吃着黄瓜笑,吐着葡萄皮儿笑,这个接唱道:"属于我——"那个接唱道:"属于你——"曲有振大声喊着:"大贞子!这个菜园属于我的,你给我滚!"大贞子嚷着:"地上不干净,滚脏了衣服……"

菜园当中搭起了一个草铺,晚上看园子用。每个夜晚,曲有振都在铺柱上点起一根艾草火绳,仰面躺在铺子上。他闻着艾草的香气,心里舒坦极了。狗拴在柱子上,只要园子里有一点动静,它就"汪汪"地叫起来。这条狗已经跟了曲有振好多年了,它有一个奇怪的名字,只一个字,叫"哈"!曲有振常常一动不动地躺着,跟黑影里的狗说上一阵话:"哈!你说,你今夜肚子疼吗?老是吵闹！""哈！你饿吗？你不会饿,你白天吃了半个饼子……""哈！没事就不用吵,躺下睡吧！"……

　　哈很少睡觉,曲有振也很少睡觉。秋夜是不安静的,高粱地边、黄烟垄里,都有人转悠。他们在看护自己的责任田。有的年轻人在午夜里向着草铺子唱歌,那分明是在打菜园的主意。曲有振心里说:"哼哼,口渴吗？芦青河里有的是水！就像馋猫盯着一块咸肉一样,从四下里爬过来……没有办法的。只要有我,有哈,你们就偷不走！"艾草火绳燃完了一根,他又换上一根新的。

　　有时候,远处燃起一团红红的火焰,那是几个年轻人在煮东西吃。嘴馋的东西！在田间转了大半夜,开始围在一起烧一顿夜餐了。有的从自己的地里掰来几穗玉米,有的挖来几把花生,有的添上几块地瓜……几样东西煮到一起,有一股特别的香味。这种香味被一阵风吹过来,倒也怪好闻的。曲有振总在这时候翻一翻身子,嘴里"哼呀"一阵子。他最近老觉得腿疼,有时睡一夜,早晨两腿反而沉沉的抬不动了。他知道河边水汽重,一夜一夜又得不到很好的休息,这腿怕是生出毛病来了。他很想吃一点热东西,可是他没有架小铁锅。

　　大贞子常常要求来园里守夜,都被曲有振拒绝了。可是她削了一根五尺来长的大木棍,对父亲说:"我来看园子时,就扛上它。我领着哈,不停地沿着园子四边儿巡逻。我才不像你,只躺在铺子里……"

　　曲有振看到这根木棍就皱眉头。

　　他还记得一年前的事情。那时候她主动揽下到海滩看野枣的活计,就是拿了这么一根大木棍的。她用它在海滩上扳着荆棵走路,外加防身。有人亲眼见她肩扛木棍,在大海滩上高视阔步,唱着《年轻的朋友来相会》,满海滩问着"美妙的春光属于谁?",那真是丢人的日子!游手好闲的队长三来每隔两天就要去检查一次,在树丛里跟着大贞子一颠一颠地走着,一边从地上捡着带虫眼的野枣吃。多少人说她的闲话,她就像没有听见。后来三来被选下来了,做不成队长了,他去海滩上拔猪草,她还帮他捆草捆儿呢!曲有振当时恨不能夺下木棍揍她一顿……

大贞子算是有看护东西的老经验了。她的木棍削得很光滑。

曲有振看着她的木棍喝道:"你又扛起木棍!姑娘家能扛这东西吗?"

大贞子说:"怎么就不能?去年我扛着它看野枣,一天挣一天半的工分呢!怎么就不能!……"

曲有振气得再不说话,叼着烟袋倚在铺柱上。他把那两条腿活动着,又用拳头捣了两下。这两条讨厌的腿。

哈围着大贞子愉快地蹦跳着,它伸出粉红色的舌头舔着大贞子的手,鼻子里发出"呼呼"的声音。

曲有振吸了一会儿烟,嗓音低低地说:"你用心在园里做活吧,看园子不是你做的营生——听见了吗?"

大贞子用木棍狠狠地敲了一下铺柱。她的过于肥胖的圆脸涨得通红,一双眼睛放着恼恨的光,嘴巴撅起,咕哝道:"让园子里的东西都丢光才好!……"

"丢不光的。"

"等着瞧吧!"

"丢不光的。"

曲有振重新装起一锅烟末,大口地吸了起来。他的目光落在四周那一片片的高粱田、地瓜田上。每天夜里,就是在那儿有人游荡,"喊喊喳喳"说话儿。他们都是年轻的小伙子们,有的是胆气,不一定什么时候就会做出一点事情,曲有振提防的就是他们!他们一群一群在河边上溜达,每人披件蓑衣,困了就地躺下,随便什么时候就回家去的。曲有振甚至怀疑这些精力过剩的家伙是成心要捉弄他的,也许并非真要护秋。

在他这样想着的时候,大贞子扛着木棍走开了。

曲有振看着这片田野,突然发现不远处的一块地瓜田里,有人不知什么时候搭好了一个矮矮的草铺……他心里暗暗吃了一惊:他们要在这河边上度过一个又一个夜晚了,他们成心要让我一夜一夜大睁着眼睛。他们年轻,他们的血液就像芦青河的流水一样,又急又涌。他们不知道疲倦是什么东西!……这个小草铺引得曲有振一次又一次伸长了脖子,仔细地端详着。他发现那铺柱儿虽然不粗,却是直挺挺地竖起,有力地托着一个麦草做的铺顶,就像故意跟他的大草铺子过不去似的……

白天做活的时候,他也常抬头望一眼对面那个新搭的草铺子。

铺子里面似乎总是空的,什么人也没有。这使曲有振觉得有些新奇。他想:草铺子又不是稻草人儿,还用得着扎好了,空空地放在那儿唬人吗?他想搭草铺子的人,或许是脑子有点毛病。

有一天,曲有振和大贞子正在园里做活,一个人无声无息地进了园子。曲有振抬头一看，不禁吃了一惊：村里有名的"老混混"来了！

老混混有四十来岁，穿了一件泛白的旧蓝布衣服，没系扣子，只是用一根草绳儿拦腰一捆，草绳上，插了把铁锈斑斑的韭菜刀子。他背着手走过来，腰微微弯下，闭起一只眼睛，用另一只眼睛用力地瞅着四周的黄瓜和西红柿。"哼、哼"——他嘴里老发出这样的声音。有时他走着走着就站下来，歪着脖子望一望空中，闭一闭眼睛，再往前走几步，一副莫名其妙的样子。他走到近前来，站定了端量着曲有振，大声说一句："好！"

"嘿嘿……"曲有振笑着，伸手去口袋里掏出烟锅，递过去。

老混混就像没有看见，只把手伸进衣怀的里层，掏出了一盒香烟。他吸着烟，眯着一只眼睛，又大声说一句："好！"

曲有振把烟杆儿咬进自己嘴里吸着。从老混混掏烟的样子可以看出，他贴近胸口那儿有一个口袋。"奇怪的东西！能在那儿反着缝个口袋！"他心里说道。这会儿他在猜测老混混的来意。

老混混吸着烟，转过头问："哈呢？"

曲有振用手指一指前面的草铺说："睡着呢，它看了一夜园子。"

"嗯。"老混混无声地笑了，"你行啊，整这么一片大菜园，养了一条卷毛儿大猎狗看家，一眨眼成了河边上的首户了！好！"

哈是一条普通的黄狗，哪里是什么"卷毛儿大猎狗"！曲有振从中听出了讽刺的意味，摇摇头："用汗珠子换点钱，发不了财的……"

老混混把烟蒂吐到地上说:"你的汗珠子值钱,我的就不值钱。我种那一片地瓜,下力气小吗?我的汗珠子就不值钱。"

曲有振没有吱声。老混混腰里插一把铁锈斑斑的韭菜刀子,虽然不一定能伤人,但也没谁敢招惹他。他拿队里的东西就跟拿自己的差不多,他哪里流过什么汗珠子!包产了,他图省心,种上一片地瓜,从来不耘不锄,如今茅草也有半尺高了。可是他没处拿东西了,虽然腰上还有那把韭菜刀子……曲有振搔搔头皮,说:"你……地瓜长得……还不错……"

老混混笑了:"哼哼……我要改路子,跟你学种菜了。那里——"他说着用手一指不远处那个草铺,"那就是我搭的,我要跟你学种菜了……"

曲有振吃了一惊。他这才明白过来:草铺搭在茅草丛生的地瓜田上呀!他连连摇手:"不敢不敢,你的功夫深哩,你自己去做吧,你一准发财哩……"

老混混递过去一根香烟:"怕个什么?我又不会进园子抢你!我在那边,你在这边,人多势大,夜间也有个帮手。你这园子好东西多,馋死了不偿命——你只知道护秋的人厉害,还不知道河对岸哩。我有个朋友叫三老黑,他说河那岸有群小伙子,几次想过来捣鼓东西哩……"

"哟……"曲有振吸了一口冷气,他问,"怎么……没见来呢?"

"亏了三老黑哩!"老混混竖起一根手指,"我告诉三老黑了,对岸过来一个贼,我就找你三老黑算账!再说——"老混混说着抽出腰里的韭菜刀子掂量着,"他们也怕这东西呀。"

曲有振的眼睛一直瞪得老大,这时懊丧地低下了头。

大贞子正在园子另一边绑葡萄藤蔓,这时转过来,看到了老混混,就大声叫着:"老混混呀!你什么时候过来的?"

老混混点点头:"刚来!刚来!……"

女儿敢于直呼老混混的外号,曲有振多少有点安慰。他嗫嚅着:"你该叫——叔……"

大贞子就像没有听到,只是说道:"这个老混混游手好闲,地瓜田的茅草半尺高了……"

老混混的脸色难看起来,把韭菜刀子"哧"一下插到腰上。

曲有振低头吸着烟,像在沉思着什么,这时突然严厉地板起面孔,指指草铺对大贞子说:"别在这儿乱打岔子,喂喂哈去!"

三

芦青河的流水声在夜晚显得很响,"呜噜噜,呜噜噜……",像一首低沉的歌。无数片庄稼叶子在秋风里"刷刷"抖着,却怎么也掩不住河水的声音。偶尔有鸟雀在空中尖着嗓子鸣叫,给河边的夜添上一种神秘的色彩。夜露总是很重,它润湿了庄稼叶子,又从叶尖滴落下来,发出一阵细微的、似有似无的"淅沥"声。

曲有振睡不着,耳边老是鸣响着各种声音。哈在铺柱下躺着,把长长的下巴贴放在两只爪子上,不一会儿就发出"呜呜"的声音。那是一种威胁的声音。曲有振每听到这种声音,就要坐起来,警觉地四下里望一望。园子里很静,似乎并没有什么。四周的旷野里,有人说笑着、走动着。也许哈就是在警告他们吧?

对面的夜色里透出一个红点儿,曲有振知道那是老混混在铺柱上挂起的一根艾草火绳。那个人要正式地在田野里过夜了……这是曲有振特别不高兴的。他觉得对面那个红点儿刺眼极了,每看一眼,就好长时间不舒服。

"啊——啦呀啦——"

有个小伙子在远处唱着。还有什么呼叫的声音听不清,朦朦胧胧的,淡远下去。一切都在告诉这里守夜的人很多。他们同时又可以做贼,这是曲有振再清楚不过的。他就记得自己年轻时候看青,怎样和一群人去偷瓜的。那些不眠的夜晚,他们一伙儿年轻人做下了怎样荒唐的、有趣的事啊,至今想起来都有些脸热,兴奋就像一股热流一样在脉管里涌动着。他熟悉野地里那些声音,他于是就加倍地变得警醒、勤苦,永远睁大那双眼睛。他甚至不相信机敏的哈,在它沉默的时候也坐起来倾听。

对面的草铺里,老混混一边咳嗽一边动手燃起一堆火,在上面烤一张绿色的烟叶。烟叶烤好之后,他又端上了一个小小的铁锅……一会儿铁锅就冒气了,他咳嗽着,嘴里喊:"老有振!老有振!"

曲有振一声不吭,把脸贴在铺席上。

老混混骂了一句什么,走了过来。

曲有振有力地打着鼾。老混混用手指捅捅他说:"装什么样子?走吧,吃煮地瓜去。"曲有振摇摇头:"不了,不了,我……看园子呀!"

老混混把眉头竖起来说:"怎么,瞧不起我怎么的?"

曲有振两腿搭到铺沿下,用脚在地上寻着鞋子,样子十分丧气。他站起来,走到铺柱那儿,说一句:"哈,好好看园子,我去去就来……"

他们围在小铁锅跟前坐了。老混混首先让他抽一口刚烤好的烟叶,然后又从锅里捞出一块小瓜纽儿让他吃。锅里撒过了盐,瓜纽儿有些咸。老混混吸着烟卷,看着曲有振笑了。他说:"怎么样老有振,我老混混和你做了邻居不孬吧?半夜里也能吃上东西。你看这里……"老混混伸手朝外面一扬说,"这半边儿地瓜我先掘了——管他娘的熟不熟呢,空出地来种上秋黄瓜、秋芸豆!你老有振就是师傅!我为什么搬来草铺哩?俗话说:'要想学得会,跟上师傅睡!'我跟你一样睡草铺子。你可得有心有意地带上我这个徒弟……"

曲有振一颗心"呼呼"地跳着。他胡乱地把瓜纽儿吞到肚里,呆呆地听着。他不明白老混混是什么意思。他只知道老混混像烧红的铁块,谁沾上就要掉层皮。

老混混接连吃了几个瓜纽儿,抹抹嘴巴说:"渴得慌,摘串葡萄吃去。"说着抬腿向着菜园走去。

哈在狂怒地吠着。曲有振知道老混混开始摘葡萄了。他的一颗心在疼。

一会儿老混混就回来了,他手里提着几串葡萄,一边用嘴巴去咬,一边说:"老有振真养了条好狗,不愧是卷毛儿大猎狗,一家伙扑过来!我说,你别咬了,是你家主人派我来的——它还不信……"

曲有振在心里骂着:"馋东西,哪个才派你去哩!"……

这个夜晚,曲有振觉得晦气极了。他回到草铺时天已经快要亮了,两腿疼得忍不住。眼睛又涩又胀,可是他不敢睡觉。他老想那几串葡萄。

天亮后大贞子来了。她问起老混混的事,曲有振不愿告诉,就说:"他睡他的,我睡我的,管他呢!"

大贞子说:"你睡,你睡得了吗?你一夜也没睡,你的眼睛通红,你说话嗓子也哑了。"

曲有振不说话了。

"还是我来看园子吧,领上邻居的小霜做伴儿……"

曲有振用手捶打着腿,气哼哼地说:"我就躺在这铺子里,气死那些打鬼主意的东西。我偏不离窝儿,他们就休想下得手——唉唉,庄稼人得点好处,四下里的手就要伸过来了……"

"你如果有根木棍,"大贞子打断了父亲的话,"你就用木棍敲他们的手!手伸到葡萄藤蔓里,一棍!手伸到西红柿架子上,一棍!哈哈哈哈……"她说着说着高兴得大笑起来。

"唉,野性啊,野性!"曲有振在心里叫着。他看着女儿那张胖得圆起来的大脸盘子,摇了摇头。他心里想:你能哩!你的大木棍子连老混混也敲得吗?

两个年轻人从不远处的小路上走过,大贞子看见了,大声喊着:"哎,进来玩啊!三喜!三来!……"

年轻人听见喊声就走了过来。他们进了园子,高兴得什么似的,一迭声地叫着大贞子,仿佛没有看见曲有振一样。

曲有振厌恶这些年轻人,就像厌恶老混混一样。他对其中一个留着分头的小伙子说:"三来,你以后少进这园子吧,我不欢迎——特别是你这个人!"

三来两手抄在衣兜里,左脚有节奏地拍打着地面,说:"我又不摘东西!再说,大贞子叫我呀……"

大贞子应声说:"是我叫的。"

"我高兴了连你也赶出去。"曲有振冲着女儿咕哝道。

三喜站在一边笑着说:"大伯千万别高兴啊。"

年轻人说说笑笑,逗着哈玩。三来将大贞子叫到一边说:"你来看园子多好,你爸也老了。人老了就熬不得夜,说出事就出事的——你愿信不信!"大贞子说:"他不同意的。我才爱看园了哩!我就愿在外边过夜,月亮底下多有意思!啧啧,他不同意……"

三来走到曲有振身边说:"大伯,你就不用来看园子了!"

"让你们把东西都偷光吗?"曲有振惊讶地说。

三来用手将分头抚弄一下,说:"我是讲,你把这个任务交给'新的一代'吧!"

"你他妈的真打了个好主意!"曲有振弯腰绑着西红柿架子,眼睛使劲地斜着三来,"你算个什么东西,还'新的一代'哩!你那会儿让大贞子去海滩看野枣,也是'新的一代'吗?……"

三来的脸立刻红了起来。那时候他当队长,大贞子一个人到大海滩上看野枣,他每隔两天就要去"检查"一次工作。有一次他蹲在大贞子身边说话,有一句"下了正道儿",被她一棍砸在了左拐肘上,至今似乎还在隐隐作痛呢!三来最怕有人提起这段事儿,这会儿就恨恨地说了一句:"那会儿我是队长,你还笑眯眯地递给我'大前门'呢!"

曲有振脖子上的青筋暴了起来,大声地骂起了大贞子……

年轻人互相挤着眼睛,走出了园子。大贞子迎着他们的背影唱道:"年轻的朋友们,今天来相会!"……

整个一天,曲有振都是闷闷不乐的。他心中焦虑的是对面那个小草铺子——里面的主人又不见了。他想这个老混混一准是白天出去胡溜达(听说他正和河西岸的几个朋友做一笔生意呢),晚上找他缠磨的。他也真想离开这个草铺子。可他又不放心。他担心那时候年轻人会一齐拥进园子里把东西吃光。他还担心其他的事情。

这个夜晚,老混混又躺在他的草铺里了。

曲有振一看到夜色里那个红点子,心里就哆嗦了一下。他害怕小草铺的主人再次邀请他去吃煮地瓜——那样又要搭上好几串葡萄的。"这个好吃懒做的东西!这个霸道的东西!这个嘴馋的东西……"曲有振一个劲地在心里骂着。他想事情也真是怪呀,就这么巧,偏偏让两块责任田离这么近!

老混混在他的小草铺里翻了个身,嘴里"哼哼呀呀"地叫着,好像十分舒坦。

哈吠了一声,曲有振伸手拍了一下它的头。他不想让它吵醒小草铺里的人,不想让那个人听到它的声音。

大约是半夜时分,小草铺里的人在嘶哑地喊叫了:"老有振!——你睡了吗?"

他当然不敢睡去的。不过他没有做声。

"你他妈的净装睡——我去捅起你来……"

曲有振一声不吭地等着他走过来。可半天了,还不见有人进园子。

住了一会儿,对面的小草铺子突然热闹起来,好像有三五个人围在那儿。小铁锅也架起来了,一会儿就冒出了白气。老混混向这边嚷着:"老有振,我们煮鳖吃了——我河西岸的朋友带着鳖来了,还有一瓶大曲酒。你死睡吧,你就没有这份口福!"

曲有振就像没有听见一样。

小草铺跟前,几个人忙忙碌碌地走动着,像在收集柴草。过了一会儿,他们真的喝起了酒,几个人在火光下轮换着将酒瓶对在嘴上。老混混不断嚷着:"好酒啊!好酒!……"

直闹腾了好长时间,那些人才离去。火熄灭了,黑影里又剩下了一个红色的点子。

曲有振走下铺子,牵上哈,沿着他的菜园走着。哈有些疲倦,一边走一边打着哈欠,一副蔫蔫的样子。曲有振小声骂着:"哼,你个不中用的东西!"虽然这样骂,他自己也感到实在需要睡一觉了。他的两腿直打磕绊。

葡萄的香气在夜间很浓,黄瓜的鲜味儿也闻得见。月亮爬上来,那颜色今夜好像有些红。好大的一个园子啊,园子里什么都长得十分旺盛。露水滴下来,打在另一片叶子上,溅到曲有振的手上。真是长瓜果菜蔬的好地方,夜间的露水抵得上一场小雨了!这片园子去年有一笔好收入,于是曲有振今年狠狠心,将它扩展了近一倍。他料定今年是实实在在发财的一年了……他对哈说："哈呀，你看园子有功。卖了菜蔬、果子，冬天也就快来了。冬天，你还记得冬天吗？下大雪，大雪把你的窝也蒙住了。我给你买肉骨头啃，你冬天里一准变肥！现在忍忍吧，现在是出大力的时候，你看我夜晚差不多都闭不上一两回眼睛，困呀，累呀，走了这步不想走那步。没有办法，要发财就得吃苦的。还得等冬天吧，冬天来了，让你啃肉骨头……"

哈突然不高兴地"呜"了一声。这使曲有振觉得很奇怪。他转回身子，一动不动地听了一会儿，听到了一阵脚步声。他刚要说话，那边的人在叫了：

"老有振哪！"

他身上哆嗦了一下。

老混混一歪一歪地走了过来，见了曲有振，一屁股坐在了一块木头上："嘿嘿，好酒！你没有口福，你不去。我那几个朋友全来了，他们是河西岸的。嘿，跟我一样，全是村里的一条汉子。哦呜，嘿嘿，好酒……"

老混混晃晃荡荡地站起来，差点儿栽倒。他扶住一根葡萄桩，顺手摘下一串葡萄吃起来。

曲有振看着这个醉汉，恨不能上前去夺下他手里的葡萄。可他只是默默地垂着两手，紧紧地扯着哈的铁链……这个乡间的混混，一个人住个小土屋，穷得屋子里光光的，炕上的席子也是半截的。有一次，他对进门探望的驻村干部说："我在睡'忆苦觉'啊！"村子里的一些地富成分，甚至是富裕中农成分的家庭，常常受到他的突然袭击。他们怕他,有时就偷着送一些酒肉,他也很快就吃光了。驻村干部常常夸他,说他是"阶级觉悟很高的人"……实行了责任制,再说村里也没有"地主"、"富农"了,老混混整天骂街。他说:"我饿不死,我还要'吃大户'!……"

曲有振看着他大把地往嘴里塞葡萄,立刻想起这是在"吃大户"!一点火星在眼里蹦跳着,可他终于忍住了。

老混混吃足了葡萄,又坐在了那块木头上。他喘息着,端量着曲有振说:"嘿嘿,老有振哪!你摆弄的葡萄真甜,是蜜!怪不得你能发财,你的手艺好啊!你猜我怎么也种菜了?怎么也学你搭起了草铺?我是想跟你联合承包责任田呢!嘿嘿,老有振啊,联合承包……"

老混混说着站起来,大笑着,摇摇晃晃走出了园子。

曲有振木木地站在那儿。他知道老混混刚刚借着酒力说出了真话!他心里的疑团一下子解开了,一双手不禁颤抖起来……他磕磕绊绊地摸索着回到草铺里,重重地跌在席子上,昏昏迷迷地睡了过去……

大贞子来到园子后,立刻发现父亲病了。她将他搀起来,发现他的腿也不灵便了。她把父亲背回了家里。医生给他看了病,说必须在家里好好静养,那腿需要针灸的……

这一来曲有振不能到菜园里过夜了!大贞子开始还为父亲的病流眼泪,后来被医生宽慰一下,又想到自己能到园里去过夜了,禁不住就笑了。

曲有振躺在老伴烧暖的炕上,看到了女儿圆圆的脸盘上那一

丝狡黠的笑容,有些恼怒地吆喝道:

"听着!不准招惹老混混!不能让那些年轻人进园子,要特别提防三来!……"

四

大贞子领着邻居家的小姑娘小霜,扛着五尺长的木棍进了夜间的菜园。哈迎着她们跳起来,表示了最热烈的欢迎。

这个夜晚,满天的繁星亮晶晶的,就像离开地面不很远的样子。天空真清明呀,没一丝云气。空气中,全是令人心醉的香味儿。高粱穗儿、黄烟叶儿、谷子、玉米……所有河边上的稼禾的气味混合在一起,被南风轻轻地播散过来,好闻极了。海浪的声音如今很淡远,它和海滩树林的呼鸣声一起,变得那么深沉厚重。芦青河"哗哗"流去,它的流动声就显得可以亲近了。它总是奏着河边人最熟悉、最喜欢的调子。蝈蝈儿无所顾忌地唱着,促织们小心翼翼地交谈。远处,那望不透的青纱帐后面,传来一声连一声的吆喝,那是夜里护秋的人们了。

大贞子爬上一棵高高的李子树,四下里望着。她大口地呼吸着,觉得舒服极了。她向着夜色茫茫的田野呼喊起来:

"呃——哎——"

哈在铺柱跟前跳跃着,仿佛也要跟着呼叫。小霜蜷曲在铺子上,高兴地笑着。

大贞子听着田野上的回声,又从夹肢窝里取出木棍,在手里转起了飞花儿。她转了一会儿,才从树上下来。

对面的小草铺刚才还是黑漆漆的,这会儿点起了艾草火绳,有了一个红色的点子。大贞子知道那是老混混,就走了过去。她离着老远就喊了起来:"老混混呀,你来了吗?"

老混混在他的铺子里活动着身子,黑影里看去像一头熊。他应着:"来了。"

"哈哈,你这铺子跟个狗窝一模一样……"大贞子在铺子前面站定了,手里拄着木棍。

老混混可能在放被子,这时拍拍手钻出来,眯起一只眼睛看着大贞子。他说:"你在园里过夜吗?"

"不错。"

"咝——"老混混吸了一口冷气,"了不得!了不得!"

"怎么呢?"

"咝——"老混混用手指指河西岸,"那边有些年轻人,老想摸索过来,弄田里的东西,捎带着也……咝——"

大贞子笑了:"我用棍揍他们!"

"咝——我河西岸有个朋友,也在岸边上搭个铺子看秋。你看,"他说着用手点划着,"那个红点儿,看见了吧?"

大贞子望着,摇摇头。

"就是那里!他叫三老黑,那一身硬功跟少林寺差不多。有一回他惹翻了那群小子,差点儿败在他们手里,费了好大的事儿才让他们归顺——如今算听话了。"老混混说着划火点着了地上一堆麦秸,动手烤一张圆圆的烟叶儿。

"他们听三老黑的,你跟三老黑讲好,他们不就不来了吗?"

老混混卷好一支烟吸着,两臂抱起来说:"咱说不成,人都是见了东西眼红的——你想他们见了好东西,那眼珠儿都是红的,我管得了他们吗?不成不成……"

"我放哈咬他们!"

"哈?抵不得一枪。"

大贞子将手里的木棍舞弄起来,说:"兵来将挡,怕个什么?不怕那些鬼东西!"

老混混把烟从鼻孔里喷出来,鄙夷地看着她说:"你是'将'啊?"

大贞子跺跺脚:"我是穆桂英!"

老混混笑弯了腰,韭菜刀子从捆腰的草绳上掉了下来。大贞子伸手捡起刀子,看着说:"这把破刀子好做什么用?……"老混混听了,一把将刀子夺到手里,严厉地说:

"不准动我的刀子!"

大贞子觉得很有意思。她又玩了一会儿,就牵上哈回菜园去了。

夜里很冷。大贞子和小霜围着被子坐在铺子上。她明白了父亲为什么把腿整坏了。这儿的湿气重,风吹过来,不软不硬,可是就能凉到人的骨头。在河边护秋真不是老头子做的事情啊!她这时候后悔没能更早一点把父亲换回家去。可是她心里也知道这不怨自己的,怨人信不过她……大贞子想到这里笑了,抱着小霜仰躺下来。

夜深了,各种声音都好像在远处慢慢地消逝着。大贞子觉得在田野里过夜,唯一的缺点就是太孤寂——那些出来护秋的青年们不知转到哪里去了。她想大家全到一块儿过夜多有趣呀。她就抵挡不住孤寂!

一只大雁在高空里叫了一声。无边的黑暗包围着这声长鸣,把它融化在一片墨色里,显得可怕极了。长鸣之后,一切又都显得愈加沉寂了,仿佛海浪和河水的声音一下子都退却到非常遥远的地方……眉豆架儿底下有什么小虫虫在爬着,发出"刷啦刷啦"的响声。西红柿棵棵下好像有一只小草獾在吃果子,发出"咯吱咯吱"的声音……"喂喂,哈,你喊一喊!"大贞子把手伸到狗的脊背上,抚摸了一下。

哈不知什么时候睡过去了,这会儿猛然惊醒,在黑影里看着她。

"你喊一喊——"大贞子对着它的脸说。

哈坐下来,头颅高高昂起,警觉地望着前方。

大贞子顺着它的目光看去,立刻望到了一堆红红的火焰。那是燃在小草铺前面的,老混混在火光下忙碌着。他的小铁锅架起来了,锅沿上正冒出白白的热气。他往锅里扔着地瓜,有一次烫了手,放在嘴巴里吮着……大贞子看着他,心里不明白他为什么一个人睡在野外的草铺里。她不明白这一片长满蒿草的地瓜田有什么好看护的。听说他正试着种秋菜,可秋菜也不到看护的时候啊!不过她又想起了他的那间小土屋、土炕上的半截席子,立刻觉得这小草铺子对他也没有什么不舒坦。

不一会儿老混混就开始吃红薯了。吃过之后,他就倒在铺子里,用手抚摸着肚皮,嘴里"哼哼呀呀"地唱着什么。月亮刚刚要升起,大地上还是昏沉沉的。一阵懒散散的声音在南风里送向远处,听来有几分凄凉的意味:"……说起我老混混,也是条啊……好呀么好汉子儿!住着小土屋,铺着破席子儿,好酒好肉过一年,断不了吃零嘴儿……"

大贞子听着这断断续续的歌唱,想着他过去的模样儿。

……这真是河边上一个特殊的人物!他从来不在队里做什么重活儿,整天喝得脸色通红。韭菜刀子插在腰上,连村干部也怕他三分。他经常拍着腰里的刀子说:"我老混混什么都怕,就是不怕死!有什么事,好说好商量,跟咱来硬的不行!"……"商量"的结果,往往是眼瞅着让他拿走一些东西。有一次他把队里的一根柳木扛走卖了,村干部要罚他,他说:"我就是光棍一条,你看着办吧!压制贫农就是压制革命——这可不是我说的!走着瞧哪,让你断子绝孙,草垛起火!……"结果村干部只得不了了之。三来做队长时,常常和他一块儿喝酒,被选下来之后,老混混立刻逼他还五百块钱。三来有口难辩,至今欠着他……

"说起那个人是帅模样,说起那个家来是穷得精光。有心出门去办个嫚,只可惜屋里不存二斗粮……"

老混混又唱了起来。这个调子古里古怪的,大贞子听了觉得十分可笑。她禁不住喊了一声:

"老混混!……"

老混混立刻不唱了。停了一会儿,那个小红点子颤了颤,大概是他在用火绳点烟。他吸了一会儿烟,又断断续续地唱起来:

"……十七的夜晚好晴的天,胖乎乎的大妞住对面……一个腰里插刀子,一个大棍扛在肩……"

老混混唱着,词儿都是他胡乱随口编排的。唱到最末两句,他自己也觉得巧妙起来,于是就放声大笑了……

五

第二天,大贞子遇到三喜和三来,立刻问他们为什么不来护秋。三来说:"我的田里和老混混一样,是种了地瓜的,护不护都不要紧——不过我以后每夜都来的。"三喜说:"我不知道你在园子里呀,我以为还是有振叔呀,就没有进园子……"

他们都向大贞子保证:以后每夜都出来护秋。

大贞子高兴极了,说:"哎呀,昨夜里把我孤独的!小霜只知道趴在铺上睡觉,跟没有她一样。一晚上只听老混混瞎唱了……"

他们走后,大贞子回家看了看父亲。他的病好些了,不过医生说还必须在家养一养。他问起了园里的事,大贞子说:"你放心在家里吧!那边挺好的——哈也好,小霜也听话,老混混再不敢进园子。"对最末一句话,曲有振感到特别欣慰。他想,世上事,一物降一物,老混混就是怕大贞子!他想只要大贞子在,老混混也许就不敢去园里骚扰,不敢提联合承包的事……想到这里他安然地闭上眼睛,说:"你就在园子里吧,我的病好透了再去替换你。不过还是要记准那两件事——第一不要招惹老混混,第二提防三来!"……

大贞子笑着离开父亲,笑着回到了菜园里。她这次特意从家里拎来一个小铁锅,一到园里就架好了。她想夜晚烧起它来,做什么不行！这都是老混混的经验——什么人都有经验！

也许就因为小铁锅的缘故,这天她老盼着夜晚早早来临。

黄昏时分,她在小铁锅里煮了几个土豆,作为晚饭。吃过饭,天就黑了。小霜来得晚,所以没吃上土豆。哈很感兴趣地望着火苗怎样舔着锅边,有时还要伸出爪子去抚摸一下——每一次都哭丧着脸叫一声。大贞子十分喜欢哈,她坐在铺子上,总是将身子探出铺沿一截儿,用手将它拢到近前来,跟它说话。她问父亲在的时候打过它几次？它亲眼看见多少贼来园里偷过东西？半夜里冻不冻脚？……哈将头昂起来,认真地听着,但最终还是因为不能听懂而焦躁地活动一下前爪。它的眼睫毛一动一动,看着大贞子,一副老练的样子。大贞子用手指按一按它的鼻子,说:"你是狗,但不是一条'走狗'……"说着,就绞拧着手掌大笑起来……

住了一会儿,三来先一步来到了。

大贞子首先闻到的是一股香味,转过身子,见三来坐在那儿,脸上好像搽了一层白粉……大贞子生气地说:"你又搽粉了？"

"没有的事！"三来红着脸摇头,使长长的分发一甩一甩的,"我天生这味儿……"

这味儿马上使大贞子想起了在海滩上看野枣那会儿的事。那时候三来就是搽了粉的,一次又一次地往海边跑。海滩上的芭草都是一人多高的,他就跟在大贞子身后钻着茅草棵,嘴里咕咕哝哝说着巧话儿。后来民主选举,他的队长职务被选下来了——大贞子想,这与他搽粉多少也有些关系的。主持选举的驻村干部就说:人民不相信一个"油头粉面"的人能做好队长……大贞子这会儿坐在铺子上,厌恶地撇撇嘴巴。

三来见小霜睡了,就给她盖了被子。他坐在那儿,逗一会儿哈,然后又去拨弄铁锅底下的火。他揭开锅盖看了看,见是清清的白水,立刻站起来说:"我去我田里扒几块地瓜……"

大贞子一直低头看脚边的泥土,三来走时她头也没抬。她脸前仿佛还飘着那股香味儿,于是一直撇着嘴巴。天色渐渐浓了,眉豆架儿、葡萄树、西红柿棵棵、远远近近的庄稼,都变成一丛丛、一簇簇、一团团的黑影了。有的地方簇生着一些缠得很密的藤蔓,在夜色里看去好像一座座小山……大贞子想起了什么,她抬头看看对面那个小草铺,发现只是一个黑色的轮廓,里面仍旧死一样地沉寂……

哈突然抬起头来,先是"呜呜"了几声,接着就摇起尾巴来——三喜扛着猎枪走了过来。

"三喜!"大贞子兴奋地叫着,"我看看你的枪——你晚上还扛着枪吗?"

三喜"嘿嘿"地笑着,摘下枪来说:"我爸不让带的。他的东西谁也不让碰一碰。我偷着扛出来了……"

大贞子欣喜地抚摸着,又端起来瞄着准,说:"放一下吧,打对面那个小草铺,老混混在里面,他就好比一只兔子……哈哈!"她笑得枪杆都托不住了,掉在了泥土上。

三喜小心地把枪背在了肩上。

大贞子说:"你爸二老回这个人,挺坏!"

三喜惊讶地瞪着她:"为什么?!"

"不让咱使枪!"

"这个……"三喜抿抿嘴角,"不能说老一辈坏的,里面有个'道德'……"

大贞子撇撇嘴:"怕什么?我有时高兴了,就说我爸坏的!他也不恼,只是用烟锅敲我的头,轻轻地敲……"

三喜笑了。他和大贞子在地垄里来回走着、看着,挑拣了一串葡萄、几个西红柿吃起来。他说:"你爸见了,非心疼不可!"大贞子高兴地说:"吃吧吃吧,我才不心疼哩——去年我和爸去龙口镇上卖菜,一大卷一大卷钱往回拿,里面有五元的,还有十元的,都是新票子,一扳'哗哗'响……"

三来在架子外边喊了:"看见了!"

三喜小声对大贞子说:"他看见什么?"

大贞子摇摇头。

三来又喊:"看见了!"

他坐在铁锅跟前,一边低头捣鼓着火,一边喊着。三喜和大贞子出来,一齐叫着"三来"。三来故意不声不响地捅捅火炭,又揭开锅盖看一看,点了点头。

"哈哈……"大贞子笑了。

三来拂一下分头,朝三喜挤挤眼,小声说:"两个人钻到架子后面,嘻嘻,嘻嘻……"

三喜拧了他一下。

锅烧开了,水"咕咕"地响。大贞子这时候看到了对面的小草铺上亮起了一个红色的点子。

地瓜煮熟了。大家刚刚围到小铁锅跟前,老混混就来了。他一来就用粗粗的嗓门说:"吃东西也不叫我一声,独吞吗?我有东西都是叫老有振一块儿吃的……"他说着在锅边蹲下来。

大贞子回身把哈也牵过来,说:"狗,你也跟着吃吧!"

三喜笑了。三来也笑了。

老混混正剥着瓜皮,这会儿盯着三来说:"三来!你他妈的跟着笑什么?嗯?"

三来赶紧收敛了笑容。他说:"混混叔,你也来地里过夜啊?"

"我问你笑什么!"老混混用愤愤的目光盯着他。

三来嗫嚅着:"我笑……小霜吃地瓜,手指都吃进去了。"

大贞子说:"老混混,就笑你,怎么着?!"

老混混最后盯一眼三来,才把瓜纽儿推进嘴巴里去。他连吃了几块,又从锅里舀一点水喝。最后他站起来,拍打着油光光的肚皮,蹒跚地挪动步子,到了无花果树下。他揪下一个果子。

大贞子回身去拿木棍,可是已经晚了。她说:"不熟的果子也摘呀?"

老混混挤开果皮,用舌头舔一舔流出的白汁,长叹一声说:"像酒一样……"

"以后进了园子,老实点!"大贞子对着他的耳朵喊道。

老混混咂着嘴,又咕哝一句:"像酒一样……"

大贞子气得把棍子扔到一边,说:"真是个老混混……"

老混混吃了无花果,卷一支喇叭烟吸着,大口地吐着烟雾。他转头寻找着三来,拉着长声说:"三来呀,五百块钱什么时辰能还我呀?"

三来没有做声。

大贞子插话说:"诈人!"

老混混又说:"分了责任田,收成又不好,我老混混连酒钱都没有了……唉唉,鬼年头,压制贫农……"

三喜笑着说:"你算'赤贫'了!"

老混混顺着他刚才的话茬说下去:"鬼年头啊,肯定是路线歪了!你们看——"他说着使劲将手一挥,"过去地主也不过就有这么一片大菜园吧!"

大贞子蹦到他的对面:"你这是什么意思?"

"这意思!"老混混气昂昂地站起来,右手按在韭菜刀子上,说,"我老混混饿死,也不走这条剥削的路!我今年四五十岁了,可还是记住当年那句话:'人老心红'!"……他的脖子硬挺着,望着北方那几颗灿灿的星星,停了好一会儿才坐下。他把身子斜一斜,倚在了一个石桩上。

三喜笑了起来。

老混混眯着眼睛,拉着懒洋洋的调子说:"唉唉,我这个人哪,谁也不服。我就佩服老忽一个人……"

三来在黑影里小声对大贞子说:"老忽,是解放前村里的无赖,常常跟人拼命……"

"我佩服老忽……那一年南村大地主家的人打了他,他说:不出三天放火烧你麦田!吓得地主摆下筵席请他。再到后来,他看好了谁家什么,说一声就可以拿走的……嘿嘿,老忽可算条汉子,我就佩服老忽！……"

老混混说着,用手抚摸着韭菜刀子。

三喜说:"你不佩服好人!"

老混混站起来:"'贫农'还不是好人吗?"

大家笑了起来。哈以为出了什么事情,吃惊地望着每一个人的脸。小霜也笑了……

老混混离开园子,回他的小草铺去了。

几个人围着小铁锅。三来捅着下面快要熄灭的木炭。谁也不吱声,停了一会儿,三喜突然说:"我在邻村有个朋友,叫老得……"三来插话说:"就是看葡萄园的那个老得吗?"

三喜把枪放到腿上,点点头,又摇摇头:"他现在改行去海上拉大网了……他有杆双筒猎枪,比我这个可好多了。他还会做诗,是个诗人,什么诗都做得哩……"

大贞子觉得有趣,自语道:"做诗!……"

三喜望着一天星星说:"他看太阳出来了,就写:'太阳升起来了';看到天黑下去了,就写:'天墨墨黑',好懂的。他写多了,就用一个纸口袋捎到城里,城里看了,再捎回来……如果相中了,就用机器印出来。"

"相中了吗?"三来几乎和大贞子一同问道。

"没有……"三喜低下头说。

三来往炭里扔了几块干木,火焰又慢慢燃起来了。三喜从衣兜里掏出几块糖果,每人一块吮着。他说:"老得真有意思!他把那些坏事、坏人,比如老混混这样的,都叫成一个东西。"

"什么东西?"大贞子问。

三喜摇摇头:"猜猜吧。"

大贞子和三来都不做声。三喜停了一会儿,见他们猜不出,就站起来,用食指往脚下的泥土断然一指,说:"'黑暗的东西'!"……

六

每天晚上,三喜从大贞子的园里出来,总要沿着芦青河堤向前走去。他家的责任田也在河边上。

这是一片片肥沃的土地。庄稼长得好极了,比去年好——明年还能更好吗?庄稼人总会说,是的,一年好似一年。快收获了,谷穗儿变得很低,玉米秸上的每个棒子都显得十分沉重。高粱穗差不多红透了,月亮下看得很清楚。三喜家的田里有谷子,有玉米,有高粱,还有几垄儿黄烟。

土地承包到个人手中,土地就变得美丽了。人们用力地耪土,土像梳过的头发,乌油油。你耪两遍,他耪三遍,耪四遍的也有。竞争的结果,就写在庄稼上。快收获的时候,欲望涨满起来。真正的庄稼汉将遗憾悄悄地咽进肚子里,把希望坚定地留给下一年;也有的把手伸长一些,伸到了邻人的地垄里。这些全不稀奇。

三喜从河堤上下来,惊跑了藏在草中过夜的兔子。河边野椿树上的鸟儿也飞起来,用力地扑打着翅膀,发出两声鸣叫……堤下,有几盏游动的灯火,那是护秋的人提着马灯穿行在田埂上。每堆火焰旁边都坐着一个人,在那儿低头烧东西吃。夜露很重,守夜的人愿意跟前有一堆火。三喜走到每个有光亮的地方,都和人们愉快地打着招呼。他们总问:"前边有动静吗?"三喜总是告诉他们:"平安无事!"……在一片很宽的高粱地边上,燃着一大堆柴火,一帮子人围坐在火边上,吃着喝着,高声地谈笑。三喜走过去,他们立刻发出邀请,递过来一条烧熟的野兔子腿。三喜借着火光辨认着他们的脸,认出全是本村的或邻村的人,几乎全是年轻的小伙子,其中也有两三个姑娘、老头子。他们几个人拿过三喜的枪看着,嘴里"啧啧"称赞着。有的说:"二老回这杆枪真有分量,打东西顶事的!"有的说:"射得远,抵得上快枪——那一年我和二老回进河头打兔子,离开八竿子远的跑兔也能撂倒!"

　　三喜看着他们的猎获品:鱼、兔子、鸟……全都在火上烤熟了,撒了盐,每人分一点吃着。老年人胸前摆个酒瓶儿,不时仰仰脖儿灌一口。他们招呼:"三喜,来,呷一口!"三喜接过来喝了,呛得咳嗽起来,大家笑着。他们问:"三喜,你们北边的地片规矩?"三喜告诉:"转了几天了,也没发现丢东西……不过,"三喜顿一顿,说,"不过听说河西有人要过来捣鼓东西……"

　　大家沉默了。

　　解放前发生过河西人过河抢庄稼的事件。那是一次残酷的洗劫:掰走了成熟的玉米,踩烂了一地秸子;谷子没了穗儿,高粱倒在地上。河东的庄稼人拿着土枪、小火炮、三节鞭赶到河岸,河上的小木桥已经被拆塌了。这给河东的人留下了痛苦的记忆。虽然多少年过去了,当年的小伙子已经步履艰难了,他们还不忘对自己的娃娃叙说着那次劫难……

　　人们面对火焰沉默着。有人问三喜:"谁说的呢?"

"老混混告诉大贞子的。"

一个年轻人嚷着:"老混混的话,不作数的!"

一个老年人捋着胡须说:"防着点好啊!庄稼包种到各家各户里,歹人要钻空子……"

有人又说:"听说了吗?北面龙口林场那儿丢木头了,报了公安局……"

大家都惊讶地看着说话的人。

火焰往上蹿着,柴草在火里"噼啪"响着。火星儿跃上很高很高的天空,才慢慢消失了。月亮穿行在云朵里,大地忽明忽暗的。云缝里的星星很稀疏,一颗、两颗……有人往火边上凑一凑,把蓑衣卷在身上,躺了下来。更多的人半坐半跪地卧在那儿,不出声地端量着旁边的人。

有个叫"毛猴王友"的小伙子打破了沉寂,问了句:"大贞子来看菜园了,真的吗?"

三喜点点头。

"还扛着一根大木棍!"另有人说。

"毛猴王友"打趣道:"三来又要去'检查工作'了!"

很多人一齐笑起来。大家对三来似乎很感兴趣,都七言八语地接上说三来了。有的说三来去海滩上"检查工作"怎样被大贞子打了一棍;有的说老混混在他当队长那会儿,怎样和他一块儿去喝酒……说起老混混,不少人又记起了他腰上的那把韭菜刀子,又都笑了一场。

气氛开始活跃起来。三喜告诉说:"老混混也来护秋了,还在责任田里搭了个草铺子呢!"

一个老头儿说:"他护秋!他是看别人热腾腾闹生活,心里闷得慌,出来散散心!再说,铺子搭在田里,秋天里抓挠东西也方便……"

三喜拍拍手,连连说"对"。他从心里佩服老年人的眼力——年轻人总想不明白的事,有时老人的一句话就点明了。三喜问他:"你知道三老黑这个人吗?"

老人从火堆里取个火炭点上烟锅,吸一口说:"怎么不知道?河西岸有名的一条'恶狗',正事儿不干,仗着会点拳脚功夫,横行霸道的。他和老混混合得来。真是什么人找什么人!……"

这时候一只什么鸟儿从人们头上跳跃,一头钻进了火堆里。大家都惊奇地拍着手掌,呼叫着。那个一直蜷曲在火堆边睡着的人突然被惊醒了,揉揉眼睛说,他听见了河里鱼跳。他起身到河里摸鱼去了。另有几个小伙子也跟上他走了……

月亮偏到一边。三喜背上枪,往回转去了。

高秆作物将田埂罩得黑漆漆的,人走进去,像迈进了一条狭长的巷子。四周都见不着光亮,只能听到夜间田野里那千奇百怪的声音。每一次碰到庄稼棵,都有露珠洒上一身。三喜走在田埂上,心想,如果有人在田里偷东西,真是容易啊!这么大一片片庄稼,他藏在地中,你哪里找去呀?

在自己的田边上,他细细地围着看了一会儿,又蹲下倾听着。没有什么可疑的声音。但他刚要离去,却在脚边发现了几片剥落的玉米叶子!原来有十几个棒子都被谁掰走了,仔细瞅瞅,玉米田里间作的豆棵也被拔走了不少……三喜心里吃了一惊。

身后传过来一阵奇怪的调子,那是老混混在他的小草铺里唱着。三喜想到了什么,迎着他铺柱上那个红点儿走过去。

老混混的小铁锅里果然煮着玉米和豆角,三喜一来就看到了。可是他觉得田里丢失的远远不止这点儿。他问:"你从哪儿弄的东西煮?"

老混混头也不抬地搅着锅子,说:"从你田里,怎么,想不'义气'吗?"

"你搞了多少?"

"锅里这些。"

三喜趴下身子看着铺子下面,黑漆漆的什么也看不到。老混混从后拍他一掌说:"不信服你大叔吗?"

"大叔"两个字使三喜恶心起来。他说:"哪个龟儿子才跟你喊'大叔'哩!"

老混混撇撇嘴巴一笑:"三来就喊。听见没有?"

三喜气愤地说:"我不是三来!"

老混混这时从沸水里夹出一穗玉米,吹一吹递给三喜,三喜拒绝后,他一个人啃起来。每啃完一穗,他就把核儿投到很远的地方……他吃着,一边咕哝说:"看看吧!都成了什么样子!前天我在街口碾屋那儿看见地主老奎的孙子小福海,小福海就敢用眼角斜着瞅我!看看吧,都成了什么样子!……"

三喜笑了。

老混混又说:"那年上我响应号召,到田里拔苦苦菜做'忆苦饭'，离瓜田老远，小福海就喊我去吃瓜，笑眯眯的。他亲手给我挑大西瓜——第一个打开是生的，他要扔，我说：'慢，先吃个"忆苦瓜"吧！'……"

三喜再也忍不住，"哈哈"大笑起来。

老混混却严肃地说："笑！看看吧，就是同一个人，如今也敢斜着眼看我了……唉唉！"他长长地叹息着，站起来，呆呆地遥望着西北方那一片星空。望着望着，他突然用细细的嗓门唱起来："……想哪北斗，想亲人，想哪亲人……"

他的调子里有一股悲凄的意味。三喜望着这个驼背弓腰、衣服用草绳捆起来的人，心中不知怎么泛起一股酸酸的滋味……

哈在不远处叫着。大贞子在说什么。三来发出一阵笑声……三喜迎着菜园子喊着："哈！哈！——"

哈欢快地回应他："汪！汪汪！……"

老混混催促着三喜说："还不快去！她锅里煮了好东西，全让三来这条馋虫吃了。"

三喜又喊："大贞子！三来！——"一边往菜园大步走去。

老混混以为是他的催促起了作用，高兴地大笑起来……

七

曲有振的腿好了一些。这一天，他到了菜园里，和大贞子一起摘下黄瓜、西红柿、豆角，割下一整畦的韭菜，卖给了镇上的菜店……拉菜的车走了，他盯着地上两道辙印，声音沉沉地对女儿说："也许，就卖这一茬儿好菜吧！"

大贞子有些吃惊:"怎么咧?政策变了吗?"

"政策倒是没变,有人——老混混,要和我们联合承包哩!"

"想他的好事儿!"大贞子舞起手里的大木棍把眼前的一棵马尾草打折了。她向着对面的小草铺子喊:"老混混,你死了吧——"

可惜小草铺子里是空空的。

曲有振心事重重地说:"这两天,他进家找我商量哩!我说,我再想想……"

大贞子生气地说:"你还'再想想'!你天生就是受欺负的人!这还用想吗?和猪联合也不和他联合——老混混,死了吧!"

"惹不起他哩!逼到数儿上,他会连命都不要的。再说他河西又有一帮人……"曲有振蹲在了地上,燃着了烟锅。

大贞子说:"我惹得起他——我用棍揍他!"

曲有振没有做声。他仰脸看看女儿的脸:红彤彤的,因为太胖,在阳光下闪着亮儿。这张脸上,两道弯弯的眉毛相隔很远——人们说这是"心路"宽的人才这样生,不知忧愁呢。两只大黑眼珠子滚动着,总带着笑。她生气的时候也像笑。好像她总是高兴的。心清如水,没有计谋。老一辈人常为她这样的性情担忧,怕她遇事吃亏。奇怪的是她都"逢凶化吉"了。像去年看野枣,分明是三来安下歪心,想不到最后还是他自己挨了木棍,队长落选!生活中还有好多这样的例子。曲有振常在心里庆幸,把女儿比做沙场上的"福将"。但他这次的担心却并没有因此而减弱。他端量着女儿,在心里叫着:"野性啊,野性!那个老混混是惹得的吗?"他捶着腿,站起来说:"不管怎么,他来菜园找你的时候,你就说'我还年轻,找爸讲吧'！……"

大贞子笑了。她把木棍扛上肩膀，一蹦一跳地走开，嘴里不断重复着："'我还年轻，找爸讲吧'！哈哈……"

她只是大笑着，两个肩膀笑得直抖，跑到了一丛眉豆架儿后边去，只把头探出来唱道："年轻的朋友们，今天来相会！……"

"唉唉！"曲有振叹息着，捶打着腿，无可奈何地往回走去了……

父亲走后，大贞子牵上哈走出了园子。她径直走到老混混的小草铺跟前，端量了一会儿，对哈说："哈，你看看，老混混夜里就躺在这上边打坏主意！"

哈用长鼻子闻了闻，厌恶地哞了一声。

大贞子又说："哈，你给他的铺子上撒泡尿吧！"

哈不解地仰脸望望她，又摇了摇尾巴。大贞子把木棍插到铺子底下，用力往上一掀，铺子就斜了……她牵上哈，高兴地跑回到菜园里去了……

这个夜晚，不知什么缘故，老混混一直没有回来睡觉。三来却很早就来到大贞子的园里，一来就将什么东西从怀里摸出来，放到了小铁锅里。大贞子揭开盖子一看，见是两个鸡蛋。她问："你怎么拿鸡蛋啊？"三来笑着，用手把掉下来的一绺头发使劲一拨，说："你一个，我一个。"

大贞子问："小霜、三喜呢？"

"他们，"三来嗫嚅着，"不一定吃……东西拿给谁、不拿给谁，都是讲感情的——这你还不知道吗！"

大贞子说："我不知道。"

三来在锅子下边点火了。火苗儿很长,映得四周通红。三来在火光里望着大贞子,目不转睛。

大贞子装作没有看见。她将木棍横着搁在腿弯里,把一道刘海儿抚弄几下说："哎呀,真热!"说着往后退了几步。

三来挪蹭到锅子的另一边,这就离大贞子近一些了。他说:"真怪,我和你在一块儿不知瞌睡……"

大贞子不做声。

"一点儿也不知瞌睡……"三来又说了一句。

大贞子用一只手轻轻地抚摸着哈的脊背。

三来捅着火,这时停住了。他嘴角挂上一丝笑容,看着大贞子说:"咱俩在园子里,用小铁锅煮东西吃,小两口儿似的……"

大贞子说:"快了!"

"快成了吗?"三来一下子挺起胸脯。

大贞子伸手抓起木棍说:"快挨揍了!"

三来拔腿跑开了。他的右手,条件反射似的捂在左拐肘上。

大贞子笑起来……

鸡蛋煮熟的时候,小霜和三喜来到园子。大贞子把一个鸡蛋给了小霜,另一个还给了三来。三来一边剥着蛋皮一边夸大贞子,把鸡蛋填到嘴里,咀嚼着,还在含混不清地对三喜说:"你看,她对我比对你好……"三喜揶揄说:"那是好事情啊!"

他们正说着话,突然黑影里传来老混混的叫骂声。大家还是第一次听到老混混在夜晚这样尖声叫骂,都觉得很有趣。

老混混骂着:"哪个混账小子搞了破坏,掀坏我的草铺子!……"

大贞子捂着嘴笑,三喜和三来就明白了。

"欺负到我头上了——我都是欺负别人的人!……"老混混还在骂着。

三喜说:"他倒说实话。"

"那小子是瞎了眼了,太岁头上动土!"

大贞子在手里掂着木棍,说:"他再别想欺负别人!哼,让他在黑影里蹦吧!还是做诗的老得说得好,他是那东西……"

三喜插一句:"'黑暗的东西'!"

老混混骂了一会儿,开始点火煮东西,在火光里修他的铺子了。又过了一会儿,他一摇一晃地向菜园这边走来。离菜园老远他就喊:"三来!你这小子又钻来了吗?"

三来应声道:"混混叔……"

老混混进了园子。他看看大贞子,又看看三喜,问三来:"谁掀我的铺子唻?"

三来说:"天黑看不清……"

大贞子笑吟吟地接上说:"就是看清也不能告诉你啊。"

老混混气哼哼地坐在地上,咬着牙说:"我抓住他,把他的手割下来!哼哼,还说不定是阶级敌人破坏呢,'万万不可粗心大意'……三来!"

三来"唔"了一声。

"你到我铺子里,看看锅底的火。"老混混头也不抬地指使说。

三来迟疑了一下,看火去了。

老混混自豪地看了一眼大贞子和三喜,开始卷烟抽了。他抽完一支烟,说:"怪渴的……"说着就站起来向葡萄架儿那边挪步。

大贞子挡住他说:"那么方便吗?又不是你的园子!"

老混混不认识似的抬头看一眼,跺跺脚说:"我在河边上爱吃什么吃什么,还没人敢拦哩!"

"我敢拦!"大贞子把木棍提在手里。

老混混把袖子绾起来,嚷道:"你个东西!我和你爸联合承包了这片菜园,我吃我拿都随便!发家致富、倾家荡产,今后合在一块儿了!……"

三喜上前一步,惊讶地看看老混混。

大贞子大声喊道:"和你承包?想得美!你滚到那个狗窝里等死吧!告诉你,铺子是我掀的——棍子插到底下,一挑,就歪了!……活该!"她嚷着,把木棍拄起来,身子一纵离了地,两脚落下来,重重地跺一下……

老混混眼睛都气红了,"啊啊"地叫着。三喜去拉他,他身子一挣冲到了葡萄架子上,使劲用脚踢那垂挂着葡萄的秧棵。

大贞子也冲上去,挥起木棍,重重地打在他的脊背上!

老混混疼得在地上滚了一下,随手拔出腰里的刀子,大喝一声:"看刀!"然后将那把铁锈斑斑的韭菜刀子扔了出去。大贞子机敏地往旁一跳,闪了过去。老混混扑上去抢了刀子,刚要再扔,被三喜用枪拦住了。

老混混气得身子乱颤,喊道:"好!好!等着瞧!你这两个东西……"

小霜被喊声惊醒，吓得哭了起来。哈一直愤怒地向着老混混扑着，只可惜被链子扯住了……这时候正好三来看火走回来，老混混回头看到了，立刻大声地命令说："三来，快上手！"……

八

老混混背负木棍打击的一道印痕，再也不到菜园里来了。三来也不来了。

菜园里倒是出奇地安静。对面的小草铺里，那个艾草火绳的红点儿一直亮着，像一只神秘的眼睛。老混混躺在铺子里，咳嗽声不时地传过来……三喜时常掮着猎枪转到菜园这儿，他一来就骂三来，说他是"叛徒"。大贞子每夜都不合眼，听到一点声音也要牵着哈沿园子四周转着看看。园子里死一样沉寂，有时她故意唱几句《年轻的朋友来相会》，可一闭嘴巴，无边的沉寂又合拢过来了……秋风在深夜之后变得大起来，不知吹拂到什么东西上，发出一声声尖厉的啸叫。小霜有时睡着睡着就惊醒起来，她说："我做了一个噩梦，梦见一个人，拿着刀子……"大贞子总说："刀子，不怕刀子，那是割韭菜用的，长满了铁锈！"小霜执拗地说："不！是锃亮的，上面有一道深痕……"

哈也变得沉默起来。它不像过去那样爱吵闹了，只是用一双聪慧的眼睛望着天空，望着吹动的树叶，望着大贞子。它紧紧地伏在地上，爪子硬硬地扣在一个地方，仿佛随时准备迎着命令一蹿而起，去冲杀和撕咬。远方的狗在叫着，往常它会满怀柔情地呼应几声,现在也没有这份兴致了。

一天深夜,有个黑影溜过园子,哈严厉地叫了一声。

大贞子警觉地提着木棍追上去,那个黑影终于没有逃脱——他是三来!

三来跟着大贞子,慢慢走到铺子跟前。他蹲下来,无声地燃起铁锅下的火,从衣兜里掏出几块红薯扔进锅里……大贞子气愤地问:"你怎么不来了?"

三来只是拨弄着火,说:"老混混……不让……"

"你就怕老混混!"大贞子喊道。

三来示意她小点儿声,她偏大声地说:"怕什么?我偏不怕他!你是叛徒!"

三来连连摇头,说一句:"我什么时候也不和老混混好,我只和你好……"就跑出了园子。

大贞子望着他的背影,有些迷茫起来。她望望那个小草铺上的红点子,心想,你这个老混混啊!你就有手段!你怎么把个三来给制住了?她觉得这里面定有奥妙。

白天,父亲来园的时候,她总想把和老混混打仗的事告诉他,可又怕他担心,就把涌上嘴边的话咽了下去……

一天夜里,大贞子对三喜说:"你把护秋的人都叫来园里玩啊!我抵不住孤独,我有时候和小霜一样害怕……"

第二天夜晚,果然来了不少年轻人。大贞子高兴极了,摘了那么多葡萄给他们吃。大家在园里燃起了一堆大火,围着火堆坐着,大声地说笑着。大贞子高兴得不知怎样才好,她把木棍扛在肩上,迈着大步走在园子里,兴奋地甩动着胳膊。哈的情绪也被感染了,它很快和新来的人们熟悉了,跳跃着、扑动着,嘴里发出"呜费呜费"的声音。火苗儿蹿得很高很高,火星儿直要飘到渺远的星空里去。大贞子说:"真好啊,半个园子都映亮了。啊哈,啊哈……"

这真是个愉快的晚上。

可是他们的责任田都在南边,他们也不能总到园里来啊。

园子又恢复了沉寂。大贞子见到三喜就埋怨说:"你真封建啊!三来不来,你就不能常呆在园里吗?你怕什么!"三喜支吾着,点着头,但还是坐一会儿就走……他大概怕别人说他和大贞子的闲话。

有一天傍晚,三来在园边上小声喊:"大贞子!大贞子!"大贞子赶紧跑过去。三来告诉:"这几天晚上防着点吧,河西的三老黑来了好多趟,和老混混一起喝酒,嘀嘀咕咕……"

大贞子记在心里。她告诉了三喜。三喜晚上没有走,他一直坐在一个角落里。

开始他们燃了火,架着小铁锅,后来火熄灭了,他们也没有去管。月亮还没有升起来,园里一片漆黑。风有些凉,多少带来了一些深秋的意味。

夜渐渐深了,三喜一个人坐在一边,突然蹑手蹑脚地走到大贞子跟前,低着嗓子说:"西北角,好像在园子边上,伏着几个黑影,一动不动……"

大贞子咬住了嘴唇,没有说话。

三喜又轻轻地往角落里走去了。

大贞子默默地从四处捡来一些土块、瓦砾,放到了铺子跟前。她紧紧地握着木棍,一动不动地坐着,望着黑漆漆的夜色……

停了会儿,三喜又轻轻地走过来,说:"真的,伏着几个黑影,一动不动,只是伏着……"

大贞子听着,突然咬了咬下唇,弯腰抓起一些土块、瓦砾,呼喊着,像冲刺一般向着园边跳去。她嘴里呼喊的什么,谁也没有听清。哈激怒了,紧随着她往前扑去……

就在同时,黑影里有四五个人一齐蹿了起来。他们"嘻嘻"笑着,投过来一团团稀软的泥巴,打在了大贞子的脸上、身上。大贞子"哎哟"着倒在了地上,三喜跑过去扶她,头上也重重地挨了几下。小霜大哭起来……那几个人冲到园子中,钻到葡萄架下和菜畦里,用棍子打,用脚踢。还有的从腰间抽出长长的白布袋,往里装起了瓜果菜蔬……大贞子冲上去,横着抡起了木棍,嘴里喊着:"黑暗的东西!来吧!来吧!……"奇怪的是他们都能灵活地扭动着腰身躲过棍子,在园里跳来跳去,一会儿钻到架子下,一会儿翻滚在菜畦里。很大一块地方都给踩烂了,他们就顺手抓着烂茄子、破柿子,往大贞子和三喜身上、往铺子里扔,一个劲地笑着。大贞子急得哭起来,喊着"三喜",上去一把夺过他的猎枪,"轰"的一声放响了!

白烟在园里久久不散。有人在烟雾里仓皇逃窜着。一瞬间,一切都归于沉寂了。三喜和大贞子都呆呆地站在那儿。当晚风吹开烟雾,吹干大贞子的泪花时,她才想起了什么,赶忙低头看着:地上一片塌倒的架子,只是没有人躺倒在那儿……大贞子长长地吐了一口气。三喜像刚刚醒过来似的,连连说:"好险!好险!差点出了人命。亏了枪口抬得高……"

大贞子恨恨地跺着脚:"打死他们才好哩!都打死他们!打死老混混——"她说着,抬头看看对面的小草铺子:那儿还亮着一个红色的点子!……大贞子扯一下子三喜,牵上哈,说:"走,找老混混去!"

老混混在铺子上打着鼾。

大贞子两手抡起木棍,狠狠地砸在铺角上,使铺子猛地抖动了一下。老混混慌乱地爬起来,一看大贞子,"噌"地一下蹦下来,两手按在韭菜刀子上。大贞子用木棍指着他说:

"你勾结来坏人,饶不了你!三喜,开枪吧……"

三喜威严地看一眼老混混,只是没有摘下枪来。

老混混退开几步,说:"打吧!打吧!反正这是穷人受欺负的年头……说我勾结来坏人?我还说你哩!谁让你长这么俊,引来河西的流氓!"

大贞子抡起了棍子,老混混跳着躲开。他在远处嚷着:"半夜携带武器,对我行凶,我要告到上级政府!……"

大贞子打不到老混混,就弯腰掀倒了他的铺子。

老混混在远处看着,连连说:"好!好!血债要用血来还!"

哈愤怒地吼叫着……

大贞子和三喜回到菜园里,见到一个人正在扶弄着塌倒的架子。大贞子厉声喊道:"谁?"……那个人不做声。大贞子火了,大步跑上前去,揪住了他的衣领使劲一扯,才使他转过身来。大贞子看清了他的脸,气愤地叫了一声,扔了手里的棍子……

他是三来。

九

护秋的人们看到大贞子被践踏的菜园,脸上都露出了愧色。几十条好汉子没有护住河东的土地,他们实在有些难为情。一个村子有一个村子的尊严,一种职业有一种职业的荣誉。护秋的反被人劫了秋,那种损失是远远超出了经济范畴的。

大家帮大贞子整理着园子,塌倒的架子扶起来,毁了的田埂重修好;那些没法修复的菜畦,干脆拔掉,重新栽种上秋菜……一个老头子一边往地里捻着菜种一边说:"我早说过河西那帮人得提防着点呢!三老黑,不是东西的……"有个年轻人用下巴颏儿指示着对面的小草铺:"那里面躺着的家伙胳膊肘往外拐,扯出来就揍,冤枉不着他!"……

大贞子摘来各种各样的果子,让护秋的人们吃。她一夜间好像变得消瘦了、憔悴了。她的头发有些散乱,那总是通红闪光的脸庞也有些苍白。弯弯的眉毛下,一对黑亮黑亮的眼睛里有那么多的怨恨……她对吃果子的人们说:"不要把昨夜的事告诉我爸爸啊!"大家答应了她。

这之后的夜晚,大家一部分留下来和大贞子一块儿守菜园,一部分到田里去巡视。这是非常时期,人们几乎都顾不得睡觉了。

一连几夜都是平安无事的,菜园也重新修整好了,大贞子又高兴了。大家成夜地在一起说说笑笑,也不怎么瞌睡。谁瞌睡了,大贞子就用棍子捅一下，惹得别人直笑。哈的铁链子解开了，它在熟悉的人中间走来走去，有时把长长的嘴巴凑近人的耳朵，似乎要告诉些什么……

　　月亮升得早了，园子里到处黄蒙蒙的。听着露珠从叶子上滴到地下，多么有趣啊！还有虫鸣，各种细小而奇异的鸣唱交织到一起，显出夜世界的神妙。没有一个人说："听听夜晚田野里那特有的声音吧！"没有人这样说。可是人们心灵深处仿佛就常常响起这样的声音——于是大家就常常不约而同地闭起嘴巴，一起倾听着……今夜坐得久了，谈得久了，有些冷，也有些渴。点起篝火吧。最好再煮点东西吃。护秋的人们似乎已经不满足于只煮些花生和红薯了，有人提议做点鱼汤喝，而且汤里面一定要有姜！两个摸鱼能手马上自告奋勇地走了，不出半个钟头，竟然提回两条鳝鱼、一条鲤鱼、三五条鲫鱼……做汤吧！

　　姜真是个好东西，它能使人心里热乎乎的，气畅神旺。守夜时侵入皮肤的寒冷和湿气，都被赶跑了。大家围着火坐着，年纪轻轻的人也学会了盘腿而坐。有人拿出酒来，每人都用大碗端了，向着蹿跳的火苗举起来。几口酒喝下去，好几个人的脸变红了。于是就有人唠唠叨叨地说话，事无巨细地数念一遍，逗得人们一阵阵发笑。

　　三喜一直坐在铺子那儿，听着园子外边的动静。他不放心，竭力想从园边的树丛里发现几个伏着的黑影。小霜睡着了，三喜听着她呼吸的声音，觉得很有意思。他回头迎着火堆看去，见大贞子正和人们说笑着，使劲地拍打着手掌，高兴得一会儿将腰弯下来一次。她那样子不像刚刚被人破坏了菜园,她的心里存不下仇恨。她永远是欢愉的。

三喜在铺子上坐着,火边的伙伴们已经喊了他好几次了。半夜时分,他回到火边,将蓑衣铺下,躺了下来……"有一天晚上,我在河边上走,走迷了路,绊倒在荻草里,就睡着了。有个东西伸着舌头舔我的脸,我醒过来,吓得说不出话!……"三喜听到有人细声细气地说着。

大贞子又拍着手掌笑起来。她嚷着:"碰到狼了吧?"

"也不知是什么——至今不知道,真的,不知道。我只觉得它有一双毛茸茸的手,老在我夹肢窝里掏来掏去,像是要找什么东西似的……"

三喜睁开眼睛,看清说话的人是村南头的"毛猴王友",一个有名的会瞎扯的人。他又闭上了眼睛。

大贞子笑嘻嘻地插话:"它是要胳肢你笑啊……"

"也许是,因为我一笑,它就停了手。我闭着眼睛,再睁开眼睛的时候,眼前什么也没有了……真怪!啧啧。"

大贞子笑了。她向身边的人说:"你说热闹不热闹死个人!"说过之后,又转身对哈说,"哈,你听见了吧!你说热闹不热闹死个人……"

"那一年上,""毛猴王友"又接着讲起来,"我夜里到海上买螃蟹——这可是真的。网还没有上来,我们一伙儿人等不得,都要找地方歇一歇。海边上死鱼烂虾也多,引来小苍蝇、小蚊虫,一团一团在头顶上滚……"

"在头顶上滚！……"大贞子对"滚"字发生了兴趣,重复了一遍。

"就是滚的。我要睡上一觉,可就是找不到地方。我找啊找啊,看见一张旧篷帆搭在渔铺边上,里面有个空子,就钻了进去。嘿嘿！嘿嘿！里面早有个人睡着。我低下头一瞅,看见一条乌油油的大辫子——是个大姑娘！我装作没看见,挨着她就躺下了,我是太困了。"

"咝——"有人惊讶地吸着凉气。

大贞子撇起了嘴巴,不高兴地说:"六(流)氓七氓！"

"毛猴王友"不以为然地斜一眼大贞子:"这要作风过硬的！我睡过去,什么也不知道了。醒来以后,伸手往旁边摸摸,什么也没有了。我觉得身上有些分量,一看,人家怕我睡着了冻坏,给我盖了一块帆布角角呢！我还闻有一股香味,一转脸,左边放着一块小花手绢……我至今留着这块手绢,没事了就拿出来看一看……"

大贞子不做声了。她绞拧着手掌,盯着眼前的火苗儿。

一个人粗声粗气地顶撞一句:"好事都让你遇上了！"

"毛猴王友"就像没有听见,还在自语:"没事了,就拿出来看一看……"

小铁锅里的水沸出来了,有人揭开了盖子。

大贞子也注意到了三喜,高兴地推三喜一把说:"三喜,你讲个故事呀！你就没遇到什么吗？"

三喜在蓑衣里活动一下身子说:"我没遇到。"

"那个老得呢？——他是你朋友啊,你不是说他会做诗

49

吗?……"大贞子又说。

三喜坐了起来,揉一揉眼睛说:"那是当然的了。老得可不是一个简单的人——不过他现在还没有媳妇。"

有人笑嘻嘻地说:"大贞子跟他吧!"

三喜看了那人一眼,像告诉他,又像告诉大贞子说:"老得个子很高,我们没一个比得上他!不过……"三喜咬咬嘴唇,"不过他是个'水蛇腰',走起路来腰老拧的……"

大家都笑了。

三喜很严肃地对大贞子说:"真可以考虑呢!老得有骨气啊!他原来和我们一样,是护秋的,负责看一片葡萄园。后来园里的负责人轻视他,他说:'此处不养爷,自有养爷处——我老得走也!'拍拍身上的土就走了,到海上拉大网去了。有一回我看见了他,见他赤着身子,晒得又黑又红,太阳一照耀眼地亮,像涂了一层油……"

"是条好汉子!"有人感叹道。

大贞子站起来,撇了撇嘴巴,看着月亮和星星,使劲仰拧着身子,嘴里发出舒服的"啊啊"声。她拾起了地上的木棍,高兴地唱起来:"年轻的朋友们,今天来相会……啊,亲爱的朋友们,美妙的春光属于谁?"

"毛猴王友"摇头晃脑地接上唱着:"属于我——属于你——"……

月亮慢慢偏西了,已经过了午夜。海潮声在远处响着,好像大海在慢慢地漫涌过来一样——海边的人管这叫"发海"。菜园四周的树木上,有的鸟儿被人们吵醒了,这时扑动着翅膀,不耐烦地咕哝着什么,飞到另一棵树上去。芦青河"咕噜噜"地流着,不时送过来几声溅水的响动……

对面的小草铺,铺柱上一直亮着一个暗红的点子。月亮朦朦胧胧,看不清铺子上有没有老混混。他没有点火,没有架上小铁锅。这个夜晚,人们只听见他咳嗽过一次。

大贞子牵上哈,要沿着园子走一走了。三喜也披好蓑衣,要到自己的田里去看看。可是就在他们站起来时,铺子上传来了小霜的喊声——她被什么给惊醒了,害怕地叫着大贞子。

哈警觉地吠着,向着黑暗的园角扑过去。

三喜想起了什么,他急急地跑到铺子上,到处寻找着,连连痛惜地拍打着手掌。大家问他怎么了,他顾不上回答,只是向着哈的方向跑去了……

过了一会儿,他和大贞子牵着哈回来了。哈的耳朵被什么弄破了,流着血。三喜声音低低地告诉大家:

"枪,被人摸走了……"

十

河边的庄稼丰收了,带来那么多喜悦,也带来那么多焦虑。护秋的人越来越多,他们披着蓑衣,带着棍棒,夜间就睡在田野里。不断发生丢失庄稼的事情,半夜里常常听到粗野的叫骂和呼喊。

这真是一个不安宁的秋天……

曲有振不知怎么知道了河西岸来人骚扰菜园的事情,慌慌张张地拖着拐腿跑到园子里,先狠狠地骂了大贞子一通,然后又找老混混求情去了。

老混混躺在小草铺上,头也不抬,一边吃着瓜子一边说:"就是嘛!有什么事情,咱老一辈人商量,我跟你闺女他们说不着!"

曲有振掏出一盒"大前门"烟递过去,说:"那是噢!那是噢!"

老混混吸着烟,斜着瞅了他一眼说:"我这铺子,让大贞子掀翻了两次,你知道吗?"

"野性啊!野性!"曲有振在心里叫开了,"老混混的铺子也掀得吗?"他连连说:"混混,贞子不省事的……"

"你也不省事吗?我老混混可是好心好意地跟你联合承包,又不是偷你、抢你!"老混混说着坐起来,把放在一边的韭菜刀子插到腰上,声音重重地说,"如今就是偷你、抢你也犯不到哪家的王法,你发了财,还不兴穷人'吃大户'吗?压制贫农就是压制革命——这可不是我说的!……"

"吃大户"三个字深深地刺痛了曲有振!他"吭吭"地喷着气,一直没有吱声。

"我这个人就佩服老忽,人家是说干就干的,一辈子也没对谁软过!结果哩?地主怕他,解放了,村干部也怕他。他临死的前天晚上还喝酒哩,啃一条狗腿……"老混混说着,手搓一片绿叶子蛤蟆烟。

曲有振有些站不稳,扶着铺柱,坐在了铺子上。他知道那个老忽是当年河两岸有名的一个无赖,一年总要跟人拼几次命的,很少有人不怕他。

老混混让曲有振吸他的蛤蟆烟,曲有振吸一口,呛得连连咳嗽起来,再不敢吸。老混混大笑不止,说:"怎么样?我就成天吸的这号烟叶,脾气也跟这烟叶差不多,谁敢往肚里吸,就冲他一家伙!……"

"劲道太大……"曲有振说。

老混混冲他摆摆手:"我不去作践你的园子。可我挡不住河西的人——三老黑是我朋友,可他见了东西红了眼珠子,我管不了的。要是联合承包起来,他自然看我的面子……"

曲有振再不做声,摇摇晃晃地离了小草铺,回到菜园里去了。大贞子看到父亲两腿站不稳,脸色变得十分难看,就扶着他回家了。一路上,曲有振总咕哝着老混混,咕哝着"联合承包"……

大贞子回到园子里,向着老混混喊:"老混混,你死了心吧,和猪联合也不跟你联合!……"

老混混就像没有听见,在铺子上打了一个滚,"呼呼"地睡着了……

三喜丢了枪,一直哭丧着脸。他一方面担心父亲跟他要枪,一方面担心坏人用枪做出什么事情来。有一天他在田埂上遇到了三来,告诉了丢枪的事。三来支支吾吾,说他好像见谁拿过这杆枪。三喜气愤地质问了一会儿,他才说出是老混混拿了这枪——见他去河套子里打过野鸡……

三喜让三来去讨回枪来,三来无论如何不干。三喜把他领到了菜园里。

大贞子气得蹦起来,用大棍指着三来说:"你是个叛徒!"

三来看着他,嗓子低低地叫着:"大贞子……"

"你肯定是个叛徒!"大贞子说。

三来为难地说:"我要不来的……"

大贞子和三喜都不做声了。停了一会儿大贞子说:"你没一点男子汉的骨头!你还'三来'哩,你一次也别来了,我跟你就算不认识,你走吧!你找老混混去吧,你是他的人哩!……"

三来难受地蹲下来,捏弄着指头说:"我和你前年看过野枣……"

大贞子把手一挥说:"我不领情!你那是去吃野枣的……"

三来吞吞吐吐的:"我敢去要枪,可我要不来的。大贞子,我怎么也要跟你好的,我恨老混混……"

三喜这时想个好计谋,就说了一遍。大贞子高兴地拍着手掌说:"真好的办法啊,快去吧三来!"……

三来真的去找了老混混。

他站在小草铺跟前,看着躺倒的老混混,声音低低地说:"混混叔,事情闹大了……"

"怎么咧?"

"你偷枪的事,不知怎么漏了风声,报上登出哩……"三来说着,从裤兜里摸出一张揉皱了的报纸,展开念道,"……偷枪就是犯法。老混混偷枪,罪责难逃!他偷去枪,想做什么,上级知道。如果近期不归还失主,法办是肯定的……"

"'法办'就是抓人吗?"老混混问着,一欠身子拿过报纸说,"我看看吧!"

老混混一个字也不识。三来用手指点着那一溜儿黑体标题说:"看看吧,这就是你的名字,'老、混、混'!……"

老混混坐起来,眼望着天边上的一块浮云,吸起了烟。

三来说:"混混叔,干脆,瞅他们不在时,把枪扔到园里算了,省得招惹是非……"

老混混不动声色地吸完一支烟,然后歪歪身子,从铺盖卷里抽出了那杆枪。

"你拿去吧,他们问,你就说从田埂上捡的。他妈的,他妈的,晦气……"

……

这天晚上,月亮被云彩遮去了。几个人正坐在菜园里像往常一样聊天,突然哈愤怒地大吼起来。大家吃了一惊,还没有反应过来,就看到几个黑影蹿进了园子。大贞子大叫起来:"又是他们……"

大家呼喊着追逐那几个黑影,可他们毫不惧怕,一边躲闪着棍棒,一边往架子下面钻。他们顺着眉豆架空跑着,棍子是打不着的。有的还藏在里面喊着"大贞子"……

三喜跑出了园子,到南边叫人去了。

不一会儿,护秋的人们举着火把,呼喊着围拢过来,手里高高举着木棍。园里的歹徒见势不妙,纷纷钻出架子,钻进庄稼棵子里,溜掉了。只有一个家伙从园边的大树上滑下来,"嘻嘻"狞笑着,大摇大摆地踢散围篱,想往河边上走。三五个人围上去,他就像没有看见一样,头也不回。等到靠近他身边时,他"呼"的一声架起了拳头,蹲起身子,脚踢拳打,干净利落地把几个人全部打倒在地上,身子一摇钻进了庄稼地里……

这个人会功夫!

大家举着火把,眼巴巴地瞅着他消失在黑暗里……

可是过了不一会儿,正在大家要离去时,突然远处传来一阵呼喊声、扑打声。那尖叫的声音简直像两只巨兽在厮打、受伤时发出的吼叫一样,在黑暗的夜空里播散着,可怕极了……大家向着喊叫的地方跑去了。

原来在玉米田里,有两个人紧紧地拧在一起,滚倒了好大一片秋玉米!

大家围上去,他们还在滚动着,一个揪着另一个的头发,一个卡着另一个的脖子。衣服上沾满了泥土和鲜血,脸上也流着血,那血不知是流自鼻孔还是嘴巴……大贞子第一个认出其中的一个是三来,大叫了一声。

大家用力将两个人分开。那个陌生的人歪歪斜斜站起来,还想往玉米垄里钻。三来躺在地上,用嘶哑的嗓子喊:"他是三老黑!"

三老黑一只耳朵流着血,一条腿也跛了,可还是虎视眈眈地看着周围的人。

大家把三老黑绑了起来。

三来长长的分发已经被扯掉了五分之一左右,身上也受了好多处伤,只得抬着走了。担架是用大贞子和另一个人的木棍穿到两件衣服的袖里做成的。大贞子自告奋勇地争着抬三来,说:

"三来是个英雄!"……

十一

当天夜晚,大家在菜园里决定了两件事:把三来送进医院里,把三老黑送进公安局。

三来本来不能动了,奇怪的是喘息一会儿,能够歪歪扭扭地走路了。他说:"我不进医院,我就在这儿了!反正没有内伤,擦点紫药水就好了!"

大家见他十分固执,就只好依他了。天傍亮的时候,大家押着三老黑到公安局去了……

大贞子让小霜回去取药水和纱布,让三喜到河里弄几条鱼来。她自己给三来洗了脸,把他抱到了铺子上。

哈一直看着三来,看着他洗去血污,躺在铺子上……三来像不懂事的睡迷的孩子一样,大贞子怎么搬他,他就怎么躺,全凭她拨弄去。他闭着眼睛,像睡着了一样。

大贞子摇摇他:"睡了吗?讲讲,你怎么就逮住他呢?"

"我……"三来用带血口子的手搓搓眼睛,嗫嚅着,"我恨老混混呀,我成天在园子四周转着。可我不敢帮你赶开坏人……"

"你那时胆小。"大贞子声音轻轻地说。

"嗯。"三来点点头,"这晚上,我在庄稼棵里转着,也听见了园里的喊声,急得直搓手掌。后来一片火把亮起来,我才放心了……一会儿,有个人从菜园那儿跑过来,我一下就认出是三老黑,就一把抱住了他。"

大贞子说:"你真行!"

"也不知怎么就抱住了。他会功夫,可我两手扣紧了,不让他离身,他就使不出功夫!他那两只手也厉害呀,好几次抠到我的肋骨里。我疼得要昏过去,可还是不松手!他咬我——你看,腮上这道口子就是他咬的。我也咬他,我咬他的耳朵。他抱住我,发疯似的滚动,像要把我碾碎似的。我不知和他压倒了多少玉米棵棵。你看我脖子上的血道子吧,这都是玉米叶子割开的……可我咬紧了牙,就不松手!我想起了好庄稼是怎么被他们糟蹋的、你是怎么哭的——你哭起来和小孩子儿似的——我对不起你呀!我咬着牙,就不能让他跑掉!我想我三来今夜索性就做一遭真正的男子汉吧!……"

风"呼呼"地吹着,满园的叶子在"刷刷"抖动。芦青河的浪涛大起来,"哗啦啦"拍打着堤岸,在辽阔的夜色里回荡。哈注视着渺远的星空,鼻子,指向那颗最亮的星星……

大贞子听着三来的叙述,两手托着两腮静静地坐着,泪水,顺着两颊不停地滚落下来……她用力地抹着腮上的泪珠,说:"三来,你真像个男子汉,像……"

她伏下身,那么温柔地看着三来。三来大约是累了,这会儿轻轻地闭上了眼睛。大贞子看他的眉毛、眼睫毛,看着他的嘴——这原来是一张有着棱角的、倔犟的嘴啊!她又看他的额头,突然觉得这眉宇间有着一股英俊之气……她心中涌来了潺潺流动的热流,心跳得急起来,四下里飞快望了几眼,然后低下头,轻轻地吻了吻他的眉心……

三来哭了!他肩头耸动着,全身颤抖,一瞬间像个小孩子。他两手扶住大贞子的肩头说:"大贞子,我永远……记住你!你是个最好的人——你和我好起来吧!你要是拒绝了,我三来趁这身伤势也就死了……"

大贞子害怕似的离开了铺子,站在了几步远的地方。

三来一下子坐起来,一双渴求的目光定定地注视着她。

她说:"三来,你能告诉我,你为什么那么怕老混混吗?"

三来像一株霜中枯蔫的茅草,一下子躺倒了。

大贞子走上来,用手抚摸着他的脸,说:"你有什么可怕的!你不怕三老黑,你都是个英雄了,你偏要怕老混混!你不是要做个真正男子汉吗?"

三来的眼里含着一汪儿泪水,声音颤颤地问:"我说了,你还能和我好下去吗?"

大贞子点点头。

三来又"呜呜"地哭了起来。他把细长的手掌盖在脸上,一丝一丝地往下滑脱着。当手掌从嘴巴上拿开的时候,他突然止住了哭声。他坐了起来,抹一抹泪花,问:"你知道龙口林场丢失木材的事吗?"

大贞子点点头。

三来说下去:"那就是老混混勾结三老黑一帮人干的!有一天晚上,风很大,芦青河的浪头有好几尺高。他们把木头扎成了排子,要推下河去,硬让我去帮忙。我知道这是犯刑事的……"

"那你怎么还干——你干了吧?"

"我……唉!老混混说:'干吧,以后五百块钱一笔抹。'我心一动,就干了……唉!"三来的手掌又盖住了脸庞。

大贞子咬着嘴唇,一声不响。

"后来,老混混怕我说出来,就吓唬说:'火了,我找公安局投案去——我早晚要投案的。我一个人过得好苦,没家没业,早就想找个吃饭的地方了——我捎上你,怕不怕?你可是年轻,进一次大狱,一辈子就完了,媳妇也甭想娶上……'"

"你就记得娶媳妇!"大贞子气愤地喊了一声。

三来气愤地捶着自己的腿:"我多傻,就信了他这一套,以为他真要'找个吃饭的地方'呢……"

大贞子坚决地说:"去告发他,正好三老黑也送进了公安局!"

三来定定地望着大贞子说:"不会抓起我来吧?"

"你这是立功赎罪,不会的——万一抓了你,我也等你回来……"大贞子的声音慢慢低下来。

三来躺下了。他响亮地说:"看我的吧!"

"怎么看?"

"我去告发老混混,也去告发我自己!"……

小霜取来了纱布。大贞子给三来包扎起来。

三喜提回了鱼,蹲下来烧着鱼汤。火焰很旺,一会儿鱼的鲜味就出来了。鱼味儿,还有徐徐吐出的气雾,给洒了一片霞光的园子添上一种温馨可亲的气息。三喜捅着锅下的火,对铺子里的三来和大贞子喊道:"鱼是鳝鱼,讲究大补的!"……

十二

由于三来的有力证明,三老黑在公安局里面全招认了。他和老混混的关系以及他们骚扰河两岸的新生活、偷盗国营林场木材的罪恶行径,全部暴露出来了。

几个主要罪犯很快就被逮捕了,老混混也在其中。三来主动揭发,且又生擒歹徒,属于有功之列。

三喜是亲眼看见怎样逮捕老混混的。他兴奋地到菜园里告诉了大贞子,大贞子一声不吭地听着。三喜说:

"老混混正在铺子上仰面大睡呢,去了两个公安战士,亮出了手铐。他忽地爬了起来,骂咧咧的,还拔出韭菜刀子,说了一声'看刀',像上一回在菜园里那样,扔了出去……他原来是使惯了'飞刀'的。我估计,他是要罪加一等的。"

"为什么呢?"

三喜反问:"你知道扔刀那叫干什么吗?"

大贞子摇摇头。

三喜严肃地用食指往地下一指。

"那叫'拒捕'!"

大贞子点点头。三喜接着说:

"后来老混混带好了铐子,反而大笑起来,对四周围看的人说:'我老混混这回可找到吃饭的地方了!'……"

大贞子骂了一句:"这个不死的老混混!"……

曲有振的病突然好了——这是非常奇怪的。他听到老混混一伙被抓起来之后,两腿立刻觉得轻松了不少,结果抛了拐杖,从家里晃晃悠悠地走出来,直走到了菜园里,站在园边大声地喊着:"大贞子——"

大贞子扛着木棍跑出来,笑吟吟地问:"你来护秋吗?"

曲有振摇摇头:"你护吧,你是好样的!"

"三来才是好样的!"

他一边往园里走一边说:"这个我知道……不过,我对三来还是不放心。他留个分头……"

"让他剃个平头就是!"大贞子爽快地说。

曲有振没有做声。他摇着头,慢慢进了园子。

大贞子点了火,为父亲烧一点汤喝。她连连叫着哈,一蹦一跳地走过去。哈被主人的情绪感染了,也高高地跳起来,嘴里"呼啊呼啊"地喘息着,和大贞子逗着玩。哈真是一条懂得人间情理的好狗啊。

傍晚的时候,三喜和三来又进了菜园。三来见了曲有振,转身就想走开,却被大贞子喊住了。

三来有些腼腆地走到曲有振跟前说:"大伯好些了吧?"

曲有振端量着他,说:"你也好些了?"

三喜笑了。

三来看看大贞子,然后走到铁锅跟前,去搅动那锅汤。大贞子对父亲说:"爸,你看看三来有多么勤快吧!……"

曲有振看着铺柱上熄灭了的艾草火绳,认出还是一个月前他使用的那根。他吃惊地摘下来端量着,心想:大贞子夜间原来是不点火绳的!守夜不点艾草火绳,这似乎也是一件少有的事情了。不过他转念又一想,她不抽烟,园里又没有多少蚊虫,点火绳确实没有多少必要。可是她点篝火,她架上了小铁锅。这也是老年人和年轻人不同的地方啊……老人用手抚摸着四根光滑的铺柱子,默默地吸着烟。他望望对面那个小草铺子:铺柱上的艾草火绳也熄灭了。他想,那根火绳是永远也点不燃了吧!

哈转过来,依恋地把头搭在他的腿上,温柔地挪蹭着……曲有振用手抚摸着它后背上长长的毛,小声地说:"老混混跟你叫什么?你不会记得了。他跟你叫'卷毛儿大猎狗'——那是讥讽哩!可你实实在在是一条好狗。我不在园里,你受苦了。我过去告诉过你,说在冬天里买肉骨头给你啃,那时候让你肥胖起来。现在还不行。现在还是出力的时候,我、大贞子,都用力做……"

哈点点头,摇着尾巴……

这个晚上,曲有振留下来一块儿守夜了。篝火点起来时,照例有好多年轻人聚到园子里。大家围着火苗儿谈笑着,有人定时到田埂上巡逻去。有人又把酒瓶儿对在嘴上。会捉鱼的捉鱼去了,会使枪的打野兔子去了……不一会儿,园里就溢满了鱼肉的香味。曲有振最受尊敬,人们给他敬酒,让他吃最肥美的烤肉。曲有振抹抹嘴巴说:"这样护秋,不会瞌睡的。"

大家正玩得高兴,"毛猴王友"突然说:"大贞子和三来呢?"

三喜狠狠地瞪了他一眼说:"你不见他们巡逻去了吗?"

……

他们真的去巡逻了。他们的巡逻路线很长。他们牵着哈,走出园子,登上了河堤。河水在涌动,拍打着蜿蜒的堤岸,芦苇和荻草像波浪一样在月光下摇荡。大贞子扛着木棍大步地迈着,三来总要急急地走才能跟得上。三来一路上咕咕哝哝,每一句话前面都有"大贞子啊!"……大贞子自豪地挺着胸膛,抖着哈的锁链,说:"哈,快走!……"

秋野的气味是迷人的。月光下的田野,无数的成熟的果实都在一片薄薄的黄沙下面覆盖着,更多了几分炫耀的意味!芦青河,多么美丽的河流啊!它在小平原上流过,滋润了这么一片好庄稼!河面上的雾气升腾起来,扩散开去,凝在高粱叶子上、玉米叶子上、谷子和大豆叶子上、红薯叶子上……碰一碰高粱和玉米,"哗哗哗"洒一身露珠儿;从豆子和红薯地里走过,裤脚很快就湿得水淋淋的了……三来说:"我看,做什么也不如当个庄稼人。"大贞子说:"庄稼人太苦了……不过现在开始有意思!哈哈,老混混还想和我们联合承包呢,热闹不热闹死个人!……"说起承包的事,大贞子想起个事情。她停住脚步,问三来说:"你和我们联合吧?"

三来摇摇头。

大贞子气愤地说:"联合!"

三来又摇摇头。

他望着天上的星星,自语似的说:"我还不配。等等吧,我非亲手种出一块好庄稼不可!到那时候,咱们再联合!"

大贞子没有做声。停了会儿,她用木棍轻轻地捅一捅他说:"真是个男子汉啊!……"

田埂上,开始出现一些身穿蓑衣的护秋人了。他们有的生疏,有的熟悉,全都瞪起眼睛看着牵狗的两个人。大贞子喊着:"我是大贞子,他是三来!"三来不让她喊,她反而唱起了《年轻的朋友来相会》,把手里的木棍当个矛枪,随着歌儿的节拍向前一捅一捅……

他们往前走着,身上差不多被露水全打湿了。三来说:"该穿件蓑衣来。"大贞子说:"像刺猬一样!"三来不同意,说:"我看了个电影——不记得名字了——女的全穿了蓑衣!你不知那个好看呀,当时我坐在下面想:哪一个做媳妇都是好媳妇,啧!啧!……"

大贞子用棍子轻轻敲了一下他的拐肘,他才闭了嘴巴。

他们往回走了。老远地就望见菜园上空那飞动的火星儿,他们知道篝火烧得很旺,一齐向着园子跑了起来。

曲有振已经在向着田野呼唤了:"大贞子——回来——"

大贞子和三来跑着,哈也跑着。三来听到喊声,对大贞子说:"你爸这个人,思想还是不够解放啊!"

十三

曲有振再也不愿离开菜园了。三喜等年轻人也留恋着园子。夜晚,大贞子和三来坐在人们中间,反而没有多少话了。大贞子的脸色通红,总是闪着光亮。三来的分头剪成了平头,因而曲有振也和颜悦色地对他说话了。

大家说着故事,"毛猴王友"自然成了重要角色。他讲了那么多鬼怪故事,护秋的人很愿听,听了又害怕,生怕在田埂上遇到那种事情。不过故事中遇到的姑娘都那么美,并且大多主动地对小伙子表示好感,年轻人听了是十分惬意的——虽然听到最后,她们往往是狐狸变的。但大家并没有因此而懊丧。"那么好,狐狸变的也值得啊!"有人说。

大贞子说让三喜讲——在她眼里,稳重诚实的三喜该有更真实的故事——可惜三喜没有,他开口只是讲他的朋友老得。老得是个可以见到的青年农民诗人,因而大家产生了另一种兴趣。很快,大家都了解老得了。曲有振对三喜说:"你不能请老得来咱园里看看吗?"三喜说:"我的好朋友,怎么不能? 能的!"

在"毛猴王友"讲故事的时候,大贞子常叫上三来去巡逻。他们像永远不知疲倦似的,在田野里转了一夜,两双眼睛还是那么明亮!

有一个晚上,大贞子和三来从田野回到园子里,天就要亮了。三喜和一群年轻人见他们踏进园子,就惋惜地拍打着膝盖。他们一问,才知道是诗人老得来园里玩了半夜,刚离去一会儿呢。

大家告诉,老得和大家一块吃烤兔肉、喝酒,还有一锅炒刺猬。不过他不怎么吃鱼的——要知道他是打鱼的人啊,早不稀罕鱼了。他听了大家讲的护秋的故事,知道了老混混和三老黑被抓走的经过,竟然十分激动,两眼直直地盯住一个地方,嘴里发出"啊!啊!"的感叹,当场做了一首诗呢!

大贞子连忙问:"什么诗呀?"

这可很少有人回答上来,于是大家都把目光投在三喜的脸上了。三喜咳嗽一声,往前迈一步,用食指朝脚下的泥土一指,吟唱道:"……大滴的汗珠往土里落/如今要过新生活/夜里护秋真英勇/要保卫神圣的劳动! ……"

大贞子抛了手里的木棍,拍一下手掌说:"真好啊!多好的诗呀!……"

三来也喊:"好!"

大贞子说:"这……这些,诗里也能写吗?老得……"她想起了那一个个不眠的夜晚,想起了三来那满脸的血迹,想起了猎枪午夜震荡着天空……一滴泪珠从她的脸上滚落下来。她突然问三喜:"老得刚走了一会儿吗?咱追他去怎么样?"

三喜说:"试试吧!"他们——大贞子、三喜、三来,一块儿跑出了园子。三喜跑着,尽管脚下磕磕绊绊,嘴里喘息着,却还在不停地告诉:"老得,要不会等你们回来的,他是要赶到海上,赶上拉黎明这一网啊……"

他们一会儿就跑得满身大汗了。

东方,有一个人在急急地赶路。三喜喊道:"老——得——"

那个人听到了喊声,赶忙站住了,回过身来望着这边。

可惜东方的朝霞太亮了些,像火一样红,迎着看去,怎么也没法望得清他的脸庞。他们只能望得见一个剪影。霞光勾勒出他一个清晰的身形。哦哦,大贞子和三来都看清了:老得细细的个子,很高很高;他站在霞光里,是笔挺的;他是听到喊声猛然站住的,头颅抬起,目光透过淡淡的晨雾向这边遥望;整个儿身影显得英俊挺拔、坚定而执拗……他们几乎同时喊了起来:"老得——老得——"

那个高高的影子举起手来,有力地挥动。他挥着、挥着,然后转过身去走了……

大贞子和三来定定地望着那个身影。

三喜说:"他实在没有工夫转回来了。他是赶去拉黎明这一网的——这一网是最重要的,黎明网!……"

大贞子久久地望着那个身影,喃喃的:"我没见过他,不过我觉得早就熟悉他的……"

三来也点了点头。

"让我用歌送送他吧！……"大贞子说着从肩上取下木棍,两手举着唱道,"年轻的朋友们,今天来相会！……天也新,地也新,春光更明媚！……啊！亲爱的朋友们,美妙的春光属于谁？……"

那个影子终于融化在一片朝霞之中了……

三个人站了一会儿,若有所失地往回走去了。

这时候朝霞将田野映成一片金红。田野,秋天的田野啊,想象一下你涂了霞光的颜色吧,想象一下你涂了霞光的韵致吧！……雾在散着,乳白的、淡红的、飘飘成缕,缠绕在树梢、在青纱帐、在远处那淡淡的山影上。湿漉漉的香味在风中吹送,各种声音在田埂上回荡:一两句悠长的吆喝、一两声甜脆的歌唱……

离园子还远,他们就听到了那儿喧腾的声音。那是护秋人在嬉闹吗？在呼唤他们吗？好像是又好像不是。大贞子又想起了那一个个不眠之夜,那篝火、那猎枪、那蓑衣……她很想高声吟唱那首为守夜人写的诗,可她还背不上来。她只是大声呼喊着最末的一句:"'要保卫神圣的劳动！'、'要保卫神圣的劳动！'……"

哈在远处呼叫他们了。

大贞子喊着:"哈！哈哈哈哈……"

她是笑,还是呼应她的那个伙伴？没人知道。

1983年7月24日写于黄岛

秋天的思索

一

去年秋天,葡萄熟得很快。今年的葡萄仿佛永远是青绿的颗粒儿,很酸。

可是,就有人喜欢这股酸味儿。看守葡萄园成了一桩大事。如今的园子是由三十六户合伙包种下来的,他们就给看葡萄园的买来一杆猎枪。

猎枪是双筒的。买来的第三天上,看园子的老得("得"字读作 děi)才知道怎样使用。他很高兴地将上了黄油漆(他认为是"火漆")的枪身用手撸了两下,拍一拍,放到了小茅屋的墙角上,然后找来一张八开的绿纸,写了一张"告示",贴到了葡萄园边的大杨树上:

任何想偷葡萄的人都要注意,看葡萄园的人新买来双筒猎枪,见贼就放,决不留情。枪是钢枪,上了火漆,特此告知。

告示贴出的当天,园里做活的纷纷来茅屋里找老得。来的大多是上了年纪的人,劝他:"老得呀,人命关天,可不能为一串葡萄打死了人啊!"

老得二十六七岁,奇瘦,个子很高,走起路来一拧一拧,人送外号"水蛇腰"。他的脸也很长,仔细端量起来,下巴似乎还有些歪。人们一句一句劝他时,他就蹲在屋角上,两只眼睛盯住地上一片草叶儿,不说一句话。人们又劝了一会儿,知道他是不会说话的了,就离开了屋子。可是他们走出不远,老得也出来了,站在门口,一手撑在门框上说:

"有心做贼,打死莫怨!枪是钢枪,上了火漆……"

所有人都愣愣地站住了,回头望着老得。

老得说完就回屋去了,还用力地将门上了闩。

秋风轻轻吹着茅屋的草顶,发出"簌簌"的声音。早晨的露水还没有消去,趁风溜下窗外的葡萄叶片,"沙沙"地滴下来,像雨。老蝈蝈大约有什么心事,一大早就躲在树叶下唱,那调子显得深沉而悠远。老得在一张小白木桌儿前坐了,用手搓揉着那双涩涩的眼睛。

他看了一夜葡萄园,可是他这会儿并不想躺到炕上,眼睛发涩,搓揉一下就好了。他一般都在靠近中午时,用被子蒙住头睡上一两个钟头。他现在只是伏在桌子上,瞅着那个刻满了刀痕的桌面想心事。过了一会儿,他从抽屉里摸出一沓儿纸,又从衣兜里掏出一截儿铅笔,用力地写起了什么。

老得这个年轻人睡得很少。也许正是因为这个,他才被安排

70

来看护葡萄园的。真是个美差！老得可以在秋天里尽情地吃那些甜蜜的黑紫黑紫的颗粒了！他在架子下一扭一扭地走着，东瞅一眼，西瞅一眼，满眼里都是绿色的叶子、黑紫的葡萄。他老想唱歌，可是他不会。他高兴的时候，只是将那个长长的、柔软的腰扭动得幅度更大一些……

这时，老得坐在桌前，头也不抬，铅笔"哧哧"地刮着白纸。写了一会儿，他抬头瞅着那几张写满了字的纸，"嘿嘿"地叫着，兴奋得腰身又扭动了起来。

屋门给踢了一下，老得一惊，迅速将桌面上的东西都揽到了抽屉里去。

"谁呀？"老得不耐烦地问了一句。

屋外是脆生生的姑娘的声音："是我！你个死老得就知道闩门——开、开、开！"

老得听出是葡萄园会计小雨的声音，眉头皱了一下，说："我要睡觉。"

"开、开、开！"小雨就像什么也没有听见，只管踢门。

老得没有办法，他嫌脏似的先将手在裤子上抹了几下，然后拉开了木门。

小雨跳了进来，一进门就四下里看，一双眼睛滴溜溜的。老得问："你找什么？"

小雨也不回答，掀了掀木桌，揭了炕上的被子，最后在炕头的小夹道里蹿着，蹿开一个破被套，拿出了那支崭新的猎枪。她笑眉笑眼地端量着，露出了两排雪白晶亮的小牙。她说："嘻嘻，两个筒的呀！……"

老得蹲在屋角,两眼瞅着地上的一片草叶儿。

小雨将手指一个一个挨着往枪筒里捅,嘴里说着:"哼哼,你说笑不笑死个人！……"

老得真不知道这有什么好笑的。

小雨抚摸了一会儿猎枪,突然板起脸来问道:"你买了猎枪,怎么就不告诉我一声呢?"

老得不吱声,只是立起身来,伸手去取枪。她一撇嘴,把枪藏到了身后。老得只好重新蹲下。小雨说:"这是我爸批准给你买的——他批准了,有人才把这枪给你买来。别不知好歹！我跟我爸说一句,这枪也许就收回了。你以后放枪时叫上我吧?"

老得脖子有些红涨。他眯起一只眼睛端量着她。

她二十刚多一点,或许还不满二十呢。穿着风衣——乡下姑娘如今也穿风衣。长得真好看,乡下姑娘也长这么好看。可惜只是好看,不算聪明。聪明还能连初中也考不上吗?老得可是初中毕业,他往往瞧不起学历较低的人。

小雨并没注意老得在看她,只是咕哝着:"我爸批准买这猎枪,我爸说了,有枪和没有枪就不一样！就不一样！我爸……"

老得站起来说:"你爸,你爸也不是很好的人。你一口一口'我爸'。"

小雨两根描过的眉头一皱、一抖,嗓子尖尖地喝了一声,"刷"地将枪从身后倒过来,对准了老得。

老得一动不动地掐着腰,两眼盯住枪口看着。他清清楚楚知道枪膛里没有火药,可他的目光里还是有一丝畏惧。他说:"我对你爸,还是有很大意见。"

小雨怒喝道:"不准有意见!"

"压而不服。"老得又说。

"不准动!"小雨抖了抖枪身。

老得的腰一丝也不敢扭了。他又蹲下去。蹲了一会儿,脖子突然又红涨起来。忽地,他站直身子,一伸手将枪夺到了怀里,然后伸出那只又黑又大的巴掌,按到小雨又软又细的腰上,用力推了一下。只一下,小雨就给推到了门外。她在门外大骂,并随手捡起一块砖头。老得干脆利落地关了门,将骂声、喊声、将一切烦恼关在了门外。

他再也无心写东西了,也无心睡觉,拉开抽屉,取出了他刚才写过的一沓儿信纸,默默地看了一会儿,又放回了原处。他骂了一句:

"王三江,挨钢枪!"

二

王三江是小雨的父亲,民主选举中落选了的大队长。

从前,他也算乡间的一个"大人物"了,跺跺脚,满村的地皮都要颤动。落选了,突然失了威风,他就整天把自己关在家里……土地开始承包了,海滩葡萄园虽有三十六户报了名,但因为没有领头的,迟迟没能签订承包合同。谁都知道负责这片园子的艰难:它需要和果品公司、酒厂、农药厂等单位搞好关系,需要有人为它奔波,万一有点闪失,那损失将会有几万元、十几万元!仅这一点,就吓退了一般庄稼人。

正在这时候,一直不露面的王三江走上了街头。

人们很难忘掉那天的情景:老人们正懒散散地蹲在墙根下吸着烟晒太阳,突然有个又高又大的黑汉顺着街筒子走来。老人们一齐惊讶地仰起脸来:这不是王三江吗?他肩膀上搭着一件黑衣服,摇晃着肥胖的身躯,慢吞吞地往大队部走去,显出十分悠闲的样子……

后来人们才知道:他是去承包葡萄园的,自愿代表三十六户,伸出了那根肉嘟嘟的食指,在承包合同上使劲按了一下。

王三江很快把当年做大队长时搞熟的门路全利用起来,又让三十六户用力地做,葡萄园果然有了不少起色。结果第一个秋天,收入就超出承包额近一倍,三十六户欢笑起来,王三江却不动声色。他只从超产中抽出一小部分平均分配,其余的全部交公。这真有些冤枉:河西葡萄园的葡萄树小,总收入还比不上他们,可人家手里的钱却比他们多!三十六户找王三江吵架,王三江说:"农民意识!以后再没有秋天了吗?只要你们跟着我王三江好好干!"说着,他把那只红润润的大巴掌果断地一挥……

这个王三江真是个奇怪人物。他做大队长时霸道和暴躁是有名的,如今却很少发火。他似乎永远将一件黑色中山装斜披在肩膀上,一晃一晃地在葡萄架里走着。年轻人可能更喜欢他,有四五个小伙子常常跟在他后边。老得喜欢端量他那圆圆的大脸盘子:黑红黑红,渗着一层油汗,样子憨憨的——老得认为这正好说明了王三江的内秀,并且具有某种幽默感。他尤其觉得那件斜披着的衣服让人发笑。

可是后来发生了一件事情,使老得深深地吃了一惊。

他陷入了困惑。他要重新揣摩王三江……

有个叫铁头叔的孤老头子,看了一辈子葡萄园,和老得做了好多年搭档。老得把他看做父亲一样,夜里守园子寒冷,就把细长的身子拱在老人温热的蓑衣下边……有一天,老得从葡萄架下钻出来,发现空旷沉寂的屋前空地上定定地站着两个人——铁头叔和王三江。

王三江还是斜披着衣服,双臂倒剪,一动不动地盯着铁头叔。他脸色阴沉,目光锐利。铁头叔也一动不动地站着,看着王三江。他胡须抖动,眼含愤怒。两个人不吱一声,连咳一声也没有。这场面很使老得诧异。

突然,老得发现王三江的牙齿磨动了一下,接着两眼射出一道歼灭性的光来——老得第一次看到这样的目光,差点惊慌地叫出来……王三江就这样定定地看着铁头叔,直看了老半天,然后才抖抖衣服,和从前一样地摇晃着走了……

老得愣愣地站在那儿。他看到铁头叔这时已经全身发抖,脸色铁青了。老得赶忙抱住老人问:"怎么啦?怎么啦?"老人摇着头没有做声,停了好长时间,才长长地舒了一口气:"他嫌我多嘴。我觉得他一笔账目不对,背后找人问了问,被他知道了……"

老得深深地吸了一口凉气……

接着,好多古怪事儿都落到了铁头叔身上。他一值班,园子里就丢东西;一次他在树下打瞌睡,有人把一只癞蛤蟆扔到了他头上;还有人骂他"吃里扒外"……铁头叔想离开园子了。

老得怎么劝阻都没有用,老人还是走了。他走时给老得留下了一件崭新的蓑衣和守夜狗大青……

老得眼睛都哭红了。他不明白王三江为什么用两束目光就能逼走铁头叔。那是一双什么样的眼睛啊!连他自己也不敢回忆那道目光了……

老得一个人睡在小茅屋里,睡梦中常见到茅屋的小门"吱扭扭"打开了,有一个又粗又黑的壮年汉子堵在门口,先是目光沉沉地逼视着他,然后就摇摇晃晃地一步一步走过来。他吓得大叫一声,醒了。醒来了,就再也睡不着了。

梦中常见的这个人,就是王三江。

他弄不明白,怎么也不能从梦中将这个黑汉赶开。甜甜的睡,就让黑汉给毁掉了。他有时实在困得不行,寂寞无聊,就搓揉着眼睛走出葡萄园,到海边上吹吹海风,看那些赤身裸体拉大网的人。

他有时想:要从梦中赶开这个黑汉,首先必须敌得住他的眼睛。铁头叔看了一辈子葡萄园,那身上的筋脉被风雨磨韧了,尚且敌不住那双眼睛!他想这里面会有什么缘故的,需要好好寻思一下……往常老得看了一夜园子,早晨跟在铁头叔的后边,手扯着大青的铁链从一片早霞里走出来,高高地呼唤几声,扭动几下腰身,别提有多么惬意和舒畅!可是后来就不行了。他一个人走在架空里,老觉得四周那么憋闷,似乎有什么东西要逼近过来。他几次猛地转过身去,都发现园里静静的,什么也没有。老得自己也感到奇怪了。他实在弄不明白这是怎么回事儿。有一次他看到王三江斜披着黑衣服,摇摇晃晃从葡萄架下走过,就猛地拍了一下大腿:毛病就出在这个黑汉身上!那种奇怪的感觉就是从他身上来的!

老得弄清了这个缘故,连自己也吃了一惊。他不明白这个黑汉子怎么就会有这种神奇的作用。要敌得住他,只有弄明白里面的"原理"——老得记得在学校读书,数理课本上常有"原理"。他想世上的大小事情也都会有个"原理"的!老得绞拧着眉头,苦苦地思索着。他有时能够远远地盯住那个斜披衣服的身影,半天也不动一下……他又想起了那两束可怕的目光。他咬着牙。他想终会有一天制住这个黑汉的,现在要紧的是先弄明白里面的"原理"!

老得像害了病一样。他整天牵着大青,步子蹒跚地走在葡萄园里。他的头发蓬乱,两眼无神,鼻子两侧挂着两小片污垢。他不想吃饭,只是忘不了喂大青。大青平常是活蹦乱跳的,可是这会儿也蔫蔫地垂着头,尾巴夹在两条后腿中间,步子迈得松松垮垮。

有一次他正走着,遇上王三江迎面过来。老得的眼睛立刻放出了两束光,下巴收紧,用力压在锁骨上,那目光就往上射出,显得眼白很大。他就这样鼓足勇气,瞪着一双眼睛,迎着王三江走了过去。

王三江倒被这副样子逗笑了。他"嘿嘿"笑着,刚要说什么,可是又立刻闭上了嘴巴。王三江发现这目光里闪烁着仇恨!他禁不住"哼"了一声,警惕地退开一步。

老得说话了,那字是一个一个从牙缝里挤出来的,断断续续:"你……欺负……铁头……叔!"

王三江气愤地挥起了巴掌。可是老得也不示弱,他手里牵着大青的铁链,正好余出一截,就奋力向着王三江抡去。王三江一躲,同时伸出右手,五指并拢,往左上方举、举,直举到左肩膀上方,才狠狠往下一砍。只一下就将老得砍倒在地上……王三江盯着躺倒的老得骂了一句:

"一个古怪……东西!"

老得第一次尝到王三江的威力。他那立起的手掌,侧面如同一把钝钝的刀子,砍来着实厉害。这沉重的一击,使老得很长时间不敢去寻思那个"原理"。葡萄开花了,结果了,老得精心地守护着,只是再也不敢去琢磨怎样制住黑汉——王三江的一掌,使他的思辨进程足足推迟了两个月! 可是他敢恨他。他常常面对大青,藏在深深的葡萄叶子里说话。他认真地告诉大青:"记住,是王三江气走了你家铁头叔的!"大青摇摇尾巴,悲哀而丧气地点点头,似乎是听明白了。

老得还有一点怎么也弄不明白的地方,这就是小雨了。他不知道小雨怎么会生成这样。她太白了,白得像阳光,让人不敢定神凝视,真正是耀眼的白。那腰也真细,圆圆的,老是引逗老得要伸手去拃几下。可是他不屑于一拃。他离小雨远远的。他怕小雨身上沾了和她爸一样的毒气。小雨也真是天下第一个"妖女":永远不像个大姑娘,娇滴滴、脆生生,想笑就笑,想骂就骂,倚仗她爸的威力,走路也想横行! 她必定描了眼眉才肯出来,必定是每天都要骂人的。可是,她骂老得,老得却觉得她可恨的程度也有限。她又坏又天真。

总之,老得认为,王三江能有小雨这么个姑娘,是十分奇怪的事情。

王小雨是葡萄园的会计。明白人都知道这里不需要什么专职会计。可是她愿意大模大样地"办公",她的办公桌就安在老得的隔壁。那儿清静又卫生,还有一张床,可以偶尔留下过夜。

老得最恼恨的就是她在这儿过夜。那时他要呆在葡萄园子深处守夜。他要牵上大青,披上蓑衣,依偎在一棵老葡萄树下。可是这时候的小雨喜欢站在茅屋前的空地上唱歌。她唱得很多、很杂,一会儿是《军港之夜》,一会儿是《松花江上》,有时竟唱起一首十分陈旧的忆苦歌:"天上布满星,月牙儿亮晶晶,生产队里开大会,诉苦把冤申……"那尖尖的声音在夜空里飘散,悲凄而又哀怨,使老得一个人呆在黑夜里,怪害怕的。每逢这时他就思念起铁头叔了,思念着他们一起守夜的那些日子。

该有一个和他做伴的人了。可是这个人总也没来。

老得想:也许是葡萄还青绿的缘故。可他转而又想:青绿的葡萄也要丢失啊!

倒是新买的猎枪给了他不少慰藉。他白天将双筒猎枪包在一床破棉絮里;到了晚上,就抱着它,一夜嗅着枪身上那股淡淡的油漆味儿……

三

早晨,乌蓝最先叫了一声。乌蓝是最伶俐的歌手,它常在早晨蹲上葡萄架,默默地歇息一会儿,吸足了新鲜香甜的空气,再一跃而起,在葡萄园上空那片绚烂的彩霞里飞动。它永远在不停地跃动,不停地歌唱。

风吹动着千万片葡萄叶儿,那一面泛白、一面黑绿的大叶片儿每扭动一下,都要显露出一串硕大的葡萄穗儿。风是香的。阳光照在穗串上、叶子上、古铜色的老藤蔓上,使一切都变红了,变得羞答答的。架子将空中彩色的光束切割成更细的光束,投到不同的方向,均匀地落在园子里的每个角落。葡萄架是一把"光的喷壶嘴"。一个个葡萄园在大海滩上伸展开去,没有边缘,似一片深远莫测的海、一片旷大无边的森林。红色的雾气笼罩在这片绿海之上,给它增添了一丝神秘的意味。

常常是从不知多么遥远的地方,从晨雾笼罩的葡萄架子深处,传来一声声悠长的呼叫。这声音也许是起早到园里做活的人喊的,也许是守夜人在沉闷、劳累了一夜之后,伸臂展胸,发出的快意的长吁。这片辽阔的园子没有沉寂的时候,你如果仔细倾听,总能听到奇妙的声音。即便在午夜,也有些无法分辨的千奇百怪的响动,或者是"嘎嘎"两声,或者是"啵啵"两声……海浪在黑暗深处应和着,使夜里的园子更加不可捉摸。整个海滩都像一个睡去的巨人在喃喃梦呓。

乌蓝叫过之后,大海滩真正苏醒了。

各种鸟儿都飞动起来,一试歌喉。野兔儿在野鸡的呼声里有节奏地蹦跳;乌鸦(这些讨厌的乌鸦!)成群地飞过,一边七言八语地议论着,一边从一排架子跃到另一排架子上去;小虫虫们在霞光里飞上飞下,那薄薄的翼被映成了鲜红;蝈蝈儿一齐鸣唱了,它们的歌声里充斥着对漫漫长夜的控诉……对于这一个长长的夜来说,早晨的苏醒就显得太重要了。各种小生灵奔走相告,欢呼光明。它们憎恨黑暗葬送缤纷的颜色,葬送一个明媚的世界。它们急于看一看叶片上那一层细细的绒毛,那清晰的、像图画一样美丽的网络,那泛红的、像蚂蚱腿一样的叶梗儿……

守夜人都在同时搓揉着眼睛——他们都是在乌蓝的欢呼声里搓揉眼睛的。蓑衣都是湿的,他们都在这时候抖落一身露珠。哦哦,一夜的警觉的守候,一夜的忠于职守,他们像个活化石一样,一动不动地呆在树下,偎在蓑衣里……

老得用力地跺脚,抖动蓑衣,大声地咳嗽着。他要回茅屋去了。

大青顽皮地伸了伸舌头,看了看老得。它周身的毛也都濡湿了,在阳光里闪着亮儿。老得背上猎枪走去了,它一颠一颠地跟上去,"哈、哈"地呼出一股股热气。

园子里已经开始有人来做活了。老得看见来人,精神立刻好了许多。他和人们打着招呼,人们和他说着笑话。他的猎枪在肩上闪亮,这使得好多人想起那张贴在杨树干上的告示。有的人问他:"老得,你说你的枪上了'火漆',其实不过是上了一点儿'黄油'。"有的说:"老得,昨夜里我听见'轰轰'几声,半空里亮了一下,真以为是你放枪打贼,走出屋望望,才知道是南山顶上打雷呢!"……老得每一句话都认真地听,他并不以为这是笑话。关于枪的问题他是要认真解答的。他说:"火漆!那还有假?'黄油'?'黄油'是不禁摩擦的,是不顶事的。"

老得走近了茅屋,见里面正站了个高高大大的黑汉,跟梦中常见的那人一样!他闭了闭眼睛,默默地将大青拴了,然后就像什么也没有看到一样,转身就要走去。可是屋里的黑汉大声喊了一句:"老得呀!"

老得只得迈进茅屋。

王三江坐在屋里唯一的一把白木椅子上,老得只得坐在炕沿上。他故意不看王三江,可那眼睛总要不时地瞥过去一下。对于王三江一大早的突然到来,他心里多少有点慌乱,一颗心"噗噗"地跳着。

王三江坐在椅子上,偏要将那只套了尼龙丝袜的大脚搬到椅面上,用手摩挲、捏巴着。他问:"老得呀,你一个人憋闷不?"

老得说:"嗯。"

王三江觉得有趣,笑了。突然,他向一边喊道:"小来!"

屋角的黑影里有什么东西活动了一下,接着传来"哼"的一声。

老得一愣,上前打开了窗户。光线透进来,屋里明亮多了。原来屋角里蹲着一个瘦瘦的小孩儿,皮肤黝黑,周身被太阳晒得流油儿。他蹲在那儿,头扭向一边,像哭泣一样地耸动着肩头,身子一抽一抽的。

老得不解地望着王三江。

"小来!"王三江又喊一声,说,"你从今后跟上老得看葡萄园子,不准耍刁。"又对老得说,"小来交给你了,他不是个好孩子。要刁,你泼揍!我跟他爸老窝说妥了的,他爸也说:'交给老得了,要刁泼揍!'听见了吧?"

老得应了一声:"嗯。"

王三江说完搓搓大手,站起来走了。

老得把枪放到破棉絮里,然后躺到了炕上。他枕着两手,眼望着屋顶,很想一下子睡过去。可是他睡不着。他盼了多少天的新搭档,如今就蹲在这间茅屋的角落里。这么个小东西,能做什么事情!他想他家准是给了王三江什么好处的,要不,王三江不会轻易让他来葡萄园的。他这样想着,闭上了眼睛。可是他很快听到了小来在角落里喘息的声音,这使他从炕上爬起来,走到了小来跟前。

小来站起来,像害怕似的往角落里退了一步。

老得这会儿看清楚了,原来小来不像从背影上看的那么小,他至少也有十五六岁的样子,只是长得弱一些,薄薄的肩头像个孩子。老得这会儿也像王三江那样,大着声音喊了一句:"小来!"

小来注视着老得,就像害怕阳光似的,很快就眯起眼睛,将脸转向一边了。老得笑了,使得那个长长的下巴歪得更厉害了。他把手搭到小来的肩膀上说:"我知道这茅屋快来个伴儿了,想不到是你!嘿呀,你和我看葡萄园吗?你和我住这茅屋吧——以前是铁头叔和我住茅屋……"他一说到铁头叔,脸立刻沉了一下,不吱声了。他停了一会儿说:"睡觉,你上炕躺下吧!"小来不愿动,可能不大瞌睡。老得却不管这些,弯下腰抱起小来,平展展地将他放在炕上,又用一条厚厚的花被子蒙起来……

老得又伏在小白木桌儿上写起了什么。

写了一会儿,他突然觉得不很自在,回头一望,见是小来从被

子里探出了头,睁大眼睛往这边看。老得粗声粗气地喊了一句:

"不准看!以后不准看我写字!"

小来一下子缩进了被子……

这天,老得像过去那样很晚了才去睡觉。他醒来时,天竟然黑了下来。他从来没有一觉睡到这时候的。他坐起来,发现身边的被窝空了,屋角也没有了小来。他觉得有些奇怪,赶紧跑到了屋子外边:大青在葡萄树下静静地卧着,风"沙沙"地吹着一园绿叶儿,喧闹的人声也没有了,晚霞笼罩了整个葡萄园……

"小——来——"老得急得跺了一下脚,呼喊了一声。

大青忽地蹦起来,警觉地四下望着,两只耳朵朝上竖了起来。

老得牵了大青,急匆匆地走到了园子里。他想也许小来到园里玩,迷路了,回不来了。他在架子间奔跑着,长长细细的腰使劲地扭动着。直到两腿又酸又疼,热汗湿透了衣服的时候,他才放慢了步子。葡萄园漆黑漆黑的,连他自己都要迷路了,他不得不往回走去。

整个夜晚他懊丧极了。他弄不明白小来哪里去了。这个瘦小的人儿像个影子一样出现在茅屋里,又像个影子一样地消失了……

四

夜里,老得疲惫地倚坐在葡萄树下。大青的鼻子对着他的脸,"呼呼"地喷出一股股热气。老得将额头低下来,用面颊靠在它长长的、温热的嘴巴上,一丝一丝地活动着。大青禁不住伸出舌头去舔他的手。在往常,老得总要毫不留情地拍它一下,可是今天他任它舔着。

狗的舌头热乎乎的,好似一个温柔的手掌。老得伸出两手将它推开了,让它蹲在一边,不满地哼唧着。老得深深地垂下了头,用两手紧紧地将脸颊捧住……他喘息着,张大了嘴巴,就像刚刚剧烈运动过一阵似的。他觉得手掌有些发湿,对在眼上看了看,见是两滴泪珠。

老得一动不动地盯着眼前一片漆黑的夜色。他老是觉得这面巨大的黑色幕布向两边拉开,从中间的缝隙里走出一个背有些驼的老人。他认识老人的那双眼睛,他在这伸手不见五指的黑影里也能认出铁头叔来!他禁不住"啊啊"地站起来,往前迈出一步……眼前什么也没有,还是一片黑暗。他揉一揉眼睛,失望地坐在了地上……

老得很小的时候便失去了父母,他是跟哥哥和嫂子长大的。他长到三四岁时,村子里闹起了饥荒,哥哥一家差一点儿饿死,慌乱之中不得不抛开了老得。老得一个人也不知是怎么活过来的。后来他老是生病,瘦得不成样子,书也读不好。老得多么愿意读书啊,可是他读不好。他不得不怀着一腔迷恋回到了村里。也许是同情他的孱弱和孤独吧,村里领导没有让他下田扛沉重的镢头,把他派来看护葡萄园了。

铁头叔没有老婆,也没有孩子。他一个人在园子里,养着大青,住着茅屋。老得来到的第一天里,铁头叔特意到海边上,跟打鱼人要来两条黄鱼,做了一顿鲜美的鱼汤。

老得至今忘不了那鱼汤的味道。他甚至记得鱼汤做好时,铁头叔怎样叼着烟袋去揭开锅盖子,先搅动一下,然后用勺子赶开漂在油水表面的三两个绿色的葱花……那些不眠之夜哟,铁头叔的烟锅在黑影里一明一灭,像不知疲倦的眼睛。老人有时高兴了,甚至这样问他:

"喂,老得呀,娶个媳妇呀,想不?"

老得不做声。他在黑影里,兴奋地把两只大手撑在肋骨上,使劲咬着嘴唇……铁头叔在一边笑,笑了一会儿又说:"娶个媳妇,做鱼汤我喝吧——我这辈子生在海边上,还没有喝得够鱼汤——我到人家屋里做客,也老是对人家说:'做鱼汤喝吧!'……"

老得和铁头叔在一起看葡萄园,永远也不知道疲倦。老人有好多古怪的故事。他至今记得一个故事:有一个小伙子种了一片果园,总也结不多果子。后来他在园里遇到了一个古怪的老头子:穿了一件遮膝长袍,是用画满了果子的布料做成的……老头子临走时告诉了小伙子一个方法:吃第一个果子时,要捏住果梗儿,闭上眼睛用心地想——果子里有水,水是树木吸了地底的水、浇灌的水、天上下的雨水和露水;果皮上有花道道,是一早一晚的云彩映上去的;果子上有个小洞眼,是不小心让虫子咬上的;果子长得不圆,是缺养分,管园子的人开春身子疲乏,多睡了几次懒觉……实在想不出了,再把这个果子吃掉。

铁头叔讲过了故事说:"那个老头子是专管人间结果的神仙。照着他说的做,果子要多得压断果枝!可到现在还没有多少人照着去做,果子当然是又酸又涩、个头小、稀稀疏疏……"

铁头叔说到这里时,就和老得一齐大笑起来。老人不停地吸烟,总要把烟灰磕在大青面前。大青总要低下头去闻一闻,也总要用力地打一个响亮的喷嚏……

老得多么留恋那些个夜晚啊!

可是后来,老得一个人呆在漆黑的园子里,总要设法赶走瞌睡。

无边的黑暗里,老得有时沿着葡萄架空往前走着,不一定什么时候前面冒出一个活动的黑影,吓得他出一身冷汗。再一看,原来是一棵在风中摇动的杨树!失群的孤雁在园子上空哀鸣,老得每一次听到都要难受半天……

大青这会儿"呜呜"地低叫了两声,向着一个方向昂起头,脊背上的毛竖了起来。老得把脸从手掌里抬起,拾起了横在腿弯里的猎枪。

"老——得——"有个尖尖的声音在不远处压低嗓门呼叫。

老得迎着声音走了几步,又拍一拍大青的脊背,一声不吭地蹲在了葡萄树下。月亮刚要升起来,老得看得见大青的眼睛。

那个声音也不响了。停了一会儿,传来"嗒嗒"的脚步声。从一团团黑色的藤蔓里,走出了一个姑娘。她头发披在肩上,穿了一件浅色的衣服,脚上踏着塑料拖鞋,身子一晃一晃地往前走着。

老得的心开始跳得快了,当他认出是小雨,又松了一口气。他从树下站起来,不解地"嗯"了一声。

小雨先是被突然出现的老得吓了一跳,接上就哭了出来。她用手背儿揉着眼睛,咕咕哝哝地诉说着:"……死老得啊,你在这儿站岗,背着枪,我一个人在茅屋里睡,做了个噩梦!我梦见有个人蹑手蹑脚地往茅屋跟前走,手里握一把刀子!我出了一身冷汗,醒过来……死老得呀,我醒过来,真听见有人蹑手蹑脚地往茅屋这儿走。我打开窗子——只打开一条缝,外面黑漆漆的,什么也看不见。可我怎么也睡不着,老觉得有人蹑手蹑脚往茅屋跟前走……"

她一边说一边比画着,还不时插上"哼哼"的几声拖腔,使人联想起撒娇的娃娃在哭。

老得大不以为然地摇摇头:"噩梦,又不是真的。"

"我真听见有人蹑手蹑脚……"

"噩梦又不是真的……"

小雨脱了拖鞋垫在屁股下,两手抄在胸前说:"我是不回茅屋了,死老得,我和你守一夜园子……吓人!"

老得不做声,只是怕冷似的将蓑衣围在身上。他闭了闭眼睛,觉得这简直像梦一样……芦青河在远处"呜噜噜"地响着,好像一个老妇人在深夜里哭泣,又像一个嗓子不好的人在恶作剧般地大笑。海浪的声音也很大,大约是海潮涨上来了。可是迟迟听不见拉夜网的号子,老得想也许这个夜晚他们不拉夜网了……他不时地抬眼瞅一下对面的小雨,瞅一眼他身旁坐着的大青。大青对小雨的到来也像是颇不以为然,斜也不斜过去一眼,不亢不卑地昂首直坐,望着那一天闪烁的繁星……

王小雨的泪痕未干又笑了起来,说:"我真想不到还能和你一同守园子哩。死老得!水蛇腰!真想不到。这是'干部和群众同劳动'呀……"

"呸!"老得吐了一口。

小雨愤怒地站了起来,说:"你吐我?"

"我恶心。"老得说。

"你恶心我?"

老得说:"我的嘴巴恶心……"

小雨又坐下了。

他们好长时间都没有说话。老得用心地抚弄他的枪,一会儿搬上膝头,一会儿又搂在怀里。园子里每有一点声响,他都警觉地站起来,倾听着、辨别着。

王小雨坐了一会儿觉得无聊起来。她说:"老得呀,你这个人也不错……"

老得没有应声。

"我是说你怪老实的。"

"老实就有人欺负——铁头叔就是一例!"

王小雨撅撅嘴巴:"不准你指桑骂槐!"

老得搓搓脖子:"没有的事……"

王小雨重新高兴起来。她又坐了一会儿,说:

"你知道吗?我爸不让找你玩的。他说:'老得可不是个正经东西。'我觉得你坏是坏,可也坏不到哪里去。"

老得从地上站起来了,粗声粗气地叫了一声:"嗯?"

"坏不到哪里去。"小雨说。

老得没有吱声。他把枪从肩上摘下来,搬弄着,又一个一个瞄着天上的星星。他瞄着,闭着一只眼睛,含混不清地咕哝着:"我早晚打下他来——'嗵!'给他来这么一枪……"

王小雨立刻从地上蹦起来,抓起沙子扬他。

老得敏捷地在葡萄树下绕来绕去,小雨追着追着就找不见了。

停了一会儿,从不远处的葡萄藤蔓里又传出老得的声音:

"给你爸来这么一枪……"

五

小来自己回来了。老得问他哪去了,他说哪也没去。老得当然不会相信,就再三盘问。后来小来才告诉:他跑走了,穿过葡萄园,要回家去。他怕老得以后会揍他。可是他跑到了自己家的后门口,望着门缝射出的灯光,又不敢进去,他怕爸爸,于是又摸黑跑了回来,在茅屋跟前转了一宿……

老得明白了那天晚上王小雨为什么听见有人蹑手蹑脚地走……他知道了小来有个后娘,他爸老窝也管得很严厉,不由得生出几分同情。这天下午,他特意到海上讨来两条黄鱼(铁头叔当年也这样做过),为小来烧了一锅鱼汤……

葡萄慢慢变紫。

葡萄园要进行成熟前的最后一次洒药了,这是园子比较繁忙的时候。人们都穿上了破衣服改做的工作服,手持喷雾器的长杆,在架子间来来去去,那样子有趣极了。无数的喷头向上、向下,向左、向右,喷出乳白的雾气,阳光又在雾气上映出一道道好看的彩虹。

喷雾器"咝咝"地响着,压气机"吱吱"地叫。两个人扳一个压气机,迎着面推来推去,就像踩跷跷板一样。可是远远不像踩跷跷板那么轻松,这只要看一看他们横流满面的汗水就知道了。年轻的姑娘和小伙子愿意结伴做这样的活儿,他们面对面地劳动,你推过来,我推过去,严肃的时候不多。姑娘推几下就笑了,接上小伙子也笑。姑娘笑得"咯咯"的,小伙子笑得"哈哈"的。只是他们都低着头笑,轻易不抬头互相看一眼。没有人督促,也没有人喝彩,他们越干越有劲儿,将气压得足足的。气越足,远处的喷头喷出的雾气越匀、越宽,空中的彩虹也越好看。

整个园子里都是沸沸腾腾的人声。葡萄紫了,三十六户都激动起来。连小孩子也拥到园子里来了,在乳白色的雾气里奔跑着、呼喊着。

老得睡不着的时候,就牵着大青,领着小来到园里来。他们有时在压气机跟前停住步子观看,那扳机器的姑娘和小伙子就说:"老得,你站哪儿不好,偏站这儿!这儿脏哩,小心药水溅到身上……"老得总是果断地回答说:"我不怕脏,我又不是娇气的人……"

有人老远打趣地嚷着:"老得呀,你告示上不是说见贼就打吗?地上从来没见有人躺倒!""也可能是枪法一般吧?哈哈……"

老得把枪往肩上耸一下,大声说:"告示贴出来,有法必依,谁敢偷这园子……"

远处的人一阵满意的哄笑。

又有人说:"老得,你看园子是有功的,该报告王三江,奖励你一下呀……"

老得听到"王三江"三个字,心里很不愉快,于是就离开了压气机……葡萄架空里,这时"突突突"开进几辆轻骑,在老得的身旁停住了。从车上跳下来的都是三四十岁的人,老得一看就知道是葡萄贩子。他们其中有的早就认识老得,笑模笑样地递过来香烟,喊:"老得,帮我们引见一下王三江吧!"

老得不停歇地往前走去,嘴里咕哝着:"我引见不上……"他早已瞥见了轻骑后座上捆绑的那些东西,在心里恨恨地骂了几声,和大青、小来横钻过一排架子走去了……

洒药水的人们开始休息了。他们坐在葡萄架旁喝着水,高声地谈笑着。老得走着,听到他们不断提到王三江,觉得今天十分晦气。"……今年葡萄又要涨价!酒厂经理都亲自来了,小卧车就停在王三江门口……""也肥了那些葡萄贩子,他们运上一秋,要挣上千块呢……现在都忙着找王三江批条子……""有个人肥得更快呢!看看河西园子,人家葡萄长得没咱好,可年年分钱比咱们多!……"

老得想和小来回茅屋去。他们正走着,突然听到身后静下来,几乎所有人都同时闭上了嘴巴!老得觉得奇怪,回头一看,原来是那个斜披衣服的黑汉从南边摇晃着走过来了!他的身后,照例跟着四五个小伙子……老得拍拍小来的肩膀,坐在了地上。他远远地盯着那个黑汉。他想那些小伙子简直成了王三江的义务保镖了!王三江的黑衣服被风吹得扬起来,很像个大乌鸦的翅膀——老得马上觉得黑汉子就是只大乌鸦,它在园子上空低低地盘旋而过,黑影儿投在地上,地上的一切都默然无声了……

王三江走到一个坐着的小伙子跟前,伸手去弹他的脑壳……好多人站起来,叫着"三江叔","嘿嘿"地笑着。园子里又开始有了说笑声。

老得盯着那个"大乌鸦翅膀",目光像凝住了一般。他眼前仿佛又闪过那一对逼视过来的目光……老得的眉头绞拧在一起,又在默默地想那个"原理"了。"大乌鸦翅膀"在风中扇动着,下面有人向他频频点头……老得看着,心中突然动了一下——王三江可怕,有些人的贱气样子更可怕哩!他想起民主选举时,人们对这个只喝酒不做事情的大队长再也不能够容忍了,一下子就把他选掉了!那时候大家就不怕他,现在反倒忍得住,反倒怕起他来了——这里面总该有个"原理"的!……老得想到这里"哼"了一声,站了起来。他激动地抖着大青的锁链,对小来说:

"这里面有个'原理'!"

小来不解地望着老得。

老得又定定地望了一会儿黑汉,就往回走去了……

不远处的小路上,有些陌生人走过来,老得知道又是找王三江批过条子的人。他早听说这些有本事的商贩能用低价购到葡萄,让三十六户吃哑巴亏。他又想起人们和河西园子做的对比,这时心里一阵愤怒,就走过去跟他们要条子看。

几个人挤着眼,搔着头,并不掏条子。

老得也不做声,只是拦住他们,很有耐性地蹲在了路边,揪一串葡萄慢慢吃着,不时斜眼瞥瞥他们。

大青"呜呜"地叫起来……老得抬起头,看到葡萄架后面有个人影在晃动。他扒开藤蔓一看,见站在那儿的正是斜披着黑衣服的王三江!

王三江"哈哈"笑着,一只手挥动着让那些人走开,一只手招着,那是让老得再靠近些。

老得心里不由自主地"噗噗"乱跳起来,手里扯紧了大青上前一步。小来也站到了老得身边。

王三江坐在了架子下,让老得和小来也坐了。他从衣兜里摸出一个拳头大的黑烟斗,惹得老得惊讶地看着。王三江笑眯眯地端量了一会儿老得,吸一口烟说:"你是得病了……"

老得迷惑地看他一眼,咬着牙关没有做声。

"你的两个眼珠子锃亮——你是得病了!"王三江徐徐吐着烟,又说。

老得不安地将枪倒在怀里。他摩擦着枪身说:"我没病。有病也全在腰上。我的腰挺不硬。"

"病在眼上。腰是好腰。铁头叔以前也犯过这病,那是睡觉多了,外精神太大……"王三江说到这儿突然严厉地绷紧了脸,"我送你个偏方:以后只许上午睡觉,下午到园里扳压气机!"

老得终于明白这是怨他刚才拦了那些商贩!他气得身子抖了一下,腾地站起来说:"我没有病!我要睡觉!"

王三江也站起来,威严地喝道:"听大叔的话,偏方治大病!"

傍晚,小来的爸爸老窝到茅屋来了。

这是个老实巴交的老头子,嗓子也不很好,每说一句话,都要"吭吭"两声。他的烟锅永远叼在嘴里,不管有没有烟。他是为小来的事才来的。他管老得叫"他家老得",并且说得声音甜甜的,包含了一定的尊重。老得还是第一次听人这样叫他,心里十分高兴。

老窝说:"他家老得,你是个好小伙子哩!小来交给你我心里妥帖!吭吭,妥帖。我跟他家王三江大叔说哩,小来有什么不好的地方,他家老得你泼揍,吭吭,泼揍!……唉唉,泼揍!……吭吭,庄稼人不易哩!小来身子软,又念不成书,在田里又做不了多少活,吭吭,我就求他家王三江大叔开开面子,好话说了一抬筐,费了烟酒才……吭吭!吭吭!……"

老窝觉得说走了嘴,眼皮垂了垂,使劲咳嗽起来。他长长地吸了一口烟,又说下去:"他家老得呀,吭吭,你呀,你年长他几岁,有事多担待些,吭吭,你泼揍,只管泼揍!可你别让……吭吭!别让别人动他呀,你看他那胳膊,秫秸秆儿粗,吭吭!在家时,他后娘老要打他,这孩子自小命苦哇……吭吭!……"

老窝说着流出了泪水。他赶忙用衣袖用力地抹去。

老得一直默默地听着,两眼望着窗外的什么地方。后来,他不知怎么也哭了,眼泪从鼻子两边缓缓地流下来。

小来就坐在炕沿上,低着头,用手撕一个破布条……

六

习惯真是个奇怪的东西。老得几次想一大早就睡觉,可怎么也做不到。他总要坐到桌前,揉搓着眼睛,一个接一个地打着哈欠,用铅笔在白纸片上写一会儿。纸片写满了时,他才爬到小来身边睡觉。午饭常常被他们忽略了,有时醒来,也不过是烧几条咸鱼,吃两片烤玉米饼。老得近来不知怎么很疲倦,有些瞌睡。

下午,他很想蒙头大睡,可是果真有人来喊他和小来去扳压气机了。他恨死了王三江,可是又不能不去。他发现自己像大家一样害怕王三江。没有办法,他暂时只得穿好衣服,唤醒小来,背着猎枪,牵着大青到园里做活去了。

几乎所有人看了老得这副样子都笑。他们笑老得总也离不开大青,离不开枪。老得倒没觉得怎么可笑。他心里更多的是气恼。他知道王三江存心不让他睡个好觉。他想如果铁头叔在,也许事情不会糟到这种地步的,铁头叔有骨!铁头叔高高的嗓门喝一声:"我要睡觉!"——所有人(当然包括王三江)都要惧他三分。现在则不行,现在只好乖乖地来扳压气机了。

他和小来扳一台。小来两臂细瘦,自然不顶事的,差不多要老得一个人用力气。他的腰吃力地扭动着,一会儿就汗流满面了。

王三江从一边走过来,总要停住步子欣赏一会儿,大声夸奖几句:"瞧瞧,老得是做这活的好材料。老得扳得得法,省好多力气的……老得扳得好!"

老得紧紧咬着牙齿。他的脖子涨得紫红,一声不吭。他只把圆睁的眼睛瞪向小来。小来有些不敢看这双眼睛,躲闪着他的目光。可小来有时瞅瞅这双眼睛,脖子也红涨起来,咬住嘴唇,伸出细瘦的胳膊,狠狠扳住压气机手柄,狠命地往胸前拉着。

王三江很有耐性地站在一边看着,不时地夸赞几句。他说:"这活路不同别的,这活路讲究个配合!你们看人家老得,功夫都在腰上了!"

老得的腰疼得厉害。他有时要用一只手按住腰部。可这时候王三江也要夸他,说他很从容呀、一只手也做得呀。老得气得肚子都要炸开了。他直挺到王三江走开,嘴里没哼一声。

休息的时候,老得拉上小来到一个僻静地方坐了。

他把头埋在了两膝间,深深地低着。他大睁着眼睛,望着地上那片洁白干净的沙土……真好的沙土!这样的沙土,白玉颗粒一样,当然生得出甘甜的葡萄呢!老得禁不住伸出手去抚摸着。他认定这儿的葡萄特别甜,完全是因为这片沙土的缘故。如果说到感激,应该感激的是这片沙土!他想,谁包种下这片葡萄园,葡萄都会生得像蜜一样甜的。奇怪的是有人不去感谢土地,却要去感激霸道的王三江!

"哼哼!"老得苦笑了一声。他想起了有人甜甜地呼叫"三江"——像呼唤兄长一样。兄长?哪有这么霸道的兄长!人们是怕他。王三江能领着他们发财——钱这东西也真怪,它能使人胡乱去认"兄长"!"哼哼……"老得搓搓手,又笑了。他望了望对面的小来和大青:小来在搬弄地上的石子玩,那样子安然极了,天真得很——十六七岁的小伙子特有的那种天真。大青有些疲倦地眯着眼睛,舌头烦躁地伸出来,大口地喘着气……

风把一片浓重的药水味儿送过来,老得用力呼吸一口。药水的气味有点像碘酒。葡萄穗儿的气味也很重。葡萄开始成熟了,尽管药水味儿那么浓,也没法掩盖得住这种香甜的气味。秋风真凉爽,它吹在老得汗漉漉的身子上,使他感到一阵发冷。远远近近的鸟雀都在聒噪,它们一定是在诅咒人类的恶作剧——将这么多有害的邪味毒水喷洒到美丽的葡萄园里！小蚂蚱们蹦起来,"噌噌"地飞到架子的最顶端,又向着一边逃去了……三两个年轻人趴在架子下,眼睛向四下里乜斜着,偷偷咀嚼一串变紫的葡萄。老得在过去准向他们扬一把沙土,逗个乐子,可是现在没有这份心思……远处,传来几声刺耳的笑声,一听就知道是王三江。老得厌恶地低下头去。

　　他继续想这片洁白的沙子。他甚至将一个粗沙粒儿捏住,迎着光亮审视着……他弄不明白沙子为什么每个颗粒都包着一层半透明的东西。他只记起葡萄粒儿也包了一层半透明的东西。他于是试图从这片沙子和葡萄园之间找出一点什么联系来。结果他不能够。他想那葡萄的根须,根须怎样扎到深深的地下、地下的水脉……他还想每天在葡萄园里劳动的人,差不多都赤着脚板,极力去和这片沙土亲近。他想这沙子深深地硌到脚板里去,脚板也陷到了沙子里面,那样子仿佛也在设法往地里扎下根须啊！王三江又大又厚的脚,踩到地上"啪啪"响。这双脚因为穿了皮鞋,就不曾陷进过沙土,当然他是不想生下根须的。他在地上没有根。没有根就立不住,所有赤脚的人满可以把他推个仰八叉。老得笑了。他从哪里也看不出人们有什么应该惧怕王三江的地方。

　　不过他想起了梦中出现过的那个黑黑的身影——王三江手大脚大,身子像牤牛一样粗,长得就是有过人的地方。也许天生他就是让人怕的。老得想到这儿吸了一口冷气,眼睛直愣愣地瞅向一个地方。他摇摇头,又摇摇头——他记起在学校时老师讲过的"法律"——法律是专门维持公正的,它不允许一个人依靠体力的强健去欺侮另一个人、去剥夺另一个人,因为全都要过生活。他从这里也看不出有什么应该惧怕王三江的地方。

老得感到很疲倦。他站起来,伸了个懒腰,呼唤了一声大青。大青欢跳起来,跳得最高的时候超过了他的肩头。小来一声不响地在地上划拉着什么,手里捏着一个绿色的草梗……老得这会儿想起了什么,他把大青交给小来,然后一个人攀到了葡萄架子顶上。

他向西望着,他在望芦青河。

在一个个葡萄藤蔓纠扯成的"小山峦"的那边,在一片白雾底下,那堤内碧绿的苇荻、白亮的水,都望得清清楚楚……河的另一边,就是河西葡萄园了。那是一片正在兴起的园子,一片愈来愈漂亮的园子。老得知道搞承包之前那园子是多么丑陋、多么不值一提!可是这一切如今全变了,那儿的人以令人难以置信的速度富起来,听说看护园子的人住在高高的草楼铺上望,并且有了彩电……他决心去寻访那个园子。他要算一笔账。他要从中寻找那个"原理"……

七

王小雨有时懒得回家,就睡在老得隔壁的茅屋里。她的小屋子和老得的差不多,只不过经她一收拾完全变了样子。她的办公桌上有一块玻璃板,下面压了几张男女电影明星的照片。她将自己不太喜欢的几个演员都描上了胡子。女演员添上两撇胡子,她反倒有些喜欢了。她养了一盆吊兰,梗叶垂下来,一条又一条,很像她自己披散的头发。

小雨有一次随送葡萄的汽车去了一趟城里,看到了披肩发,于是不久她的头发也照样披下来。她的头发真黑,乌油油闪亮,老得最不敢看的。她见了隔壁的老得(当时铁头叔还在),总要以两个脚掌为轴,倏地转动一下身体,站定以后再将脚跟颤两颤,使脑后的黑发上下波浪一般翻抖。老得看得出了神,嘴里"哼哼呀呀"的,要不是铁头叔总将他及时喊进屋里,他会这样一直看下去的。

小雨心里恣得要命。她用后脑勺也瞧得清老得的神态。这个死老得!这个水蛇腰!王小雨在心里一连串地骂着,真痛快。她知道那颗小伙子的心是怎么跳动的,老想弯下腰来笑一场。

你老得也想和我小雨好吗?小雨成百次地在心里问自己,成百次地笑!她照过镜子。她从来没发现有谁长得比自己俊!从小爸爸就不让她做重活儿。她的身体没有像一般农村姑娘那么结实,可也不像有些农村姑娘那么笨重。她娇小而苗条,两条腿显得又长又直,像两根结实的橡皮柱,那样有弹性,走起路来一耸一耸的——也就是这个走法,引得老得醉心醉意的。她从来就认为:老得高高的个子,像个篮球运动员(她喜欢他们),只可惜生了个七扭八扭的腰。她气闷地撅撅嘴巴,心想老得呀,你怎么就不去城里,像骨折的病人那样,用石膏把腰固定住呀?她想着想着又笑了。

可是自从铁头叔离开葡萄园以后,老得对她变得冷淡了,好像是她赶走了铁头叔一样!她想起这个就生气。她想让老得像以前那样,老得却偏偏不像以前那样。他偶尔眼睛里闪过一丝羡慕和爱恋的火花,随即也就熄灭了。小雨气愤地走在园里的小土埂上,将她新买的米黄色风衣抖得"刷刷"响。她感到了一种莫名的惆怅和懊恼。

老得能够记住一种仇恨,能够目不转睛地盯住一个地方想心事。他恨王三江,因而也多少有点恨小雨。小雨那些令人眼花缭乱的装扮,老得竟不屑一顾。这说明了他的坚定,也表明了他的笨拙。王小雨有点哭笑不得。

可是那个夜晚她被噩梦惊醒之后,来到葡萄园里,那么顽皮而得意地玩了一个通宵!老得哟,仍像过去那样驯服地、目不转睛地望着她。她那个夜晚过得多么欢畅啊,她已经好久没有过这种欢畅了。她想起了小来,觉得那个小东西倒是很有意思的。她想,从今以后小来就归老得领导了——连水蛇腰也可以做领导,这个年头真是有意思啊!以前老得什么都听铁头叔的,明显地受他的领导。如今不行了,如今老得神气了,添了猎枪(双筒的!),又添了小来。小雨心里不知怎么有了一丝孤独感。她想自己领导一下老得倒也许是合适的。那时候她可以支使老得:"老得,提桶水去!""老得,进屋里坐会儿——不,还是滚开吧!""老得,以后走路不准胡乱扭动那个腰——那叫'水蛇腰',水蛇有毒!"

晚上,小雨睡不着。她愿仰躺在床上想心事。屋子里有一股淡淡的香味,这使她很舒服。月光正好透过窗纸,映在吊兰上。吊兰的小白花儿在夜晚显得那么清晰。她轻轻合上了眼睑。

风徐徐地吹过,像一个人小心地踮着脚尖穿过葡萄园。窗外的青草上有什么虫虫在小声地交谈。露水偶尔从高处的葡萄藤上滴下来。芦青河的流动声变得非常遥远。海浪拍击着海岸,听声音好像要翻腾着奔涌过来。小茅屋愈显得安静了,像一个老人,在月光的注视下怡然入睡了。

小雨老听到自己的呼吸声,轻轻的、细细的,像一只小猫睡着了那样。她将头在枕头上滚动了一下,用嘴唇轻轻地吻了吻柔软的枕巾。一切都是温暖和煦的,散发着一股荞麦花的香味。她愉快地笑了。睡不着,怎么也睡不着。她仰着看茅屋顶,伸出两手在面前绞拧着。胳膊绞到了一起,胖乎乎的手脖儿贴压在一块儿,轻轻地摩擦着。她觉得两只胳膊好看极了。一股暖流在胸中流动,慢慢变得滚烫起来,使她再不能静静地躺着了。她翻动着身子,急躁地扭着胳膊,有时故意用两腿敲击着床板。她不知怎么淌出一滴泪水,接着咬住下唇,"呜呜"地哭起来,将脸埋到枕头上……

傍晚时,她想和爸爸一块儿回家去。她像过去一样跑过去,揪他搭在肩膀上的衣服。王三江平时总是高兴地一耸肩膀,将衣服抖落到女儿的手上……可是这次他站住了,严厉地瞅着小雨问:

"你半夜里找老得玩了吗?"

小雨惊讶地站住了。他怎么知道得这么快!她轻轻地说:"我……嗯!"

王三江把肥胖的食指竖起来说:"你闲得不耐烦,以后就到园里做活去!"

小雨从来没听过这么阴冷的语气,看了看他的眼睛,吓得要哭起来,大口地喘息着。突然她跺着脚说:"做活就做活,我还不稀罕当这个会计呢!"

她说完往屋里跑去,王三江喊她,她像没有听见一样……

半夜了,她还没有睡去。这时,父亲那像锥子一样的目光又从她脸前闪过。她不安地点了灯,从床上坐起来。

怎么也睡不着,小屋里燥热极了!她开了门,走到了窗外的葡萄树下……往常铁头叔将大青拴在树根上。如今老得牵上,到葡萄园里守夜去了。葡萄树根下的干土皮被大青磨蹭得光滑滑的,散发着一股大青的气味。她将身子抵在葡萄架的石柱上。石柱凉森森的,使她舒服得很。她真想就这样睡过去。她想这会儿老得和小来在做什么呢?她又记起父亲那两道目光,就像跟谁赌气似的,她今晚真想跑到园里去找他们啊!她紧紧咬着嘴唇,轻轻地呼吸着,将脚跟跷起来,再跷起来……头被葡萄藤碰了一下,她突然抬腿往园子深处跑去了……

"老得!——老得!——"她一边跑一边喊。

大青呼叫起来。接着老得和小来不无惊奇地迎上来。

小雨站住了,喘息着。她说:"我是来和你俩看护葡萄园的——要吧?"

老得怕冷似的将蓑衣紧揪到身上,慢慢坐下来。他把枪横到膝上说:"看护吧。"

小雨吃了一串葡萄,抚摸了几下大青,又去捏小来的胳膊。她在架子间来回走动着,样子十分快活……这样玩了一会儿,她突然说:"月亮有多圆!真亮!老得呀,小来!愿不愿看跳舞?我跳舞你看!"

她说着真的蹦起来,用脚将拖鞋往一边拨拨,然后弯扭着柔韧的腰,伸出两只胖圆的胳膊舞动起来。

月光下,老得清楚地望见了她那弯弯的眉毛。她闭起眼睛跳舞,这也算是一怪了。可是她笑吟吟的,头在轻轻转动,两手柔和地在胸前推动,大拇指和其他几根手指有趣地跷起来……老得想这一定是演的洗衣服!不过,她闭着眼睛呀……老得觉得她的脸、她的头发、她的手,一切一切都被月亮洗得发光,好看极了。哦哦,老得急躁地把枪从腿弯里拿起来,又放下。他目不转睛地看着,有时想:这东西,小妖精一样,小狐狸一样!她的腰那么软、那么细,圆圆的就像白杨那光滑的树桩子。老得常常紧紧地靠着杨树站着,背着一杆猎枪……他现在笑吟吟地瞅着小雨。

小雨终于不跳了。她问老得:"跳得怎么样?"

老得看看一边的小来,如实回答:"不错!"

"再来一个要不要?"

"要!"

小雨脸一板:"想得美!"

老得不吱声了。

小雨停了一会儿又笑了。她说:"和你搞个对象什么的也不错。"

老得给吓了一跳!他不由自主地往后仰了仰身子。

大青歪头瞅了瞅小雨,打了个喷嚏。

小雨眼望着老得说:"你看过那些大书吗?上面就写着两个人怎么怎么好,怎么怎么好……你肯定没看过,你个水蛇腰懂什么!"

老得手里紧握着双筒猎枪,点点头。

小雨神往地看着空中的月亮,喃喃地说着:"老得呀,你个水蛇腰一扭一扭真难看,你长得也丑。你如果再俊一些,说不定我真能和你好哩……死老得,傻乎乎的死老得!……"

老得的脸热乎乎的。他"吭哧吭哧"喘着气,站起来,就像抵不住炎热的天气似的,抖抖衣服,活动着身子。

王小雨不说话,一直笑眯眯地望着他……

东方慢慢亮了。有什么鸟儿在远处嘶哑地叫着。王小雨这时候却靠在一棵树上睡着了。她醒来后,看了看天色,又骂了一句"水蛇腰",就拖拖拉拉地往茅屋里走了。老得牵上大青,望着她的背影,摇了摇头。

天完全亮了。

八

一个小铁锅给老得和小来增添了无数的欢乐。

他们把它架在葡萄树下,夜里煮东西吃。小来平常不声不响的,晚上倒是很勤快,无声地离去,又无声地归来,手里总是拿来地瓜、花生什么的。他们将这些煮到锅里,撒一点盐,然后就看着它"突突"地冒白气。

火光将小来的脸映红了,他坐得很近。老得不时地掀开锅盖,用勺子搅一搅。每逢这时候小来就要用鼻子使劲吸着,说:"真鲜!"

老得听到空中有什么叫了一声,想起个事情。他说:"打一只鸟来煮上才好——现在有猎枪了。'吃素不吃荤,长不成强壮人'!我从小吃肉太少,你看我,弱成这样子。"

小来小心地伸出手来捏一捏他的胳膊,说:"还弱呀?你的胳膊有我两个粗了……"

老得摇摇头:"不能比你的。你是得过病的人。"

小来急剧地摇头:"没有——你听谁说的?"

老得把枪倒了一下,说:"也没有听谁说过。我一看就知道你得过病,没有大病,也生过蛔虫……"

小来不做声了。他记得爸爸给他吃过驱虫药。他这时用钦佩的眼光直瞅着老得。

老得起身摘了两串葡萄,递给小来一串,然后吃起来。他把蓑衣铺在地上,仰面朝天躺下来,眼望着星星说:"我每天晚上都想一会儿铁头叔,和他在一块儿你就不知道瞌睡。他老是不停地抽烟,烟瘾真大!你猜他抽的是什么烟?蛤蟆烟!那种小圆叶儿呀,样子不好看,劲头可真大。有一回铁头叔使劲吸了一口,迎着大青吹过去,大青就一个劲地咳嗽、咳嗽……"

小来听到这里笑了起来。

"铁头叔有时候把蓑衣包在身上,像挡雨水那样用手扯紧在身上,蹲在那儿,蓑衣毛儿着,像个大刺猬。他把后脑勺仰靠在葡萄根上,'吭哧吭哧'喘气。你以为他睡得死死的,可你走过去,他就一下睁开了眼睛,用手打个招呼……"老得说到这儿认真地将下巴朝地上点一点:

"葡萄园里再别想找他那样好的护园人了——永远也别想找!"

小来蹲起来说:"你也比不上他吗?"

"我?"老得撇撇嘴巴,"我十个也抵不过他的。他是一辈子练成的本事。他护起园子来,可以一连几十天不睡觉——可是他天天都在睡觉,信不?他走路在睡,赶贼在睡,蹲着更在睡,不过你看不出来罢了。"

小来不信:"赶贼也在睡?"

"也在睡!"老得伸手指着大青说,"比如说它是贼,鬼头鬼脑地来了,蹲在架子下偷葡萄了。铁头叔先咳一声,然后就说:'走吧,走吧,我看见了——你还不走吗?'他说的时候眼睛也不睁,还在'呼呼'地睡呢!"

小来感到新奇地笑了起来,两手按在沙土上,兴奋地拍打了两下。

大青见老得指着它,禁不住站起来,用舌头舔了舔他的手指。

老得上前掀开锅盖,用勺子搅动着,又捞出一个瓜纽儿,吹一吹放到嘴里。他说:"快熟了……唔唔,还是这东西好煮,一煮就熟。我和铁头叔熬鱼汤喝,常要熬上多半夜。铁头叔说:'千滚豆腐万滚鱼'——鱼是不怕煮的,越煮味道越鲜。铁头叔布袋里放一撮姜片、几截葱,到时候掐巴掐巴扔进锅里,和鱼一块儿在开水里滚。鱼味儿真馋人啊,人越馋就越有精神——告诉你吧小来,那样的日子你没过,你就不知道那个好劲儿。露水珠儿从头上滴下来,'叭哒叭哒'往我眼睛上滴,往铁头叔烟锅上滴。烟锅熄了,铁头叔就骂一句。有时滴到锅盖上,发出'噔'的一声。小铁锅冒的白气一般分成四股,在月亮底下怪好看的……"

小来不时地问一句:"再怎么样呢?"

老得就像没有听到小来的话,继续往下说:"铁头叔在鱼快揭锅的时候就对我说:'该转一转了,老得……'我们就一齐爬起来,留下大青看住锅子,到葡萄架里转去了。一晚上就转这么几圈儿,从来没遇上贼。有贼也去偷别处的葡萄园了,他们还不知道这里有铁头叔吗?……转回来,我们就喝鱼汤。大青也要分一点,这条狗很馋。"

小来问:"我们不去转一转吗?"

老得将锅端了下来:"吃完了再去转。"他先挑出几块放到葡萄杈上凉一凉,然后抛给了大青。

他们吃过东西之后,就背上猎枪转开了。园子里黑乎乎的。一个个爬密了葡萄藤蔓的架子遮住了月光,黑魆魆的怪吓人。小来紧靠着老得身边走,生怕被什么伤害了一样。老得说:"转常了就不怕了,夜晚的葡萄园咱说了算。白天王三江说了算。夜晚他也不来。你看我大声笑笑你听——"他说着停住了步子,喘了一口气大笑起来,"哈、哈、哈、哈……"这笑声在夜间听来响极了,不知停了多长时间,远处仿佛还有这几声大笑。他又说:"我喊喊你听:呜——喂!呜——喂——喂——……"

葡萄园在老得的呼叫声里震荡。大青在远处听到了,幸福而自豪地应和着:"汪!汪!……"小来高兴了,也笑得很响亮……

他们走着,小来却一声也不响了,那样子像在想心事。停了一会儿,他突然说:"老得哥,我想问你件事……"

老得一愣,说:"什么事?"

小来低下头,用脚踢着葡萄根:"你写的……成天趴在小桌上写的东西!"

老得不做声了。停了会儿,他突然厉声问:

"说!你是不是瞅我不在时偷看了?"

"没有!没有……"小来有些慌,但他坚决否认着。

"没有!真的?"老得这才放开步子走下去,他问,"你小来也识字吗?"

小来点点头。

老得让小来在一棵树下站了等他,然后一个人转回茅屋去了。回来时他手里抱着一大沓儿牛皮纸信封,对小来说:"走,转回去!"

他们重新坐到煮东西的地方了。老得一手抱着东西,一下将火拨旺,然后命令小来说:"把手放在衣服上擦净!"

小来照着做了。老得这才将蓑衣铺到地上,将一沓儿大信封摊上去,让小来随便翻看。

小来拣出一个鼓胀的信封,抽出几张纸,见上面整整齐齐写着一行一行字。老得用手指点着说:"这就是'诗'。你慢慢看吧,不要吱声。"

小来吃惊地咬着舌头,两手捧起来凑到眼前看。

老得说:"你来得晚,你看一遍,葡萄园里的事就会知道不少。"接着问,"你想知道铁头叔怎么走的吗?"说着从中抽出一个纸片,"你读这篇儿!"

小来读起来:"……铁头叔冒雨走了/王三江这人太凶/茅屋里挂着他崭新的蓑衣/茅屋里只剩下我和大青……"

小来抬头望着老得。

老得说:"这还不明白吗?王三江把铁头叔逼走了!那天夜里正好下大雨,他走了。我一觉醒来,小茅屋空空的,只有一件蓑衣挂在墙上了。那是他的新蓑衣,他看我的蓑衣旧了,没舍得穿走,淋着雨就走了……"

老得说着,眼里渗出了一层晶亮的泪花。

小来说:"铁头叔真好……"

火焰正烧在旺时候,火苗蹿起老高,映红了两个人的脸。小来又展开了另一张纸:"……太阳升起来了/窗外有小鸟叫了一声/铁头叔许是累了/翻动着,嘴里发出'哼哼'……"

老得说:"这是早晨他在睡觉,他睡了,我趴在桌上写诗。他累得在炕上翻动着,嘴里发出'哼哼'……"

小来神往地看着蹿动的火苗,一声也不响了。

老得恨恨地说:"王三江欺负了一个看了一辈子葡萄园的老人!我早就说过的:铁头叔有骨!他一跺脚走开了,眼睛也不斜他一下。唉唉,要是人都能像铁头叔那样就好了!"老得说着低下头来,久久没有吱声。停了会儿,他把嘴对在小来耳边说:"你知道吗?我去河西了!人家的葡萄园只是咱的一半多一点,承包额比咱还高哩。可是他们分钱比咱们多,现在要盖楼了,还要办罐头厂——这里边有'数学'啊,你想想,王三江在咱园里捣了多少鬼!"

小来钦佩地看着老得。

老得的眼睛定定地望着一个角落说:"要弄清楚根底,非找小雨不可了——她管账。不管她愿意还是不愿意,我得看看她的账!不管最后费多大劲儿,我得找到那个'原理'!……"

一滴露珠落到了老得的眼上。他站起来,扛着枪,有些激动地踱着步子。蓑衣重新被他穿起来,由于衣角紧紧地缚在身上,毛儿都夯了起来。老得一个人默默地在火堆旁边走着,只看着脚下被映红的小草和泥土。海潮的声音退远了,芦青河的咆哮仿佛也停止了。葡萄藤蔓在夜色里纠扯成一簇簇黑影,像一座座重叠的山峦。不时有一两声含混而奇特的响动震荡在这重重的山峦之间;有时传过来的竟是让人费解的有节奏的声音,仿佛有一个老人在遥远的地方慢慢敲击着什么……老得的眉宇间皱成了一个"川"字,摇摇头,又摇摇头。他有时仰起脸来,长时间凝望着头顶那一片星星,火焰映出的是一副男儿粗糙而刚毅的脸庞。此刻他倒像个冥思的哲人——葡萄园孕育出的一个哲人!……

老得重新坐下来时,久久没有做声。他闭上了眼睛,像睡着了一般偎在蓑衣里。他揽住小来说:"小来呀,你每天走在葡萄园里,每天吃饭、做活、睡茅屋——你没有觉出什么不对劲儿的地方吗?你一定没有。是啊,人人都习惯过一种别人安排好了的生活,懒得动脑。我原来也这样。可后来园子包下来了,成了三十六户自己的了,我老想为自己的园子动动脑筋,想想里面的'原理'……"停了会儿,他睁开了眼睛,望着蹿动的火苗叹息着:

"钱真是个好东西啊,唉唉!它能让庄稼人过舒服日子。钱又真是个坏东西啊!看看,它让那么多人冲一个黑汉笑,怕这个黑汉!唉唉……"

小来不吱声了。停了一会儿他问:"你不怕,你怎么也去扳压气机了?"

老得的脸一热:"我也怕。不过我正寻思——我告诉你我正寻思嘛。等我寻思好了,把'原理'弄清楚了,我一定不会怕他。到时候我只做我该做的事。"

"你能打得了他吗?"

老得立刻想起被王三江用手砍倒那一回——他着实领教了王三江的威力,至少使他寻思"原理"的进程推迟了两个月!……他摇了摇头。

小来喃喃的:"王三江会打人的……"

老得又摇摇头:"我寻思过,如果世上没有'法律',好东西都被高个子拿走了——'法律'会管的。所以,然而,于是,我就不怕他有力气了……"

停了一会儿老得问:"那几年混乱你记事吧? 你不记事!"

小来说:"不记事。"

"我记事。"老得用手往西一划,"芦青河里涨水,涨出两个戴红袖章的女尸首来,头发粘在脑门上,只剩三根……吓人!"

"吓人……"小来不做声了。

老得说:"好好的姑娘,还没工夫做媳妇就给打死了。为什么? 因为那时候很黑暗,有'黑暗的东西'……我寻思:欺压人、捉弄人、霸道……"老得说着把声音憋得粗粗的,"还有王三江,都是'黑暗的东西'……"

"嗯。"小来赞同地说。

停了一会儿小来又补充道:"不过,小雨就不是'黑暗的东西'……"

老得听了,立刻声音软软地问:"怎么就不是呢?"

"挺好看的,俊呢!"

老得好长时间没有说话,他又想起了小雨那天晚上的舞姿。他点点头:"不错。小雨如果不坏下去,还不是'黑暗的东西'。"

小来说:"我老觉得,"他咽一口唾沫,"我老觉得她身上是晶亮的……"

老得咬咬嘴唇:"也亮不到哪里去呀……"

天要亮了。火势也弱了。

小来还想看一会儿这些大信封,老得说以后再看吧,就收拾起来。收拾时掉出一张印了大红字的信封,被小来捡了起来,老得告诉他这是杂志社退诗时用的。小来好奇地问:"你让他们退吗?"老得笑笑:"相中了就不退了。我念书时跟老师学的,他写满几张纸就捎走的,有时也不退,印到了书上……我就仿他做。"

小来觉得有趣极了,又问:"哪里印啊?"

老得拍拍大信封:"杂志社,杂志社。我们叫'农业社',他们叫'杂志社',差不多。他们的社出书,我们的社出粮……"

小来笑了,脸上映出一丝淡淡的霞光。

九

园里的第一批葡萄要采收了。

果品公司照例来园里测试了葡萄糖度,以便决定收购等级。测试的结果是:这个葡萄园生出了全海滩上最甜的葡萄。

所有人都兴奋起来,三十六户的男女老少都拥到葡萄园里,帮着采收。王三江不动声色,只是叼着那大黑木烟斗。人们心里都有数,知道管试糖度的工作人员是王三江的老朋友。不过谁也不做声,就像拾了个宝贝,又高兴又怕别人知道。

王三江为了庆祝一下,特意在海上买来了三大筐肥蟹子、一筐鲜鱼,又到园里摘回几筐黑紫的葡萄,在茅屋里请人喝酒。客人有村里的头面人物,有果品公司和酒厂的,也有税务局的干部,甚至连县上的干部也坐着吉普车赶来了。他们从中午喝到傍晚,吵吵嚷嚷,屋盖都要顶得飞开了。

因为小雨的屋子被他们占了,小雨呆在老得和小来的屋里,不时地骂一句。

老得听了很高兴。他和小来也趁机骂了几句。但有时他们骂得重了些,小雨却要干涉。她说他们:"混坏,敢骂我爸!"老得听了只是笑……正笑着,隔壁传来了一阵哭声,把他们吓了一跳。

他们跑出门去一看,原来大哭不止的是王三江,好多人已经在围着看了。王三江喝醉了。

小雨喊着"爸爸",上前去拉他,却被他一抬手掀了个趔趄。小雨跺着脚,看着围上来的人,最后捂着脸跑开了。

王三江醉成这样,大家还是第一次看到。他哭得十分悲伤,一双眼睛哀怨地盯着一个地方,嘴里不停地诉说着:"……我、我居功自傲啊!总觉得为园子立了功,就做起黑脸包公来了!我……难哪!老婆子在家里骂我,三十……十六户里也有人恨我。我不好,我平时对人太狠了,这是活该的……有谁要知道我王三江的难处,也就好了……我!……"

他哭着,身子站不稳似的摇晃着、颤抖着,一双手老在胸前拢划着,像要把周围的人全拢到他的胸膛里去。老得觉得很有趣。

喝酒的朋友们劝着他,他越发哭得厉害了。有人说:"别哭了老王,谁不知道你的心?你全为了三十六户过好日子啊!"有的说:"你对人再凶,也是为别人好啊……"王三江好像全没听到这些,一个劲地捶打自己的胸脯:"我也不全是为别人啊,我想自己舒服啊,想把三十六户当长工使啊,我是个多么混账的人!哦,我做过亏心事,我混坏……"

围着的人像不认识似的看着、议论着。

老得呆呆地望着他,不说一句话。他突然也有点困惑了。这就是那个走起路来摇摇晃晃、有时眼睛里能放出两束凶光的王三江吗?老得看看身边的小来,小来呆呆地望着那个哭泣的醉汉。老得不解地摇摇头,离开了……

以后好多天,老得的眼前都晃动着那一张流泪的醉脸。

葡萄采收是很累的。一串串葡萄小心地摘下来,再仔细地装进筐里,要花费好多劳动的。所有小伙子都要用肩头扛起装好的葡萄筐,往一块儿集中,装车……老得几乎连一个上午的睡眠也没保证了,王三江常常派人把他从睡梦里揪起来,使他一边搓眼睛一边往外走,心里十分烦躁。可是他每次都走出茅屋,和大家一块儿扛葡萄筐。他的眼前老晃动着那张泪流满面的醉脸。

他把葡萄筐格外小心地放到地上,想着心事。他想那一颗颗圆圆的葡萄在筐里挤压着,被颠簸得够厉害了,再一震动就会破碎。他想自己心里长时间有个什么东西也像葡萄那样被颠簸着、挤压着,如果再被摔打一下就会破碎。所以他用心地护住这个"东西",只默默地做活,别人跟他说话,有时他也像听不见一样。他的脑子有些发涨,眼睛也常常花晕。这不是好兆头。这是瞌睡搞成的。瞌睡前几年从来不招惹他,如今也赶来凑热闹了。瞌睡不是好东西,它也和王三江一块儿来挤压他身上的那个"东西"了。

傍晚时分,他不小心跌了一跤。因为要去护住葡萄筐,他的身子重重地跌在一个葡萄桩上。一阵剧疼从他的膝盖爬到胸口,气得他大骂起来。这时候,胸中的那个"东西"就要破碎了,他咬了咬牙,忍住了。他重新往前走去。

那个"东西"是什么?也说不出。好像可以叫做"忍耐"吧。

王三江的大脚踏在葡萄园里,来来回回地踏着。这是园子里最热闹的时候了,找王三江的人特别多。他们从王三江的家里找不到,就追到园里来了。这其中除了财大气粗的果品商贩,还有省城机关出来采购水果的行政干部……有一次还不知从哪里驶来一辆铿亮的小轿车,就停在园子当中,引得劳动的人们全停了手里的活计看着。王三江客客气气接待着客人,顾不上管做活的人,等到车子走了,他就用那双眼睛扫一下四周。

老得扛着筐子,眼睛总要不断地从筐下斜上来,愤愤地盯住那个黑黑的身影……这个身影当然很大的,因为肥肥胖胖,走起路来才左右摇晃;也许就因为他能左右摇晃,才轻易不会跌跤。老得这会儿想的是,如果在他摇晃时顺势推他一掌,他也许就会"扑哧"一声倒下去的。那必定是沉重的一跌,也许会折断两根肋骨。不过没人会伸出巴掌,没人有这个企图,这是老得看得出的。他现在弄不明白的是为什么不可以有这个企图。

老得想着心事,终于把视线从那个黑影身上移开。他低头看着脚下的白沙子,摇了摇头,又摇了摇头。他嘴里小声咕哝:"怎么就不可以推他一掌呢……"在咕哝时他仔细瞅了一眼自己的手掌:宽宽的,十分粗糙,力量是足够用的。问题是怎样抬起胳膊,找一个好的角度伸出巴掌。胆量也是一个问题。总之,究竟怎样做他还没有考虑好。他还在忍耐,还在考虑——这么多人都在忍耐,也许忍耐才是个"好东西"呢!

他这样想的时候,眼前突然又晃过那张醉脸,使他心中猛然一动:假话可以真说,真话也可以假说,一醉遮百丑!这是一个有大智慧的坏人!老得又想起承包葡萄园的第一年,王三江是怎样不顾承包额的限制,把大笔钱交了公的。这个人惯于要这样的手段。看起来他多么大度、多么重义轻财啊,其实他这是故意不信守合同,为自己买好,让三十六户吃个哑巴亏!这笔账也要算的,"原理"慢慢会找到的……"哼哼!"老得在心里发出一声可怕的冷笑,摩擦了两下巴掌,扛起筐子往前大步走去了。

正走着,突然不远处传来小来的喊叫。他一怔,抛了筐子,寻准方向跑了过去。

原来小来也被喊来做活儿了。他不知怎么被几个小伙子围起来,一个小伙子正拧住了他的耳朵,嘻嘻笑着问:"还敢不敢了?"

小来疼得嘴巴都歪了,连连说:"不敢了!不敢了!"

小伙子又说:"你说,'我是个海节虫'……"

小来吞吞吐吐地说:"我是个……海节虫……"

围起的一堆人都开心地笑了。

老得发现他们大多是平常跟在王三江屁股后头转的一伙人,就弯着腰钻进去,一把攥住了小来细细的手脖儿,一边往外拉一边恨恨地说:"黑暗的……东西!"

拧耳朵的小伙子嬉着脸骂一句:"臭老得!"

老得止住了步子。他转回身来,直直地盯住对方,往前上了一步。他的脖子又涨红起来,每一根青筋都鼓胀着,一双眼睛眯起来,射出一束可怕的光。他把腰微微弓起,同时将两只大手收到腰眼上,鼻子里"哼"了一声。他这样盯了小伙子一会儿,然后那腰轻轻扭动一下,往前又迈出一步。

大家都怔怔地望着他,最后目光一齐落在那双手上,一霎时静得很。

他十根手指松松地垂着,仿佛还在微微颤抖。大家几乎是同时都注意到了,那手背儿慢慢变成了紫红的颜色。他再往前迈出一大步,一双手握成了坚硬的拳头。

那个骂老得的小伙子开始还在笑着,突然惊讶地"唔"了一声,喊了一句"不好!",往一边躲开了……

十

老得将小来的手腕一直攥住,不歇气地往回走。他的手越攥越紧,使小来不得不求饶:"老得哥……"

他就像没有听见,依然往前走去。

小来哭了,用另一只手抹着眼泪。老得低着头走着,回头大喊一声:"不准哭!"

小来吓得不吱声了……到了茅屋里,老得用一只手上了门闩,然后把小来拎到了炕上,直直地盯着他。

小来无声地流着泪水,恐惧地望着老得。

老得伸出了黑乎乎的巴掌,高高地悬在小来头上,只是没有落下来。他问:"小来,你是海节虫吗?"

"不是……"

"不是,刚才你还说是!"老得暴怒地喝了一声,同时那个巴掌往下落了几寸。

小来大哭着:"我疼,他们拧我……"

"拧死,也不能说软话!"老得抖一抖巴掌,"再向他们说软话,我揍死你——你听见了没有?"

小来颤颤抖抖地说:"我听见了……"

老得收了巴掌。

……

这个夜晚,他们守在葡萄园里,坐在一棵葡萄树的黑影下,都不吱一声。老得架起小铁锅,点了火,小来就无声地去了。过了一会儿,他才从黑影里走出来,从衣兜里掏出了花生、地瓜纽儿,一个一个投进锅里。他做完这一切之后,又退到黑影里坐下了。

老得一遍又一遍地搅着铁锅,不停地捣鼓着锅下的柴火。

大青坐在老得和小来中间的地方,仰脸向上,只偶尔瞅一眼老得,再瞅一眼黑影里的小来……铁锅冒气了,煮东西的鲜味很浓了,大青愉快地活动了一下腿脚。

露水开始滴下来,又"噔噔"地打在锅盖上,落在守夜人的蓑衣上了。老得突然低低地叫了一声:"小来……"

小来用刚刚听得见的声音答了一句:"嗯。"

"你饿了吧?"

"嗯……"

老得把蓑衣抖了抖,坐在地上:"你听,芦青河'咕噜咕噜'响……会捉鱼吗?"

"不……"

"我会的。有一年上,我捉了一条花鲇鱼,好几斤重呢——鲇鱼做汤没的比。"老得说着瞅一眼黑影里的小来,"往火前凑凑,夜里有寒气的,小来……那一回下河,我被什么东西在肚子上划开一道口子,不合算的。"

小来不做声。只有老得一个人在说:"小来,瞅哪天我去河里捉条鱼你吃——河鱼和海鱼就不一个味儿。我给你做个汤……"

小来还是不做声。黑影里,一会儿传来他细细的哭声。

老得走过去,把小来抱到了光亮地方,紧紧地搂在怀里。小来哭得更重了,身子在老得怀中颤抖着。老得说:"小来呀,你恨我要揍你,恨吧!我也恨你——你说软话。我是为你好哩。"

小来抽泣着说:"我知道……"

老得把他放下了。老得把身子倚在了葡萄桩上,取过猎枪抚摸着。他问:"小来,我以后教你使枪吧?"

小来点点头。

"要学会使枪!双筒猎枪,你也该均摊一个筒子。以后你用枪打野鸡我吃。"

小来笑了。

老得高兴地用手抹一下他尖尖的下巴："嘿,笑了,笑了。你不该恨我,你知道我是好心。记住——"老得说着严肃地板起脸来,"死了,也不能给'黑暗的东西'说一句软话——能记住吗?"

小来抿起嘴角,用力地点一下头。

"我跟你说过几次了,铁头叔有骨!他看了一辈子葡萄园,就没人听他说过一句软话。"

老得说着坐下来,一边搅锅里的东西一边说:"我是跟上哥哥、嫂子过活的,爸爸妈妈早死了。那一年上哥哥家没东西吃,他们找到一截瓜根就自己煮了吃。我说了那么多软话,饿花了眼。最后还是我自己爬到田里,拔草芽儿吃……我现在这么弱,就是吃草芽儿吃的,吃什么像什么,我像草芽儿……"

小来说:"我也像草芽儿……"

"草芽儿长成树——你看到大杨树苗了吧,小时就像草芽儿!"老得大声说道。

小来轻轻地说:"得哥,我怕后妈。后妈老打我,后来我就怕后妈了,怕打我的人——连你也怕。"

"我以后不打你,原来也不想打你。"

"街上的人都笑我,说我像个粟子秸。"小来的手搓弄着披在膝上的蓑衣角,"他们还编了歌来骂我……"

老得抬起头听着。

小来问:"你还记得'手拿碟儿敲起来'那首歌吧?"

老得点点头:"《洪湖赤卫队》上的歌。"

"嗯。"小来说,"他们就用那个曲儿唱,把词换了,是骂我的。他们唱:'我是一个王小来,小时长得很富态。半路落到后娘手,从此不如一条狗……'"

老得听着,看着小来瘦瘦的手掌像敲一个碟儿那样抖着,鼻子一酸……他用力地抹去眼泪,上前捧起小来瘦削的脸蛋看着,又捏了捏他硬硬的肩膀,叫着:"小来呀……"

小来的脸在老得黑大的手掌里转动着,轻声呼应:"得哥……"

风吹落树上几片叶子,落到了他们身上。一丝寒气吹了过来,大青抖了抖全身的皮毛。老得又激动得在葡萄架下踱起了步子。他像过去那样将枪抱在怀里,用力地揪紧了褰衣角儿,步子迈得很慢、很沉重,眉宇间又拧成一个"川"字。他站下来,身子靠住了一丛葡萄藤蔓,久久地望着一片星空。他将小来揽到怀里,神往地、声音低缓地说:"……我常想那些星星里面会有人,想他们会过什么日子。我想'飞碟'。有时夜晚走在林子里,望着黑压压的一片,头发梢就要竖起似的。还有那片海,你望不到边缘,你觉得自己像一粒小沙子。我老觉得四周好像有什么东西要挤压过来,老要架起拳头抵挡。这时我就想自己这粒小沙子要碾碎难不难。这时我就故意大声地咳嗽,想寻找无数好朋友,想把什么都告诉他们……"

老得说着,突然热烈地拥抱小来……他们坐在了篝火旁。老得说:"小来,我们一起住茅屋,一起使猎枪;我和你最好,你和我最好;我什么都告诉你,你什么都告诉我……"

小来用抖动的手捏住老得粗粗的胳膊:"我什么都告诉你……"

老得说:"我们什么都不怕。"

小来重复一句:"我们什么都不怕!"

"王三江不怕!"

"不怕王三江!"……

老得这时候猛地站起来,朝天上举着猎枪说:"我从买来还没有放过,他妈的,今夜来一家伙,听听响儿。"

小来拍拍手:"朝天上打!"

老得低头说一句:"大青,你不要害怕,我们打枪了!"

他和小来都抢下了蓑衣,神情严肃地望着星空。老得举枪的手松了松,倒换了一下。他说:"小来,你盯住枪口,看它冒出什么颜色的火,你看准!"他一边说一边将两腿叉开,稳稳地站住了,两手卡住枪身,又停了一会儿,然后扳响了枪机!

"轰——啪——"

一道火舌腾上空中,消失在星星中间。巨大的骤响震撼了整个夜的海滩,远远近近都在回应,远远近近都在呼啸!枪口老老实实地冒着一缕淡淡的烟气,老得仍高高地举着猎枪。

"嘿嘿!哈哈!哈哈哈!……"老得快活地大笑,下巴抵在胸骨上,一颤一颤的。

小来也笑了,他喊着:"红色的!红色的!"

整个夜晚都亢奋起来。老得和小来迅速地吃了煮熟的东西,又喂了大青,然后将火焰拨弄得高高的。火星儿老往上空飞腾,木柴在火中"噼啪"地响着。老得兴奋得大声吟唱着他的诗:"……春天一般化／春天干燥／秋天很好了／秋天往家收东西／到了秋天／我高兴得笑嘻嘻……"

小来蹦起来,重复着最后一句:"'我高兴得笑嘻嘻'！'笑嘻嘻',嘻嘻嘻……"

老得听了反而不再吟唱,他严肃地问:"好吗？"

小来严肃地回答:"好。"

老得笑了:"我正在兴头上,一忽儿就能做一首。"

"你做！"

老得咳一声,盯着高高的火焰吟唱着:"秋天好,到了秋天不准懒／你看核桃变硬,柿子变软／怕事的人,也全都变大胆！……"

不知是血液涌上来,还是被火焰映的,老得的脸通红通红。

小来搂住了老得的胳膊,大叫起来:"老得！老得！得哥！得哥！你真是个大诗人！哎呀得哥……"

老得说:"你不是柿子,你也得变大胆！"

"我变大胆——你给我枪,我今夜自己到园里转一转。"

老得说"好",却抱紧了枪说:"停一会儿,咱一块儿转去吧……"

小来停了一会儿问:"得哥,你怎么就会做诗啊？"

"这个,"老得挠挠头皮,"我跟老师学的。我该再跟老师读几年,我什么书都喜欢！村里只供我读到初中,说这已经是能写会算的人了……我出了学校门,哭了三天……"

小来说:"我是我爸不让读的……"

老得感叹道:"书是个好东西啊!"

接下去他们谈了很多,因为兴奋,都忘了一旁的蓑衣,一会儿衣服就被露水打湿了。夜气多重,葡萄叶儿像被一场小雨浇过一样,在月亮下闪着亮儿……大青在即将熄灭的炭火下睡着了,发出均匀的鼾声。老得和小来谈了一会儿小雨,都对她那个圆圆细细的腰极有好感。老得说:"圆圆的,像那些滑溜溜的大杨树桩一样……"谈过了小雨,自然还要谈她父亲王三江。两个人的神情立刻严肃起来。老得告诉小来一个刚探听到的秘密:前些天,一个电视机厂来车拉走了五十筐好葡萄,比收购价格还要低百分之三十!这是王三江批的条子。他家里如今有老大老大的彩电了;他偷税漏税,还和果品公司的朋友合伙,以次充好,不知卖给了国家多少坏葡萄!……老得说:"这个黑汉子常常喝醉,他喝'茅台'!别以为手大捂得住天,群众全睁着眼。三十六户也不全怕他,有好多人正想去不去乡政府告他呢——经他手批的低价葡萄有上万斤……"老得说到这儿神秘地点一下头,小来忙把耳朵凑上去。

"你不知道,有些事情就是小雨告诉我的。小雨有时也骂她爸'混坏'!……你看吧,王三江这个黑汉有什么可怕的?有人怕他,也许以为葡萄园的好日子没他不行哩,这真是大误解!我寻思,'原理'这东西快离咱不远了!我想到这里就高兴。我把一些想法都写在了纸上……"

老得说着,从腰里摸索出一个皱巴巴的纸头。

小来费力地展开纸头,在月光下瞅着,那原来又是一首诗:

……
挺起腰杆大步走
使劲甩动两只手
做人就做条硬汉子
黑暗的东西,都要藐视
……

十一

王小雨抓住了一只刺猬。她写了一张纸条,捆在刺猬身上,然后放到了隔壁的茅屋里。

老得和小来从园子里回来,睡了一会儿,就被屋里"沙啦沙啦"的声音惊醒了。他们起来一找,发现了一只刺猬,后背上还有一张纸条,上面写着:

"我是水蛇腰老得!"

老得笑了,对小来眨眨眼,小来也笑了。

炕洞里烧的柴草太多,热得很。老得一会儿踢开被子,一会儿又蒙上。他怎么也睡不着,就干脆滚动一下身子,和小来挨到了一起。小来的身子更热,这使得老得不得不离开一些。他咕哝道:"小来呀,你到底年轻,热力四射!"

小来把手搭到了老得的腰上。老得说:"小来,你说热闹不热闹死个人了!"小来说:"热闹什么?"老得用手拍一下大腿:"我老看见小雨在眼前跳舞!"

小来笑了,露出了很白的牙齿。

"真的,一闭眼就是。"老得认真地说。

小来说:"睁着眼呢?"

老得翻翻眼皮:"还要睡觉呢。"

他们一块儿笑了一会儿,高兴得将身子在土炕上上上下下耸动着。老得突然问:"小来,你不是说小雨身上'晶亮晶亮'吗?"

小来点点头。

老得接上分析:"那是一个奇怪的'印象'。我有时也觉得有的姑娘身上是晶亮的,仔细看看吧,她们都俊!"

小来同意地说:"小雨就俊!"

老得好长时间不说话了。

小来只是细细地喘气,然后说:"你这会儿,全在想她!"

老得惊讶地盯住了他,说:"你长大了。"

小来瘦瘦的脸庞马上红起来……他伸出两手按在老得的胸脯上,将他远远地推开。

老得偏要往前凑。他搂住小来,在他耳边说:"小雨看好我了。"

小来怀疑地盯住了他的腰。

老得说:"真的。以前都怨铁头叔——他老吓唬我,说:'小心王三江砸破你脑壳!'我就给吓住了。现在想,"他揉了揉鼻子,"现在想,管他哩!"

小来握住老得的胳膊欣喜地说:"对,管他哩!"

他们就这样说着,声音越来越低,最后终于睡着了。醒来时太阳已经偏西了,那只刺猬还在屋角里爬着。老得搓揉着眼睛对小来说:"帮忙捉住它。"他说着从白木桌儿里取个纸片,在上面写了:"小雨,我和你好了。"

他和小来把缚了纸条的刺猬塞到了小雨的门缝里,然后就开始做饭吃了。

饭还是半生的时候,小雨就把门踢开了。她眯着眼睛看着老得,一只手里高高悬着那个纸片。

老得装着认真地瞅了一会儿那个纸片,嗫嚅道:"这不是我的字笔……"

"水蛇腰!死老得!"王小雨把纸条抛到他身上,又骂了几句,一甩披散的头发,出门走了……

小来怅怅地盯着她的背影。

老得捡起纸片说:"你不明白她。"

吃饭的时候,老得一直没有吱声。吃完饭,他将空碗"砰"地抛到桌上,说:"我怕他王三江什么?我寻思好了,小雨会帮忙的……"

他说完在屋里急急地活动着,抚摸着自己的胸脯,然后到隔壁去了。

小来呆在屋里,奇怪的是听不到隔壁一点声音。他心里痒痒的,便蹭到小雨窗前偷偷地望。

原来王小雨正在读一本大书,老得却翻弄着桌子上的账本。小雨抬头看看老得,没有吱一声。她读到没意思的地方,就飞快地翻动书页,老得也飞快地翻动着他的账页。王小雨换一本书,老得也换了另一本账。后来,小雨看腻了,就提起水桶走出屋子……老得冲她的背影说:"小雨呀,你很好,你是个优秀的女青年……"小雨头也不回,只顾往前走着,说:

"你是个水蛇腰!"

十二

老得早晨蹲在茅屋前,一动不动地盯着前面密密的葡萄藤蔓……他站起来,大口地呼吸,扩胸,自言自语地说:"老得,快行动吧!"

他看过了账本,心中的雾霭却并未完全驱散。现在要紧的是找园里的老人,弄清那些账本上没有的东西……他和小来搓揉着眼睛,扛着葡萄筐,在人群里磕磕绊绊地走着。他和一个头戴绛色斗笠的老头子靠在一起,不时喊一句:"罗叔啊!……"老头子将斗笠拉低,四下里看看,把手搭上老得的肩膀。老得离开罗叔,又去找一拐一拐走路的"拐子大哥"了……休息时,老得和一个叫"锅腰"的老汉躺在一堆空筐子旁边聊天,突然筐子"呼啦"一声塌倒了。他们费力地钻出来,看到一个三十多岁的人向一边跑去,才知道筐子是被他掀塌的……老得知道这是王三江的人,恨恨地骂了一句。

这天上午,王小雨正要到园子里去,王三江向茅屋走来了。

"爸!"小雨喊了一句。

王三江阴沉着脸,斜披的衣服拖在地上,没有应声,只是瞪着小雨走过来。

小雨向后退着,把手指咬到嘴里,退到茅屋,轻轻地在桌前坐下。

王三江迈进屋子,随即回身关了屋门。他用刚刚听得清的声音问道:"你让老得看了账本?"

"账还怕人看吗?"小雨站了起来。

王三江咬了咬牙关,一巴掌打过去……小雨倒在了地上,嘴角流出鲜红的血。她盯住父亲,先是惊讶、迷惑,接着是愤怒和怨恨。她眼里没有一丝泪水,坐起来,死死地盯着父亲,一动不动。

王三江一边将所有账本都包在他斜披的黑衣服里,一边恶狠狠地说:"你这个不争气的东西。你等着有好结果吧!你等着穿你的好衣服、玩你的吧!你这个又蠢笨又贱气的东西……"

小雨一声不响,就那么盯着他……突然,她站起来,掏出洁净的小手帕,小心地擦去嘴角的血迹,拍打掉身上的泥土,默默地走出了屋子。

王三江喊她,她也没有回头。

她一直向前走,走到了园子深处……

……

王三江又喝醉了!他衣服拖地,在葡萄园里一摇三晃地一边走一边叫骂:"他妈的,有人想算计我,你先摸摸肋巴骨!我怕什么?大风大浪也经过! ……他妈的,有人还想学河西园子发大财——别做美梦了!这几十年里发了'过头财'的哪个有好下场?只要我王三江说了算,就保证老少爷们饿不着!狗咬吕洞宾,不识好赖人,瞎了眼的才算计我呢……"

他叫骂的时候,所有的人都停了手里的活计,定定地望着他。有人扮个鬼脸说:"饿不着?早几年还不是他说了算,没把咱饿死!"有人冷笑着:"是他自己想发'过头财'哩!"……王三江摇晃着,最后在一个葡萄树荫下躺倒了,"呼呼"大睡起来。

有人说:"看看吧,他还是没醉,他还知道找树荫儿躺……"大家哄笑起来。

多半天,大家做活时都在议论河西的园子,都对一河之隔的这片园子的日益兴盛感到惊讶……小来和一帮子老人在一起搬着空葡萄筐,听人们说话儿。有人说起王三江家的彩电如何如何好看,大家就挤挤眼笑起来。小来气愤地说一句:"用葡萄换的……"可是呆了小半天,刚刚醒酒的王三江不知怎么就知道了,喷着酒气走过来,喊道:

"你个小东西皮痒了!"

小来身子颤颤地退开一步。王三江又喊一声:"皮痒了?"

几声喊叫,使好多人都盯住这儿看起来。

王三江越发恼怒了,用粗粗的手指点着小来的鼻尖说:"三十六户养着你这个小瘦狗儿,你不正干!你皮痒了,我用巴掌愣拍!"他说着,真的扬起巴掌。

小来这时身子反而不颤抖了,两眼恨恨地盯住头上悬起的巴掌。他咬住了嘴唇,含混不清地咕哝了一句什么。王三江大声问:"你说什么?"

小来耸一耸瘦削的肩头,清晰地咕哝着:"黑暗的……东西!"

王三江这会儿听清了,猛地一巴掌。

小来被打翻在地。可是他就势在地上滚了几下,带着一身的泥土和草屑爬起来。他一动不动地挺立着,紧紧盯着对面那个黑乎乎的巴掌。

有人在一边喊了几声什么,好多人围了过来。有人上来拉架,被王三江一扳就扳开了。他说:"我代表老窝教育教育他。"说着用手抓住了小来的胳膊,往他胸前拖。

正在这时,人群后面有谁"呜哎——"一声大喊。大家都往那儿看去,王三江也抬起了头。原来老得牵着大青,肩扛双筒猎枪站在那儿,正满脸热汗,皱着眉头呼喊着。王三江一看,立刻松开了小来。他用沉重粗壮的嗓门威慑地喝道:

"老得!"

老得不慌不忙地拴好了大青,然后走到王三江跟前。

王三江挥挥手:"走开,扛葡萄去!"

老得不做声,只是定定地望着他,眼睛露着很大的眼白。他咬紧了嘴唇,使下巴看上去比平常更歪斜一点。

王三江骂道:"混账东西!"随即挥起右手,五指并拢,就像一把钝钝的刀子,用力砍去!老得有过经验,趴下身子躲过,那一掌正好劈在他的腰上。

老得的腰痛苦地扭动着。他拧过脖子看着王三江,说:

"你是个很坏的……家伙!"

王三江又举起了手掌。

好多人拥上来拉架。王三江只是举着手掌,对众人喝道:"给我退远些看光景,看我怎么收拾这个水蛇腰!"他说着再一次狠狠地把巴掌砍下来。

老得这一次却极其灵便地、出人意料地拧过身子,两手抱成一个大拳,"嘭"地一下顶住那个手掌,然后就势往下一捅,捣在了王三江的胸口上……王三江恼怒极了!他跺了跺脚,拾起老得丢在脚下的猎枪,握住枪筒,把枪托照准老得的腰砸过去。老得不顾一切地用右手抓住了枪托,同时左手摸索到枪的扳机上,大喝一声:

"我打死你!"

王三江的脸色突然变得蜡黄,两手不由得松开了。

"我打死你!"老得又喊了一句,神色严峻地将枪端平,弓起了腰瞄准。

四周的人见老得在瞄准,一齐惊恐地摆着手,喊着,但是反而慢慢往后退开了两步。

"汪!汪汪!……"大青在不远处扑动着,愤怒地狂吠。它震怒了,一边大叫,一边把锁链甩得"嘎嘎"作响。

王三江往后退着,嘴里连连叫着:"老得!老得!……"

老得用枪指着他,却把脸转向人群,大声嚷着:

"这是个真正的坏家伙!他不知捣了多少鬼,坑害咱们这些没白没黑种葡萄的人!这棵邪树吸着毒水长了这么多年,小根须也比大拇指粗。光图个歇阴凉,受够了窝囊气,快伸出巴掌推倒他吧!这家伙也乱了阵——过去伪装得不错,现在又打小来又骂人……"

人群骚乱起来。有人指点着王三江,议论纷纷。

老得又说:"我寻思了好多天,寻思那个'原理'。这里面有数学,也有哲学！我现在寻思好了:大家哪里是怕他？是穷了几十年,穷怕了！所以今天得到一点好处就满足,过上点好日子就怕再丢失！还以为好日子是黑汉带来的,这真是大误解！河西葡萄园没有王三江这样的人,不是更好吗？他说河西发了'过头财','没有好下场',这是吓唬咱！藐视他吧！"

人群里没有了声音。大家默默的,似乎在思考着、权衡着。每个人的神情都很严肃,好多双愤愤的眼睛盯向了王三江……

拴在一边的大青一直"呜呜"吼叫,怒视着王三江扑动着。它总被铁链扯住,几次用祈求的目光看一眼老得。老得似乎没有在意。它于是愤怒地往上一蹿,当身子跌在地上时,两爪用力一按,铁链"喀"的一声折断了！

大青狂怒地扑向了王三江,老得眼疾手快地揪住了一截铁链……王三江躲闪着,趁乱一头扎进了人群里。

人们惊叹着,一齐睁大了眼睛看着大青。大青的眼睛晶莹闪亮,悲怆地怒吼着……

老得弯腰抚摸着大青的脖颈,安慰着它。当他抬起头来时,他突然从人群中看到了身穿风衣的小雨！她正激动地看着他,咬着下嘴唇,睁大了一双美丽的眼睛……老得向她点点头,脖子上一条条粗粗的青筋鼓胀着,睁圆了眼睛喊着:

"我早在告示上写过:'看葡萄的人新买来双筒猎枪,见贼就放,决不留情。枪是钢枪,上了火漆。'有人看了告示来劝过我,我说:'有心做贼,打死莫怨。'贼在哪里？这个王三江就是全葡萄园里最大的贼！……"

老得的脖子硬挺着,很像苏联诗人马雅可夫斯基的一尊雕像。是的,他的确朗诵了一首很好的诗,虽然嗓子也喊得嘶哑了。

好长时间,人群里没有一点声息。大家只用敬佩的目光看着这个瘦削的年轻人……

王三江在人群里嚷:"老得你个东西,你想开枪刺杀领导——好啊,瞧我怎么治你!"

老得冷笑着:"是你先抓了枪的!再说枪里没装火药,哼哼——"他扳了枪机,枪口里果然没有喷出火来。

人群里发出了快意的嬉笑……

三天之后的一个夜晚,有个陌生人来到茅屋,让老得跟上他走一趟。

老得十分执拗。他从破被套里摸出枪来,一边擦拭着一边说:"我夜里要护葡萄园——再说,我又不认识你……"

那人有些恼火:"你黏黏糊糊!让你走一趟就走一趟!"

老得气愤地指指门外说:"给我出去!"

那个陌生人猛地拍了一下白木桌子,吆喝了一声什么,立刻从门外的黑影里蹦出四五个人来,拖上老得就走。

小来吓得哭了。老得刚骂了一句"黑暗的东西",就被捂住了嘴巴。他们将老得拖出门去时,那个陌生人又小声吩咐一句:

"枪也带上,那是罪证!"

十三

这个夜晚,月亮迟迟没有升起来。星星很密、很亮。

风比往常吹得急了一些,葡萄叶儿频频抖动着,使整个园子充满了一种焦躁而急促的节奏。猫头鹰在一声声啼叫,山鸡也呼喊起来。黑夜使这个绿色的世界安静下来,有些小生灵却因为留恋白天的光明而不安地骚动。有极少数小动物在夜色里欢快地忙碌,它们喜欢这夜的凉爽,愿意在这时候到处走动。有时它们真的歌唱起来,那声调有热烈的,也有悲凄的,有的不免流露出一丝淡淡的哀愁……芦青河"呜噜噜"流过海滩平原,流入大海。它的声音统率了夜的声响,是夜葡萄园的主题歌。它的声音虽不昂扬,但却厚重,是一种常常在的声音。没有什么可以掩盖河水的奔流声。那些尖利的野鸟的呼号使大海滩为之震颤,可是不久也就消失了……

天有些凉意。

王小雨突然被隔壁的哭声惊醒了。她刚坐起来,就听到有人擂门,开了门,小来哭着扑了进来。他说:"小雨姐,得哥被人抓走了!"

小雨愣怔怔地看着他,两手按在他瘦削的肩膀上。从他的眼睛里,小雨明白了一切。这一切来得那么突然、那么出乎意料。她那天从园里回来,心窝老是"噗噗"地跳,现在才明白这是为老得担心——担心的事情终于发生了!她嘴唇颤抖着,给小来擦去泪水,然后扯着他的手跨出门来。

天阴得真黑呀!

他们向前跑去……葡萄藤蔓缠在一起,夜色里一团一团、漆黑漆黑,怪吓人的。他们有时一块儿给绊倒在地上,有时被野藤子勒住,从藤子上边跌翻过去……

他们不知跑了多久,突然听到一阵奇怪的声音。好像有人在远处的葡萄藤蔓里费力地挣扎着。他们听了一会儿,听出那是一个男人的喘息声、咳嗽声。他们赶紧跑过去。还离着老远,小来就挣脱了小雨,喊了一声:"是得哥!"

果然是老得,他身上沾满了泥土。小雨和小来要上前扶他,他说:

"远一些,我身上有血!"

小来和小雨都吓坏了,反而不顾一切地揍上他,飞快地往茅屋里走。小来哼哼唧唧地哭着,说:"我和小雨要去救你,去救你……"

老得一拐一拐地往前走,擤擤鼻子说:"他们不敢扣留我过夜,法律不准他们……"

到了茅屋里,划亮火柴一看,小雨立刻吓得尖叫了一声——老得满脸是血,胸前的衣服都染上了血。小来呆呆地看着、看着,"哇"的一声大哭起来。老得拉过破被套枕在头下,生气地说:"那主要是鼻子流的血,不碍事!"

小雨从她屋里拿来了檀香皂和毛巾,把毛巾浸到了水里。她试了试,又往盆里添了一点热水。

小来还是哭着。他蹲在灶前看了一会儿,突然跑出了门。

小雨把盆子端到老得跟前,给他抹去脸上的血。盆里的水红了。老得看着红色的水说:

"小雨呀,这回我跟你爸是势不两立了!"

小雨眼角里流下了一行泪水。她并不抹去,只是一下又一下地给老得擦脸。

这张脸上没有多少伤口,只是有不少处青肿的地方。老得告诉她:几个人把他拖到园边上一片柳林里,要用柳枝抽他,问他还敢不敢开枪打王三江了。他看不清这些人的脸,可是他从声音里听出是王三江身边那些人!他于是愤怒地推了他们一掌。他们一齐拥上来(其中有一个可能会功夫),把他打翻在地上……老得说到这儿又重复一遍:

"小雨呀,这回我跟你爸是势不两立了!"

小雨问:"要有子弹,你真敢开枪打死我爸吗?"

老得说:"法律不准的,我是懂法律的人。"

小雨不做声了。她看着被抹得光洁起来的这张脸,含泪念一句:"死老得啊……"

老得闭上了眼睛,轻轻咏叹着:"……铁头叔冒雨走了／王三江这人太凶／茅屋里挂着他崭新的蓑衣／茅屋里只剩下我和大青……"

小雨静静地望着外面漆黑的夜色,鼻翼轻轻动了动,嘴唇翘着,似乎要说什么。可是她什么也没说,只是默默地望着葡萄园。

小来回来了,提来了一条黄鱼——他要给老得做鱼汤。

老得痛苦地扭动了一下。小雨小心地掀开他的背心,看到了一道一道被柳枝抽破的皮肉,一汪泪水再也忍不住……她盯着墨黑的夜色,一个字一个字从嘴里吐出来:

"王三江这人太凶……"

十四

几天以后,王三江召集三十六户开了个会。乡政府的一个文书也来了。会上王三江宣布:因为老得一贯好逸恶劳,对抗领导,决定给予经济制裁。

群众里一阵骚动。有人站起来问:"打老得的那些人为什么不制裁?"还有人问:"是谁指使坏人行凶?""是谁?""王三江知道吧?""要查查看!"……会场上乱了。

王三江静静地坐在台上。他的大黑脸盘子上没有一丝笑意。过了一会儿,他突然将肩膀上的黑衣服猛地甩在桌上:"制不伏一个老得,我王三江宁可不干!"接着又转向文书,"你是上级派下来的,你来决定吧!"

文书咳一声,扶扶眼镜,然后慢腾腾地从挎包里捏出几张纸片说:"这是收到的人民来信,是告你们领导的。我看他只是方法上的问题,大的方面还是清醒的!老得对抗领导,也不是偶然的……这些信件嘛,要存档的……"

"存档"两个字使台下的人惊讶地互相对看着。不知是谁小声说了句:"这眼镜没少白吃葡萄。"

……

老得的伤好了,又可以在葡萄园里走了。那些小商贩进了园子,总像看一个怪物似的盯住他看,使他腻烦透了。有一次一辆轻骑疾驰而来,猛地停在离他十几步远的地方,上面的人"嘻嘻"笑着,做着手势骂他。他刚要回击,轻骑车鸣一声长笛就驰去了……

更气人的是,有一天人们喊着"老得"跟他正说话,一辆吉普停下来,一位干部模样的人端量着他说:"噢,你就是老得! 一个青年嘛,是共青团员吧? 可要严格要求自己,不要染上搞宗派、出风头的坏习气哟⋯⋯"

不久开始搞现金预支了。老得果然受到"经济制裁"——只得到很少的一点钱。

小来的钱竟比老得多一倍。他把硬硬的票子一张一张摊到炕上,点数了几遍,决定将其中的一半分给老得,另一半交给父亲老窝。老得不要他的钱,说:"他王三江的办法再多,我还是貌视这个'黑暗的东西'。他一辈子也许做成了好多事情,可就是制不伏我。"停了会儿又说,"他的一切事情,在园子里是没有办法的。不过我相信他不会长久。葡萄园落在他手里,就一定不会再兴盛! 有时我在心里焦急地对自己喊:'老得,快行动吧!'⋯⋯"

小来点点头:"快行动吧!"

这个晚上他们来到园里,老得好长时间不说一句话。他像过去那样将蓑衣紧裹在身上,踱着步子。只是他怀中再也没有枪了。他不知有多少天没有理发了,那长长的头发被北风吹拂着,不断遮住他的眼睛,他伸手再拂开⋯⋯他似乎没有心思去点篝火,只是默默地走着。有时他会停住脚步,歪着头倾听那远处波涛的声音;有时他仰起脸来,极目远望着那一天繁星。葡萄树! 像山影一样叠起的葡萄树! 老得在树下艰难地踯躅着、踯躅着。

小来抱住他的胳膊,小声呼唤着:"得哥⋯⋯"

老得一动不动地站住了。

"得哥,你想什么呢?"

老得坐在了潮湿的泥土上。他声音低缓地说:"我在想那个'原理'……"

小来吃惊地看着他:"'原理'不是已经找到了吗?"

老得摇摇头:"有的找到了,有的还没有……我在想,王三江为什么有那么大的势力? 我又为什么低估了他? 为什么又是为什么? ……这里面都有'原理'啊! 要找到这些'原理'也许更难……"

"得哥! ……"小来看着他,用手摩擦着他那双粗粗的手掌。老得沉默着,最后站起来,提高了声音说道:

"我再也不愿看见王三江的大脚踏在葡萄园里——我老得走也!"

小来急哭了。他抓住老得的胳膊说:"不能走,你不能走呀!"

"这里现在不是我呆的地方,但我还要回来! 我和铁头叔早晚都要回来的!"

小来哭得更厉害了。整个夜晚,他都把头久久地贴放在老得的腿上。

……

后来,老得仍重复着那句话,可他还是住在茅屋里。

小来为了给老得补身体,常到海上去要黄鱼。有一天他又听老得说要走,就不放心起来,告诉小雨说:"得哥说:'我老得走也!'……"小雨听了就跑到老得的屋里,说:"死老得,不准你走!"

老得摇摇头:"早晚还要回来的——不会太长久!"

小雨一动不动地望着他。

老得伸出手来,握住了小雨软软的手脖儿。小雨使劲甩,老得却握得更紧,用坚定、热烈的目光望着她。

老得声音颤颤地说:"小雨,小雨,你和我好吧……"

小雨像个石头人似的一动不动。她突然挣脱出手来,说:"不行!我看不中你的腰!"……老得像没有听见,只是展开长长的两臂,将她的腰按住……他第一次离这个美丽的、圆圆的腰这么近!他多次幻想着能够拃一拃这个细小的腰,可是不能,他只拃过园边那光滑的大杨树……他把两只黑乎乎的大手按在这个柔韧的腰上,用力往上举起来,嘴里快乐地喊着:

"很好的!很好的!……"

"死老得!水蛇腰!"小雨在空中蹬着腿,尖声骂着,生气地从他手里挣扎出来。

这时候小来手里提着两条黄鱼跑了进来,一进门就对小雨说:"熬汤给得哥喝吧……"

小雨涨红着脸望着小来,没有做声。停了会儿,她怏怏不乐地接过黄鱼,咕哝着:

"有葱花吗?……"

十五

秋天即将度过。

最后几穗葡萄,是由小来一个人看护的。那一天晚上,当小来拖着疲惫的身子回到茅屋时,他发现屋子空空的!他仔细瞅了瞅

屋里,看到炕上只有他自己的被子了,白木桌上,是老得的蓑衣;蓑衣上面,留下了老得刚写下的一首诗:

"小来弟,我老得走也/天下这么大/我走到哪里,都不怕/挺起腰杆,做个好人/一辈子不受恶人欺压……"

小来扑到了蓑衣上……身后有什么响了一下,他抬起头来,见小雨眼睛红红地站在门口,一动不动地向里望着。

"小雨,得哥……"

"得哥走了……"小雨呆呆地望着老得常睡的地方说。她倚在了门框上,两肩抽动起来……

这天,好多人都知道了老得走掉的消息。人们一群群地拥到茅屋里,长时间默默地坐在老得休息过的大土炕上。他们坐在那儿,有时听到门外大青的呼唤,以为老得又回来了,就一齐推门去看:外面,再也没有老得了,只有一片浓绿的葡萄树在风中抖着枝叶……

后来,王三江也知道了老得突然走掉的消息,有些慌促地赶到了茅屋里。

小来哭个不停,但他见了王三江,立刻擦干了眼睛,挺直了身子站在那儿。

王三江声音低涩地问:"小来,你知道老得哪去了吗?"

小来只是望着远方的葡萄树,就像没有听见。

王三江又问了几句,问不出,就急匆匆地转到隔壁看了看,背着手走去了……但没有走出多远,他就听到了一声怒喝。回头看去,小来满脸红涨,正放开喉咙向着他大声喊道:

"挺起腰杆大步走/使劲甩动两只手/做人就做条硬汉子/黑暗的东西,都要藐视!——"

王三江打了个愣怔。

"都要藐视!——"小来又迎着他大声喊一句……

……

天慢慢寒冷了,地上铺满树叶。小来和小雨都消瘦多了,他们牵着大青,蹒跚在葡萄园里、大海滩上……白色的沙滩上,到处是赤身裸体拉网的人们,小雨看到了,就赶忙转身跑开。白白的网浮儿漂在海上,上网之前,拉网人愿将赤裸的身子躺在温热的沙子上。小来太思念老得了,他几次一个人跑到他们近前,将仰卧在沙滩上的小伙子误当成老得……

有一次他看到一个小伙子面向大海搬起一块磨扇般的黑礁。他还是第一遭见到这样有力气的人,禁不住惊讶地张开了嘴巴——小伙子把礁石举上去、举上去,两个臂膀的肌肉聚成几个疙瘩,颤抖着,慢慢地又渗出一层油来。那大石块多沉啊,他的两只脚都深深地陷到了沙子里……礁石终于举上去,举过头顶。强劲的胳膊,铁钳似的手掌!这简直是力的炫耀啊!……"哎呀!哎呀!"小来在心里惊叫起来。

这时,不远处的海上老大呼喊起来。小伙子听到声音,迅速抛掉石头,向着长长的网纲跑去了。小来突然看到他的腰扭动了一下——多么熟悉的扭动啊!

"老得!"小来惊讶地蹦跳起来。

"得哥——得哥——"小来呼喊着、奔跑着。

"哟——使足劲那个哉！哟——"

"哉！哉！……"

海上老大用粗亮的嗓门呼叫起号子,人群都靠在黑色的网纲上。小来的喊声和海浪的拍击声、号子声合在了一起,立刻给淹没了……

这时小雨也从一边走过来。小来向她指点着那个消融在人流中的身影……

大海的边缘变薄了,又皱成一朵朵花儿,向脚下平展展的沙岸抛撒着;它的那一边,则和瓦蓝的天空紧紧缝合在一起,一片片白帆,就永久地停泊在那蓝天碧海的交接处……

远处,一群黑红的、赤裸的身体活动起来。号子声震人耳膜。小来和小雨呆呆地站着。大青跳在了那块抛下的礁石上,昂头看着涌动的人群,像凝住了一般……

小雨望着茫茫的海水,眼泪一串串滚落到她的风衣上……小来望着她,又伸手给她擦去泪水。他咬了咬嘴唇,坚定地对她说:

"总有一天,他会回到葡萄园里来的,和铁头叔一起!"

1983年7月—1984年6月起草、修改于青岛、旅顺、北京

秋天的愤怒

一

初秋的暮色中,一对年轻的夫妇坐在一棵很老很老的柳树下,男的在吸烟,女的提起水罐往一个粗瓷碗里倒水。他们都三十四五岁。男的摘下斗笠,露出了又短又黑的头发。他长了一副英俊的脸庞,很宽的额头,很挺的鼻子;眼睛深陷,可是大而明亮;眼角和前额上有几道深深的皱纹。单从这几条皱纹上看,也许他的年龄更大一些。他一定是个高个子,因为支在地上的两条腿显得很长。他身边的女人穿了一件很薄很薄的、粉红色的衣服。她此刻端起碗来,像只小猫一样轻轻地吮吸着水,还不时用黑黑的眼睛瞟一下男人。比起他来,她显得那么娇小。她搬弄水罐时不得不挪动一下两只脚,她的身子已经有些笨重了。这时她问道:

"李芒,你就爱皱眉头。你心里又活动什么了?"

李芒淡淡地笑了笑,算是回答。他把烟灰磕到裸露着的粗大的树根上。他手中摆弄着的是一个足有拳头大小的梨木烟斗,用得久了,它的颜色黑中透红。这个烟斗好像不该是他使用似的。

大柳树的四周是一片黄烟棵。烟叶儿在徐缓的风中微微掀动,像一群待飞的大鸟活动着它们的翅膀。暮色映着这片烟田,烟叶儿闪着红色、紫色。烟田这时倒有些像玫瑰园。烟田也很漂亮啊!它的气味又辛辣又清香,和田野傍晚时分飘起的水汽掺和到一起,很好闻。风有时大起来,烟叶就晃动得厉害一些。一片厚重的叶儿在风中笨模笨样地扭动,说明它很健壮。这片烟田的烟棵一般高,都很健壮。老柳树立在烟田中间,静静地低垂下它巨大的树冠。它好像在俯视这些烟棵,俯视这片守候了几十年的田野。

"你看看吧小织,你看看!"李芒用烟斗指着树桩根部的一个窟窿,有些吃惊地说。

小织费力地伏下身子,望着那枯朽的洞洞。原来木头当心又有很大一片枯死了,用不了多久整个根部就会枯透。她张开很小的、布满了茧子的手掌量了量,说:"没枯的那面只有三指宽了。"

"它快死了。"

小织仍旧伏着望那个树洞。她说:"也不一定。你看见河边上那棵老树了吗?也枯成这样。不过它靠半边儿树皮又活了好几年呢!"

"它快死了。"李芒像没听到她在说什么一样,又说了一遍,一边戴上斗笠。

他站直身子,把斗笠往上推一下,看着眼前的这片烟田。那双有些深陷的,但是十分漂亮的眼睛里,这会儿闪射着明亮的光彩。他的目光在烟垄上移动,鼻孔一下下翕动着……这样看了一会儿,他又给烟斗装满了烟末。他吸得十分香甜。当他握烟斗的手有一次抹到嘴巴上时,一股辛辣味儿使他吐了起来。两只手上涂满了烟叶的绿汁,一层层绿汁干在手掌上,竟成了一个个小粉块儿。他咬住烟斗,用力地搓着、拍打着手掌。一股绿色的粉末儿混合到他喷出的白色烟气里……

这一天做得可真不少,他和小织从天蒙蒙亮蹲到烟垄里,掰着冒杈,直做到这个时候,没顾上吸烟。大梨木烟斗装在口袋里,他弯下身子做活时老要硌他的腰。最后一把冒杈儿抛到地垄上了,他才长长地舒一口气,坐到老柳树下。欠的烟都要补上,他开始用力地、惬意地吸那个大梨木烟斗了。

小织在柳树下收拾了一下她的头发,提上水罐说:"今夜咱们就赶回去吧。"

"一定赶回去!"

李芒的语气非常坚定。他说着,瞥了一眼西方的天色。太阳就要沉下去了……老柳树上死去的干枝条不断地落下来,撒在他们的头上。李芒把这些细小的枝条折碎了,抛在树根部的那个大窟窿里。多粗的树,他和小织两人才合抱得过来。树皮乌黑,裂开了无数的纹路,看上去就像鳞一样。风吹过来,枝丫发出一种苍老的、微弱的声音。

本来他们守在玉德爷爷的身边,守了好多天。

玉德是小织的爷爷,一连几天昏迷在医院的床上。守在床边的除了他们小两口,还有小织的父亲肖万昌。一家人围在床边,谁也不说话,只静静地看着床上的玉德爷爷。

一个午夜里,玉德爷爷突然从床上醒过来了。老人转脸看看

四周,又看看儿子、孙女和孙女婿,雪白的胡子就愤怒地抖动起来。他问:

"一家子人都来了?"

大家不解地对视着,还没来得及答话,老人又吼了:

"谁在家照管烟田?那些烟杈子,一夜能蹿二寸长!一家子人还守在这里!……"

"爷爷……"李芒叫着。

"还守在这里!"老人只冲着他一个人吼叫了。

李芒声音怯怯地说:"天明、天明了,我和小织就赶回去做活……"

"这就给我回去!快走!"玉德爷爷的眼睛死盯住李芒的脸,一动不动。

李芒犹豫了一会儿,终于扯起小织的手,站了起来。他们往门口走去……肖万昌在他们背后喊道:"腊子要是回来了,让他赶紧来看爷爷!"他们没有回头,一直走出门去了。

腊子是小织的弟弟,原来在龙口电厂上班,现正跟人合伙贩鱼,有时几个星期不回家。眼下正是捕鱼的旺季,他能回来吗?李芒知道,肖万昌是喊给玉德爷爷听的……

晚风渐渐平息了。原野上无限宁静。最后一束霞光也暗淡下来,天要黑了。一只乌鸦飞到老柳树上,又飞走了。

老柳树死去的干枝条还在往下撒落。

"弄不好,它挨不过这个秋天去……"李芒抬头看一眼老树密密的枝丫。

小织不做声。她正想床上喘息的爷爷。她搀着男人的胳膊说:"走吧,快走吧……"

两个人正要挪动步子,烟田的小土埂子上匆匆忙忙地走来了一个人。小织抬头望了一眼,接着就怔住了!她惊讶地喊了起来……

那不是爸爸肖万昌吗?他怎么回来了?怎么没有守在玉德爷爷身边?

二

玉德爷爷死了。

四十多年前,有一个壮年汉子分到了一块土地,就在地的当中植了一棵柳树。他很早听说柳木埋在土里耐烂,心想多少年之后,他要用这棵柳树为自己做一具棺材。中国农民之怪异在他身上得到了多么有趣的表现:一个壮年汉子,首先想到的竟是自己的最后归宿。

今天这个汉子倒下了,他的柳树却还在他的田里喘息。

如今实行火葬,不能够携带着一棵大树离开人间了,他就把它留给了儿孙们。

有意思的是,树木栽在自己田里,后来土地入社,风风雨雨几十年,这棵树竟然也长起来了。再后来,土地实行承包了,这棵树就在儿子和孙女婿的两块承包地之间了。老人做主,硬让儿子和孙女婿两家联合经营这片土地。这样,那棵大柳树又在土地的中间了。

悲哀的气氛笼罩了这片土地,笼罩了两个家庭。玉德爷爷八十五岁了,他走得不算匆忙。可是他对于这两个不同的家庭是太重要了。无论是昨天还是今天,他都给后辈人的生活增添了极其重要的东西,成了他们的生活中不可或缺的人物。他虽然病得时间很长了,但他的过世还是让儿孙们感到突然和惊愕……

三天后的一个夜晚,李芒和小织久久地坐在灶间里,没有一丝睡意。李芒一直吸烟,三天来的大半时间他就这样坐在灶间的一个草墩上。他不说话,有时眉头轻轻皱一下。第二天的上午,曾经有人哑着嗓子在窗外喊他:"李芒,别忘了去烟地掰杈子啊……"李芒听出是岳父肖万昌的声音,一声也没有吭……桌上的台灯闪着微绿的光,正照在一本翻开的诗集上。李芒走过去,合上那本小书,然后又重新坐下来吸他的烟斗。小织轻声喊道:"李芒!"

李芒就像没有听见一样。

"你心里又活动什么了,李芒?"小织紧挨着他坐下,把头靠在他粗壮的胳膊上,黑黑的眼睛望着台灯后面那片暗影眨动着。

李芒沉着地磕着烟斗。他说:"小织,我这几天老想一个心事,就是跟你爸分开干——我们自己种自己的烟田吧。"

小织并不感到惊讶。她轻轻地咬着嘴唇,低下头去。

李芒的大手抚摸着她的头发。这头发真柔和、滑润啊!他又按了按她的圆圆的、软软的肩膀。突然他觉出这肩膀在颤,于是就扳起了她的脸来看——她的眼睛有些红,已经流泪了,泪珠挂在眼睫毛上。

"爷爷刚去世,你就……这样!"小织难过地责备男人。

"爷爷去世了,咱才能这样。"李芒执拗地说了一句。

"这样爸爸不难过吗?"

"肖万昌不会难过。他会有新帮手的——他是村支书,做了这么多年的干部,还愁找不到搭伙的人吗?"李芒自信地摇摇头,"不会难过的。爷爷一过世,你看有多少人趁这机会往他家送东西!乡政府的,还有县上的干部,都来了。我还替爷爷难过呢……"

小织不吱声了。

"我琢磨,咱和肖万昌的联合是到了头了。"李芒站起来,在屋子里踱了一步。

"是和爸爸联合……"小织纠正他。

"随便叫什么吧……我是说,我得当面和他谈开。"

"一点也不能凑合了吗?"

"一点也不能了。"

"非分开不可吗?"

"非分开不可!"

"……"

小织站起来,往前走了一步,似乎要去抓男人的胳膊,但她的手抖了一下,在离他胳膊很近的地方停住了……她欲言又止,有些伤心地坐下来。停了会儿她说:

"我知道,你嫌和他在一块儿吃亏……"

没等她说完,李芒就愤怒地看了她一眼。他盯着她,嘴巴有些颤抖。他把那双黑黑的胳膊按在她的肩膀上,身子躬得很低,脸都快要碰在她的脸上了。他像在仔细地端详着她:"小织,你真是这样看我吗？真的吗？"

啊啊，啊，啊……小织又激动又慌乱地抱住了他的胳膊。她连连摇着头，说："不，不！我不过是说气话啊……李芒，你知道我心里明白你——你当然是为了别的才要和他分开，为了别的、另一些要紧事儿，不过我也说不清……"

李芒有些感激地望着自己的妻子。他望着黑漆漆的窗外，喃喃地说：

"连我自己也说不清。我不过是越来越觉得要和他分开，非分开不可，好像有个声音老在我心底喊：分开吧！分开吧！……你看看，就是这样……"

小织低声说："我能明白。"

"你想的我都能明白。"停了一会儿她又说。

李芒的目光仍然在望着窗外。夜已经深了，星星很亮，整个村子都很静。几声不安的鸟鸣从原野上传来，可以听出那是十分孤寂的声音。也可以想见它们在模糊的夜色里一荡一荡地飞着，像被什么可怕的东西追逐着一样，禁不住要呼喊起来……李芒又想到了他那片可爱的烟田，再有不久烟叶儿就要变得厚实了，接着烟田的活儿要变得更累了。像每年的这时候一样，一天的绝大部分时间都要花在田里了，割烟、上烟吊子、看护烟叶子……他也想到了那棵老柳树，想到它根部那个枯朽的洞，心里沉甸甸的。他盯着夜空说："和肖万昌分开吧。这是早晚要做的事。我下了决心了。"

"可是，"小织仰起脸说，"村里人会怎么说？他们不会说咱是过河拆桥吧？……"

"他为咱搭过桥吗?任别人说去。"

小织喘息着:"可他到底还是爸爸啊!李芒,我求求你,再忍耐些,还是一块儿种下去吧……"

李芒捧起她的脸看着,替她擦去泪花,说:"睡吧小织,不说这个了,看看,这让你多难过。我就先不跟他谈开。不过分开干是一定的。跟他谈开很容易,说服你倒不容易。我得等你下了决心再跟他谈。好吧,睡觉吧。"

他们睡觉去了。

三

"我想这个小家伙生下来,模样一定会像你。"小织坐在烟垄上,吃着一个发青的苹果说。

李芒笑着问:"为什么就一定会像我?"

"村里人说,女的怕男的,生下的孩子就像男的……"她吃完一个苹果,把果核儿投到很远的地方。

李芒笑起来:"没有道理,没有道理。再说你从来就不怕我啊!"

"可我发觉有时候不知不觉就跟着你走下去了,哪怕前边是泥湾、是坑……这真怪哩,你知道这挺怪。我常想这些,李芒。在南山的时候,在东北的林子里,我就这样寻思过。"

小织说着,慢慢严肃起来。她的嘴唇那么小巧地抿着,有几个小小的棱角显得很清楚。她脸部的皮肤很细腻,李芒对这点儿从来就很自豪。

他的目光从她的脸上移开,也慢慢严肃起来。她的话当然让他想到好多事情。都是些严肃的事情啊!他从来不愿想这些事情,想它们太累。他和眼前这个可爱的妻子曾经手挽手地涉过芦青河,往西,穿过密林,不为人知地走了几百里,又折向南,入山。他们在山里生活,还曾经有过一个孩子,但不幸流产了。现在小织怀着的是他们的第二个孩子……入山是被迫的。后来他们在山里呆不下去了,又回到胶东西北部小平原上,是秘密地回来的,只停留了一夜,便从龙口港坐船,去了东北。那是一种流浪生活。今天想这种生活,也有一种心理上的疲惫感。李芒怕自己奇怪的思路就这样想下去,这时故意把脸仰起来,看这片烟田了。

这片使他一直牵肠挂肚的烟田,长得不错。烟叶都很肥、很醇。他不信有谁搞烟田的本事如今能超过他,这片烟田简直可以拿到国际上去较量一下了。他是全村里第一个做起黄烟专业户来的,做得很美,也很苦。肥厚的烟叶在风中扭动,撩拨人心。庄稼人经不起它的撩拨,有人身上终于燥热起来,要把这片烟田铲除掉。他们扛着铁锹跑过来,嘴里骂着:"奶奶的!……"后来不知怎么就被阻止了,想铲除烟田的人翻着白眼,坐到他们自己的地上去了。李芒当时觉得很伤心,也觉得很有趣。他这时看着这烟田,奇怪的思路就又转到这上边了。幸好这会儿岳父肖万昌从田埂上走来了,肩上扛着半块黄豆饼,李芒的目光移到了他的身上。

肖万昌热汗淋淋地走过来,放了豆饼坐下,用一块雪白的手绢擦脸。擦过了脸,他掏出一包果脯递给了女儿。

李芒看了看他,没有说什么。

小织一边吃着,一边对付起那块豆饼来。她用一块石头把它砸成两半,观察着新茬上的颜色。

肖万昌五十岁的样子,并不显老。他在这个村子做了三十多年干部,经他的手做成的大小事情数不清,因而他很自信。他坐在那里,那表情就很自信。他穿了件深蓝色的衬衫,衬衫下部又很利落地扎在一条灰裤子里,显得干练、富有生气。衬衫的小口袋上卡了一支钢笔,手腕上,则是一块锈了壳子但牌子很过硬的手表。头发花白了,发式与一般人不同,是乡下人望而生畏的背头,并且梳理得一丝不乱。然而他并未因这穿戴和发式惹人反感,相反,看上去,他像是深沉稳重的、可以信任的。他跟人说话时,并不看着对方,而是望着旁边的什么,好像他对自己所说的话也并不十分在意,只是高兴了,随便谈一点而已。在任何时候,他的目光都不咄咄逼人。这会儿,他专心地卷好一支喇叭烟,仔细地研究着他新做成的这支烟,跟李芒说话了:

"你看看这种饼行不行?这种饼追肥用比花生饼好多了。我跟乡里榨油厂讲妥,如果相中了,就跟他们订下三年合同。这半块饼是样品……"

他的声音淡淡的,讲的却是大事情:跟一家榨油厂订一个买饼的三年合同!

"饼很好,李芒,你看……"小织递过去一块。

李芒看也不看那饼。他看着脚下的土,也用淡淡的语气说道:"老柳树下面枯了一个窟窿,它快死了……"

"如果相中了,就跟他们订个三年合同。"肖万昌吸着烟,又说了一句。

李芒掏出他那个硕大的烟斗,放在手里摆弄着说:"老柳树正好长在地界上。它的那边是你的地,这一边是我们的地。"

肖万昌的目光这会儿迅速地从一旁收到李芒的脸上。

李芒也看了他一眼说:"我是说,这豆饼合同先不要订了吧!"

"怎么?"

"看看形势怎么发展吧。"

肖万昌笑了:"形势?哼哼,形势不会变的,专业户还要大发展哩!我忘了告诉你:县里通知我去参加专业户代表会呢!明天我去开会。"

李芒摇摇头:"我不是指这个'形势'。"

"那什么'形势'?"

李芒朝小织苦笑了一下,玩笑似的随口答道:"国际形势。"

肖万昌的神色有些茫然,但马上又恢复了那种淡然的表情。他一时弄不明白的东西也不想去明白它,这时有些疲倦地站起来,拍打了一下裤子上的尘土说:"我要去队部开会了。烟垄还要耪一遍,隔一垄耪一垄……"

他刚要走,一个老头子急匆匆地跑进来,原来是老獾头。他喘着粗气把肖万昌拦住了:"哎呀呀,肖书记,找你半天啊……我是来求个情的,先莫派小儿子出民工了。你知道,剩下我们俩老的和闺女,快忙秋了,老婆子又有病……"

老獾头说一句一哈气,脖子上松弛的皮肉一动一动。

肖万昌就像没有看见他面前还有什么别的人一样,仍然神色淡淡地望着一个烟棵说:"烟垄还要耘一遍,隔一垄耘一垄……"他说着就绕开老头子往前走去了。老獾头略一停,然后也跟上他出了烟田。

李芒看着他们的背影,沉默着。

小织说:"李芒,刚才你差一点儿就跟爸爸挑明了。"

李芒笑了笑:"就差那么'一点儿'了。"

"你可先不要急着挑明啊,你答应过我!"小织极其认真地说。

李芒点点头:"放心吧,没有和你商量好,我不会正式和他分开的。"

小织有些欣慰地看了他一眼。

李芒望着天边的一块云彩,突然想起了一个要紧事儿。他说:"忘了跟他要来通知看看,通知上正式让谁去开会?等会儿我去要来看看。"

小织责备说:"你也太认真了。谁去不一样?"

"如果是通知我去的,为什么他要去?以前就出过这种事儿。"李芒看着烟田,一字一顿地说道,"我也要寻机会出去开会。出头露面的事不能让他一个人全占了!……"

小织长长地舒了一口气。她又用那双柔和的眼睛看李芒了。她发现李芒的衣服又被汗水浸湿了,后背那块儿有些泛黄。她想回家后该给他换洗了。她一动不动地盯着他那两道眉毛,嘴唇轻轻动了动。她终于又问:

"李芒,咱真要和他分开吗?"

李芒点点头。

"我老想,咱是不是对过去的事情记得太深了……是吧?"她有些胆怯地问。

李芒摇摇头,又点点头:"我才不会忘记过去的事情哩!可我也不全是为了过去的事情……反正,原因好多,好多好多,我自己也有些讲不清了。我只是觉得……"

他说到这儿顿住了。小织问下去:"觉得怎么?"

"觉得到底也没法儿凑合!……"

小织叹息着。她像恳求似的、语气极其柔和地说:"李芒,过去的事情已经随着过去一块儿埋进土里了。不是吗?你太倔犟!太倔犟!……"

"才没有埋进土里呢!你只要留神看一看,就知道还没有埋。咱不能自己骗自己……"李芒执拗地说。他两道犀利的目光一碰到小织的脸上,又立刻变得柔和了。他说:"小织,我有好多话要跟你说,又好像什么都用不着说。你的话让我想起了好多事情,好多好多,都是些我不愿去想的事儿!"……

四

十几年前,他们曾经手挽手地涉过芦青河,往西,穿过密林,不为人知地走了几百里,又折向南,入山。

在大山里面,李芒找到了他的一个朋友。朋友以介绍副业师傅为名,把他和她介绍到了一个又小又穷的山村里。这么年轻的两个师傅,山民们看了很惊奇,也很喜欢。可就是没有住的地方:这是二十岁左右的一对子,给他们太窄巴的地方不行。他们一年,也许是两年的时间,就会添出一口来。后来有人想起有幢房子闹过鬼,倒是又空闲又宽敞。

李芒问:"怎么个闹法?"

村领导说:"房子三间。最东边一间盛了干草,大跃进那年里面吊死一个人,以后常年锁着。到了半夜的时候,锁着的门就响,锁、铁环子,都'咔嚓嚓'响……"

"就是'咔嚓嚓'响吗?"

"就是这么响。"

"没出来过什么东西吗?"

村领导摇摇头:"没有。"

"那就住在那里吧。"李芒这样说。他想,只是"咔嚓嚓"响,危害不着他们的生活。这使他想起自己村里那个老寡妇:每到夜深的时候就哭,开始人们听了都害怕,后来也就不怕了……

他们把用来居住的正间和西间认真地裱糊了一番,在土炕的围墙上,还贴了粉红花纸。这一天他们一生也不会忘记的。他们忘不了那么疲乏地走了几百里路,路的两旁那么荒凉,颜色单调,山的岩石是铁样的青灰色。他们躲闪着行人,躲闪着田野里的歌声。他们好不容易翻过了最后的一座山,接近了朋友,接近了他们将要落脚的这个山村。于是世界的颜色开始变换了,变为嫩绿和浅黄,变为石竹花的那种红色,又变为土炕围墙上的那种透着暖意的粉红色了。

天色将晚,粉红色被霞光映成了大红色。小织的脸也红了。

她穿了件学生蓝制服。这衣服剪裁得特别合身。头发黑亮而柔软,用橡皮筋在脑后扎成两个弯弯的毛刷刷。此刻,这两个毛刷刷安静地垂着,末梢儿往里曲着,像小猫那两只永远握不紧的拳头。她安详而羞涩地坐在炕沿上,手里掐弄着她的淡黄色的小手帕,脸像被染过了一样,脸上有一层非常细小、非常规整、又淡又匀的白绒毛。这使她显得很稚嫩。她刚刚才十九岁。十九岁的姑娘就跟上一个男子跑出来了,她多有激情啊!此刻,她把一切都压抑在心底,不动声色,微微抿着嘴角。红红的嘴唇,下唇翻得略重一些,显得有些顽皮。她不看站在屋子里的李芒,她看到的只是环绕她的一片粉红色。她很自信地等待着,她什么都能等得到:幸福、焦虑、喜悦、烦闷、惆怅。一个有过这种等待的人才知道她此时的心绪是多么美好、多么丰富而奇特。她实在是一个勇敢的人,在周围的一片凝固的空气里,在一个板着没有血色的面孔的世界里,她不是表现了可嘉的勇气吗?这勇气谁给的她也不知道,大概是站在一边的这个好棒的小伙子吧。

这个小伙子可不简单。可这个小伙子的爷爷是地主。

当时他没有上高中的权利。上高中的学生都是贫农和下中农推荐的。这个小伙子从小长得挺拔,像个运动员似的。人们以为他特别需要在农村里锻炼和改造,就让他扛麦包、抬大筐什么的。抬来扛去,他并没有弯腰缩背,也没有长成一个短粗胖子。他悄悄藏起了对这种劳动的厌烦和焦躁,质朴可爱。第三年,上高中可以推荐和考试相结合了,他幸运地上了学。

他做了学校运动员,穿着漂亮的运动衫。有一次他在一个运动会的比赛场上推铅球,铅球落下时,有个特别灵巧的女学生激动不安地走过去插了个小铁旗子。女学生插下的这个小铁旗子再也没有谁超过,她很自豪。

后来他们一同毕业回村了。她穿了件洗得发白的黄军衣,也背了个同样颜色的挎包。他看到她常常想:这样的姑娘真不多见啊!

再后来他们就好起来了……

天色越来越暗淡了,霞光一束束从窗上收走。小织还是默默地坐在炕沿上。她突然说:

"李芒,咱走了多远,怎么一点也不累?"

李芒说:"我刚才还累,现在不累了。"

"半夜的时候,等着闹鬼吧。"小织说。

李芒不答话。他找了个红色的粉笔,在那个锁起的门上画了一个大大的叉。他说:"把这个鬼枪毙了吧!"

小织笑了,笑得没有声音。

停了会儿她说:"今夜就睡在这儿吗?"

"可不是就睡在这里呗。"李芒咬了咬嘴唇。

小织流出了泪花。她说:"可是,可是……"

李芒想安慰他的新娘子,可是找不到合适的话。

小织一个人哭着,哭过之后更美丽了。她像个小孩子那样大仰着脸儿看他。他看到了她那齐整整的一溜儿眼睫毛。她说:"李芒,你不知道我有多么害怕……"

"谁不害怕?我也害怕,可是……"

李芒鼓励着她。他这声音若断若续,表现了他那颤颤的幸福的心情。

天黑了。他们点起了一根蜡烛。

"这个大山里的村子我以前想也没想过……啊啊……闹鬼的屋子……啊啊……小织！你睡着了吗？啊！啊……"

五

他们现在需要熟悉一下这一座座的大山了。以前他们对山很陌生。山嘛，石头嘛，树木和绿草长在缝隙里。他们现在登在山的半腰上，有些惊恐地看着那一块块凸出的怪石、那一道道黝黑深邃的沟壑。阳光在山上攀援着，做着各种奇怪的脸色。它看着石英石，目光立刻放出了光彩；山林密不透风，闪着一片墨绿的、诱人的颜色，它望着山林的叶子，显出很神秘的样子；一块块铁色的巨石从稀薄的土层里探露出来，满身沾着点点银白色，它看到那些点子就惊讶地睁大了眼睛，银白的斑点闪射出锐利的光箭，太阳眯起眼睛了。红秆儿草在石头脚下、在大树的身旁扭动着腰身，漂亮吗？它吸引了两个登山的人。它的叶儿也开始变红了，尖儿红得最厉害。登山的人捏住它的叶子，像是揪住了山里姑娘的裙子。啊啊，它是山里姑娘呀！他们不断结识着山上的一切，也不断地告别它们。他们终于和阳光一起，攀到了山顶上。

原来周围都是山。

一片淡灰色的雾，还有一片微蓝色的雾，浮在了一架架山的尖顶上。模模糊糊的峰刃，模模糊糊的树林。鸟鸣在草丛里、在山涧里、在树桠里、在一片雾气里。它们彼此呼应，彼此安慰。它们也不明白山,不明白它们赖以生存的山是属于谁的。可是它们一声声叫着。他们觉得山影就如同它们的叫声那般纷乱,又好似在这叫声里一层层漾开去,山峦像水的波涌一样啊!原来世上有这么多的山,原来阳光常常被山遮住。他们甜蜜地安睡过的那个小村庄就在山的脚下,那么小、那么稚嫩孱弱,此刻也在安睡着。它可怜巴巴的,他们都有点可怜这个小村庄了,在心里为它鸣不平。

他们觉得,山下这个不起眼的小山村可是不平凡的。他们就是刚刚从它温柔的怀抱里走出来,身上还带有它的体温。他们觉得那些永生难忘的巨大幸福就是它给予的,并亲眼看到朝霞从村子里升起,染红了他们的窗棂,又染红了他们自己。希望洒在一条条肮脏窄巴的街道上,谁说人间无希望?人们啊!请回忆你的那种时刻,回忆朝霞染红窗棂的时刻,回忆幸福,回忆生活,回忆昨天的震颤和那仅有的一丝忧虑。小山村,小山村,避难所,避难所;邻居的一只母鸡"咯咯"叫着,围墙上探出的果枝上挂着两个鲜红的苹果。生活就从这里开始吗?生活能从这里开始吗?他们依偎着,问自己,也问这间闹鬼的屋子。

他们攀登得有些累,就坐在了一块大石头上。李芒脱下鞋子,倒出里面的一颗小石子。他说:"以后就得在这山沟里爬了,爬来爬去。"

小织说:"有人背着枪追我们,再宽的路咱跑起来也累。爬在山上,藏在山上,山上真好啊!"

"山上真好!"

"你说我爸爸他们会找到山里来吗?"

"谁知道呢。让他们进山就迷路才好哩!"

小织笑了。

李芒也笑了,是一种冷笑。他一想起小织的爸爸就冷笑起来……此时此刻,他是个胜利者。他的敌手是无比强大的,强大到全村里没人能够战胜,可是他却似乎是胜利了。他好像早就预料到了这个结局,并且用这个结局鼓励着自己。"一个狠家伙!……"他冷笑着在心里骂了一句。他想,这会儿那个家伙不知在做些什么呢,会气得跳起来吗?生活老要让他做个倒霉鬼,他偏不做,拼力挣脱着,最后……他现在是坐在一座大山之巅了,和心爱的人一起眺望着、俯视着。

他说:"咱们以后得想法为山里人做些事情。"

"做好多好多事情——咱一辈子住在大山里……"

"我就怕做不好。我们能帮他们做什么?他们还以为咱俩全是些手艺人,会做好多事情呢!"李芒为难地绞拧起眉头。他望着小织,发现她正安详地看着前方,那神情可爱极了。他立刻又后悔起来。他觉得不该说刚才那些丧气的话——小织对山里生活正充满了希望呢!他于是说:"从头开始吧!什么手艺都是人学的!难就难吧,也会挺有意思。"

小织不说话,只看着李芒。她觉得他的肩膀很宽、很健美;好粗壮的胳膊啊,这个家伙长了这么吓人的胳膊。她一点也不怀疑他会做成好多事情。她觉得十分自豪。

李芒说:"除了为山里人做事情,我还要读点书。也许我也能写一本书,你信吧?你点头了,嘿嘿,你什么都信。真的,我也许会写出一本书来……还有咱们那间闹鬼的屋子,我要好好整整它,用泥和石板垒个书架子,屋前边再栽上些花……"

"李芒!……"小织听到这里,激动得再也听不下去了。她吻着李芒,又把头埋在他的胸脯上喘息着。她仰起脸看着李芒说:"做什么我都和你在一块儿,咱们会过得挺好的……不过,在这儿住得久了我会想家——你可不要误解啊,我不是想我爸。我想的是熟人、庄稼、海滩,还想芦青河。我想咱们那块好地方……"

李芒不吱声了。他也在想自己出生的地方。在那片土地上,爷爷死了,父亲死了,母亲也死了。母亲曾经告诉过他:爷爷攒了一大笔钱,让年纪老大的父亲到青岛去念洋书。几年洋书念下来,父亲也就不愿回来了。幸亏后来得了肺病,父亲怕死在外边,就带着几驮子书回到河边来,从此再也没有离开,直到死了,葬在祖坟地里……李芒现在没有一个亲人了,可是他和小织一样,也深深眷恋着那个地方。到底凭什么要剥夺他们生活在那儿的权利呢?他的上几辈人不是都生在那儿,最后又埋在了那儿吗?李芒紧紧地握着拳头,一声不吭。

他想起了他和小织的同学、好朋友袁光。袁光三岁那年,父亲成了"反革命",从城里领着袁光和姐姐回乡下来了。袁光上初中时父亲死了,袁光一滴泪水也没有掉。为什么要哭他呢?不就是因为他的缘故,袁光才受尽了歧视,也许连高中也不能上呢!后来初中毕业,袁光真的回家下田了。他在全校学习是最好的,他对那些能够继续升学的同学羡慕死了。他和李芒一块儿到海滩上挖渠、修树、种花生,结下了很深的友谊。李芒后来上了高中,就再也没有见到他。毕业第二年上,李芒过河去找袁光,找到了一个衣衫褴褛、面黄肌瘦的小老头模样的袁光。他的生活李芒完全想象得出来。他已经二十七八岁了,还没有娶上媳妇……最后一次见他是在河边的一块土豆地里,他担了两个大粪桶,右眼不知怎么肿胀得睁不开了,只睁着一只眼睛跟李芒说话……

如今袁光在做些什么呢?

"给袁光写封信吧……"小织突然咕哝了一句。

李芒惊奇地看了她一眼:她怎么知道我心里在想袁光呢?他感激地握着她的一双手,摇摇头说:"不,不能写。不能让河边的人知道我们现在在哪里……"

有一只漂亮的山鸡站在不远处的一块石头上啼叫。李芒惊喜地指给小织看,小织刚转过头去,它就飞走了……李芒却发现了它站立过的石头是雪白的、荧光闪亮的!他赶忙奔了过去。

他记起县城的楼房上、墙皮上就粘满了这种闪亮的白石子!一个念头在他的脑际飞快闪过:可不可以满山找来这样的石块儿,碾成小碎块块卖给城里人盖楼房呢?

"小织!"他一下子站起来,喊了她一声。

六

李芒这天果然起早去跟肖万昌要开会的通知看了。肖万昌正耐心地照着镜子刮脸,头也不转地说:"通知就在桌子上,你看吧……"

通知上果真只写了肖万昌一个人的名字。

李芒说:"这是专业户代表会,怎么只有你一个人的名呢?我可是最早做黄烟专业户的。你开会时捎一句话给发通知的人,告诉他们不要故意漏掉我李芒的名字!"

脖子上的毛发很难对付,肖万昌这会儿刮得特别细心。他一下一下刮着,刮完了又用心地抚摸了一会儿,转着脸庞照着镜子。他揩着刀片说:"我一准把话捎到就是了。"

李芒转身走出了肖万昌的屋子。

他想尽快离开这里。他觉得站在屋里和肖万昌说话的时候,正有一双沉沉的目光在一旁望着。走出门来,后背上好像还负着这双目光。走着走着,他猛然回头去寻找,后边什么也没有。他心里明白:这双眼睛是看不见的,这是玉德爷爷的一双眼睛啊!

他很清楚地察觉到,玉德爷爷那双衰老的、有些浑浊的眼睛此刻已经愤怒了。老人分明在责备这个孙女婿,恶狠狠地盯着他。那双目光分明在怒斥说:忘恩负义的东西!我刚闭了眼,你就要和我儿子分开干,你是个败家子!……李芒步子沉重地踏上了田埂,又望见了那棵老柳树。他痛苦地闭了闭眼睛。他在心里呼喊着:"玉德爷爷啊!我李芒今生不会忘了您的恩德,小织也会永远记着您……如果我们有什么地方违背了您的意愿,那也是实在没有办法的事。我们请求您老人家原谅,我们是您的孩子……"

前边不远的烟垄里,小织正在做活。那翠绿的烟棵间,她的粉红衣服一闪一闪的。李芒大着步子走过去,默默地站在一边看着。她并没有发现李芒,只顾掰着冒杈。肥嫩的冒杈怎么也掰不完,烟棵长得越壮,冒杈子越难对付。她的小巴掌握到冒杈上,就像攥住了一只小麻雀似的。小麻雀紧紧地伏到烟秆上,她就灵巧地一扭把它给扭下来了。绿色的汁水染了她的手背,她擦汗水的时候,额头就沾满了绿色。她又一次抬头擦汗时,发现了李芒站在一边,就有些羞涩地笑了一笑。她问:

"犟汉子,到底看了通知吗?"

李芒点点头。他蹲下来,用两手捂着额头,一声也不吭。小织推了他一下,他也没有抬头。

"跟爸爸吵了吗?"

他摇摇头。

"你病了吗?"

李芒还是摇头。停了一会儿,他咕哝说:"小织,我们把那棵老柳树伐了吧!"

小织惊愕地望着他。

"我一看见它,就想起玉德爷爷。好像它就是玉德爷爷似的,蹲在田里,喘着粗气……咱老得在它的监视下做活儿……"李芒有些急促地说。

小织慢慢地搓扭着手掌,望了一眼老柳树。她说:"想着爷爷也好!想着玉德爷爷,你就不会硬跟爸爸闹着分开了。"

李芒昂起头望着她说:"一定要分开。这是早晚的事情。"

"你真是个犟汉!咱和爸爸联合了这几年,不是挺好的吗?你呀!"

"挺好?肖万昌在烟田里腰也不弯一下,他让儿子腊子贩鱼挣钱去,这么大一片烟田,全靠玉德爷爷和我们两个!……"李芒的胸脯一起一伏,一双愤怒的眼睛紧盯着小织,他大声嚷起来,"这是欺侮人!压榨人!……"

小织的眼睛涌出泪花来,也迎着他嚷道:"可他是支书啊!他要为村里忙别的事情……我们家买化肥、柴油,卖烟叶这些事,不都是亏了他吗?李芒,你该想想这些!……"

"我全想过,一样一样全想过。你以为我要和他分手,光是因为他不做活吗?因为害怕吃亏吗?不是!你也知道不是!要下决心分手,就得打死不做这个专业户,狠下心做个穷光蛋!这个鬼联合本来就不该有。我早跟你说过,分开是注定了的。我心底老喊:分开吧,快分开吧!……看看,你多么不理解我啊!"

李芒很痛苦地摇着头,又蹲下了。

小织有些委屈地看着他,再也不做声了。

他们一边有人粗粗地喘着气,抬头一望,原来早有一个人抱着膀子站在那儿,"嘻嘻"笑着。

他叫荒荒,是村里的一条"光棍儿"。这时他嬉笑着问:"小两口打架了?"他的一双眼睛诡秘地闪动着,松弛的皮肉在嘴角划出两个大弧。

"有事情吗,荒荒?"李芒问。

荒荒把身上发黑的汗背心扯一扯说:"怎么没有事情?来就有事情。我是做代表来了。"

"什么代表?"

"群众代表。"

"到底干什么啊?"李芒不解了。

荒荒挠一挠蓬乱的头发,所答非所问地说:"如今这个世道嘛,有本事的人都发家了。发家嘛,咱不眼馋,谁叫人家有本事呢?不过,哼哼,发了横财、黑心财的,从理论上讲也不算好事情……"

李芒用心地听着,还是抓不住他的"要义",只是觉得"从理论上讲"几个字用得可笑。

荒荒说了一会儿,见对方并未明了,就咳了一声说:"干脆直着说吧!我是代表大伙儿跟你来谈判的!"

李芒不解地看看他,又看看小织。

荒荒说:"今年的化肥分来不少,可是摊到各家各户就那么一点点。后来才知道肖万昌书记给你们自己留了一手儿。俺是来跟你商量一下,借几百斤先用一用。"

李芒有些吃惊:"荒荒,这许是误传吧?我们哪有那么多化肥?"

小织也不解地望着荒荒。

荒荒"哈哈"大笑:"是呀,这么多东西放在自己家多显眼!得找一个好地方,再封起来,哼,这样儿——明白了吧?"荒荒用手做成抹泥板的样子,在空中抹了一下。

李芒站了起来。

荒荒像公鸡一样将头伸到李芒跟前,又奇怪地摇了一下,说:"怎么,不知道?真不知道你就跟上我去看看!嘿嘿,其实你心里早明白,你们是一家子人……"

李芒不耐烦地摆手打断他的话,跟上他走了。

在一座孤零零的老屋子跟前聚集了一帮子人。老屋子是一个老寡妇的。老寡妇死了,这屋子就一直闲置着,如今重新砌了门,挂了一把很大的锁……荒荒得意地朝人们挤着眼,说:"总算把'驸马'请来了!"

"驸马"两个字深深地刺疼了李芒。还没等他说什么,人群就哄笑起来。他们主动给李芒和荒荒闪开一条通道。

荒荒大摇大摆地走在通道上,头颅高昂,像个将军一样。他走到门口,用手敲了敲那把大锁说:"看见了吧?我跟你说的那些好东西都在这里边了……"

李芒端详着这座老屋。他透过缝隙往里看着,虽然黑洞洞的什么也看不见,但他想肖万昌完全做得出这种事情。他此刻明白为什么这么多人聚在这里了。

荒荒笑眯眯地对李芒说:"看见了吧?有人手里握的铁钎子有多长!用这东西撬门最好使,不过要糟蹋一个锁扣子,不符合节约的方针……"

人群又笑了。大家很欣赏荒荒的幽默。

"所以说,还是请你回家取个钥匙来。钥匙这东西,又不伤和气,又不伤锁扣……"荒荒说着话,扳着手指头,极力显得有条理。

李芒很快打断他的话,面向大家说:"这是肖万昌一个人干的事,我真的不知道。要撬门,我赞成,我手里没有钥匙。"

人们互相对看着。

李芒对荒荒催促说:"撬吧!"

七

"我们要和他分开的事,也许他早就有预料。"李芒从大队部回来后,这样对小织说。

小织问:"为什么?"

"他这个人机灵得很,早就嗅出味儿来了,知道终有一天我会跟他分开。他偷偷积下那么多化肥,从来没跟我们说。今年秋天的化肥多么紧,他一个人就积下那么多。其实三分之一就足够他用的,他就这么个贪婪性儿,不知道这是在积民怨!大伙儿要给他撬门……"

"撬了吗?"

"没有。他们怕肖万昌,知道他开会去了,就来找我,到时候就说是我同意了的。谁知我赞成他们撬门,他们反倒害怕了……"

小织长长地舒了一口气。

"荒荒当着大家的面跟我叫'驸马',说明群众早把他看成土皇帝了。你不让我跟他分开,就是说还要我给他当'驸马'!从大队部回来的路上我就想:一定把他喊的话告诉你……"

李芒有些冲动地望着他的妻子,声音颤颤地说着。

小织抬头望着大片的烟田,咬着嘴唇。她说:"我知道你还会说什么。你说出来的、没说出来的,我全能明白。我知道他和咱不是一路的人,可我常想,咱和他积了这么多年的怨气,过去了的就让它过去吧!咱现在的日子不是已经过得挺好了吗?烟田的肥料不用咱操心,烟叶从来都是卖高价钱,这些不全都靠他吗?将来孩子生下来,他能没有姥爷吗?李芒!你是太偏了啊,你想得太多了、太细了!你就不会忍着点……"

李芒的目光长久地停留在她笨重的身子上。他说:"是啊,比起那几年到处流浪来,现在怎么能说是过得不好?我们有了这么大一片地,又成了全县有名的专业户。可这是和当年把我们逼跑的那个人联合的,是这样成了专业户的!你不觉得这种好日子里面也掺和了好多屈辱吗?"

肖万昌开会回来,很快知道了老屋门前闹的这件事。他让民兵连长请来那些人,和他们一块儿站到老屋门前,微笑着问:"你们说这里面有多少化肥?"

大家感到莫名其妙,没人作答。

荒荒见肖万昌用眼盯他,就往人身后挤了挤。

肖万昌说:"荒荒,你来估估,我看你是好眼力。"

民兵连长在一边笑着。

荒荒见肖万昌很和蔼,就朝身边的人扮个鬼脸,说:"少说也有一千斤!"

"多说呢?"

"两千斤!"

肖万昌笑了。他把手按到荒荒的肩膀上说:"你还是没有估准——你估得太少!我这里面存有化肥两吨,整整四千斤!"他说着,不知从哪儿取出一支粉笔头儿,回身在铁门上写了"内存化肥两吨"。

人群里发出吸气声。

肖万昌又说:"话不说不明,我今天就是跟大家说明一下情况的。不错,这里面的化肥有上级分配的一份儿,那是保证重点专业户的,比大家也多不了多少,也不过几百斤。其他的就是我自己找门路买来的了,与分配的化肥没有关系。有人说我偷着藏下来,一个'偷'字把我这个党支书说得挺窝囊。化肥又不是抢来的,不过是借这么一块地方放一放。偷着藏?用不着吧!"

没人吱一声。民兵连长还在笑。

肖万昌停了一瞬,又接着说:"要搞化肥,这我支持!开动脑筋,前门后门——说实话,我这些化肥不少就是走后门来的——都不妨搞搞看,都到了什么时候了,还像小孩子一样事事找保姆!我可做不了这么多人的'保姆'。我听说有人带铁钎子搞化肥来了——这个法子可使不得。撬门破锁犯法哩!我在这里劝大家一句:犯法的事还是不做的好!……"

肖万昌说完,开朗地大笑起来,满脸堆上了和善的皱纹。

荒荒用眼睛瞟着肖万昌,重新挤到人群里去了。

"赶空儿我还要给大家传达一下会议上的精神哩……"肖万昌卷好一支喇叭烟吸着,眯起了眼睛,"会上,张县长接见了全县的专业户代表,一个一个鼓励,拉着手问还有什么困难。大家都笑着说没有困难。我们是老朋友了,'文革'那年他在我家藏过好几个月,我可从来不和他客气!我说:'我自己倒是没有困难!俺村里还有个荒荒,快四十了没有娶上媳妇,裤子后腚上老是破个洞,你管不管?'……"

他大笑起来。

有的人跟着笑起来,但更多的人却陷入了长久的沉默……

肖万昌离开大队部,到他的承包田里来了。他见李芒和小织在耘烟垄,就要过小织的耘锄耘起来。他左右开弓,耘地的姿势很好看,但总也不能和李芒耘得一样快。他只好耘窄窄的一溜儿,一边耘一边和李芒说话:"我看今年的烟长得比去年要好!一张烟叶子就是一块钱的人民币……开会时见到烟厂的王会计,我跟他讲,秋后收烟可要瞪起眼睛来!……"

李芒打断他的话说:"今年的烟劲道大。这从烟叶那些黄疤上看得出来。有人爱吸便宜烟,就得小心呛嘴巴!"

肖万昌摇摇头:"嘿嘿,这地方的人什么烟没吸过?劲道越大越好,呛不着。劲道大过瘾哩!"

"长期过烟瘾,嘴巴里该生口疮了!"李芒又说。

"口疮又算个什么!"

"不能吸烟了。"

"照吸就是。"

"小心烂嘴巴。"

肖万昌停了耘锄,看着一旁坐着的小织,"哼哼"地笑起来。只有将牙齿咬在一起才能发出这种笑声。小织低着头,声音非常轻微地叫了一声:"爸……"

"什么事?"肖万昌很警觉地睁大了眼睛。

"你看别人的烟棵又黄又小,可不该扣留他们的化肥。榨油厂也不卖豆饼给他们了,说要等着和你订合同。天这么旱,要浇地就得自己出柴油,他们也没有柴油。听说荒荒的烟叶旱得打蔫了……谁都指靠着烟田过日子,你该为他们想一想办法,你办法总是多的……"

小织这样说着,眼睛却一直盯在李芒身上。

肖万昌听完女儿的话,长长地叹了一口气。他皱了皱眉头,然后重新低头耪起烟田来,自语般地说道:"我为这个村子奔忙三十多年了。我现在该为自己家里做点事情了……"这样说着,心里却在苦笑。是啊,三十多年!这期间有多少坎儿,政治运动、家族矛盾、村仇械斗,无数的难题交织在一块儿,他每次都在风口浪尖上。但他很快就老练了。四十岁以后,他遇到事情就从来没有惊慌失措过。整个村庄仿佛就是一个巨大的轮子,他认为它需要旋转一下了,就伸出手指轻轻一拨。平时他总是大背着手,他特别愿哼戏里诸葛亮的那句唱词:"我本是……散淡的人哪!"

耪锄的一个尖齿刺进烟秸里去了。他"哼哼"地笑着,把尖齿儿慢慢退出来……

八

刮了一夜大风。

这种风是让人厌恶的。很多烟叶儿给刮折了,没有刮折的也扭向一边,像一个人为抵挡风沙的袭击把手臂蒙在头上一样。所有的人家都到烟田里捡拾折下的烟叶,集中到一处去晾晒,准备将来有机会再把这些不成熟的劣叶子卖出去。这种风每年秋天都有,今年刮得早了点,损失也就不大。如果在烟叶收获的前几天,烟叶儿上足了"烟",刮起大风来,不但会刮折烟叶,还会刮走烟叶上的"烟"!

风中掺了雨,所以人们活动在烟田里,衣服都湿透了。

李芒和小织很早就到田里了。他们把折掉的烟叶抱到老柳树下，堆了很高的一垛……老柳树被风雨抽打了一夜，大清早还在呻吟。它的叶子不断飘落下来，枝条也从身上脱落着。它的裂缝经了雨水，干朽的木头涨起来，发出老人干咳似的声音。有一块干树皮被水汽滋润得脱离了树干，掉在李芒的肩膀上。李芒吸着他的大烟斗，端详着这块老树皮，觉得它像一块炮弹皮一样。

小织有滋有味地吃着刚刚变红的山楂，一把一把从衣兜里掏出来。李芒看看她手里的山楂，口水就要流出来。可她偏偏要把山楂送到他的脸前——她吃着山楂，抬头四下里张望着。四周的烟田中，都有人影在活动。远处被雾气罩住，什么也看不清，只听得见那一声声咳嗽和叹气声，还有那奇奇怪怪的、听不清词儿的村里人的歌唱。烟农们对风的恶作剧说不上是高兴是悲哀，因为每年都有这样的风，吹折了这么多的叶子，像要代替他们辛劳的手去收获似的。雾海静静的，没有什么波涌。多少人在这早雾里钻烟垄、在田埂上奔跑。雾气漫开了多远呢？在辽阔的芦青河两岸，在整个的海滩平原上，都蒙上了这么迷迷茫茫的一层吗？这雾气将烟草的气味、牛羊的鸣叫、村里人的呼喊和咒骂、芦青河的奔流声、海潮的轰响以及泥土细微的声息都融合在一起了……小织的目光从远处收回来，又落在自己的烟垄上。她看着看着，目光就凝住了！

她发现整整两座屋基那么大的一片土地上，烟棵儿都倒伏着。她惊呼了一声，扯着李芒的手奔了过去。

原来是一片烟棵被人砍倒了！不成熟的、稚嫩的烟秸被齐齐斩断，断口处渗出清清的水珠，像泪滴一样……

"谁的心这么狠啊！多么坏啊……"小织心痛地用手抚着砍倒的烟棵。

李芒默默地吸着烟斗。

"怎么办啊，李芒？多好的烟叶……"小织蹲了下来。

李芒还是一动不动地吸烟。

他透过袅袅烟雾，好像看到了一张瘦削、黝黑、又愤怒又丑陋的烟农的脸。这张脸又熟悉又陌生，上面沾满了发黑的烟汁。那人握了把镰刀，穿过他自己那一片又黄又瘦的烟田，来到了一片黑乌乌的好烟棵跟前，咬了咬牙关，恶狠狠地砍伐起来。他砍得好惬意、好解恨，直到砍了好大的一片，他有些疲累时，这才跺一跺脚，往地上吐一口唾沫离开了……

李芒从地上扶起小织，抚去她头发上的几颗水珠，说："我们回到老柳树那儿吧……"

小织不动，只是盯着地上的烟棵。

这时有两个人吆吆喝喝地走过来了，原来正是肖万昌和民兵连长。肖万昌大概早已发现了这个情况，特意找了人来的。肖万昌的头发还像往日一样，梳理得一丝不乱；他今天穿了件深棕色衬衫，仍旧扎在半新的灰制服裤里。他说话的声音很大，但并不激动，脸上还带有淡淡的笑意。他对民兵连长说："破破这个案子吧，呆会儿你请海边派出所的人也来。你协助他们……"

民兵连长心不在焉地看了李芒和小织一眼，笑了笑。

李芒默默地吸着他的烟斗，和小织一块儿离开了。他的大黑烟斗不离嘴巴,也不怎么说话,只在磕烟斗的时候深深地看一眼小织……

三天内没有什么消息。

邻地的人远远地向这边张望,可是像怕沾了什么晦气似的,并不到近前来看。腊子回家来了,他听说了这件事,骑着他的轻骑到烟田里来了。他穿着紫格子衣服,戴了墨色眼镜,将轻骑开得很快,到了烟田里却猛地刹车。他并未下来,摘下眼镜望了望被砍倒的烟棵,骂了一句什么,就离开了……海边派出所的一个胖子也来了一趟,他将两手抪在腰上,掀起了后衣襟,使所有见过他的人,都同时看到了贴在他后屁股上的小皮套子枪。烟农们开始伸舌头了,吸冷气了,发出"咝咝"的声音。

第六天上,半下午时分,肖万昌、胖子、民兵连长和荒荒四人到田里来了。他们后边不远,跟上来一些小伙子、妇女和娃娃。邻近地里人见了,知道案子破了,也放下手里的活计走过来。李芒和小织也走到那片砍倒的烟棵前。

海边派出所的胖子看着地上的烟棵,不时掏出一个小本子记上两笔。肖万昌卷好两支喇叭烟,分给民兵连长一支。荒荒想抽烟了,从衣服的里层摸索出一个又短又小的竹子烟斗,用两根手指夹着吸起来。

"用什么工具作的案?"胖子问。

"告诉多少遍也记不住,用老镰!"荒荒有些不耐烦。

把镰刀叫成"老镰",惹得四周的人一阵大笑。

"什么用意呢——为什么砍?"胖子又问。

"什么用意？没什么用意，砍他娘的就是！"

荒荒说着，把小竹烟斗放在鞋底上磕起来。他的鞋子很怪：底子约莫一寸厚；帮子上缝了各种颜色的补丁，圆乎乎的像个大彩球。大家又笑了。可能是笑鞋子。

肖万昌在一旁不慌不忙地说开了："唉唉，庄稼人就是没有法制观念！你恨我，可以指出我的错误，怎么能破坏农作物呢？犯了法，谁也没有办法……"

荒荒听了，用小烟斗指着肖万昌说："不用说了，我知道你，你他妈的最不是东西。老寡妇让你这伙人气死了，又占人家老屋藏东西……"

他的话刚停，民兵连长就笑眯眯地凑近了他，用烟头儿往他手心里一触。荒荒毫无准备，疼得跳了起来。

派出所的胖子正低头记着什么，一抬头见荒荒在跳，就迅速地从皮包里摸出了一副手铐，跑上去卡住了荒荒的两只手。

大家都不笑了。

胖子手里捻动着一杆紫红色的圆珠笔，两眼盯住荒荒的眉心说："拘留你！"荒荒的眉心上有一块疤，大家都看到了。

李芒把一切都看在眼里，这时走上前去问荒荒："荒荒，真是你砍的吗？"

荒荒摇头大笑。

"荒荒！别让人讹了你……"李芒喊着，愤怒地推开了那个笑眯眯的民兵连长：他笑着抱了荒荒的胳膊，正用指甲掐荒荒的肉呢。

荒荒仍旧大笑："哈哈，'驸马'，这回抓了我你该高兴了吧？留下你自己发财吧！哈哈……"

荒荒被押走了。人群先是随着荒荒移动着，最后又散开在田野上……

李芒蹲在砍倒的烟棵旁，默默地吸烟。吸了没有几口，他突然站了起来，"噗"的一声抛了烟斗。

"李芒！……"小织喊了一声，紧紧地抓住了他的胳膊。

李芒望着远去的人群，慢慢蹲下来。不知过了多长时间，他才拾起烟斗，和小织默默地走回家去了。

李芒仰躺在炕上，不说一句话，目光一动不动地看着天花板。

小织用手试了试他的额头，说："李芒，你病了吗？"

李芒摇摇头。

小织坐在他的身边，看着他。

"小织，"李芒望了望她的脸，"从明天开始，由我们替荒荒掰冒权、耘烟田吧。"

"也怪可怜人的。不过他也太坏了，砍了咱那么大一片烟……"小织说。

李芒看着天花板："他没有办法，我们有时也没有办法嘛！他算被逼到数上了。他要报复，就用上了那把镰刀……想想吧，小织，他穷得没有第二双鞋子，一点点指望就全在烟田上了。可他没有肥料，也没有水。什么权力全在肖万昌他们手里：招工、分红、参军、出夫……娶媳妇有时也得受他们干涉，荒荒的媳妇不是肖万昌给搅散了吗？他什么办法也没有，只好用镰刀撒撒气……我眼看着荒荒被抓走了,恨不得去把他夺回来!我心里明白:荒荒是因为砍了我们的烟棵才被抓的!我们倒和肖万昌搅在了一块儿!让大伙儿去恨我们吧!没人再会瞧得起我们……"

李芒激动起来,从炕上跳了下来。

小织呆呆地望着他。

"我们被逼得无家可归,到处流浪才学到了一点过日子的本事,学会了种烟的技术!可我们只有技术,没有肥料,没有水,没有公平合理收购烟叶的地方。没有这些你怎么能富起来!咱就这么和肖万昌联合了,成了全县最有名的黄烟专业户!……多大的屈辱啊!多少人在烟田里急得团团转,我们倒心安理得地做起专业户!小织,我们对不起乡亲们,对不起荒荒,也对不起我们自己!"

李芒愤怒地挥动着拳头,在屋里走着。他连连说着:"不能再忍了!不能这样下去了!赶紧让这种鬼联合散伙,立刻就应该去告诉他!"他的脸膛变成紫红色,全身颤抖,碰倒了凳子,就要迈出屋门。

小织紧紧地抱住了他的胳膊。她叫着:"李芒!李芒!"

"我们在和什么鬼人联合!我们这个不干不净的专业户啊……"李芒几乎要吼叫起来。

小织有些害怕,她抽搐起来……她从他的衣兜里摸出那个大烟斗,给他装了烟,塞到了他的手里。"李芒!"她叫着,"冷静一下吧,李芒!你答应过我,要等我同意了那天才……才正式和他分开。这样,你今天这样怒冲冲的,会把事情弄坏……啊,李芒!你听见了吗?李芒!啊啊,李芒……"

李芒握烟斗的手颤抖着、颤抖着,终于慢慢举起来,将它送到嘴巴上了……

九

小织的手指也不知是怎么长成的,又细又圆,那么光润、那么软!用它拿苹果、搬凳子、捏钢笔……它触摸过的东西都变得比原来美好了。李芒曾经不眨眼地看它弹拨过一个琴:它按在丝弦上,黄色的丝弦弯下来,它也弯下来;丝弦颤动着,它也颤动着。当它在丝弦上揉动时,指尖就微微发红了,像害羞似的;它用力弹了一下弦,弦要激动地跳起来,它却异常机敏地、有几分顽皮地先一步从弦上跳开了。指甲又硬又亮,闪着荧光,像十枚小小的铜片。小铜片打在弦上,当然是金属的声音。几道丝弦,有粗有细,它不冷淡任何一根弦,去抚摸,去揉动。它的温柔全在弦的身上了,丝弦叙述着各种感触,委婉的语气也像是模仿着它。有时它全从弦上移开,与弦相距一寸,像是默默地对视,又像是在轻轻地喘息。这安静的几秒钟里,空气凝住了。它重新按在弦上时,是几根手指轮换地触摸,显得小心翼翼,像是怕惊醒了对方的熟睡,又像是蹑手蹑脚地行走。丝弦终于没有被惊醒,熟睡过去,发出轻微而均匀的鼾声。于是它离去了,指尖钩起,恋恋不舍地从弦上移开……

一个男子这样细致地研究一个姑娘的手,他自己也感到有些难为情。可是没有办法,这双眼睛特别执拗。李芒有时故意把脸转向一边,但眼睛却仍要去寻找那双手。

那双手曾捏紧了一个做标记用的小铁旗子,插在一个铅球砸出的印痕上。那个铅球就是李芒掷出去的,她惊羡地看了他一眼。他也同时看清了她是肖万昌的女儿,于是深深地吃了一惊。

他当时看到的是一个娴静的姑娘。她穿了件洗得发白的黄军衣、一条学生蓝制服裤。与上衣不同,这是笔挺的、使下肢显得特别修长的新裤子。衣服特别合身,恰好衬托出她的丰满与娇小。她的脸色很红,猛然一看还以为她正害羞呢。像一株秀美的香椿树,挺拔地长在屋前的空地上,并没有因为水肥充足就痴憨地疯长起来。它矜持得很呢,将雨露闪烁在叶子上;叶梗儿发红,像永远披了霞光。她的确使人想起这样的一株香椿树。

毕业了,她和他都回村了。她依然常常穿着那身泛白的军衣。那个年代军衣时髦得很,她开始是赶这个时髦的,后来谁都发现军衣使她更加漂亮了,她实在需要这样的一件衣服……肖万昌安排女儿做了大队广播员。她可以不下田,这就招来了村里人暗暗的怨恨。可是她的甜润的声音慢慢使人喜欢起来,人们都在心里问:有这样一个广播员有什么不好?年轻人很寂寞,从学校回到田野很寂寞。李芒和小织每天要参加夜校,他们就在这时组织了一个文艺宣传队。

排练节目时,李芒常常看小织弹琴。

宣传队要到造田工地上演出,工地上的先进人物,无一例外地都要编进节目里。只有李芒和小织两个人是高中生,节目也就靠他们编了。他们常常编到深夜,一点也不累。他们编了快板、数来宝,自己先要说一遍。李芒能将数来宝最末一段的最末一句罗列上七八个形容词而后押韵,这使小织觉得新奇而痛快。她腼腆、内向,极度兴奋时往往垂下眼睑,摆弄她那支铝杆儿镀金笔。她那两只柔软的、可爱的、未被粗重的东西磨损过的手掌不时去翻动一下纸页,李芒把她弄乱的纸页再理整齐。他总是微微含笑,表现了一个男子的沉着和自信。他和她很少说话,因为有些更细微的东西,有些还嫌模糊的感觉,语言反而说不清。他们两人都自觉地在一种氛围里沉默着。夜色真美好,月亮姗姗来迟了。窗外不安分的鸟儿叫一声,风懒懒地摇动着树梢。他们疲倦时走出屋来,伸一伸腰,踩一踩湿漉漉的青草。小织脑后那两个弯弯的毛刷刷在月色里显得特别可笑,揪一下多好,可是没人敢揪。它们就那么骄傲地摇摆、颤动吧!它们就那么高高地翘着吧!暂时没有人理睬,没有人去过问……这里是一所学校,就处在村子的西北角上,离村子有半里之遥。校舍在一片稀疏的树林里,夜晚有一个老人在睡觉。此刻老人早就睡着了。

  他们走出屋子时,听到的是校舍四周各种奇奇怪怪的夜之声息:虫鸣、蛇走、刺猬咳嗽,一只大乌鸦在远处落下。村子里狗吠了,小孩子在哭泣,有位老人悲伤地号啕,这声音真正打破了一片静寂,使月色也变得凄凉了……他们这时候就默默地望向那黑乎乎的村子,猜测着、忧虑着,用目光询问:又是谁家的老人遭到了不幸?在这样的夜晚里,在这样的月色里,什么事情都会发生啊……

  老人的哭声越来越大了,狗吠得更急了。他们终于听出是那个老寡妇在哭。两个人都长叹起来……老寡妇只守着一个傻女过活。傻女疯起来的时候就满街乱跑,老寡妇就不吃不喝地跟上她。有一回老寡妇追傻女追到一片蓖麻林里,出来的时候也变傻了:抓扯着自己的头发嚷叫着,说治保主任在蓖麻林里糟蹋傻女了,不一会儿又说是民兵连长。她说的那个治保主任死了快两年了,这显然是疯话。大家寻到蓖麻林里,什么也没有看到,都说老寡妇是疯了……

她从那开始就常常抓着自己的头发哭喊了。

两个年轻人站在惨白的月色里,觉得一阵阵发冷……

李芒说:"我记得傻女上小学时一点也不傻。她是后来才傻的……"小织回忆着,点点头:"大概是十四五岁时……"

两个人不再说话,往前走着。李芒走着走着突然站住了,眼望着远处的树影说:"有一回傻女在巷子口遇到我,笑着,一点也看不出傻来。这样站了一会儿,她突然尖声大叫起来,用手去扯自己的头发,转身就跑了。我正发怔,觉得后面有什么人,回头一看,见民兵连长在我身后站着!原来傻女是看见他了……"

小织惊讶地望着李芒。

"你看,傻女见了民兵连长就疯!……"

宣传队排练时,村里的好多人都要迎着琴声赶来观望。民兵连长也背着枪赶来了,他还兼任着治保主任。他笑眯眯地看着好多人伏在明亮的窗前往里张望,第二天就禁止了"随随便便看排练"。他一个人来,有时也陪伴支书肖万昌。当肖万昌不来的时候,他就找一个角落坐下,长久地盯着小织。肖万昌如果来到这里,总是显得十分庄重。他不声不响地坐下,先点燃一支烟。有一个漂亮的女儿活动在这里,他显得十分得意。在这里,他的脸上流露得最多的神情,就是一个支书的威严和一个父亲的慈爱。偶尔他也站起来,问一下文艺节目中的某个问题。那时人们就会知道,支书关心的主要是政治,他要在政治上把关的。这时候民兵连长坐在他的背后,微笑着,不时地递给支书一支烟或是小声地解释几句什么。支书点着头,显出十分满意的样子。民兵连长跟支书说完话,就专心地研究几个女演员了。他看得最多的是小织,但偶尔也警觉地扫一眼李芒。

有一次民兵连长一个人来了。他站到小织的身后看她弹琴,突然脸上消失了微笑。小织只顾弹着,当她黑亮的、柔软的头发落到琴上时,她就甩一甩头。她想不到他站得那么近,有几根发丝碰了他的脸。他的脸有些灰黄,有着三十多岁的人不该有的深皱。他有些惊讶地张开了嘴巴,露出了被烟草染黑的牙齿,发出一声很难听到的呵气声。他伸手搓了一下脸,嫌热似的退开一步说:"小织会弹!"……临走时他对小织说:"明天,不一定排练了,李芒要去队部开个会。"

"开什么会?"小织冷冷地问。

"他是'可以教育好的子女',不开会还行?这是治保会的制度。"

从此,李芒就常常被叫到民兵连部开会了。这里集中了二三十个年轻人,民兵连长和他们对坐着,一个人吸烟微笑。他说:"先学习'老三篇'吧,呆会儿再谈。"他有时也请肖万昌来讲讲话。肖万昌常讲的就是:"重在政治表现。到底是不是可以教育好,就看你们自己了。嗯?"他走后民兵连长就发挥起来,有时扳着手指告诉他们哪个国才是"第三世界"。他讲累了就直眼瞅着一个女青年,嘴里又发出不易听见的呵气声。李芒在一边暗暗想:民兵连长的腮帮上,就短那么狠狠的一拳头!

他从民兵连部出来,再晚也要到学校那儿看一看。这种带有侮辱意味的会,使他沮丧极了。好比一个急需新鲜空气的人被强迫关进一间发霉的屋子里一样,一经解放,就马上奔到旷敞的原野了。他急于听一听那儿的歌声、那儿的欢笑。

那儿有歌声吗?

太晚了,没有歌声了。只有一个人在树下等他归来,这就是小织。

十

她在等待一个不幸的人,因而常常显得急躁和焦虑。她的性格就是这样的温柔多情、这样的容易体贴别人。她的眼睛特别看不得苦难,却偏偏生在一个有很多苦难的时代里。如果她不是肖万昌的女儿,不是这方土地上一个权威人物的骨肉,她很可能在等待别人的时候就遭到了罪恶的袭击。她站在那儿,比起身旁粗大的梧桐树来,越发显得弱小了。月亮出来后,照着她的旧军衣,照着她亭亭的身姿。她周身无时无刻不散发出一种青春的、让人爱恋的气息。秋天了,她已经在衣服里边加了一件秋衫,她对气候变化特别敏感。劳动还没有去磨损她,她躲在一个安静的角落里闪动着好看的睫毛,有些惊讶。她慢慢就不会惊讶了,慢慢就看到她等待着的这个人有多么不幸,以后的夜晚会变得多么凄冷。

李芒多么感激她啊。每当他从民兵连部出来,踏上通往学校的小路时,他就急于看到那个站在树下的身影了。排练的时候,他又被渐渐地融解在歌声里了。李芒后来发觉大家唱歌的时候,她常常要寻空儿看他一眼,那目光里多少掺杂了一些同情和怜悯。这就使他特别受不了。他有时故意放高了声音歌唱,每一个动作也用力一些,来向伙伴们证明,他是多么不在乎去开那个会。可是这样一来他的动作常常就变得过于夸张了、不自然了。小织禁不住要问他:"李芒,你的手,就是表现打锤子的动作,还要扬那么高吗?"李芒的脸马上红起来了……

后来,小织在父亲面前为李芒求情,请他不要再让李芒去开那种倒霉的会了。肖万昌吸着烟,好长时间没有说话,只是不时地看一眼女儿。他说:"你可得跟李芒离远一些。他是什么人你该知道,你好像对他不错……"小织的脸红了。她想说点什么,可父亲的眼睛一动不动地盯着她:"你自己揣摩吧。你不是个笨孩子,我知道你不会自己去毁自己……"肖万昌的语气严厉起来。她抬头看了看,见他的脸色不知什么时候变得铁青。小织有些吃惊。她想争辩什么,但她什么话也说不出,只噙着泪水离开了。

李芒仍旧要去开会,民兵连长仍旧来看排练。当李芒缓缓地离开宣传队,朝着大队部走去的时候,小织总要呆呆地目送他远去。小织想他那沉重的步履,是被难以负起的重压拖累的。

李芒越来越消瘦,嗓子也常常嘶哑。他决心离开宣传队,跟小织告别说:"小织!……你不知道,不知道我一次次被叫走时,我想些什么……我想起了我小时候戴的那条红领巾,鲜红鲜红的……可是……"李芒说着,眼里涌出了泪水……

小织紧紧地握住了他的手,摇动着说:"我明白!我知道!李芒……"

小织决心要让李芒留在宣传队里,留在这个暂时用歌声编织起篱笆的小花园里,无论如何也要让他留下!宣传队的伙伴们无数次地安慰他、劝阻他,紧紧地拥抱起他来……

李芒后来终于留下来了,所有的伙伴都高兴得不知怎么才好,大家兴奋极了。

这天晚上,他们没有排练以往的节目,而是各自选择了自己喜欢的歌子,不停地唱起来。多么痛快!多么舒畅!就好像欢迎一个从远方归来的好朋友似的,大家围着李芒,眼睛里闪着比往日更明亮的光泽。也巧得很,这晚上李芒和小织的同学袁光从河西找他们玩来了!这使李芒和小织十分高兴。三个同学见面了,彼此都激动起来。袁光白天在生产队里劳动,只有夜晚才有时间出来玩。他大概很久没有经过这样热闹的场面了,看着大家唱歌,满脸通红,鼻尖上渗出了愉快的小汗珠。袁光的头发又长又乱,这使他自己都有点不好意思了。后来他小声告诉说:他要早些赶回去了,因为他出来时找治保会请过假……他说这话时,见李芒垂下了头,也就闭上了嘴巴,站起身来。

李芒和小织去送袁光了。

一天的星星。他们踏上海滩,默默地穿行在稀疏的小树林里。友谊分别记在三个人的心底,他们仰脸看那星星。夜露有时洒在他们的眼睛里……袁光踏上了芦青河上的小桥,向两个好朋友无声地笑了。

袁光走了,月亮升起来了。他们又踏着月光穿行在稀疏的小树林里……白白的沙子在脚下"嚓嚓"响着,无数的叶片在四周闪动着绿色。小织的泛白的军衣上沾着露滴,她的两个毛刷刷辫也沾上露滴了。她的前面几尺远的地方,走着高高细细的李芒。在这月色苍茫的大海滩上,她跟上李芒往前走去,就像跟在了一位兄长的身后,心里那么温煦和安逸。她很羡慕李芒那挺拔的、青春勃发的身姿,也羡慕他那透着男性的力度、男性的自信的宽厚的臂膀。她呼唤他:"李芒!你走那么快,你走得真快呀……"

她的声音慢慢弱下来,"真快呀"三个字几乎要听不清了。李芒于是就放慢了脚步。他像是极不习惯于这种行走的速度似的,只得走走停停。小织简直就不像赶路了,她的步子十分缓慢,一双大大的眼睛四下里观望着。后来,她就倚着一棵青杨树站住了。李芒也走回到树下来。他听见了她的均匀的呼吸,看了看她那个很严肃的样子,觉得她多么好,又多么可笑啊。李芒没有吱声。

"李芒,我不会老呆在宣传队里的……"小织说。

李芒不解地看了她一眼。

"你想想,我爸爸会让我呆在村里吗?不用多久,他就会把我弄到哪个工厂、机关里去了……"小织轻声说。

"他一定会。"李芒说。

"我就那样走了吗?"

"可不是就那样走了!"

"就那样离开宣传队了吗?"

"可不是就那样……离开了!"李芒的声音变得很粗重。

小织垂下了头,两个小毛刷刷往上仰着、微微颤着。李芒看了看它们,心中有些闷热。他又把目光移向黄蒙蒙的前方了……小织仰起脸来问:"你喜欢一个人呆在这片海滩上吗?"

李芒笑着:"你喜欢一个人呆在海滩上。"

小织又问:"你喜欢有一个人和你一块儿呆在海滩上吗?"

李芒笑着:"你喜欢有个人和你一块儿站着。"

"你把铅球推那么远……什么胳膊!"小织笑眯眯地看着他。

他有些冲动地猛击了一下青杨树。青杨树周身震动,几滴露水落下来,有只鸟儿也飞了。他大口地呼吸着,他觉得身上很燥。这个夜晚明亮、安静,没有一点儿风。远处的林木高高簇起,月色下看去像一道山崖。他此刻倒真想让前边有座起伏的山岭,他们一起攀登上去。他看看小织:她就站在身边,那么娇小的一个姑娘。她是依偎在这棵大树上了,用那个很小的小巴掌抚摸着光滑冰凉的树皮。她比他小那么多,他看她需要低下头来呢。他抿了抿嘴角,轻轻地咳了一声。他想唱一支歌儿,他突然觉得大海滩上的林木、沙土、夜飞的鸟儿、小蚂蚱、飘飘落下的叶片、溅起的露水……一切的一切,都融化在他要唱的这支歌里了。没有什么痛苦了,没有什么焦虑了,没有什么不安了。眼前的树木仿佛退远了,又慢慢消逝在远方,化作一片朦胧的月色。大海滩像被一层雪粉轻轻覆盖,反射出淡淡的光来;大海滩毛茸茸的、粉丹丹的、热烘烘的。大海滩像只红眼儿白毛的小兔子了!你想去捕捉它,把它举在手上。哦哦,一天的星星!星星用热切的眼睛望着海滩上的一切,眨着,又睁得老大,雪亮亮的眼睛啊。星星眼里的世界会是这样的吧:只有一个温柔的大海滩,只有一棵大树,只有两个人。两个人隔着一棵树。红眼睛的小兔子,小兔子伸出通红的小舌头去舔闪着露珠的树叶儿。它喝足了水,就睡着了。它的鼾声那么轻微、均匀。它紧紧依偎着一棵高大的青杨树……李芒的心"噗噗"地跳起来,他把手压到了身后去,轻声呼唤:"小织!小织你一声也不吭……你睡着了吗?小织……"

"我没有睡着。李芒,李芒……"

"我们离开青杨树吧,我们往前走吧!"

他们走去了。微微的风吹起来了,吹来一种淡淡的香味。慢慢地,林木更稀疏了,开阔的草地袒露出来了。月光在平展展的草的尖叶上滚动跳荡,小野菊特别显眼。离开草叶一寸高的地方好像有什么在飞速流动,看得人眼睛发花。他们仔细看了看,看出是闪亮的甜草叶儿在风中扫动,月光在上面走来又走去,真像是流动着什么!李芒说:"小织,你看,我好像第一次发现这个地方似的……多好的一片小草原!"小织重复着他的话:"多好的一片小草原!"……踏在了小草原上,野菊的香味变得扑鼻了。他们在这片开阔的草地上坐下来了。小织小心地捏了捏李芒支在地上的一只胳膊说:"像铁一样……"李芒就用这只胳膊把她揽到身边说:"像铁一样……"小织呼吸的声音又粗又急,发出一种哭泣似的声音,挣脱着,奋力挣脱。因为"像铁一样",她终于挣脱不掉,于是就把头伏到他的宽厚的胸脯上了。他试图将她的头扶起来,可是怎么也不能。他抱着她,唯一的担心就是怕她笑自己那颗"咚咚"乱跳的心。他终于可以去攥她脑后的两个毛刷刷了,小心翼翼地伸出手去。他发觉她头发很滑,很滑很滑的。他声音颤颤地说:"一切的一切,什么,所有的什么东西,我都不怕了……小织,啊啊!小织……我听不见你喘气了。哦哦,你真要睡过去了……小织,你没有睡过去啊,你的眼睛睁这么大。你看见什么了?你知道吗?你听见吗?我什么都不怕了……我想告诉你的就是这个。小织,啊啊!我又听不见你喘气了。哦哦,哦……小织!"

小织的头埋在他的胸脯上。她闭着眼睛,一片黑色没有边缘。她什么也感觉不到了,似乎也听不到李芒在说些什么。一股热流从她的心房流出来,涌遍了全身。她觉得她是伏在一片黑色的、温暖的波涛上了,正随着海的浪涌漂去了。海浪抚摸着她,把她的毛刷刷辫拆开了,把她黑色的头发融化进水流里去。远处的浪涛巨雷般轰响,震动着她的心,她勇敢地向着那雷鸣游去。阳光在黑色的波涌上闪耀,金色的水珠跳荡起来。一片大海变绿了,翠绿翠绿,波涛也在平息。渐渐地,大海又像绿丝绒那样光滑了,细小的褶皱活动着、变幻着。她在这绿丝绒上惬意地、尽情地舒展,她玩得都有些眩晕了!……突然她又听到雷鸣似的浪涛在轰响了,她好奇地将头埋下去、埋下去。她听得更清晰了:"轰——隆!轰——隆!……"她用手去抚摸,后来,她的手就被更大的一双手给捉住了……

李芒捉着她的手,一动不动地握着。他昂起头来,默默地注视着前方。

那还是茫茫的月色,还是丛林,黑魆魆的丛林……小织问:"李芒,你怎么了?你在想什么呀?"

李芒喃喃地说:"我在想我自己,想傻女和袁光……"

小织沉默了。停了不知多长时间,小织才轻声问:"我们该回去了吧?"

李芒点点头:"该回去了!"

十一

严寒来到了。芦青河又结了白色的冰层。后来冰层加厚,过河不一定走小桥了,可以大摇大摆地从冰上踏过。一些来不及收获的蒲苇就冻在冰里半截,寒风又把它们从冰面上斩为两段。

每年最寒冷的时候,学大寨总要掀起一个高潮。为了造田,"跟荒滩要粮",需要砍掉大海滩上的一片片林木,然后将白沙子下面丈把深的黑泥翻上来;这叫"大翻"。大翻是当时最苦的活儿了,人们要翻一个冬春,脚上一直穿着生猪皮包裹茅草做成的鞋子。几乎每年都有人在大翻中受伤,不是被塌下的土块砸坏了腰腿,就是被锹镐碰了哪儿;也有人被崩下的冻土块埋住,永远不再活过来……这年的大翻队又成立了,李芒理所当然地被招到大翻队里。

他的手掌很快就挤出几个血泡。后来血泡没了,磨出了一层铁样的老皮。他从来没有被碰伤过,一双灵活的眼睛警觉得很,总是一次次化险为夷。民兵连长做了"大翻总指挥",他捎着枪,将一个琥珀色烟嘴咬在嘴角上,在丈把深的泥沟岸上笑眯眯地走着,见了沟下的李芒,就蹲下来欣赏一会儿。

李芒默默地瞥他一眼,咬了咬牙关。

民兵连长笑着:"喂!伙计,上来喝口水吧?"

他明明知道李芒上不来:只有统一休息时才放下长木梯让大家爬上来,平时大小便也都在下边了,要喝水,也是随便找个水洼子伏上去……他是逗着李芒玩儿。

这天晚上,民兵连长又来宣传队里看排练了。他就站在一边看小织弹琴,有时还眯起眼睛倾听。有一次他被一阵特别委婉的琴声引得睁开了眼睛,接着就紧紧地咬住了烟嘴。他看到小织一边弹琴,一边看着李芒,那目光热烈中透出无限的柔情!他的烟嘴越咬越紧,后来就是这么硬咬着走出屋去……

第二早上,李芒很早就来到大翻工地上。工地上没有人,李芒正想找个背风的泥堆歇一会儿,突然从泥堆后面跑出一个老婆婆来。原来是老寡妇,她正从翻开的泥沙中寻找铲断的树根,准备做烧柴……李芒就帮她找起来,一会儿就弄了一大捆。

老寡妇坐在柴捆上,像是一时不想走了,眼神僵直地望着他。望了一会儿,她竟然朝着他的脸伸出手来。李芒的心"咚咚"跳着,但没有逃开,而是往前走了一步。她终于能够摸到他的脸了,就一下一下地抚摸起来。李芒看着她的有了笑意的眼睛,看着她的头发,不知怎么想起了傻女和蓖麻林。一个念头越来越强烈,他突然想起要弄明白蓖麻林里的秘密!他像自语似的,喃喃地说道:"蓖麻林……蓖麻林……"

老寡妇的手像被什么烫了似的,从李芒的脸上倏地抽回来,大声呼喊起死去的治保主任和民兵连长的小名来,竟然呼个不停……人慢慢多了,围了上来。

李芒和老寡妇被围在中间。他十分后悔,不该提蓖麻林……

老寡妇喊着、比画着,突然向外冲过去。大家一看,原来民兵连长就站在人群后面,不知怎么就被她发现了。民兵连长跳着,慌慌张张地跑着,躲闪着追上来的老寡妇……

大家喝起彩来,一边大笑,一边给老寡妇加油……

上工的时候,民兵连长阴着脸,一直蹲在李芒的那一段沟岸上。他徐徐地吐着烟雾,看着下面的李芒整得满脸泥浆……看了一会儿,他突然"咯嘣"一声将烟嘴咬住了。他笑着对李芒说:"你到东边那条沟里翻去,你的个子高。"说完就让人放了木梯。

李芒踏上岸来。他端详了一会儿东边这条沟,立即惊得怔住了!

这是一条特别狭深的沟,往下看黑森森的。沟的一边已经弯曲了。弯曲来自巨大的挤压力:离边沿一米多远处,已隐约可辨一条断裂痕了。不难判断,这条冻土沟在一两小时内,也许更早一些,就会坍塌掉!如果不是他发觉了,那么用不了多一会儿就会被活活埋掉!他深深地吸了一口冷气,仰面望了望蓝蓝的天空……

这一天,小织刚踏进家门,肖万昌就用冷冷的目光盯住她。这样过了有五分钟,小织觉得自己的手有些颤。父亲淡淡地说了一句:"说说你和李芒的事吧。"小织猛地抬起头来,咬了咬嘴唇。"说说吧!"他的声音突然变得又粗又硬。小织还是不吱声。肖万昌等待了一会儿,声音又软下来:"你不说我也知道。我就你这么一个闺女,你是父亲的心尖肉……我交个底给你吧:你要找上李芒,除非日头从西边出来!你自己思量去吧!"他说着,终于火气又涌上来,最后几个字是从牙缝里一个一个挤出来的。小织还是第一回见到父亲激动成这样,她又一次感到了惊讶,但更多的是气愤,一种受辱的感觉从心底泛起。她有好多话,但她一个字也没有说,转身跑出了屋去……

李芒更频繁地被叫去开会了。

宣传队很快就被迫解散了。但小织仍像过去一样,站在树下默默地等他归来。李芒从民兵连部出来,总是急急地奔向学校。他是奔向一束阳光去了……在路边的这棵树下,他们谈了那么多。当李芒告诉了她冻土沟的事情时,她惊恐得好长时间没有说出话来……

不知从什么时候起,人们听不到老寡妇的哭声了。后来才知道是傻女突然失踪,老寡妇病倒了。不久,她就死了。

她死的那天晚上,老屋门前围了很多的人。不懂事的孩子"哈哈"笑着、打闹着。邻居的几个老婆婆偷偷地在角落里烧纸,弓着腰在地上画着什么。她们的背影使几个围看的妇女哭起来,哭声越来越大,后来男人们也哭起来了。

哭声惊天动地!李芒和小织睁着泪眼,惊讶地看着。他们从来没有见过这么多的人一块儿哭泣……

他们再也看不下去,从老屋门前离开了。李芒反反复复地想着不久前在大翻工地上,老寡妇追逐民兵连长的事,想起傻女见到民兵连长时的那一声尖叫……他走着走着突然站住了。

他说:"民兵连长一准跟傻女的事有关……蓖麻林,老寡妇喊的蓖麻林不是疯话!"

"那治保主任呢?他死了好几年了!"

"……"李芒答不上来。他说:"老寡妇死了,蓖麻林里的秘密也给带走了。要找到傻女就好了。这一家子人惨极了,等于被推到了那条冻土沟里……"

"傻女不知道还活着没有。她一个人跑到哪儿去了?"小织哀叹着,嗓子哽住了。

李芒说:"我有时真不知道这一辈子怎么活到底。肯定很难,到处都是那条冻土沟。我有时想:真不如像傻女一样跑走,跑得没有影儿,跑到天边上去!傻女一点也不傻呀!"

小织用她小小的巴掌握起李芒的手,轻轻地摩擦着。她小声呼唤着:"李芒!……"

李芒望着天上的星星,又低下头来看小织那滑润的头发……他说:"那天晚上坐在草地上,你记得我说过一句话吗?我说过我今后什么也不怕了,这是真的。我到现在也这样想。可是,你能跟着我吗?这样我也把你领到那条沟边上了,这不是更惨吗?……"

"李芒!李芒!……"小织连声叫喊着,用手掩住了他的嘴巴……

他们一起向前走去……

在小路边上,多了一截干朽的木桩,立在那儿,黑森森的怪吓人。当李芒和小织试着走近它时,它的顶部突然闪亮了一个红点儿——原来是一个人默默地站在那儿吸烟!小织惊叫了一声,攥住李芒的手就跑。他们跑开一段路之后站住了,听着身后的声音:那个人在咳嗽。

第二天晚上,李芒又被叫去开会了。当他走出民兵连部,走到那棵树下、走到小织身边时,突然从一旁的树丛里蹦出三个持枪的人来。还没容李芒和小织叫出声来,就有两个大白布套子分别把他们套住了。一个人呼喊着:"抓流氓抓流氓!小地主崽儿耍流氓!哦号……"

李芒马上听出是民兵连长的声音。他极力想撑破这个袋子,可是怎么也不能。他在袋子中闻到一股香味儿,接着用手摸到了一截粉丝。他终于明白了自己是被装在一个装龙口粉丝用的大帆布包里!他们可真会想坏点子啊!……民兵连长又喊开了:"绳子缠上,绳子缠上!"话音刚落,李芒觉得有五六道绳子勒上布袋,并渐渐勒紧,有一条绳子正勒过他的咽喉。他感到一阵窒息,脑海中立刻闪过那条即将坍塌的冻土沟的影子……他呼叫着,奋力挣扎,尽量让绳子的位置离开咽喉远一点。他同时也听到小织反抗的声音,听到民兵连长的嬉笑:"嘿嘿,小织呀,莫害怕,我是你大哥,大哥把你抱回家去……哎哟,有一百斤?……"小织怒斥着、叫骂着,但这声音和民兵连长的嬉笑掺在一起,渐渐远了……

李芒被几个民兵轮换扛到了一个地方,接着被抛到了一个又深又硬的坑里。他的头被重重地磕了一下,立即昏了过去。

醒来时,他身上的套子已经被解开了。原来他被抛在了一个废弃不用的水泥氨水库里!一股残存的氨味儿直刺他的脑门,身前身后、墙壁上,留着一些唾液和血痕,这里不知关过多少人呢!……小木门响着,接着民兵连长和肖万昌走了进来。李芒盯着这两个人,一声不吭。

肖万昌的头发有些乱,满脸倦意。他吸着烟,咳了几声。

李芒突然想起了那个夜晚小路边上的半截朽木桩,想起了那几声咳嗽。这咳的声音是一样的。

"……看来治安工作真要抓一抓喽。嗯?"肖万昌在和民兵连长说话。

民兵连长笑眯眯地指了指李芒:"这不捕获了嘛!"

李芒冷笑着:"你们比法西斯还有办法。可你们扼杀不了我们的爱情!"

肖万昌由于气闷而喘息起来,用手指着李芒说:"你算个什么东西!你这个小地主崽子大白天做梦!你挠痒挠到我头上来了……好,好,你等着吧!"他骂着、咳着,身子摇晃得很厉害。停了一会儿,他的火气才消下来,对民兵连长交代了几句,急匆匆地离开了。

送走肖万昌,民兵连长就转了回来。他一进门就狞笑着嚷:"芒兄弟口福不浅啊,我就没有这口福。你这回就是死了也值了。肖支书到底有钱,把个闺女养这么白嫩……"

没容他住口,李芒就给了他的下颌骨那儿一拳。这一拳打得没有节制,使民兵连长的头先往一旁猛地一甩,接着整个身子也倒下来……

小织一直躺在玉德爷爷的怀里。

她从被裹绑着送回家来以后,一直没有流泪。她听着父亲的斥骂,紧紧地咬着嘴唇。她第一次知道父亲也会这样凶狠地骂人。肖万昌在屋里暴跳着,大嚷大叫:"你要和他好得成,除非把我杀了！你干脆死了这条心,我早跟你说过!……李芒那小子也活得不耐烦,看我这回怎么把他送到公安局里去!臭流氓!"

玉德爷爷抱紧孙女,一边怒喝着儿子:"出去!你给我出去!没完了?"……肖万昌走了,他还是紧紧地抱着孙女。

玉德爷爷就是这样把她抱大的。小织的母亲死得早,玉德爷爷就老是把小织带在身边了。今天的小织已经完全是个大姑娘了,他抱起她来还像过去一样妥帖自然。小织没有流泪,他却用粗粗的手掌擦了几下她的眼睛。肖万昌出去之后,他哈着气对小织说:

"孩子哟哟!咱可不能跟李家结亲!你还小,不省事,你不知道,过去河边上这些地全是他们李家的。我这胳膊,看见这块疤了吧?就是李家的狗咬的……"

玉德爷爷挽起了衣袖,让孙女看他胳膊上的疤。

小织摇着头说:"爷爷,李芒的爷爷、父亲不是全死了吗?他不是个孤儿吗?"

"不能跟李家结亲……"玉德爷爷摇着头。

"爷爷,李芒不是个好孩子吗?你不是也夸过他吗?"

玉德爷爷点着头:"那倒是。"

"爷爷!"小织从老人的怀里挣脱出来,执拗地说,"我就和李芒好了,他到哪儿我跟到哪儿,我一辈子都和他在一块儿了。硬把我们分开,我会活不下去!……"

老人摇着头,叹着气,重新把小织紧紧地抱在怀里。

"爷爷,我们快去救出李芒吧!他们要把他送到公安局,现在不知怎么折磨他呢,那个民兵连长比狼还狠!……爷爷!"

玉德爷爷默不做声,一双深陷的眼睛望着漆黑的窗户。

起风了,街上的树木发出尖利的叫声。小织恳求着爷爷,这时突然从老人怀里跳下来说:"你听啊爷爷!你听!他们在抽他、打他,他在喊——你听啊!你的心比石头还硬……"

老人打开窗户,倾听着。还是只有风声。

"爷爷!快走啊爷爷……"小织摇晃着他。

玉德爷爷的胡子抖了抖,沉着嗓子喝了一声:"织子!"……小织坐了下来。老人轻轻地关了窗户,又从屋角找来一根铁钎,掖在了宽大的衣襟下边,然后靠在椅背上睡着了。

刚过午夜,玉德爷爷就醒来了。他扯上孙女的手往外走去。他们撬开了氨水库的小木门。李芒已经被打昏几次了,挼出门来,当看清了来的是玉德爷爷的时候,立刻给老人跪下了。

李芒决定连夜逃走。当小织告诉要和他一块儿离开这里时,他的一汪泪水再也忍不住了!没法儿跟谁告别,没法儿跟爷爷告别!他们抹去了泪花,转过几条村巷,就隐没在一片夜色里了。

在村边上,他们久久地呆立着。

整个村落死死地沉睡着,只偶尔有狗吠一声。天空有淡淡的云,星星忽闪忽隐。冷风从不远的海上吹来,吹起了他们的衣角。

他们踏上了河桥,过河,入林,开始了不为人知的逃亡。他们要走几百里,再折向南,入山。

十二

李芒怎么也弄不明白这几句话:"用小树叶遮住眼睛,然后,不发一言。"他吸着大烟斗,一双手在诗集上摩挲着,显出很有兴味的样子。直接的、表面的意思他是明白的,他只是害怕还有什么寓意、什么象征等等。他知道那些诗人的狡猾,知道诗人就是些善于埋藏东西的人。他吸着烟,看着这一行一行的、印得很规矩的文字,常常感到一阵阵惊讶。他品着烟,咀嚼着诗行,总能从里边掘出什么新鲜东西来。在南山和东北的时候,他试着写过一些东西,都写得很糟。但他也养成了读东西的兴趣。他每逢在生活中遇到难题,每逢激动起来,就习惯于翻开一本诗集、一本书。这能使他平静下来。更奇怪的是,有时这书也能给他一些新奇的想法,使他这样做而不那样做。

小织伏在一边的缝纫机上做针线,她有些黄瘦了。这主要是因为她到了一个特别时期,她坐在那儿真有些笨呢!也可能李芒的执拗使她吃了些苦头,她几天来老要劝阻、说服她的丈夫。

这个家已经是很温暖、很幸福的了。几乎不缺任何东西,电视、录音机、电冰箱……什么都有。特别安慰着她、使她自豪的是,他们家比别的家多了一个大书架子,这当然是因为有李芒的缘故。此刻的李芒坐在桌子旁,一声不吭地读他的书,慢吞吞地吐着烟。橘黄色的台灯光圈罩在他的身上,他屈起身子,一条腿放到了椅子上。这个家真是很安逸了呢……自从和父亲联合做了专业户以后,一切似乎都很顺利。父亲做了好多别人没有力量做的事情,比如黄烟的收购、追肥、浇水,有他也就有了诸多的方便。如果他们这个联合的黄烟专业户破裂了,那么在她和李芒这方面,肯定立即就会招来好多不便。也许他们再也不可能有这样安逸的日子了。

他们需要为烟田去苦苦奔波了,也许最终还需要去经受失败的打击……

她很担心。她寻思事情从来就比李芒缜密。她担心的是经济上的损失,但最担心的,似乎还不是这些。她不赞成和父亲决裂,还有别的原因。到底因为些什么,她自己也讲不清,比如,因为他是父亲,等等。她自己也讲不清。她只是觉得处在她这样位置上的人,今天有责任去阻止丈夫……有时候,面对一个慷慨陈词或者咄咄逼人的李芒,她也有些胆怯了。她又开始担心另一些事情:我错了吗?是我在害李芒、害这个家吗?

"用小树叶遮住眼睛,然后,不发一言。"李芒握着大烟斗,咕哝着离开了桌子。

"不发一言。"李芒走过来,看着小织说。

小织把连在针上的线剪断,抬头微笑着看他。

"荒荒抓走已经三天了。"李芒突然说道。

小织眨着她黑亮的眼睛,好像说:三天了吗?

"三天了,也没有什么动静。"

小织点点头。

"大伙把荒荒忘了。"

"大家都在忙烟田,顾不上他了。"

"他算个什么?光棍汉,不一定什么时候就死了。"

小织咬了咬嘴唇。

"所以就把他抓起来!用铐子铐住!"

"他们会打他吗?"小织担心地问。

"不打他太便宜了。他也很壮,打得皮开肉绽也没事。"

"那些人多狠呵……"小织难过地望了望窗外。

"最狠的还要算你爸爸,他抓荒荒不用自己动手。"

小织垂下了头。

"看看那个民兵连长吧!老是笑眯眯地把人往那条又深又窄的冻土沟里推……他如今还是跟在你爸爸身后。"

"爸爸跟他是不一样的……"小织说。

"怎么能一样呢?像一个大扁瓜:肖万昌是瓤,民兵连长是皮……"

小织的脸不知怎么有些红了。她说:"……你真会比喻。"

"反正这样说你就明白了……我就是这个意思。"

"不过荒荒也真的犯法了……"

"是啊。把一个人硬往山涧里逼,他掉下去了,怨谁呢?是他自己一脚踩空了!"

小织不说话了。

"荒荒为化肥的事情来找咱,他说是'做代表来了'。他不知道他砍烟田,也是做代表来了!"

小织有些不解地看了李芒一眼。

"他代表了好多人的一种情绪!"

"你是说大家都仇视……他?!"

"是仇视。"

"仇视……"

"能不仇视他吗?他把人往狠里治,又叫人说不出什么。好多法儿都是使绝了的。像集体办那些工副业,篷布厂、小橡胶厂,都承包给他身边那几个人了。承包额定那么低,谁承包谁发大财!这些人就得供养他,是他让他们发财的,这些工厂简直成了肖万昌几个人的'钱柜子'了……像这样的事有多少!谁心里都明白,都有一笔账,可不敢说。荒荒是个不知深浅的人,就站出来动了镰刀,结果给逮起来了……"

小织吸了一口冷气。

"他给逮起来了,"李芒继续说着,在屋里踱着步子,"倒没有人出来说话了。他们都弯下腰,钻到烟垄里去做活了……'用小树叶遮住眼睛,然后,不发一言'!……"李芒说着激动起来,使劲地搓起了手掌。他感叹着,突然坐在了小织的身边,握起了小织的手,有些急促地叫着:

"小织!……"

小织仰脸倾听着。

"我……唉!我有好多好多的话、好多好多的想法要跟你说。可这都是一眨眼的工夫涌出来的一些念头,又说不清。也不光是为了说服你,你用不着拿这种眼神看着我,我是要急着告诉你一些想法……我闲下来时就想好多事情,好多好多。我在想我们的日子、我自己的日子,想我们从河边到南山、到东北,再到河边这一段弯弯扭扭的路。我想人有时候也真是奇怪:转了一圈儿又回来了!……离开河边时,我们是穷光蛋;回到河边后,我们成了全县有名的专业户,有了这点儿家当,有了个暖烘烘的小家庭。离开河边时,我刚刚从那条黑森森的冻土沟里爬出来,后脊梁上还有民兵连长用烟头触上的痕子。再回到河边后,我身上的皮脱了几层,烟疤也快长得没有了……"

李芒说着,眼睛里慢慢闪射出了冷峻的光芒。他痛苦地摇着头,慢慢松开了妻子的小手掌。

"我帮荒荒去掰冒权了,我不歇气地做了一天,比在自己的地里卖力气多了。也怪,我倒觉得荒荒的地才是自己的地,用力地做呀,汗水把全身衣服都湿透了!更怪的是,我还有一种赎罪的滋味儿……"。

小织惊诧地看了丈夫一眼。

"真有这种滋味儿……从荒荒的地里出来,我第一眼看到的就是那棵老柳树!它一动不动,我没看见一片树叶在飘动。我又想到了玉德爷爷……树的那一边儿是肖万昌的地,这一边儿是我们的责任田,老柳树的根就扎在这两块地里。老柳树的根一准很长很长了,就像又粗又长的缝衣线一样,硬是把两片地缝到一起去了,缝得好牢绷。我闭上眼睛想这树根的模样儿,我差不多看到它穿在土里的样子。很多条根,上上下下、长长短短地扎在土里。可是这些根开始变了颜色,慢慢松脱,抓不住泥土了……我是说,这些'缝衣线'快要断开了。它们一准要断开。我从荒荒地里出来时,第一眼看到老柳树时就想了这些……"

"缝衣线断开了,缝在一起的布就要裂开了……"小织喃喃地说。

"世上没有不断的缝衣线,没有……"李芒看了妻子一眼,转身到桌子跟前吸烟去了。他转动着那个大烟斗,又自语似的咕哝道:

"'用小树叶遮住眼睛,然后,不发一言'!"……

十三

腊子贩鱼挣了好一笔钱。他驾着轻骑跑回家来,想好好松闲一番。肖万昌那张不露声色的脸上有了明显的笑容,他一连两天没有出门,和他的小腊子一块儿玩。

他很喜欢小腊子。吃饭的时候,他常引诱小腊子喝上一盅酒,并亲自为之斟酒:两个手指捏住精巧的小酒壶,在空中扬一道弧线,那细细的酒流儿跌到杯子里,刚刚好满平!这个手艺是他几十年的工夫练出来的。就在这个四尺长、三尺宽的小方桌上,他和县长、公社书记、派出所长、场长、厂长、银行会计、退休干部、经理、警察、矿长、捕捞员、船老大、养蜂人、工程师、说古书的、省里来的巡视员、要饭的、武装部的、码头客运班长、耍把戏的、税务员、县委组织部长以及部长的亲家、烧砖专业户……和各色各样人物喝过酒。他没有老婆了,可是他就会做一手好菜。烧鲅鱼,海参汤,焖海狗鳝、鲍鱼,这是海味儿。他还能采来田埂上、沟渠里、野地里的小蓟、马齿苋、灰菜、苦苦菜、地瓜叶、榆钱、洋槐花,或放进开水里烫一烫,用佐料拌成凉菜,或做成饭团、饼馅、包子馅。吃的人都很高兴,都留下了深刻的印象,赞不绝口。喝的酒也很杂,红、白颜色的,黄色的,黑色的。茅台喝完了,空瓶儿用来盛酱油;如果是很便宜的瓜干酒,他一定在里面泡上橘子皮、何首乌、枸杞豆、沙参等等,做成药酒。药酒无价……他真正为之牵肠挂肚的人,实在只有腊子一个。在雨天里,如果他一个人睡在炕上,听着外面"淅淅沥沥"的雨声,有着说不出的孤寂感。他想象着腊子在雨天的夜晚里会做些什么:此刻他大概躺在渔铺里,身上盖着一块帆布睡着了吧?但愿不是跑在通往南山的路上,轻骑和身上都溅满了稀泥浆……他有时也会想起小织。想起她的时候,他就极力去想些别的,来赶跑她的影子。因为她的背后,总是有着另一个影子!老婆子死去之后,这座屋就显得空荡荡的了。后来这屋子又改建了,添了耳房,造了厨房和卫生间,地面上改为水磨石地板;去年,天花板又改为泡沫压塑的。他去城里张县长家串门之后,回来又在门前的水泥台基上放了一个棕垫子。一切很好,开始好起来了。腊子住在耳房里,录音机的声音被他放得很大,不断发出一种"嗡咚嗡咚"的声音。有时录音机里放出女人的尖叫声,他这时就会站在门口,吸上一支喇叭烟,用手梳理一下光滑的背头。腊子在女人的尖叫声里弓着腰走出来,斜叼着一支烟,看也不看父亲,到耳房与正房之间的夹道里去了。那里有他的金鱼缸,缸里漂着水草、水葫芦。有时民兵连长也钻到耳房里,腊子出来时,他就跟在后面,手里提着什么,两个人显得很繁忙的样子……肖万昌很惬意,他这时候总是感到充实而满足,这时候也才明白:腊子活活像他,太像他了!这才是他喜欢的主要原因呢!

　　几年来,肖万昌已经学会了放松自己。他无论在外面多么紧张,脚一踏上这座房子的台阶,立刻就会舒一口气。他脱去外衣,在椅子上或是沙发上坐下来,开始慢悠悠地吸烟、呷热茶了。有时他叼着烟,拿着水杯就走出屋子来,给院子里的几盆花松松土、施施肥。花肥不是什么鸡蛋壳子、豆渣渣之类,而是装在塑料袋子里的一些灰色粉末,袋子上的彩色商标十分漂亮。他做着活儿,有时轻轻地咳一声。院子里很静,没有人来找他。村里人都知道支书有个习惯,特别厌恶有人上门来找,他办事情,要求到大队部里说去……邻村的一些支部书记有时来这里拜访他。他们的穿着常常使他觉得可笑。他笑他们不下雨也穿上长筒胶靴,并且将裤脚掖进筒子里去。他知道墨黑锃亮的胶皮子对他们产生了吸引力。他笑他们戴一个黄帽子,这么不伦不类。黄帽子早时兴过了,他们就不知道。他们之中有人披着衣服,这衣服一定是新的,并且掐着腰走进门,用两个胳膊的拐肘将衣服撑起来——他特别笑这个姿势。他们留下来吃饭,喊着说:"大鱼! 大肉! 老肖啊,就看你舍不舍得了!"肖万昌微笑着,不置可否。他挽着衣袖,到厨房里去了。他们很快就跟进去,看他做饭。他端出一盆活着的小泥鳅、一块很大的鲜嫩豆腐。他把它们一块儿放进锅里,让一群泥鳅在锅底的水中尽情游戏——他们看傻了眼,互相瞅着、伸着舌头。肖万昌在灶里放了一把火,锅里的小泥鳅乱窜起来。水的边缘上冒白气了,泥鳅往锅底里聚拢、散开,然后疯狂地扭动,一会儿就全扎进那块豆腐里了……豆腐炖熟了,切成片片,每个片片上都有灰点儿,那是小泥鳅的横断面儿! 肖万昌烧了一个很漂亮的汤菜! 他说:"这叫泥鳅拱豆腐!"……他可瞧不起这些客人。他见过大世面。他到省城里开过会,跟大干部们握过手,同桌吃过饭。他什么没有见过? 他们有说不出的崇拜他,有什么事情也愿意跟他谈。他说:"唔唔,我可当不了这么多村的书记啊……"他吸着烟,轻轻地咳。他们觉得他咳的声音也很有讲究……

眼下,这座屋子里只有他和小腊子,他有说不出的高兴。做了几十年的村干部,养成了吃狗肉的习惯。这几年没有狗了,他也暂时把它的滋味忘却了。有一天他突然想起那个美味来,竟然是火烧火燎地急躁起来。民兵连长从邻村弄来一条叫"大花"的肥狗,他就养到了院子里。今天,他要和腊子一块儿享受这个美味了。他十分愉快。

宰狗是个难题。肖万昌决定亲自动手,可是小腊子偏要"过过瘾"。大花在院里呆了几天,已经和肖万昌有些熟了,它开始用舌头舔新主人的手了。肖万昌常常取一块馒头抛起来,看着它跳起来用嘴巴接住。它的胖胖的前爪又白又圆,很笨的样子。肖万昌有一次试着按它几下,觉得热乎乎的、软绵绵的。它友好而愉快地抬动着,故意送到他的面前来让他按。他却在它上面磕下一截儿红色的烟火,大花哭叫着蹦开了,站在远远的地方看着他……今儿早上,腊子决心将大花乱棍击死。他看过一个武打片,很赏识上面一个黑汉的棍术。他将棍子立在身侧,先朝大花推一下手掌,然后就舞将起来。大花原认为腊子是要跟它游戏,高兴地叫着,将两腿按到地上,跃动、展扑,有时腾空而起,从腊子的耳畔蹿过,顺便咬一下腊子的胳膊。但它并不真咬,只是轻轻一含,给他留下一个可笑的、杏子大小的湿印子。它得到的是愉快,一展技艺的愉快。它的勇敢和敏捷第一次让这所院落的主人知晓,两个人暗暗吃惊……可是腊子一棍子击中了它的后腿,那么狠、那么痛。它尖叫一声,跛着腿跳开了,哭叫着,迷惑地看着小腊子和那条又粗又长的棍子。它终于明白了这里面暗藏杀机!

小腊子呼叫着,它却再也不回来了。肖万昌站在一边吸烟,这时责备地看了儿子一眼。他把烟蒂踩灭,然后高高扬起右手喊道:"大花!"他微笑着,和蔼、亲切,像有什么事情要恳求大花。他呼唤着:"来呀!来呀!好大花!……"大花还在冤屈地哭着。它仇恨地望着腊子,有些警惕地躬着身子,慢慢向肖万昌走来……肖万昌用手抚摸着它的头颅,给它擦去眼角的一点眼屎,又刮了一下它那黑亮可笑的鼻子……他的右手插进衣兜里,一丝丝地掏出一条尼龙绳。大花看到了绳子,警告地"呜——"了一声。肖万昌立刻抖搂着绳子,在它眼前晃来晃去,嘴里接着也哼起来:"割上了二尺红头绳呀,给我大花扎起来呀,哎咳咳——"他哼着,慢慢给大花捆扎起来。捆了腿,捆了脖子,捆了腰。大花舔着他的手。他到后来把大花推倒了,恶狠狠地喊了一声:"小腊子,动手吧!"……

中午时分,狗肉就熟了。

肖万昌和小腊子坐在院子里的一个石桌旁,将酒斟好。父亲在喝酒之前微笑着看了一会儿子。儿子伸手去取他的杯子,正在这时,有人敲门。

这是最令人讨厌的事情!肖万昌恼怒地看了一眼院门。他端坐了一刻,并没有动。门板继续响,很有节奏,力度适当,不像是村里人,也不像是邻村的支书们。他拍打了一下手掌,去开门了。

进来的是李芒。

肖万昌像是高兴极了,请李芒快吃狗肉。蒜泥!葱片!酱盅!小腊子!大家全在一块儿了!中午的太阳被大梧桐遮住了!李芒说已经吃过饭了,他摇摇头,又摇摇头,坐到石桌一侧的一个大草墩子上。

　　李芒当然是有事情来的。可是他看着这对父子吃狗肉，竟然暗暗惊讶起来，一时也忘了说他的事情了。

　　肖万昌和腊子吃起来了。肖万昌将腿、臀部让给儿子。他专吃蹄子、肋骨和脖根、脑袋。一条很细的脖骨，他横着端起来，像吹口琴一样放在嘴上，咬着、吮着，轻轻移动；骨节处一个个凸起，他像对待不同的音阶一样，不断停顿、停顿，细细地吸、磨，用牙齿揉动，又突然迅速地推开，滑到另一个骨节上；由粗到细地来一遍，再由细到粗地来一遍；有时这条软软的骨头在嘴里滑动，有时是一下一下跳跃；剩下脖根的一块红肉，却丝毫未动，由于整条脖骨的肉都快光了，它就显得特别肥硕诱人了。这时候，也是最后了，它终于被塞进嘴巴里：轻轻地旋转、旋转，拉出来就是光洁的一条净骨了！……狗的脑壳肉被他用两个手指剥光了，露出白圆的骨头。他笑眯眯地把它往石桌上方推一推，然后取过一个早就备好的方铁块儿，"啪"地敲开了。他把开裂的脑骨捧起来，又用三根指头捏住一转，像欣赏一个咧嘴的石榴。他先取一块里面的东西品了一下，然后迎着太阳细细地看着，两眼放出尖尖的、有些骇人的光亮。他立刻把它放到石桌上，用手去抠、去抹、去摇晃震荡。到了他认为可以吃了的时候，他就把嘴对在了上面，接着眼睛也眯了起来。这样低着头有三四分钟，他才将两手伸出来捧住那个光光的骨壳儿，慢慢地仰起、仰起，轻轻地转动他的头颅。最后狗的脑壳放到了石桌上。终于是空空的了。脑壳儿很像一个被取了仁儿的核桃，那些很曲折、很细微的沟沟道道由于被取走了核儿而变得光洁起来。他盯了一眼空脑壳儿,拿起酒杯一饮而尽。

李芒看着他吃东西,真是惊讶。他第一次见肖万昌吃一个动物。

肖万昌揩着手,把身子转向李芒。李芒也记起了他要来做些什么,这时就说:

"我是来和你商量个事情的。"

"唔唔。"肖万昌又用心卷他的烟了。

"烟田太忙了,我和小织做不完。小织也不应该做那么多了。腊子和你要到烟田里做活。"

"我的公事太多,这个你知道。腊子过去在电厂里上班,他恋着贩鱼才回来的,你只当他还在电厂就是了。"

"你的公事多,不过你也别忘了,你还和另一户人家联合承包了一块烟田呢!"

肖万昌点点头:"我和我闺女家承包的。"

李芒把腿叉开,一下下磕着烟灰说:"你闺女单立门户了。她现在过得也很富裕,用不着给谁去做长工。他们松闲了,只要高兴,大白天还可以躺在沙发上看电视。这个你还不明白吗?"

肖万昌看了腊子一眼,像自语般地回答说:"明白了。"

十四

荒荒离开了他的土地,他的土地并没有荒芜。冒杈被及时掰掉,肥水也上得很足。这片烟苗由瘦小泛黄变为肥胖油绿了。每天的一大早,都有一个人在田里弯腰忙着,露水把他的周身都打湿了。人们都站在田埂上向这方张望,满脸的迷惑……没有人明白这是为什么:荒荒砍了这个人的烟棵,这个人反过来倒要替荒荒做活!

肖万昌扛着锄头来到大柳树下,四下里张望着。当他看到李芒在荒荒的田里做活时,他嘴里发出了"咦"的一声。他放下锄头,就到荒荒的地里去了。

这是个很清明的早晨。太阳就要出来了,东方一片橘红。河边上度过了一个水汽充盈的夜晚,所有的烟棵上都挂满了晶莹的露珠。露珠上映着早霞的颜色,有的甩进土里,有的甩到种烟人的身上。李芒的眼睫毛上、眉毛上,都落着露珠。他那么专心地看着烟棵,每个烟叶根部冒出的小杈子,都逃不过他的眼睛。肖万昌就站在烟垄的另一边,李芒却没有留意。肖万昌在一声不吭地端详着他。

李芒的前额上有几道深深的皱纹,两颊却还像十八九岁的小伙子那样放着光泽。他的眼角上,如果仔细些看,也会看出几条褶皱。也许有什么可怕的智谋藏在那双深陷的眼底!这双眼睛总是闪着沉着的、机警的光芒。那几条皱纹表明了他的成熟、老练。他的手,指头长而有力,巴掌是阔大的、结实的,每一个关节都那么灵活、有力量。这双手向烟杈子伸去时,又稳又轻,指顶儿颤也不颤,似乎是慢条斯理地伸了过去,只轻轻地一抹,那肥胖的杈子就折到泥土上去了。他的脚轻易不动一下,除了非迈出不可,它总是坚实地踏在地上。地上留下的脚印又深又大,有一个青蛙跌进去,蹦了两下才跃出来。整个的他都显出一种自信、忍耐、不轻易冲动和非常执拗的个性。他的沉默使人感觉到他的矜持和傲慢、他的男子汉的庄重和深厚。一个人站在五六米以内来注视他,像被什么看不见的射线击中一般,肉体的某一部分会微微震颤,引起一种不可名状的威慑感……

　　肖万昌看着他,几乎是在这一瞬间修正完成了原有的设想。他一直在这个归来的大汉(他内心里很少想到这是自己的女婿)身上试探着、寻找着什么东西。他觉得这个大汉归来之后,变得陌生了。很清楚,他不那么容易制伏了(实际上他从来也未被真正地制伏过)。但肖万昌决不退却,就像老虎生来就是肉食动物一样,他生来就是要制伏别人的。他在寻找时机,寻找角度。也许是他自己太犹豫了、太软弱了,他倒越来越感觉到了对方的凌厉的攻势、咄咄逼人的锋芒。他仍在犹豫,仍在彷徨,他曾经彻夜不眠。他表面上却不动声色。他像一头巨兽雄踞在一座山岭上一样,在这片土地上从容而得意地生息了几十年。他微笑着,梳理着一丝不乱的背头,心中却在盘算,是否迎击过去,迅速地咬住对方的咽喉,厮扭到一起?他仍在犹豫,仍在彷徨。他似乎感到那种硬性厮扭有多么危险……这会儿他端详着李芒,一个信念更加坚定了。

　　他喊了李芒一声。

　　李芒抬起头来,看了一眼肖万昌,然后舒展了一下身子。他取出大烟斗,见对方亮出一块卷烟纸,就顺手捏过去一撮烟末。

　　两个人吸着烟。

　　肖万昌头也不抬地说:"芒子!我老在找个机会,跟你好好说些事情……"

引起李芒注意的,只有"芒子"两个字。他仰头看了看肖万昌,发觉"岳父大人"的眼睛那么慈祥。他不言语,长长地吸一口烟。

"我有很多话跟你、跟织子说。说什么呢?直截了当讲吧:说说我们这一大家子人……你可能打断我的话,说这是两家子。不错,两家子,户口本子上这么写着。可是我在心里始终是看成一家子的……"

肖万昌眯了眯眼,顿住了话头,睁大眼睛重新盯着李芒,提高了声音说:"这里我要解释一下'始终'两个字——从什么时候'始终'了呢?从你和织子结婚那天起吗?不!那样说是骗人喽。那时候我恨你,恨到骨头。我'左'得厉害,那个时代就是这样!我能不恨你吗?……可是从你和织子打东北回来,特别是联合承包烟田以后,我确实是把你们当成家里人了……"

李芒大约觉得烟的味道很好,微微含笑,轻轻地咂着。

"想想吧,本是一家子人,其中你两个却逃到东北去了!我当然后悔不迭。我的岁数也这么大了,我的老伴早过世了,我盼个安定日子、团圆家庭。老父亲也刚刚过世了。老人家心里也这么想的,所以他才做着主,把我们两家子的地合到一块儿种。如果我有什么薄情的地方,我也对不住老人!我也常常盘算烟田的事情,是盘算卖个好价钱,想法子让它水足肥足。我从来不算计你吃亏我吃亏!我倒是常想:芒子不容易啊!芒子照管这么大一片烟田!有时你的话伤了我,比如你说什么'不做长工'、要看开会通知……我就想:芒子年轻哩!火气旺哩!芒子做活累得心焦!……我想得心里发热。就是这样!这样!嗯!……"

肖万昌被烟呛住了,大咳起来。他用手捶打胸部,使劲地弓着腰。

李芒收起了烟斗。他蹲在离肖万昌很近的地方,把手捏在下巴上,说:

"你到底是个大度的人。"

肖万昌叹息着摇摇头:"唉唉,上了年纪的人了。"

"我没上年纪。我这个人记仇。"

肖万昌脸上的肌肉动了一下。

"我老记着过去的事情。"

"我说过嘛,那个时代!"

李芒摇摇头。他拧起了眉毛,用尖利利的眼睛盯住肖万昌。他突然问:"傻女到底是怎么傻的?还有蓖麻林里的事,你当时真的一点也不知道吗?"

肖万昌一愣,大声接应:"我怎么知道!你问到哪里去了?"

李芒用更大的声音说道:"你是支书!你管辖的这个村里出了家破人亡的事,你有责任!"

肖万昌磨动着牙齿,痛苦地摇着头。

李芒又说:"傻女不能白疯,老寡妇死了也合不上眼!这个事没有完结,全村人都会记着傻女……傻女还会找到!"

肖万昌一声不吭。

李芒大口呼吸着,又问:"我再问你,废氨水库墙壁上那些血印子是怎么来的?里面关过多少人?你一个农村支书有什么权关这些人?"

肖万昌抖着手掌,仍在摇头。

李芒站了起来,用手指着脚下的泥土说:"我还要问你,荒荒和民兵连长哪个该抓?今天你总该清楚民兵连长了,为什么还要大家白白养着他?还有集体办那些工副业,承包额为什么那么低?……我早就要寻机会问问你,看看你怎么回答。如果有时间,我还会问得更多。"

肖万昌苦笑着,痛苦不堪的样子。

李芒重新蹲下吸他的大烟斗了。他盯着脚下的泥土,自语般地咕哝道:"我是个记仇的人。我不光记着那个'时代',我还记着一些人……"

肖万昌茫然地站起身来,重新咳嗽起来。他四下里张望着,突然惊呼道:

"咦!荒荒……放回来了!"

十五

李芒惊异地站起来。他看到荒荒了!

荒荒顺着一条田埂,跌跌撞撞地走过来。他几乎没有抬头,只顾低头走着。直到走近自己的地边上,他才抬起头来,他一眼就看到了肖万昌和李芒,立刻停住了脚步。这样呆立了足有两三分钟,他这才缓缓地走到田里来。

"荒荒!"李芒呼喊着他。

他像是没有听见一样,老远就冲着肖万昌笑起来:"嘿嘿,嘿嘿嘿……"他笑着,站到了两个人之间,把手插到了蓬乱的头发里。

他有些结巴地叫着:"肖、肖书记！李芒、李芒兄弟！嘿嘿嘿……"

"放回来了?"肖万昌问。

荒荒点点头:"宽大回来了……"

"年纪轻轻,要务正。今后可要吸取教训,老实守法……嗯?"

"那可是对……荒荒不敢了!"荒荒说。

李芒端详着他,一直没有吱声,这时问了句:"他们打你了吧?"

"打？打我？……"荒荒看一眼肖万昌,又看一眼李芒,反复看着,很像摇头。

"打人了吗?"肖万昌声音粗粗地问道。

荒荒连连摆手:"没有没有！没打没打！主要是'触及灵魂'——这里!"他说着,用手一捅脑壳。

肖万昌满意地看着荒荒,说一声"嗯",深深地瞥了一眼旁边的李芒,走出了荒荒的烟田……

李芒久久地盯着肖万昌的背影。他发觉这个往日总是挺得很直的后背,今天仿佛是驼下去一些,有什么沉重的东西压在了上面……他把目光转向荒荒。他心中正暗暗惊讶:这个荒荒变得那么规矩！这个荒荒一下子失去了挥镰大汉的雄姿！他点了点头,没有说什么。他绝不相信那个胖子会轻松地让这个人出来。

荒荒说:"芒兄弟,你不知道,咱可见了些世面。"

"什么世面?"

"海边所里的人都有小盒子枪……我也要来玩了玩,一扳机子,'啪、啪、啪!'……"

这真是谎话。李芒老想笑。

"还有'电棍'。朝你一指,你就倒!朝什么一指,什么都倒!……"

"朝大烟囱一指,它也倒吗?"李芒插了一句。

"也会倒。"荒荒坚定不移地说道。

李芒苦笑着,低下了头。停了一瞬,他突然抬起头说:

"荒荒!做人得讲点骨气,得给咱庄里人长脸。你哩?我听人讲,那些人揍你,你给人家磕了头!……"

荒荒的大眼虎生生地瞪圆了,大叫着:"胡扯!他们揍我,我给了他们一脚!那么多人揪我的头发,打耳光子,我没吭一声!哼!……"

李芒想:到底说实话了。他轻轻捋了一下荒荒的裤管,看到一条条血印子从大腿处爬下来……他的手颤抖了。荒荒想挣脱他,但后来索性蹲下来。他对李芒小声说:"这都是外伤。内伤你看得见?我全身的骨头都疼……你可不要告诉肖书记!民兵连长好几次去所里,说是想我了,去看看我,一凑近了就用烟头触我的皮肉!……嚆咦,你千万莫跟别人说:他们告诉我,外人知道了打人的事,就再抓我进去!千万莫说啊!你知道了,那可是你自己用手扒拉裤子看见的……"

李芒沉默了。他装了又满又实的一锅烟末,慢慢地吸着。

这时候荒荒突然发现了地上掰掉的冒杈,立刻用警惕的眼睛盯着李芒。

"你、你在我烟田里做活吗?这可是我的烟田!"

李芒点点头。

"可我还回来啊！我回来了！"

荒荒大声喊着,跺着脚。李芒一愣,接着说:"还能让烟田荒了吗？我是闲着没事来替你做做。你回来,就接着做吧……"

荒荒的身子摇晃了一下,呆呆地站在了那儿……

李芒又要说什么,突然发现有一个老头儿背着一大卷东西站在田埂上向这边张望。老人也许刚刚看清了李芒,就走了过来。李芒赶忙站了起来。

老人走近了,李芒看出是老獾头。

"有什么事吗,老伯?"李芒上前扶了老人一下。

老獾头一动不动地直眼看着李芒,使劲地抿着满是深皱的嘴角……这样看了一会,老人长叹一声说:"唉唉,唉！老天不长眼哪！肖支书不开恩,我那个小子最后还是出夫去了,才干了几天,就不小心砍伤了脚。走时我嘱咐他:不要挂家不要挂家。他不听,干着活也走神……唉唉,我去看看他,送些干粮。芒子啊,得到这信的时候,也正好挨到我浇地了。我跟管机器的讲好了,我回来就交柴油。我求你跟肖书记讲讲,批个柴油条子给我……"

李芒点着头:"你放心吧老伯！我替你交柴油！"

"好孩子啊！心软的孩子……"老獾头擦着鼻子,又转向一旁的荒荒说,"芒子肯帮忙了！唉唉,庄稼人哪里弄柴油去……我得去跟我儿子说:你做活要专心,家里有芒子帮忙哩！"

老獾头擦着鼻子,再三感谢,往大路上走去了。

荒荒一直在原地呆站着。

李芒指指他掰着的杈子说:"荒荒,你回来了,你就接着做吧！"

我要回自己的烟田去了,你有事情,就喊我好了。"

"芒兄弟……"

"有事吗?"

"芒兄弟……"

李芒不解地望着他。

荒荒上前半步,嗫嚅说:"你这个人……不是'驸马'!"

李芒心中立刻涌起一股滚烫的热流,但他没有做声。他只是低着头,默默地走出了荒荒的土地。

小织在老柳树下歇息着等他。

老柳树下,落了那么多的干枯枝条。它已经毫无生气,一树叶片,都开始枯黄了。枝丫一条条皱着皮肤,没有绿气了,没有活动的力量了,只是垂着。风从树上吹过,老柳树并不答言,像一个老人甘于寂寞地蹲在屋角上,打发着并不多了的时光。有一只小麻雀落在树桠上,开始吵叫着、蹦跳着,后来便悄悄飞开了,连头也不回。螳螂从高高的树桩上爬下来,有些灰溜溜的样子。它在干硬的泥土上徘徊了一会儿,便昂首阔步地向绿野里奔去了……

"李芒,我老远就听到了你和爸爸大声说什么。我听不清,又怕你两个打起来……"小织有些焦急地对走来的李芒说。

"打不起来。"李芒用手收拢一些干树条子坐了,轻松地说,"他哪是对手。他自己清清楚楚,他才不愿打架呢。十几年前就不是这样了,那时候他的筋骨还硬,你得远远躲着……"

小织难过地垂下头来说:"李芒,我知道他不是很好的人。可我想他这么大年纪了,你说话的口气还是让我难过。我真有点不知怎么才好了……就该这样下去吗？我真不知道……"

"你去看看荒荒腿上的伤就知道了！你去听听老獾头哀求什么吧！听听看看你就知道了。他这么大年纪了，可是牙上还有尖尖，还会撕咬人！你看看荒荒的腿！……有时我就想，他怎么会这个样儿？他从什么时候变成了这个样儿？想来想去也想不通。再想一想，也就更复杂了，什么我都说不清了！……"

李芒沉思着，发出一阵阵的叹息。

小织抬头远望着，看着荒荒弓着腰在他田里做活了。她看到的是一个蓬头垢面的荒荒、一个一瘸一拐的身影。她"啧啧"了两声，也叹起气来。

李芒说："马上和肖万昌分开，这已经是不能犹豫的事情了。前天我看到他和小腊子吃狗肉，心里就是这样想的。咱们一丝一毫也不能有什么别的指望，人哪能靠忍耐过日子？我看他吃狗肉时就是这么想的。"

"他吃狗肉又怎么了？"小织有些不解地问。

"我也说不出怎样。反正我当时看着，就这样想了。我觉得这是一个又馋又贪、有大心计的人。跟他相处不能分一点心，不能不警觉，更不能软骨头。你要是往后退，他会一丝一丝往上顶，像滑过来一样，没声没响地就逼到你跟前来了，又快又猛地突然就伸出手来，直冲着你的喉咙！那时候你再想办法挣脱吧，你会觉得给什么缠住了身子，滚动也不行，呼叫也不行，求饶也不行，什么都晚了……他的经验也真多，还都是结结实实的，所以他没有失败过。我暗地里做过一个总结。我跟他刚开始交手的时候，就是十几年前那会儿,我好比被困在一座有野物的大山里了。我又要对付他,又要对付狼虫虎豹,他们全是一伙儿。后来他把一条条长腿爪儿(就像海蜇生的那东西!)伸出来缚住了我的身子,我就拼命挣脱,到底没等被消化完就逃开了……后来我们从东北回来了,不知不觉他的长腿爪儿又缚到我们身上了。可是今天我们是在平地上了,没有那么多狼虫虎豹了。这也容易松劲儿,失了警惕性儿。你知道那长腿爪儿里会分泌出一种汁液来,无声无响地把你给麻醉了,你就再也逃不掉!你就得活活被消化了!……现在,这长腿爪儿还搭在我们身上,已经开始分泌液汁了。我的总结就是这样。我们怎样逃到南山?怎样逃到东北?怎样跟他联合的?我从头至尾地想了一遍。我想这不该忘记,这应该来一个总结。从老寡妇,再到袁光、到荒荒、到老獾头、到你我……这要好好去想,反反复复地想,想得再苦也要去想、去总结。要咬紧牙关,挺着,站稳,保住那么一股劲儿,一步也不往后退!……"

李芒说得很慢、很沉着。但他的声音却是极有力量。小织不眨眼地看着她的芒,脸色一会儿红,一会儿又苍白起来。她的嘴角有些颤抖了,一双小手掌激动地在身上抹着。她抬头望着远方,她的眼睛迷蒙了……

十六

石头的美丽,并没有多少人像他和她感觉那么深刻。

白石头、绿石头、红石头、花石头……五彩斑斓,绚丽迷人。真不知道这一架架的大山上,还生出了这么新奇的东西!李芒和小织把它们背回了村子里,放在了他们那个无比温暖的、闹鬼的屋子里。他们堆积着希望,堆积得实在太多,就和村里人一起,将它们碾成了各种各样的小块块。

村里人看着这些彩色的小石块儿就笑。他们不信会有谁买这种东西,虽然它们着实好看。但他们喜欢这两个年轻的副业师傅,也信服他们。

李芒把各种石子装在小布袋里,作为样品,带上去县城碰运气了。临离开山村的时候,小织和山民们在村口上给他送别,看着他慢慢走远了,消失在山坳里……李芒心里兴奋得很,也不安得很。他真高兴啊,这种石头或许会改变山里人的命运、改变他和小织的命运呢!他最担心的是根本就没有人要这种石头,白白欢喜一场——那样,他只好和小织重新去流浪了;他还担心小织一个人会害怕,那毕竟是个闹鬼的屋子啊!……

到了城里,他宿在马车店里。天亮后,他跑了几个建筑工地,都见到了这种石头,有的散放着,有的装在包里。李芒可高兴了!他想有人要这种石头是确定无疑的了,剩下的问题就是赶紧找到买主……他问了那么多人,最后有人笑吟吟地买了他一小袋,说是拿回去商量一下,让他等候消息。他在马车店里忐忑不安地睡了一夜,第二天赶紧去听消息。结果是对方提出买几百吨!价钱怎么样,他不知道。他去问了一下工地上的人,才知道价钱也不错。他问那人是什么单位,人家告诉他是龙口玻璃厂,买这种石头用来造高级酒杯!……李芒兴冲冲地往回返了。

从此,山民们从田里回来,就忙着碾石头了。李芒还是到各处去推销。碾的白石头、绿石头、红石头，堆成了一座座彩色的小山。早晨，露水把这些小山染洗得多么鲜亮！呵，多漂亮啊，多迷人啊！李芒用白粉子在石碾屋的外墙上写了"石粉厂"。

山民们终于有了点钱。村子里也终于有人站出来批判这是"资本主义"。但钱是好东西，刚刚有一点，大家还没有喜欢够，就不睬是什么主义，继续让石碾子撒欢……大家也感激两个师傅，给他们白馍馍吃，给他们送去辣椒、松蘑菇、鲜黄花菜等等。他们实在不敢收下这些东西！他们感激山民们还来不及呢——山民们给了他们这样温暖的一个小窝儿。

他们幸福极了。结合的幸福、创造的幸福、助人的幸福，全汇聚在一起了。他们几乎被这种巨大的幸福给压倒了，啊啊，幸福一下子来得也太多了……小织对李芒说："李芒，啊，李芒！我们一辈子就住在这个闹鬼的屋子里吧！我们还要什么？什么都有了，啊！李芒！你说话啊李芒！……"李芒点点头，但目光只望着一个方向出神。小织推了推他，他才转过脸来……他嘴唇颤抖着："小织！我在想我这个人太坏、太卑劣，我多么爱你，像你爱我一样！可我有时候倒生出这样的念头：和你结婚是对肖万昌的报复！这念头多么可恶……"小织怔怔地望着李芒，接着眼里流下了两行泪水。她哭着，没有一点声息，停了一会儿，又谅解地握住了李芒的手……李芒沉默着，接着又喃喃地说："我真想玉德爷爷啊，想他们，也想芦青河……"说到玉德爷爷，两个人再不做声了。

这个夜晚，屋子里第一次闹起鬼来：锁着的那个房门响起来，锁扣儿"咔嚓嚓"地响！两个人不由得想起了多少年前吊死在里面的那个人,害怕了,头发也像要竖起来。他们不由得偎在了一起,紧紧靠着炕角的墙壁……时钟"嗒嗒"走着,门扣儿"咔嚓嚓"响。正是夜半,风刮着窗纸,破了的窗洞上,泻进黄色的、冰凉的月光。他们偎着、偎着,出了一身汗水。就这样停了一会儿,李芒突然跳下炕去,不顾小织的阻拦,用一根铁棍撬开了那个房门!他们用灯照亮了这间屋子,满是乱草、废弃不用的农具等。李芒用铁棍打着,用力挥舞,像个武士一般,大声呼喊着。终于有几个野物(山猫等)跳腾起来,从窗洞上蹿了出去。这就是闹了多少年的那个"鬼"了!两个人舒了一口气,相视而笑了……

有一天李芒从县城回来,脸色就沉下来,一直不愿说话。小织叫着,摇晃着他的肩膀,他也不回答……他就这样坐在那儿,夜深了也不想睡觉。小织说:"李芒!有什么事情你瞒了我!你听到什么了吗?你遇到熟人了吗?"李芒低着头,沉吟道:"我好像遇见了傻女……"

"真的?!"小织欢叫出来。

"在一个小河汊上,她披头散发,用手捞青苔……我喊了她一声,她肩膀一抖,爬起来就跑。我看那身影很像。我追呀追呀,她绕着山根跑,一会儿就没了影儿。我在心里祷告:傻女活着,傻女还会回来……"

小织用手捧住了脸,抽泣起来。

"你还想着袁光吗?"

"袁光又怎么了?"小织几乎要跳起来了。

"他自杀了……跳了芦青河……"

小织摇着李芒的手:"袁光?!……"

李芒点点头。

小织"啊"了一声,一下子跌坐在了炕上……李芒讲述着,声音十分低缓,而且常常要莫名其妙地中断下来。

……袁光读初中的时候,就是全班的"老头儿"。他快要三十岁了,可还没有媳妇。没有谁会嫁给一个"反革命"的儿子。袁光负责给全村的厕所掏粪,但他放下粪勺的时候,总是用香皂把身上洗干净,换上唯一的一件没有补丁的衣服。有一次,一个媒人从袁光家里出来,正碰上一个村干部,他对媒人说:"贫农的孩子还没全娶上媳妇哩,你穷忙活什么!……"后来就没有一个媒人到袁光家了。袁光见了本村姑娘投来的新奇的、怜悯的目光,就有些畏缩地转过脸去。后来他就总是穿着那件又臭又破、沾了不少粪汁的衣服了,拖拖拉拉地在街上走着。他的姐姐每逢这时候就喊他回家。他回家后,她就关严了院门,伏在炕沿上尽情地哭一场……

姐姐三十多岁了还没有出嫁。她细高身材,洁白的皮肤,一双美丽的、抑郁的眼睛,很清高的样子。她虽然比袁光大不了几岁,可她觉得对袁光负有母亲般的责任……村支书的一个侄子刚刚十八九岁,竟然趁在场院看电影的机会,对她小声咕哝了一句令人惊愕的下流话。第二天就有人替支书侄子提亲来了,说:"跟了吧!跟了吧!他又不嫌你大,不嫌你这样那样……他叔又是支书……"媒人走了,她冷静地理了一下鬓角的头发,一动不动地盯着窗外的一片浮云。

几天之后,姐姐突然对袁光说:"我要去找南村的'三叉'了!"

"三叉"是一个四十多岁的男人,腰有毛病,小时候玩雷管只剩下了三根手指,就落下了"三叉"这个外号。他娶不上媳妇,他父母几年前就说要为儿子"换亲":谁家有闺女给"三叉",就把"三叉"的妹妹给那家做媳妇。一年前他们曾来袁光家提过换亲的事,被袁光斥退了……这会儿袁光盯着姐姐的眼睛,知道她是下了决心了。他知道怎么也拗不过姐姐,不过他还是发誓:宁可死去,也不让姐姐跟"三叉"!

姐姐没说什么。她把家里的瓷碗一个一个擦得锃亮,又洗过了所有的衣服、被子,把碎布片和破棉絮小心地捆好……一切做过之后,她就失踪了。袁光跟治保会请了假,然后就四处寻找。找到"三叉"的家里,"三叉"两手按着腰出来说:"没有没有,不信你来家里看!"果然里边没有姐姐,但袁光却看到了一个长着一对杏眼的姑娘,正赤着脚站在灶间里捣蒜,见到袁光时走了神,一撮蒜泥从石臼里溅出来……

五天之后,姐姐突然出现在家里。她像所有出了嫁的姑娘一样,拐肘上挂了个红包袱。她说:"我早是'三叉'的人了。那天是'三叉'把我藏起来了,我让他这么做的……"袁光磨动着牙齿,没有说话。这样停了有五六分钟,他突然向着姐姐跪倒了。姐姐说:"准备你的终身大事吧!原先跟'三叉'家讲好的,什么时候喊,她什么时候来……"

袁光要积点钱结婚了。家里有一头母猪,可当时母猪不准随便宰杀或买卖。焦急之下,袁光就在一个夜晚,偷偷地把它杀掉了。可他没法儿让猪一声不叫,它的一声尖叫惊动了民兵,接着他就被喊到大队部了。身背一串子弹袋子、手里握一把上了油的刺刀的支书侄子围着他转着,不时鼻子里发出一声"哼!"……支书来了,粗着嗓子说:"这不是阶级敌人破坏'大养其猪'又是什么!"几个人合计了一下,当即决定:批斗!批斗之后让他披上亲手剥下的那张母猪皮,到"三叉"那个村游街去,要自己敲锣!支书宣布完了决定又瞥侄子一眼,盯在袁光脸上说:"不识抬举的东西!"

袁光不同意到"三叉"村里游街——他怕那个捣蒜的姑娘看见,更怕姐姐见了心碎啊!他苦苦地哀求,最后都跪了下来:"让我到别处游吧,游一年也行,只是不到那个村……"支书冷笑着:"单让你去那个村游!"……袁光不再做声。他闭了一会儿眼睛,然后站起来,站得笔直,一字一字说:"好吧,我,去游!"……

他去游了,游了整整一天,喊哑了嗓子……回来时,他没有再进自己的家门,而是迎着血红的晚霞走向田野,走向了他的芦青河!……

李芒讲完了,抬起头看着小织。他发现小织的泪水已经不流了。他愤恨地望向窗外,紧紧地咬着嘴唇。"又一个人,给推到了那条冻土沟里!"李芒自语道。

"袁光,我总以为回家的时候还要一起玩、一起唱歌……我们那天晚上送他时你还记得吗?……"小织像对着窗外的什么人说话一样,并没有回头……

这个夜晚,起了大风。风声吹得人心里发瘆,他们怎么也无法睡去……风慢慢怒吼起来。

风怒吼着。李芒轻手轻脚地穿好衣服。他把一个什么东西掖进了腰里,就小心地出了屋门……遍地月光,风妄图把地上的月光掠起来。他四下里张望着,出了街巷,一个人往北走去。风真大啊,简直就不像秋风,寒冷直扎到他的心里去。他咬着牙关往前走去,尽量不让身子打战。他听到了什么波涛声,低头一看,脚下就是芦青河堤。他来到家乡的小平原了,他顺着河堤奔跑起来,当见到小木桥的时候,就小心翼翼地踩了上去……

他摸到了自己的村边上。他的第一个想法就是看看傻女回来了没有——他想她也会像他这样,趁一个夜晚回家来吧!他寻找着,终于又看到熟悉的街巷,找到了那个老屋。大概是看过了大山吧,这个房门看起来这么矮小!他低着头进了屋子,四下里看着:炕上只有一半破草席子,空空的,什么也没有。他有些失望地要走出门去,突然发现门后边藏着一个人,正用力地侧着身子站在那儿,这时候狞笑起来,缓缓地转过身来:民兵连长!"嘻嘻,我就是在等你……好哇!"说着,他从身后亮出一支枪来。李芒全身的怒火都燃烧起来,奋力一脚踢掉了他的枪,顺手又给了他脸上狠狠的一拳!民兵连长被击倒在地上,恐怖地看着李芒,突然,他又笑了。李芒正有些迷惑,民兵连长就地滚了一下,往巷口上跑去……李芒追赶着,拼力追上去。就要赶上了的时候,巷口上踱出一个人来,挡住了李芒!

这个人又粗又高,轻轻地咳嗽着。李芒揉了揉眼睛,认出是肖万昌!肖万昌嗓音压得很低,说:

"回来了吗?"

"回来了。"

"嗯。"肖万昌背着手,慢慢凑近了。

李芒逼视着他问:"傻女哪去了?袁光怎么死的?"

"傻女不知哪去了。袁光?我不认识这个人。"

"哼!肖万昌,我今天就是跟你讨还这两个人的!你必须打开那个废氨水库让我看看!……"

肖万昌"哼哼"地笑着,转到了李芒的背后。突然他将手指摸到了李芒的咽喉上,用力一勒!一阵火辣辣的疼痛,一阵窒息!李芒挣脱着,然后反手扭住他肥胖的身子。两个身子缠到一起,在地上滚动着。李芒感到肖万昌的手指老要抠进他的肋骨里,这手指像钢钩一般有力。他的坚韧的皮肤终于被抠破,这手指又抠向肋骨间的肌肉。李芒几次要昏迷过去,但他硬挺着、硬挺着,好不容易才翻到肖万昌的身子上边。可那两根手指还扎在他的肌肉里,鲜血流进地上的沙土里,沙土变为稀泥巴。他忍着疼举起拳头,狠狠击在肖万昌的太阳穴上!拳头立刻疼得像要裂开,原来肖万昌在太阳穴和脑门上包了一层铜皮!肖万昌冷笑起来,用膝去顶他的肚子。这提醒了李芒!他立刻左右开弓挥起老拳,照着对方的肚子、肋骨、两腿,频频击去。肖万昌滚动、躲闪,不愧有些招数,但最后还是大口喘息了。他滚到墙根,两手插进了衣服里。李芒警觉地站住了,他清楚地看到了肖万昌的两眼突然间放出了两道杀气!正在他犹豫的时候,肖万昌已经亮出了刀子,并且马上就往前逼近了。李芒又看见那条又深又窄的冻土沟了,不过他并没有颤抖,而是敏捷地跳了过去。肖万昌的刀子在他脖子的咽喉处缠绕,已经擦破了皮。李芒猛然间记起了什么,从自己的腰里抽出了远行防身的一截铁棍。铁棍横着飞舞,打飞了刀子,打在了肖万昌的头上!他连连呐喊,锐不可当,愤怒四溅,想着袁光的眼睛,盯着肖万昌这双阴险的眼睛,最后狠狠地一棍!肖万昌倒下了,脑袋碎了,眼睛翻着死去了!……李芒扔了铁棍,惊呼着:

"小织,我杀死了肖万昌!我杀死了你爸爸!……"

"小织,我杀人了啊……"

"小织,你在哪里啊……"

"小织!小织!小织……"

他呼喊着,终于有人回应了:

"李芒!我在这里!你怎么了?你怎么了?你做梦了吗?"是他的小织的声音。他同时也突然明白过来,他是做了一个噩梦。他有些丧气地坐了起来,两手抱住了膝盖。过了好长时间,他才喃喃地说:"小织,我梦见杀死了你爸爸!"

……

噩梦是不祥的。一天下午,小织在街口上发现了一个收酒瓶子的人很面熟。那个人穿了一件雨衣,脸被帽子遮去大半,老是远远地注视小织。小织终于认出那个人是民兵连长身边的一个民兵!她的胸口"扑扑"地跳起来,立即跑去找李芒了……李芒明白这里是再也住不下去了,必须马上逃开!他对小织说:"走!今晚就走!"

李芒去找了他的朋友,又跟村里人交代了石粉厂的事情,暗示了他可能要出趟远门。他跟小织一边收拾东西一边盘算到哪里去。后来他想到好多人都到东北当"盲流"去了,于是一咬牙关,决定就到东北去!……小织收拾着东西,泪水怎么也忍不住。她想,她今生也不会忘掉山民们,忘不掉这个给了他们希望的小山村,更忘不掉这个闹鬼的屋子!……再见了!南山!再见了!闹鬼的小屋!

他们离家、离芦青河越来越远了!

十七

东北是一片辽阔、宽容的土地。李芒和小织在这里遇到那么多从家乡逃出来的汉子。他们之中,有的做了挖煤的,有的钻进深林里伐木,有的跟当地人一起种参。"盲流"之多,说明了苦难之多。人们从不同的方向汇聚到这块陌生的大地上寻找生存的希望来了。这里也并非就没有苦难,只是旷阔的疆域很快就将它融解、稀释了罢了。人们在这生疏的、粗犷的、无比辽远又无比野性的山岭和丛林、荒地间,奋力开拓着新的生活。这里也有最著名的城市,像哈尔滨、长春、齐齐哈尔、吉林等等,大半不是"盲流"们流连的地方。他们的好运气不在这里。他们从龙口、烟台等水路而来,或沿铁路走一个弧线,然后直插北疆。旅顺白玉山上的高塔、市内的中苏友好纪念铜塔,哈尔滨的松花江、美丽的太阳岛,长春宽阔的斯大林大街……他们往往来不及瞥一眼,就匆匆上路了。他们和一部分当地人一起去翻黑土地、撬岩石块,甚至将腿上缠裹了皮条子去挖参娃。能使用的工具都使用过了,或长或短,或轻或重,用它来敲击那扇幸福之门……

李芒和小织倒是吃尽了苦头。李芒在鹤岗煤矿挖过煤,一次冒顶把他赶离了这个行当。后来他又试着刷线布,种植向日葵、亚麻和甜菜,试着采松子、猎貂獭。他先后到过五大连池,到过张广才岭和老爷岭……一场大病差点儿使他没有走出老爷岭。小织哀求他说:"李芒!我们往南走吧……"她只知道他们的家乡在南边。李芒听从了她的劝告,到了吉林,到了通化,到了长白山。最后,李芒在一个叫"露水河林场"的附近,跟一位关东老大爷学种黄烟了。

关东老大爷叫"莫合",李芒永远也无法搞明白这名字的含义。问他为什么叫"莫合",他吸着一个大黑烟斗说:"就是'莫合'嘛!"……莫合老爷爷种了一辈子烟,有无数的绝技。他用小刀子,可以割出比别人多两片的顶叶烟;他的烟田,绝少出现黄叶病和烂秸病;无论什么时候看他的烟棵,都是齐齐的一般高。特别令人羡慕的,是他能在烟田种出各种味道的烟叶:酒味儿、糖味儿、果子味儿的……

李芒和小织像服侍亲爷爷一样服侍他,他也把身上的本事全拿出来……夜晚,李芒就和小织读书。他们找来各种各样的书读,有时一直读到拂晓。这种生活充实而安定,他们又感到幸福从闹鬼的屋子跑到这边的大山里了。有时小织对李芒说:"我们还缺什么?什么也不缺了……李芒,你不觉得幸福吗?……"

李芒找来一沓子纸,没事的时候就写起来。他对小织说:"我在南山的时候跟你说什么咪?我说我要写一本书!现在,我就试着写那书了……我要写傻女,写袁光……"

小织说:"袁光不在了。傻女也不知道怎么样了……"

"她会活着。我总想有一天她会回到芦青河边上……从那一回遇到捞青苔的姑娘以后,我老要做傻女回来的梦。我出门的时候从来没有忘记打听傻女。我还记得老寡妇在大翻工地上用手摸我脸的情景,我一想起来就忍不住要流泪。老人的话没人信了,大伙儿都说她是疯了。她大概是把傻女的事情托付给我了。我一定找到傻女!我一定弄清蓖麻林里发生了什么事!就是傻女不在了,我也不会泄气。千年的枯树还会发芽呢,是谁逼疯了两个人?说不定突然就有什么兆头生出来,让人一清二白了呢!……"

李芒说这些的时候,小织定神地望着他。她在心里说:啊啊!这就是男人哪!这就是丈夫哪!我的男人,我的丈夫!……

李芒跟莫合爷爷学种烟,也学会了吸烟。老爷爷吸烟的技术才叫高呢,他能将烟品出几十种味儿来,底叶、中叶、顶叶儿,他一吸就知道;就是同一片叶子,叶尖和叶根、叶边和叶梗的味道他也分得出来。他还能将烟秸上的一截儿烟骨(烟骨的味道是极香的,可惜没劲道!)配上几片顶烟,做成又香又醇的"混子烟";能将底烟、顶烟、辣嘴的蛤蟆烟按比例配好,做成奇怪滋味的"大全烟";马粪施肥的烟、豆饼施肥的烟、草木灰施肥的烟以及施了化肥、人粪、芝麻饼、棉籽、死猫烂狗、兔羊粪的,都要分开放,以免"混味儿"。李芒和小织常要暗暗发笑:那是多么细微的分类!那能有不同的味儿吗?想是这样想,但他们总是极其尊重莫合爷爷的意见和经验,其中包括一些明显的谬误和纯属个人怪癖的东西……

这样不知不觉中时光在飞快流逝。李芒写成了一大本子东西,小织看了,觉得十分失望:他完全没有写东西的才华,尽管他已经读了那么多书。李芒也看着不顺眼起来,后来干脆一个人偷偷把它烧成了一块灰,埋到了喂草木灰的烟棵下。

中秋的时候,陆续收烟了。他们将烟叶割上一截儿烟骨,用绳子编成一排一排(这叫"烟吊儿"),挂到木架子上晒干、过露水。被露水洗过几场的烟叶又黄又红,味道也醇厚了……这时候的活儿特别忙,常常要挑灯割烟、上烟吊儿。三个人就在烟田里坐着干活儿,头顶上是一片星星。莫合爷爷讲着老山里的故事,讲着长白山上的天池、天池里爬出的水妖……露水简直就像一场小雨,半夜活儿做下来,衣服几乎能拧出水来!……

烟叶收完时,李芒要去吉林。在路上,他遇到了一个芦青河边上的老乡。一路下来,李芒才知道他的家乡有很多变化。开始包田了,日子可以过得很红火……这勾起了他的乡思。他回来后,怎么也睡不着了。他在想救了他一条性命的玉德爷爷,想那片土地,想海滩平原上的熟人了!被日常生活暂时淹没了的乡思像喷泉一样喷发着,又像烈焰一样燎着他的心扉!他当晚就决定:回老家去!他先一个人回老家去看一看!……

李芒一个人回到芦青河边的村子里了。村里人像看到了一位天外来客一样,惊奇得了不得。玉德爷爷像怕他重新跑掉一样,紧紧握住他的胳膊,老泪不停地流着,接着又号啕大哭起来。他说:"我的孩子啊!你可回来了!可回来了……我想小织子、想你啊,我这几年老要做你俩的梦……"肖万昌见到李芒似乎并不惊奇,他的第一句话就是:

"你把我闺女给弄到哪儿去了?"……

玉德爷爷让李芒快些领小织子回来,说要再不回来,他想孙女也想死了。肖万昌说:"回来看看可以,住下来不走可不行。我没有这样的女婿!再说,他和小织的户口也销掉了,上边有规定,回来的'盲流'一律不给落户……"玉德爷爷一听急了,跺着脚说:"你这心比石头还硬!生米做成了熟饭,再说又这么多年了,你还不要他们!"肖万昌说:"就是我要他们,也落不下户!"

玉德爷爷还要说什么,李芒对他说:"爷爷,我不是回来给谁做女婿来的,我是回自己的老家来的。我马上回去搬小织,来看您老人家,然后就侍候着您,不走了!……"

玉德爷爷感动得不知如何是好。他伸手拍打着李芒,嘴里咕哝着:"孩子啊,落叶归根,吵架归吵架,还是一家子人,还是得回家,啊?……"

李芒回东北的前一天,玉德爷爷又求儿子,让两个孩子回来落户,肖万昌还是不依。玉德爷爷骂着:"冤家,还要我给你下跪吗?"说着,"扑通"一声给儿子肖万昌跪倒了……肖万昌惊慌地扶起老人,一声也不吭了……

李芒返回东北了。他要和小织回到芦青河边了!

怎么跟莫合爷爷告别呢?怎么和这个搭在林中空地上的茅草屋告别呢?怎么和这个亲手绑扎起来的烟架子告别呢?

人生活在这个世界上,就得忍受着一次又一次的告别,就得经历那最终的告别……

莫合爷爷不言不语地和两个年轻人分手了。他们临走给老人蒸了一大锅面饼,洗净了他所有的衣服鞋袜。老人送给他们的,就是那个大黑烟斗……

他们回到老家,很快就分到了一块土地。不久,他们就种出了方圆几十里最棒的烟田。玉德爷爷再也不愿离开他们了,成天在田里帮他们打冒杈、整烟地垄子。

　　一天晚上,老人突然提出说:"万昌的地和这块界临,怎么不合起来种烟呢?一家人还分来分去吗?"

　　李芒坚决地摇头说:"不!爷爷,不能合!"

　　"什么不能!你知道为合这地,我跟儿子费了多少口舌。'家不和,外人欺',孩子,一家子做片大烟田多美气!我从年轻时就盼着自家有这么大的一片地啊……"老人说得很严厉,也很动感情。

　　李芒还是摇着头。他有多少话要跟老人说啊。但他相信什么都说不清楚。他只是预感到跟肖万昌的真正合作是不可能的,也是没有前途的……他摇着头。

　　老爷爷火了!他骂着:"小冤家!还得我给你两个跪下吗?你和万昌还能再吵吗?一家子人还能再分开吗?……"老人气得全身都颤抖了。小织赶紧扶住了他,说:"爷爷!爷爷决定吧,我们都听爷爷的!"……

十八

　　小织几乎一夜未眠。李芒在大柳树下的那一番话,几乎使她不安了一天。夜里,她恍恍惚惚的,一会儿在海滩的那片小草原上,一会儿又在南山;一会儿在闹鬼的屋子里,一会儿又在满是血迹的废氨水库里。她一闭上眼睛,就好像看到荒荒在抢一把镰刀,莫合爷爷捏着他的大烟斗,傻女一把一把揪着自己的头发,老獾头在儿子身旁跪着包脚;好像看到了五彩颜色的石子、五大连池、甜菜地、老爷岭;看到山民们喜悦的脸色、那个收酒瓶子的人、肖万昌和民兵连长相互接火抽烟……她好不容易才睡过去,又忽然听到袁光的姐姐在窗外喊她:

"小织!小织!……"

"啊,我们在这里!在这里!袁光,袁光!……"

小织猛然从炕上爬起来,就要奔下去开门。李芒拦住了她说:"怎么了小织?你怎么了?"

"袁光和姐姐一块儿来了,就站在窗外,你快给他们去开门啊!原来袁光没有死,他是和姐姐一块儿逃走了啊……袁光!……"

小织呼叫着。李芒费力地解释她这是幻觉,她才安静下来……这时候天已拂晓,李芒穿好了衣服说:

"我要替老獾头交柴油去,原来讲好了的。"

小织说:"替他多交一些,交两次的油吧,好吗?"

李芒正要走出门去,这时听了她的话,就站住了脚步。他久久地、深情地望着她……

霞光映红了窗子时,李芒从外面回来了。他带回了一张报纸,递给小织说:"你看看第二版上,有新闻!……"

小织接过来一看,原来是肖万昌上报了!这是一个记者在专业户代表会上的采访,上面还配有一幅大照片:肖万昌正微笑着站在麦克风前讲话。文章说肖万昌是发家致富的带头人,是海滩小平原上新时期的先进人物,是新生产力的代表者。文章中还举出一系列数字,说他第一个成为黄烟专业户,第一个与人联合承包;

而后,收入多少现金,带动了多少人做了专业户,多少人有了电视机、录音机、洗衣机……

李芒说:"他哪次运动都上报纸、广播,如今又赶了这个浪头!因为他踩在别人的头顶上,所以从远处看,第一眼看到的就是他。他反过来,又正好可以用这张报去吓唬老百姓,使他更能舒舒服服地踩下去。这个事实有多么残酷!"

小织看着报纸上的父亲笑微微的样子说:"明明是我们先种了黄烟的,可他……"

"就是这种倒霉的联合使他钻了空子!小织,想想吧,咱是嫉恨他出名吗?是嫌自己风头出小了吗?当然不是!我们难过的是被他逼得到处流浪(还有更多的人被他这样的人逼迫、践踏!),在流浪中学了一点点本事、一点手艺,倒被他反过来给利用了!他利用这个欺骗人!只要有他当道,村里人就别想真富起来,他应该受罚,可他没有!他继续作威作福。咱跟他的这种联合,真是耻辱!真是犯罪!"

李芒的脸涨得赤红,直眼盯着小织。

小织一丝丝地把那张报纸折好,放到桌子上。她伸手到他的衣兜里取出那个大烟斗,装满了烟,塞到他的手上……她低声地,像是规劝而不像埋怨:"李芒!看看你自己吧,看看你这个爱发火的样子……"

李芒吸着烟,长长地叹了一口气说:"日子过久了,都是这么一年年过下来的,慢慢就迟钝了。世上的人差不多都习惯于跟坏东西平安相处。就这么忍耐着啊,忍耐着,一天天地挨。小织,你看看,咱不是这么一天天地挨吗?挨也苦,不挨也苦,犹豫来犹豫去的……还记得那条又深又窄的冻土沟吗?远远地躲着它,就是躲不开。它藏在黑影里,出现在你眼前,逼着你往里走。最好的办法是把那条沟填成平地、铺成路……肖万昌这样的人,说到底是村里的灾星。可有人还把他们当成这里的顶梁柱!只要有他们,河边人的日子就没有奔头!……"

小织说:"从爷爷过世后,我的心就没有安下来过。我想得和你一样苦啊,李芒!我知道:再要不分开,你也把自己折磨出病来了……你的每一句话我都记住了,我都在想。这几天,我又常常想起袁光。有时候半夜里,你睡去了,我一个人坐起来看……我想咱家里该有一个客人,该有袁光。他死得真惨。他在河边上来回走动的时候会想些什么?……"

"他一定是想到这个世界上一点让人恋的地方也没有了。"李芒握着大烟斗,又在屋子中间走动起来,"他还那么年轻,人活在世上能受到的屈辱差不多他都受到了。瞻前顾后,他可能想不出路来。他死得一定很痛苦,他本来会游泳……"

"他是不是绑了什么东西,绑住了自己的脚跳进去的?"小织惊讶地叫起来。

"很可能是。你知道他的水性多好。"李芒在桌前坐下来,随手翻动了一下那本诗集,"'用小树叶遮住眼睛,然后,不发一言'……我在莫合爷爷的小茅屋里写那本书,就琢磨过他怎样跳河……我为了合情理,把他这样的人都写成了孤儿。其实现在想想完全用不着!他们有父母,可父母自身也难保。没有敢保护他们的,他们这类人(当然包括我!)是这世上真正的'孤儿'……我这样写道:'那些人面兽心的恶人,已经从一般的政治偏见堕落为无聊时的任意捉弄、残酷欺凌!我不知道这些孤儿们是用什么方式活过来的,今天又怎样了。我甚至想走遍祖国大地,用个小本子记录下他们所有的生活……'"

李芒说着说着又激动起来了。小织温煦的目光看了看他,他才慢慢平静下来。停了会儿,他用平和的语气说:

"我这个人爱冲动。不过我要跟肖万昌决裂,这却是反反复复想过了的……"

"你能保证这回就不是冲动吗?"

"不是冲动,是实实在在的愤怒。"

"好多困难和麻烦,也都想过了吗?"

"想过了。"

小织一双闪着热情和光彩的眼睛久久地望着李芒,然后说了句:

"那么,今天就和他裂开吧!……"

……

李芒和小织走到了霞光映照的田野上。他们是来寻找肖万昌的,刚刚从他锁起的大门前走过来……田野上没有肖万昌。他们就来到了自己的田里,准备做着活等他。他们来到田里,首先就发现了一个奇怪的事情:老柳树死了!

本来这也在预料之中,但没想到它恰恰会在今天死去。它的最后一片绿叶也干枯了,折断的枝丫落了一地;根部的大窟窿朽得更深了,树桩在风中摇动时,它就发出"吱嘎嘎"的声音。它不定什么时候就倒下了。如今它是停止喘息了。

李芒和小织默默地看着老柳树,去抚摸它干硬的糙皮……

半下午时分,肖万昌在田埂上出现了。

李芒和小织把他喊到了老柳树下。李芒的第一句话就是:"我们已经找了你快一天了。我们是要去告诉你:咱们把土地分开吧,就从今天开始分开!"

肖万昌淡淡地"唔"了一声,他用手梳理了一下背头,又看了一眼死去的老柳树,问小织说:

"你也同意了吗?"

小织点点头。

"那就分开吧。嗯,这样也好。做长辈的也不能老为你们操心啊。嗯,也好!……"肖万昌蹲在树下说。

李芒冷冷地看着他。

"不过一家人硬是分开,也不是什么好事情!我还是有些不放心的地方,比如给烟田上肥上水、烟叶收购这些事,有好多麻烦哩!还有,你们也毕竟和别人有些不同,我指的是李芒的出身,不怕人家挑毛病吗?"肖万昌说这话时,眼睛紧盯住地上的一块石头,几乎是一个字一个字吐出来的,发音很重。

李芒笑笑说:"你会在这些地方用用工夫。这是威胁。你有什么本事就做去,威胁我们可不怕。开始会苦得很,村里大多数人种烟不是也很苦吗?我们会咬着牙关挺过去。无论如何,不准备再凑合下去了……"

"我也早看出你有这个打算。你自己也说过,你是个记仇的人。不过我今天可要警告你:你复仇算错了日子!"肖万昌说着,突然像头老熊一样,威严地从树下站了起来。

李芒也站起来。他说道:"你害怕记仇,你当然喜欢别人一下子把什么全都忘掉,你好从头把事情再做一遍,你这不是算错了日子吗?"

"我有过过失。可是账也算不到我身上,那时候就是那么个时代,我不那样也没有办法!……"肖万昌的声音不知怎么又低缓下来。

李芒高高的身躯摇了一下,站到了肖万昌的跟前。他的头略低一下,盯着对方皱纹密密的脸看了一瞬。他的像铁钩似的大手指抚摸着自己满是胡楂的下巴,嘴里轻轻"哼"了一声。他把目光收回来,看了一眼他的妻子,然后掏出大烟斗吹了两下,点上烟末吸起来。他吐出浓浓的一口烟雾,这才说道:"我可琢磨过你这个人。你是个老农村干部了,你已经不是农民。你留了背头,到现在还知道把裤子压上一条线。你是个沉得住气的人,从来不发火喊叫。你一辈子养成了你那套对付人的法儿。不过,你到底还算个笨人,算个俗气人。我心里有数,你这样的人更容易走到残忍的路上去。你就很残忍。你喜欢看着别人趴在地上挣扎。你说就那么个时代,就得那样对待我们。那我问你:荒荒和老獾头他们呢?老寡妇呢?他们祖宗三代可都是贫农!你同样要欺压他们,看他们挣扎!很清楚,你总是在寻找那些没力气的人下手。哪个时代里都有你这样的人,你这样的人就靠这个过活儿!……"

肖万昌的脸色终于涨红起来。他有些恐惧地看了看李芒的两只大手,扭过身子说:"你等着吧,你等着。我不在这里听你这一套了……"他瞥了一眼远处的人们,就要昂着身子走开。

李芒挡住他说:"你急个什么?今天这是干什么?这是一个联合要分开!我还没有说完!"他的两眼闪射着尖利利、虎生生的光,一只大手握着大烟斗,在胸前活动着。肖万昌退回一步,终于站住了。

"李芒!"小织在一旁喊了一声。

李芒吸起烟来。他继续以沉稳的语气说下去:"你可不是个简单的人。你见过世面,知道深浅,要办成一件大事也很省力。比如抓荒荒,你连一句话也不用说,就有人替你做。我说过你是个沉得住气的人。你交往了不少有权有势的人,可是你也能和要饭的人坐下喝酒!你沉得住气,有时眼光也不短。不过我比你还沉得住气,我看得透你。这就好比两人斗拳,你忒厉害,可我比你还厉害。我就决定和你分开了。"

李芒不慌不忙地说完,然后就专心地吸他的大烟斗了。

肖万昌终于从对方的沉稳中受到启示。他也卷了支喇叭烟吸上,用手梳理着背头。他盯着死去的老柳树,苦笑了一下……

接下去,肖万昌再也没有吱声。

小织蹲在一旁,不知什么时候哭了。她一句话也不说,只是含着热泪,钦敬地看着她的愤怒的丈夫。

十九

肖万昌走了。小织和李芒还站在他们的田里……这时李芒对小织说:"小织,你先回家去吧,你先走吧,我要一个人走一走。我太激动了,啊!小织……"小织点了点头。

李芒沿着田埂往西走去了。晚霞映红了他的面庞。

一片美丽的暮色笼罩了深秋的田野。一望无际的烟叶儿在晚风里、在橘红的光色里摇摆着。这海滩平原整个儿都像在燃烧,火苗儿不停地燎着、跳跃着。烟叶儿的背面泛着微微的银白色,在一片红光中闪烁不停,很像剧烈的火焰中爆出的白亮的光点。烟农们就在这原野上活动着,有的蹲在一个地方不动,有的三五成群聚在一块儿。他们像是挑着柴火到处点燃的人,又像是凑近了火堆取暖、吸着烟玩耍的人。这景色延伸到远方,再远方,消失在太阳的底下。这很像登在了高山上,看山下浓密无边的丛林,也很像面对着平平的大湖瀚海,统一的、没有边际的、引人沉思的。思绪可以随着它延伸再延伸,直到水天交融、天壤接合的地方才缓缓郁郁地折回来。暮气慢慢有了,不知是从天空上垂下来的,还是从泥土里升腾出来的,反正是低低地挂在树梢上,成一绺,成一片,沉默着。各种各样的声音都开始收缩融解,又渐渐细碎成一些屑末,在傍晚的田野上飞荡着。一株株老树伫立在田埂路边上,像白发的老人遥望着收获的田野,呼唤着忘归的儿子;鸟雀一群群落到它的身上,又跳跳跃跃地离开,扑到泥土上,像是它撒出的一把把种子。一条黄黑色的狗飞一般在田间小路上奔跑,又突然地立住,从烟棵间露出那神气的头颅;当它重新走去时,步子又变得那么迟缓、懒散。它有时低着头嗅一嗅泥土,后来就一直嗅着走下去了,只翘着那个卷起来的、像绒球儿一样的漂亮尾巴了……

李芒一直向西走去，最后在不知不觉中踏上了芦青河堤。哦哦，芦青河无声无息地流着，有时就是这样的默默无闻。如果不是这高大的河堤，不是堤岸这浓匝匝的林带，人们简直就会把它忽略掉。到了水旺的季节，河水已经涨到了堤腰，近岸那些芦苇、蒲草只露个梢头了。又平又宽的水面上，几乎没有了波纹。它就这样安静地伏在土地上，美丽而温顺。李芒禁不住脱下衣服来，用一根柳条束好，跳入了水中。晒了一天的河水简直不像秋水，暖暖的、滑滑的。他两手合并伸出，像条鱼一样向前滑去。舒畅极了，他荡起无数的波纹！这样游了一会儿，他又抡开胳膊大幅度击水游动，全身觉得热乎乎的，痛快得很。大约很久没有跳进这河水里了，他心里有一种说不出的感觉。河是某种分界线，河的那一岸，就是外乡；河的这一岸，好像就是真正的家乡了。他从童年起学会了跨越这条河，无数次地踏响了河上的小木桥。小木桥是柳木做的，木板的边缘上生满了青苔。老远地就可以听到它在呻吟——当浪头拍击它的时候，当行人踩着它的时候。一年又一年，不知多少人从它身上踏过来踏过去。两岸的人背负的重量太大了，它的腰弹动着，原想尽力地挺起来，但最终还是弯下来。它屏住呼吸坚持着、坚持着，像不可折服的样子。行人走过去了，它才直起腰来喘一口气，接着便是呻吟，便是叹气……堤岸上的林木在风中响着，有时像一种奇怪的琴声，有时像童年的欢笑。劲风中，它的叶子和细小的枝丫都指向一个方向，树干却是一根根直立着。秋天，它的颜色变得墨绿了，深沉了，和河水浑然一色了。接上去的冬天，它也就严肃起来了，不苟言笑；残酷的北风强迫它发言，它就发出一种尖利的、不叫人喜欢的啸叫。堤岸的长长的斜坡上,那么多青草。草棵都结了种子,准备繁殖了。草棵的根部新生出嫩绿的长叶来,像细长的麦叶或者那种柔韧的蓑衣草。看上去它极柔软。秋天用严霜迎接冬天,严霜也就洗红了这秋草。到了合适的季节,当你在河上展望堤坝的时候,你注意的,首先不是林木,不是蒲苇,也不是那些散开着的星星点点的花儿,而是嫣红的草棵!它不像红叶树那样红,不像枫,不像石榴花和美人蕉花的颜色;它是暗红、有些紫的那种红,更要紧的是,它的红叶儿能爽爽地披散下来,你看着它的薄薄的、湿润的红叶儿,老想去抚摸一下。在那肃气正浓的季节里,正有一种你自己都不易察觉的同情心在搏动,这时恰好转移到这艳色的小草上了……李芒尽情地击水,不时仰起头呼吸着水面上清鲜湿润的空气。啊啊,在这个秋天里,在这个忙得直不起腰、被某种东西压得缓不过气来的秋天,他终于迎来了这个下午,迎来了这个傍晚。多少年来,他从未觉得这样轻松。他要好好亲近一下这河水、这田野。他觉得他能看到很远很远的地方,无论暮色有多么浓重。

太阳落下去了。太阳在整个一个白天里都使河水闪着亮、放出光辉,使田埂和小路上的沙粒都清晰可辨,使烟秸上爬着的绿虫暴露在一片光斑里……现在它故意让大地陷入一种朦胧里。灰蒙蒙的颜色里,从土地里生出的稼禾和林木,看上去都黑簇簇的。一片连着一片的烟棵也模糊了,绿色的那一边完全淹没在渐浓的夜色里,就像一张纸浸到了黑色的水里。天空的星星不知不觉地密起来,像一些小灯在偷偷地点燃……李芒不知不觉地走到了海滩的丛林里,是河边的一条黑泥路把他领到这里来的。地上的草棵绊着他的脚,他感觉到已经有露珠儿溅出来。前面是黑漆漆的灌木丛、马尾蒿,是夜间才出来活动的小动物的"咕咕"声:它们召唤他了,问候他了。他笑了,舒适地伸了一个懒腰。他向着一片夜色高声大笑起来:"哈哈哈!哈哈哈哈……"笑声在沙滩上飞去,飞得很远很远;在很远的地方,又隐隐约约传来同样的笑声。李芒自己都感觉得出他笑得有多响亮,这声音真正发自一个强健的、成熟的、有火气与胆量的男性。他相信在这笑声里,大海滩上的鬼蜮(传说中这里可有这东西!)会退走或伏下,任何想算计他、加害于他的东西都会逃遁。他笑得太坦荡、太豪迈了。

  他已经很久没有这样轻松悠闲地来大海滩上了,尤其是没有一个人走进夜间的丛林。这片给了他的童年无限欢乐的丛林,辽远深邃,带着一点儿神秘。除了临海的一面,他从没有摸到它两端的边缘。这林子大半是稀稀拉拉的,可密的地方,又几乎插不进脚去,远远望着只是黑乎乎一片,像从天边压过来的一大团乌云。这林子大多是细矮的杂树棵子,可有时你又会碰到一片齐整而挺拔的杨树、柏树或者橡树。李芒记得这些粗大的树木给他的深刻难忘的印象,给他的惊喜与愉悦。那还是有些闷热的季节(夏天吗?秋天吗?),当他背着一捆大大的刺蓬菜走在沙滩上,流着汗水,突然遇到这么一片有着广阔阴凉的大树林时,他几乎要欢叫起来……他倚在菜捆上歇息了,斜着他的童年的明亮的眼睛,看大杨树那淡绿的、光滑的树皮。树皮上的各种痕迹纹路引起他各种的幻觉和想象。它们有的最像眼睛,而且是很漂亮的眼睛,它瞪得很大、很单纯热情,对他充满了友情。它们有的像一把镰刀,刀面儿很窄,刃儿很薄,他总想它是多锋利的一把刀,而且一定是无锈无裂纹无豁牙的好刀子。它们也有的像一个大大的惊叹号或者问号。每逢看到这里,他就全身一振,更加睁大了眼睛。树木有意无意地询问人间的秘密,并且又肯定地来一个叹号,像是自信地预言了什么,判定了什么……他有些迷惑,也感到有趣,懒懒地掮起草捆重新走去。他要穿越大杨树林。他故意低着头,不看那眼睛、那镰刀、那费解的叹号与问号。可是他要跨出这片林子的时候,忍不住又要抬头再望一眼——他看了林边的最后一棵树,他在树干上看到了一个醒目的句号!他想:句号,画在林子的边上。他笑了……童年真有趣!

　　风全息了。大海滩上真暗:这是失去一个太阳,又暂时没有一个月亮的缘故。黑暗、静谧、温暖,是最适合一个人默默地倾听的时候了。你不必声响,只需使用你的听觉器官。这样沉默一会儿,必定会发觉一些细小的、轻微的响动,还会听到更远处的、从夜幕的另一面传来的声音。这些细碎的响动是一丝丝地放大了的、清晰了的。如果你开始去想象,就会仿佛看到:在那些黑影子覆盖下的树隙里、沙窝里、荆棵子里,正有各种不同的生灵睁圆了眼睛窥探着,然后伸出它们的可贵的小前爪,试探般地踩到有些温热的沙土上;接着,它们轻松地转动几下头颅,灵活地拂动几下尾巴,整个身子向前倾斜,再倾斜,直到重心完全移动到前爪上时,才一个猛跃,奔驰而去了……东南西北都有野物在喘息、在交谈、在追逐,最后它们总是把争夺吵闹的声音弄得很大……天空被忽略了:多少明亮的星星！多少上帝的眼睛！天空没有乌云,苍穹的颜色却不是蓝的,也不是黑的;这时候的天空最难判定颜色,它有点紫,也有点蓝,当然也有点黑。白天的天空被说成是蓝蓝的,其实它多少有点绿、有点灰。真正的蓝天只在月光明媚的夜晚！纯洁的月光驱赶了一切芜杂、一切似是而非的东西,只让苍穹保持了它可爱的蓝色！哦哦,星光闪烁,多明净的天幕啊,多让人沉思遐想的夜晚啊!

李芒迈着他的坚实而沉稳的步子走在大海滩上,他微微含笑地看着身边黑乎乎的灌木和草棵。四周都是这莽莽苍苍的一片,看不到一条小路在分割它、在标划它的界限。这是真正的旷畅渺远、无所收束,只有这里的夜晚才使李芒胸襟开阔,身心振奋。他真想去拥抱这片海滩、这个夜晚。他的脑海里涌现出各种各样的想法,他怎么也没法儿抑制住自己的激动。这激动里面有些说得清,有些说不清。仿佛一个人精疲力竭地攀登一座高山、踏上了峰巅时的感觉,又仿佛一个人奋力地横渡一条宽河、胜利在望时的感觉。他绝对没法儿使自己呆在一间屋子里,他必须使自己到一个广大的世界里去,好像那里才无拘无束,他的思绪才可以尽情飞翔。黑色将一切都染成一个颜色,淳朴而厚重,绿的叶子、白的沙土、棕色的树干,都化为一种凝重的色彩了。偶尔有鸟雀在陌生的远处鸣叫一声,显得平淡微弱,也很快散开在黑夜里了。海潮的声音没有尽头,总是平平的、没有曲折的调子,仿佛是这海滩上特有的夜歌。这里的一切都使人感到安逸而兴奋,生活中的恐惧在一瞬间退到夜幕的背后去了,剩下的是一个人显露个性的勇气,是一种跃跃欲试的心绪。每个人都可以面向一片茫茫夜色倾吐心曲,都可以沉湎,可以幻想,可以憧憬,可以狂想。世界比原来设想的要大,力量比已经证明的要多。无休止地安慰自己、鼓励自己、娇惯自己,自己相信他是属于这片温暖的夜色了……

李芒回过身去,倾听自己村庄的声音。看不见什么痕迹,但可以听到人们生活的声息。他想一定是有人在烟田里摸黑做什么,这儿的人常常半夜了还要守着他的烟棵。有人跟自己的狗和猪说话,后来跟锅灶、跟锹柄也说,再后来跟烟棵也说。跟烟棵说话时一边掰着冒杈,就像跟娃娃说话时一边梳理他的头发一样。说啊说啊,无休无止,这就组成了村庄的声音、生活的声音。他自然地想起了小织,想他的妻子会一个人默默地走回家去,生起炉子,做一顿香甜的饭菜放在那儿等他回去。她不会急得出来喊他,她知道他该松弛一下了。她会在等他的时候把窗子擦净,把书架擦净。她再没有那么多忧虑了,她已经忧虑过了,她现在更多的是喜悦,是轻松。她以前好像不是一个主妇似的,她从今晚起要做一个主妇了。她比过去更能感到她要做母亲。她虽然早已有了母亲的温柔、母亲的贤良,可她做母亲的精神上的准备却未必充分。她能使儿子降生在一片真正属于她自己的土地上吗?能吗?忐忑不安,忧心忡忡,患了一种少妇病……李芒仿佛看到小织在微笑,于是他自己也笑了。这时他突然想去看看那片小草原了:嘿,小草原!

可惜看不清路径,这很难找到那片可以入诗入画的小草原。就在他有些忧虑的时候,他发现那个月亮已经在贴着一片林梢往上攀援了。他的心像被一把欢快的小锤子敲击了一下,兴奋地跳动着。他找那片小草原去了……大海滩慢慢笼罩在一片熟悉的月光里了,沙粒慢慢又看得清了,树叶儿又变绿了。眼前的一切都在迅速地展开着层次,或退远,或凑近;或者是从草丛里挺出一枝野菊在微笑,或者是小径旁的枯树在愁戚。大鸟儿"嘎嘎嘎"地叫着,在它的声音里,好像一切又开始从沉睡中缓缓地睁开了眼睛。一丛丛的洋槐、小叶杨、沙枣棵、紫穗槐、橡墩子……在它们的背后,那片小草原在月光里打着哈欠。李芒奔跑着,举起了两只臂膀,有力地挥动着……他卧倒在这片柔软的草地上了。这真是一片神奇的草地,在最寒冷的时候,这里也有温暖。阳光有时只照耀着这人间一隅,使人暖洋洋的。草尖上散发着熏人的香气。他躺在上面,竟然睡了过去!他发出了均匀的鼾声。

醒来时,月亮已经升得老高了。李芒觉得睡了一个好觉,解除了一个秋天的疲乏。他伸展着腰身,活动着腿脚,准备回家了……已快到中秋节了,月亮很亮。他身旁的树叶上,露滴闪着银白的光,叶子背面的毛茸茸也看得清。有一只蝈蝈在树桠上爬着,爬到顶端,身子奇怪地一跌,就折向另一个枝丫了……会鸣叫的东西都大声地鸣叫,一阵微风吹起来了。李芒从这风中马上就嗅到了烟叶儿的香气!啊,烟田再上最后一遍水,就该收割了。到了中秋节的时候,家家都在压得弯弯的烟架旁摆上酒桌儿。他有些沉醉地仰起脸来,又一次仰望着布满星星的天空。多美好的天空啊,多美好的原野!多美好的树木、烟棵、小蝈蝈!多美好的夜露、沙子、绿色的树叶儿!多美好的小路、河堤、木桥!多美好的虫鸣、鸟鸣、村庄的声音!多美好的乡亲、姑娘、小孩子!多美好的小织和小织正孕育着的孩子……一切都需要温暖、亲近和守护,一切都需要和他们在一起。

"李芒,你再勇敢一些、年轻一些、强壮一些吧!"

他在心里对自己喊道。

二十

李芒与他的岳父肖万昌分开了烟田,这事马上就家喻户晓了。

当李芒和小织走上田埂的时候,很多人都用迷惑不解的目光端详他们。李芒不做声,只吸着他的大烟斗,一下一下地做着活儿。

另一边肖万昌的田里,很快就有了小腊子。李芒见了,心里有些痛快。他想:小腊子啊,你学学种烟吧,这是庄稼人该会的本事;你一支接一支地吸烟,就该知道烟叶是怎么长出来的;轻骑车你已经玩得很熟了,自己家的烟田倒没有踩上几个脚印。小织常把水果什么的抛给弟弟,小腊子每一次都接得很准……荒荒有时候从地里走过来,跟李芒说上一会儿话。李芒常要手把手地教他做活儿,告诉他耘土时锄子该离烟根多远、耘多深;旱地怎么耘、湿土怎么耘;施肥后怎么耘、什么时间耘、烟叶儿受病了怎么耘……荒荒又高兴又惊奇地拍着膝盖说:"芒兄弟,怪不得你的烟长这么好,光是耘地就有这么多讲究!"他笑着,挠着头。停了一会儿,他突然又严肃起来了,问:

"芒兄弟!听人说吸烟多了会长癌那玩艺儿,怎么咱这儿的没有一个得的?"

李芒苦笑着摇摇头,真不知道怎么回答。他说:"荒荒!咱正讲种烟,你又扯到那上边了……"他接着又给荒荒讲割烟顶:怎样选割烟刀,为什么刀子要一头尖一头偏;几个叶片割顶好,什么时辰割适宜……荒荒"哈哈"大笑说:"有一手!有一手!……"这时小织正在离他们十几步远的地方做活,荒荒瞥了一眼,低声对李芒说,"你媳妇……真俊哪!"……

这天上午李芒正浇烟,可是浇了不到一半的时候,突然水就从放水道上退回去了!李芒焦急地去找了开机器的人。那人说:"还能总给你一家子用水吗?天这么旱!"

"可你也得给我浇完哪!"

"给你浇完别人就浇不完了!"

"我不是交足了柴油吗?"

开机器的人戴了一顶黄帽子,这时把帽子可笑地捋到了后脑壳上,掐着腰说:"你以为有钱、有柴油就有了一切吗?"

李芒立刻陷入了迷茫,不解地问道:"有了新规定吗?"

那人"嘻嘻"笑着,斜叼上一支烟说:

"如果贫下中农不要你那几个臭钱呢?"

李芒琢磨着"臭钱"这两个字,不由得笑了。他很可怜眼前这个人。他打趣地问道:

"贫下中农不要'臭钱',要不要浇水的规定呀?"

"再'规定',也得先满足贫下中农,嗯!"

他的一个"嗯"字,使李芒觉得特别可笑。那一个字,那一种语气,相当于说:"就是这样子!""你看着办吧!"或者是:"你能把我怎的?""你有本事,你就试试看!"真是以一当十、当百,"嗯"字

是个好东西。李芒知道他是跟肖万昌学的。这样想着的时候,那人又说话了:

"真他妈的怪事,革命这些年,又让地主富农兴盛起来了!"

他一边说一边转身走开了,摇头晃脑的。

李芒真想追上去狠揍他一顿。李芒看了看他那个细细的脖颈,心想用手卡住一拧是再合适不过的了,该好好问问他谁是地主,谁是富农……但看到他那个瘦干干的样子,想起他家里那个寒酸样子(没有媳妇,只有半截席子),也就作罢了。

可这会儿邻地里的荒荒斜穿着田埂拦住了开机器的人。他大概也听到几句这边的争执,这时喊着:"二秃子(那人头上有一块秃斑)!你凭什么给芒兄弟关了机器!狗仗人势……"

二秃子直着脖子说:"多管闲事!"

"我他妈的就要管!我他妈的今儿个是'做代表'来了……"

二秃子乜斜着他说:"怎么,腚上的伤长好了吗?"

这下子大大地损伤了荒荒的自尊心,他弯腰就搬起一块大土疙瘩……二秃子奔跑起来,但大土疙瘩还是砸在了他的屁股上……

李芒怕耽搁了烟田浇水(这最后的一次水是多么重要!),到外村出高价雇来一台抽水机。可是抽水机正要往机井上放的时候,民兵连长嘴里咬着一个琥珀色烟嘴出现了,身边还跟着两个持枪的民兵。他笑眯眯地对李芒说:

"这是不允许的。"

"闲置的机井为什么不准用?"李芒愤怒地盯着他说。

"水源是统一的。你抽了水,别的井水还旺吗?"

他身边的两个民兵微笑着,点着头。

李芒直觉得一对拳头热得发痒。他掏出了大黑烟斗,慢慢地吸起来,一边端详着面前这三个人。

这时候有几个正在地里忙活的人围了上来,明白了什么事之后,讪笑着走开了,一边走一边说:"人家就是有钱,能雇来一台机器!可好日子也不能都让一个人过了呀……"

李芒全听清了。他觉得心上有些发冷。

"有机器也转不动喽,没有老丈人做靠山喽!嘻嘻……"

几个人议论着往前走去,铁锹碰得"叮当"响。李芒盯着他们的背影,咬了咬牙关,徐徐地吐出一大口烟……他站起来,磕了磕烟斗,一句话也没说,就走开了。

民兵连长几个人惊愕地对看着。

李芒一个人径直往镇上走去。他没有告诉小织,他觉得有些话已经完全没有必要在烟田里说了。他要去找镇委。

一位三十岁左右的姓梁的书记热情地接待了他,并且用本子记下了他的每一句话。梁书记送他出来时说:"我们对那里的情况已经了解了一些。放心地做你的专业户吧,有些东西,我指那些充满希望的事业,是不可逆转的!"这个梁书记热情、干练、少有的文静,这引起了李芒的极大兴趣。他和这个书记分手时,才知道他是前两年从政的一位师范学院毕业生,刚接任镇上书记三天。

当天下午,梁书记就骑了一辆摩托车来了。他兴致勃勃地看了李芒和小织的家、他们的烟田,然后神情肃穆地望了望西边的天色,推上车子找肖万昌去了。

肖万昌在几秒钟内就弄明白了对方为何而来,然后笑着说:"梁书记!你可能不知道,李芒是我的女婿。我不好过分地偏爱他,为了工作,有时就难免委屈他一点……"

谁知这个梁书记用手利落地一挥打断了他的话,很和气地说:"镇委也了解一些你的情况,这个以后再谈,专门谈。我现在要跟你说的是:不要利用群众的一些不健康的东西,比如农民意识、平均主义、政治偏见等等,去损伤李芒同志。你和李芒有矛盾、怨恨——这是明摆着的事。但你是村支书,要执行有关农村政策。你必须马上去亲自解除对李芒的一些刁难,毫不犹豫地给他供水……"

肖万昌有些不知所措。但他很快又微笑起来。他大概在笑这个新书记的"学生腔"吧。

梁书记另有什么事情,又简单谈了几句,就急匆匆地跨上摩托走了……

中午时分,李芒和小织正在家里吃饭,二秃子就在窗外喊:"李芒,给你浇地了!还浇不浇了?嗯?……"

……直到深夜,烟田才浇完。李芒和小织很疲乏地回到了家里。可是李芒不愿休息,一个人在桌前坐下,吸着烟斗,翻弄着一本诗集。小织说:"李芒!快休息吧,烟田也浇了,我爸爸他们不是让步了吗?"李芒像没有听见。他认真地看起来,微皱着眉头。就这样看了一会儿,他抬头望了一眼小织,随手打开了电视机,这时候当然没有什么节目,他又随手关上了……他在屋里走动着,一手握着烟斗,一手伸在衣服下面。小织问:"李芒!你不舒服吗?你怎么了?"李芒摇摇头:"没。我不过感到很累,非常非常累……我心里很累。我睡不着。你快休息吧……"

小织用温柔的眼睛望着他。这双美丽的眼睛常在这样的时刻安慰着他、温暖着他,也询问着他。

他终于坐下来,和小织坐在一起,说:"你不知道,从烟田往回走的这段路上,我突然后悔起来,我想起了莫合爷爷。我后悔不该离开他。我真想那段日子……"

"别这样说!不能说后悔……李芒!"小织叫着他。

"肖万昌他们再刁难、迫害我们,我都不怕。可是,二秃子,还有村里那些人的话,让我受不了。他们多少年前就受肖万昌的捉弄、欺骗,到现在还过得那么苦!我们不是为了和他们在一块儿才和肖万昌决裂的吗?断了我们的水源,硬要把一地好烟棵给旱死!这就是肖万昌使出的第一个毒招。村里那些人呢,倒糊里糊涂跟着起哄、感到快意!……我好像从来没有这样失望过、这样难受过。真的,关到氨水库里那会儿也没有。从烟田回来时,我觉得两条腿那么沉……"

小织默默地听着,紧紧地握住了李芒的大手。她低下头来,发现这双大手不知什么时候已经裂开了两道口子,虽已愈合,却留下了硬硬的疤痕;两个手掌都被铁皮样的硬茧壳包住,十个指头的骨节都已经变形,由于烟汁的长期浸染,这双手已经是永远也褪不去的黧色了……她心里一酸,两眼涌满了泪水。她害怕眼泪淌到这双手上,赶紧偷偷地抹去了……她抬头盯着他的眼睛说:

"李芒！我全都能理解你现在的心情。可我觉得你太急躁了，总想着什么都应该再好一些。是啊，他们真让人不高兴。可是我们只要这么做下去，他们会变的。我们真心希望他们好起来，他们会慢慢看到我们的心……李芒！我也完全相信你，我们一定会比现在更富裕、更好！我们大家都会好起来！李芒！啊！李芒，你听见了吗？是这样吗？……"

李芒激动地说："小织！你真好。我不该说那么多丧气的话。你多么好啊，小织！……"

二十一

中秋节到了。烟田开始收获了。海滩小平原几天来就喜气洋洋的。这里的人们极其重视这个节日，从来就把这个日子看得很重。大家把酒桌搬到院子里，在月亮的照耀下喝酒。虽然大家不怎么抬头看那月亮，可是皎洁的月光使所有人都高兴一些。

喝过了酒，大家四处凑着玩。荒荒带领了好多人来李芒家看彩色电视。李芒和小织不知怎样才好，倒水、拿烟、抓瓜子和糖果。他两人高兴极了。乡亲们有的坐在沙发上，有的坐在木椅上、折叠椅上。荒荒用力地在沙发上颤动着身子说："嘿嘿！这东西好！……"

人们走了之后，李芒和小织要花费好长时间打扫烟蒂和瓜子皮……可他们心里兴冲冲的。这是一个真正的节日！往常，人们总把他们当成肖万昌的一家子，多少有些敬畏，很少来看电视。他们现在高兴极了！他们真感谢荒荒！……

过了节日,人们就动手搭晒烟叶的架子了。

人们搭了各种各样的架子,各自根据自己的设想、自己的美学观点……搭烟架子可有大讲究!李芒每看到一个不成功的架子就停下来,帮他们重新搭一种架子——这是他在莫合爷爷那儿学到的:先立两根大柱,柱间搁一道大梁,然后在大梁两侧立些细木条框架,最后在立柱的根部绑几根撑木。这样的架子,烟吊子可长可短,只要活动一下撑木就行;烟吊子可疏可密,可根据阳光、露水的大小加以移动;来了风雨,可以将烟吊子并到大梁两侧,从大梁上搭几条苇席。真是方便极了!巧妙极了!……人们学会了搭这种架子,都很敬佩李芒。老獾头伸着拇指说:"芒子是个'金孩儿'呀!"他跟最好的后生才叫"金孩儿"!

荒荒因为太笨,不得不请李芒从头至尾帮他做。他们正做的时候,民兵连长领着两个持枪民兵溜达过来了。因为没有人理他们,他们就立在一旁吸烟,互相之间交谈。这个说:"哼哼,架子搭得再好有什么用?来了贼,哼哼……"另一个说:"今年可不比往年,贼可多!……"民兵连长"嘻嘻"地接上说:"咱们是负责治安保卫的,不过咱们只为贫下中农做保卫……"一边的两个民兵大笑起来,一边笑,一边用眼瞟着李芒。

这显然是一种威胁。话的表面意思是不给李芒这样的人保卫丰收果实,实际上却在暗示他的烟叶有可能遭到抢劫!……李芒用力地煞着架上的绳子,冷笑着看了他们一眼,对荒荒说:"我今年准备一根铁棍子,哪个贼不怕碎脑壳,就来好了!"

荒荒一直仇恨地盯着民兵连长,对李芒的话并没有听到耳朵里去。

烟厂里每年在中秋节前后都要下来看看烟叶的收获情况,挨门挨户地登记一下,做一下烟叶的估产和预购。这一天,烟厂的王会计领着两个工作人员,由肖万昌陪伴着,一块一块烟田看过了,做了登记。到太阳落山时,他们也没有来李芒的烟田。李芒问了一下,他们早已走了。除了他的烟田未看之外,还有少数几家的,也没有看。荒荒又急又恨地来找李芒,骂着肖万昌和王会计。李芒安慰着他,说等到了正式收购时再看他们怎么办,如果烟厂不要,我们可以约同一些人去和采购站订合同,去镇上集市自销……荒荒这才安下心来,回到自己田里割烟叶去了。

烟田里最繁忙也是最愉快的日子来到了!人们白天晚上都在烟田里收获烟叶。夜晚,田野上有一堆一堆的火焰,那是割烟的人用来煮东西吃、用来照明的。他们在闪闪跳跳的橘红色火焰下挥着割烟刀,特别来劲儿。烟叶长得真棒,又肥又大的叶子铺到地上,像铺床的绿布单,老要引逗种烟人躺到上面去……李芒和小织割着烟,身上被露水打湿了。他们觉得这是坐在长白山下的烟田里,这是坐在莫合爷爷的身边了。李芒有滋有味地吸他的大烟斗,一边做活一边和小织说话。他们有时仰脸看天:可不要在这时候下雨呀!还好,天空没有一丝云彩,到处都是星星……

肖万昌的烟田里也亮着火,可坐在火边的人不是肖万昌自己,也不是小腊子了,而是村里的另两个人:老獾头和他的姑娘!李芒看到了,走过去问了一下,才知道他们和肖万昌开始联合了。这父女两人似乎十分高兴,女儿笑眯眯地说:"芒哥,和万昌联合好哩!"

李芒问:"怎么好法?"她说:"不要操别的心,只要用力做就行了!"她的父亲点着头、咳嗽着:"是啊! 是啊! 庄稼人不能惜力啊! 吭吭! 吭吭! ……"李芒默默地走开了。

李芒和小织割着烟,不时地望一眼邻地里的火堆……李芒说:"你听见老獾头咳嗽吗?"

小织点点头。

"他一夜里就这么咳嗽……"

小织说:"他有七十岁了吧?"

"大概有了。"李芒停了手里的割烟刀,又吸起烟来,他低下头来说,"我看他都捏不住刀子了,刀子直打战。我担心哪一下刀子会割了他的手。那把刀子倒是锋快! 不知怎么,我盯着他的刀子,想起了一个捡破烂的老头儿……"李芒慢慢地划着火柴,点上熄灭了的烟斗,"老头儿也有七十多岁,一只眼睛瞎了,穿着一条破棉裤,用一根火麻绳吊着。他靠捡破烂、白菜帮过活……我看了后,就忘不掉。我难过得要命,老想他的儿子哪去了? 他没有儿子吗? 谁来帮帮他才好……"

"老獾头儿子的脚好了吗? 什么时候出夫回来就好了。"小织说。

李芒望着远处一簇簇的火焰,自语般地说:"一个联合刚刚垮了,又一个联合开始了。聪明人不是可以从这里面看出好多东西吗? ……"

小织沉思着。突然她激动地握住了李芒的手,低声说:"芒! 他(她)在动! 啊啊,在动……"

小织的脸通红通红……李芒终于明白过来!他的脸也变得绯红了。他有些口吃地说:"这真是……啊,嗯,很不安分的……一个、一个毛小子!啊啊!……"李芒站起来,兴奋异常地走动着。

"再有不久,我们就有孩子了!"

"我要把他抱到烟田上来,首先让他认识烟叶儿。我要让他识字:土地、责任田、割烟……"

"他会有福。但愿他别受我们这些折磨……"小织幸福地喘息着。

"一定不会!我们在他刚懂事时就要告诉他:这一辈子,直到永远永远,决不跟那些坏东西妥协!决不!要把他也培养成一个倔汉子,告诉他:决不!决不!……"李芒叉开长腿站在小织的面前,盯着她的眼睛说道。他握烟斗的手已经颤抖起来了。

"决不!决不!"小织重复着。

两人重新坐下来割烟。李芒说:"只要村子还掌握在肖万昌和民兵连长他们手里,这里的人就别想过上好日子。他们已经有了很多经验、很多办法。我们不能只是防守,我们还要大胆地攻一攻。我们忍啊忍啊,已经忍到了一个好时候!……我从镇上的梁书记身上,就生出一些新指望来……"

"你准备怎么办呢?"

李芒沉思了半晌说:"我老是忘不掉那片蓖麻林。我越来越觉得老寡妇生前一下一下摸我的脸,那是把傻女的事托付给我了……我准备做两件事:一是登报找傻女;二是把村里的事情写成一份材料,当面交给县长,不,当面交给法院和……"

……

夜晚,大家把最后的一个烟吊子挂到架子上时,都舒心地伸个懒腰,到李芒家里看彩电来了……李芒和大家一块儿吸烟,一块儿议论着烟田、化肥、浇水,议论着烟叶的收购,议论着民兵连长和他身边背枪的人,议论那个壁上有血迹的废氨水库,也议论承包出去的集体小工厂(这实际上是肖万昌他们的钱柜子!)……

当电视上接连播放广告的时候,大家都打起哈欠来。李芒已经读过一次他写的材料,经过了两次修改,这会儿就从头读起来。大家每听到"肖万昌"三个字,就再也不言语,只是互相盯视着,吸着烟。

这份材料没法写得更短。因为要使人们明白一个人,就不得不简单追溯他的历史。有很多事例。有欺压,有凌辱,有血泪。材料指出,这里的权力掌握在一个愚昧、狡猾、早已蜕化变质却又似乎总有道理的人的手里;这里的权力已经相当集中,并且更为严重的是,它阻挠农民的解放,毁坏农民的幸福,已成为农村的新的桎梏!……

李芒读得非常激动,声音越来越高。材料在列举了大量事实之后,以简短的一句话结束:

"我检举肖万昌。"

烟农们不吱一声,只屏住了呼吸听着。

二十二

人们不完全理解那句话的意义,可是有人从此就常常学说那句话了。他们说着,还打趣地"哈哈"笑着。

　　肖万昌极为恼火。

　　一个早上,肖万昌正背着手往大队部走去,路上遇到一群孩子在打玻璃球儿玩,就站在一旁看起来。孩子们并没有发现他站在那儿,玩得很用心。他们将玻璃球瞄准了弹击,每逢击中了,就痛快地大喊一声:"'我检举肖万昌'!"……肖万昌听着,一下一下地梳理着背头,最后终于忍耐不住,抓住一个小孩子的胳膊就是一抡!小孩子哭起来,旁边的"轰"一声散去……肖万昌一动不动地盯着抓到手里的孩子,看着他号哭。这孩子哭着哭着突然止住了声音,只是迎着他的目光看过来,紧紧地咬着牙齿。肖万昌竟然觉得不能与他对视,手腕一松,让他跑开了……

　　这一天大雾。

　　肖万昌要送小腊子去龙口电厂重新上班了。小腊子玩够了轻骑,也挣了一笔钱,再也不愿做鱼贩子了。但他旷工已经多半年,怕这样去会遇到麻烦,就让爸爸和他一起去。他相信爸爸走到哪里,都是一路绿灯的……他估计得不错。

　　从电厂回来,肖万昌觉得雾气愈加浓了。走在田野上,看不见活动的人影,只听见嘈杂的人声。他径直往自己的田里走去,他要催促老獾头父女两人早些编完烟吊子。

　　一团团的浓雾,像白烟一样在土埂上流动。肖万昌跺着脚,震动着地皮。他一路迈着大步走下来,觉得这两腿真是有力量。他想这全是得益于一种安定的、优越的乡间生活了。没人更多地体味到他那个院子里的好处。他从心里可怜那些城里的中下层干部:过一种清清淡淡、规规矩矩的生活,而且神经老是紧张着!而自己呢?自己就是一个轮子的主人:让它转就转,不让它转,它就纹丝不动……正这样想着,突然听到雾气里传来一种声音:

"我……检举肖……万昌!……"

这是一种苍老、浑浊又有些嘶哑的声音。它在雾气里鸣响着、震动着,像是从苍穹里传播下来的一样。

肖万昌打了个寒战。

他咬着牙,蹑手蹑脚地向前走去。他决心要找到这个藏在雾气里呼叫的人,他要看看这个人!

雾气从眼前慢慢退去……他终于看到了一个老头子半蹲半跪地伏在潮湿的泥土上。这个人满头白发,眯着一双长长的眼睛;他的前额上,无数的深皱中,夹着一条发亮的伤疤——他正是老獾头。他的身边堆了小山似的烟叶,一双手像两把黑色的铁钩子,正紧紧地钩住了未完成的一个烟吊子,每编上一束烟叶,他嘴里就这么呼叫一声……

就在肖万昌向自己的烟田里走去时,李芒已经乘车出了县城,又沿着河堤向自己的村庄走来。

他在东方冒红的时候就乘车进城了。在那个大办公室里,他郑重地把一份反复修改核实的材料交给了他们。当时他很激动,所以现在走在河堤上,他已经记不清楚当时都说了些什么话。他只记得那个人几乎和梁书记同样的年轻。临别时,那个人用一种奇怪的眼神看着他,然后伸出手来挠了挠头发……

河道里传来一阵阵的水声。雾气遮住了水流、蒲苇,遮住了一片嫩绿,遮住了河边上壮观的秋色。一切都被雾气搞得单调了,没有生气了。可是这水声,这"哗哗"的水声,又告诉人们这雾气里,这脚下,正有一条奔流不停的大河。

　　李芒此刻多想好好看一眼这条河!他还是第一遭从上游的河堤上走下来这么远……家乡的河啊,家乡的一股水流,一股绿色透明的液体!你滋润了海滩小平原,你使一地的庄稼油绿油绿;你不断洗去尘埃,洗去血迹,使小平原美丽而整洁。李芒和小织是踏过你的小桥逃向远方的,傻女大概也是从你的小桥上跑走的;还有老獾头出夫的儿子、一些乡亲们,也都是踏弯了小桥,走到更远更远的地方去的;至于李芒的好朋友袁光,是永远地睡在你的怀抱里了……

　　李芒走着,终于又听到不远处传来的田野里的声音了。他一下子就分辨出这是人们在烟田里劳动的声音。"噗噗",那是人们在刨烟秸子;"吱吱",那是烟吊子压着烟架发出的声响;"哧哧",那是烟刀削烟骨;"咚咚",那是刀子碰撞着割烟垫板……还有呼喊声、叫骂声、男男女女的嬉笑声。李芒听着听着,突然想到了小织:一个娇小而美丽的、略显臃肿却依然机敏的女子,一个非常非常可爱的少妇,正温和地、羞涩地、不亢不卑又略有矜持地走在刨过烟根的疏松的土地上……他不走了,只是伫立在高高的河堤上,久久地张望着传来一片声响的那个方向。

　　那里是白雾,一片片、一团团的白雾。

　　他慢慢地掏出了大黑烟斗,先是轻轻一吹,然后装满了烟末,点上吸起来。他在心里说:"她是我那个对手的女儿,真漂亮!她能跟了我过日子,可真不容易啊……她什么时候也不会离开我,并且马上会生出一个小孩儿。我早说过:和她在一起就什么也不怕了。现在看这是一点也不错。过日子真难,有时老要哭出来,可是只要想想她,一切又都不算什么了!我一定好好去爱护她。我永远爱她,嗯。我一定永远爱她,嗯……"

他长长地吸了一口,把烟末磕掉。

1983 年 3 月—1985 年 4 月写于胶东、济南、北京

你好！本林同志

一

有一种鱼会跳。它们好像在同一声命令里跳跃起来,在空中划一道短短的弧线,再落进水里去。这些鱼都很小,长如拇指,而且颜色和荡漾的河水差不多,所以要发现它们也很难。李本林在水里扎猛子,一抬头,就看见了它们在跳。

他先是惊诧地望着,然后就大笑起来。他想起了野地里的蝗虫,人走在田野上,不就有一群群的小东西在你前头跳动吗？有好长时间,他故意在河面上寻找这种跳鱼了。他后悔过去那么粗心,竟然就没有看到！

天近正午,河水十分温和。李本林仰着身子,懒洋洋地用手打着水,闭上了眼睛。他在想怎样逮到这些鱼——用网是不行的,而且他也没有网；如果有一个硕口儿篓斗放在水里,它们跳起时碰巧也会落进去吧？落进一次就行了,他不要多！本林想到这儿高兴起来。但一转念,又有些丧气:生活中哪有这么多便宜事,就是有,也不一定会落到我本林头上。他想如果把人比做河水里的篓斗,那么自己就是那只最背运的破篓斗了,没有底儿,豁了沿儿,永远也跳不进一条鱼的……他双脚轻轻地蹬水,身子滑溜溜地在水里穿行。

这儿是芦青河入海口。当年的河水在海边的沙滩上旋了几个圈儿才流进海里,给海边留下一个椭圆形的"小湖"。这片平展展的水面没有波纹,像一块镜子。水底也是平的,全是细白的沙粒儿。夏天的河口,太阳蒸腾起一片薄薄的水汽,看去那芦苇、那树林,都仿佛变得遥远了、神秘了。海鸥在那一边,在海的浪印上飞旋着,只偶尔光顾一下这个小湖。淡水野鸭却总是厮守在这里,它们不叫也不闹,很少飞起,成群结队地在沙岸上踯躅。浅水处的苇荻浓绿无边,一直延伸下去、延伸下去……本林对这里是熟极了的,他知道芦苇的那一边是一片白色的茶花,茶花的那一边,就紧连着一片灌木林了。他曾在那灌木林里砍过柴,并且记得林子里有一味中药:地丁。

他在水里游累了,就将脸侧歪在水面上,看着远处那一片林木遐想了……水在微风里轻轻抖着,阳光从水面上折回来,老要耀他的眼睛。他已经在这河口上洗了多半天,洗得身上又疲乏又惬意。有时连他自己也说不清到底为什么要恋着这片水,他常常走着走着,也就来到了满是柳树和芦苇的河边上了。这倒真是个好地方,凉爽、清静,又安全得很——河水只达到他的腰部、胸部,这对于他这个矮个子、水性又不怎么好的人来说,是再合适也没有的了……他出生在离河口不远的一个村子里,前些年却很少得空儿来河湾里好好玩一玩。就像出于恶意的报复似的,土地承包下来之后,空闲多了,他就半天半天地泡在水里。他要好好玩一玩了。他两条腿在水中频频地蹬踏,有时还不无滑稽地将一只脚从水中高高跷起,使人很难相信他是四十多岁的人了。

不远处的海岸上一直吵吵嚷嚷的。

船在海里撒了网摇上来,人们动手拔网的时候,就发出这种喊叫声。李本林只要听听那声音,就知道上船了、拔网了、逮到大鱼了!鱼是各种各样的,生了黄花的、长了黑斑的,光溜溜的、刺糙糙的……什么怪东西都有。它们一上了岸就用惊奇的、凶狠的眼睛看着这些在土地上过活的人,看他们快活的、贪婪的眼神。人群里有男人,也有女人。有的女人并不忌讳光屁股的男人,只知道嚷:"嗬呀!嗬呀!好大家伙呀!"——她们在喊那条乱窜乱蹦的鱼,声音腔调和打鱼的男子没有什么两样。她们是鱼贩子。还有好多鱼贩子,就停在离渔网稍远一点的渔铺子那儿向这边张望。这都是些男人,是更有经验的鱼贩子。他们就在那儿吸着烟,开着玩笑,只等那些鱼从网中抖出、移到一个水泥平场上时,才毅然地抛了烟卷,瞪起眼睛凑过去。

李本林很少到海边上去,他宁可一个人寂寥地呆在河口这片平平的水湾里,听号子声、叫骂声、讨价还价声,以及大海那"哗哗"的波涛声。他记得往年的海是寂寥的,没有那么多渔船,也没有一个鱼贩子!海岸上一下子聚集了这么多胆大、勇猛的捕鱼人和买卖人,他多少有些惊诧。

就这样,他安静地躺在水里,让太阳晒那有些圆的肚子。他不想海了,海边的喧嚷仿佛也就退远了。他从水中站直身子时,碰巧踩到了一条小扁鱼。这启迪了他的灵感,他就高高地抬起腿在水中走了一会儿,踩到了一串小鱼。他看看阳光,觉得时光不早了,应该回家了——那个全村最丑陋的草屋就是他的家。

　　小草屋卧在一排排的瓦房中间,显得特别矮小,就像它的主人站在人群里一样。草屋里现在静静地坐着他的老婆大云和内弟小进。他们总要等本林回去才开饭的。这样有个好处:本林在田野上游荡一天,往往不会空手而归。他衣兜里或者装些花生,或者装些野枣……这些东西掏到饭桌上,也就组成当日饭食之一部分了。而今本林手里已牢牢地攥住了一串小鱼,这就使他心里有一种说不出的欣喜。

　　他迅速拧干半长的黑裤,踏上岸来。

　　他沿着芦荻掩映的小路向前走去。芦叶儿在风中抖着,老刺他的脸,使他不时要停下来。海边的喧嚷声似乎盛于往日,他终于忍不住站在小路上向那边张望。到后来,他竟起意要到海边上走一走,再从海边那儿绕道回家……海滩上的沙子硌着他的脚,尽管他的脚掌上布满了老茧,也还是感到了疼痛。

　　人群分成几簇站着——这表明那里有几盘刚刚拔上来的网。本林笑嘻嘻的,将自己的一串小鱼在背后藏了,瞪着眼看那些不属于自己的大鱼。他从这一簇走到那一簇里,一路看下去。人群里也有认识他的,可由于注意力都在鱼上,并没有和他打招呼。他也不想和他们说什么,他知道他们一开口,就有些嘲弄或讥讽的意味,好像世界上只有他们才是最聪明的……有一个细高个子的人迎面走过来。李本林开始不在意,后来定神瞧了瞧,立刻呆呆地站住了。

他的两手不由自主地扭紧了半长黑裤,嘴巴张开老大,怔怔地望着越走越近的这个人。

这个人离他只有十几步远了,他在嗓子眼里咕哝了一声什么,撒开腿就跑走了……

二

在村头上,本林突然听到了一阵琴声。他立刻停住脚步,异常惊喜地侧着耳朵细听起来。哎呀,那是坠琴的声音!没有错,那么说是孙玉峰在拉琴了!

本林自己也没法准确地描绘出他和孙玉峰的友谊。

那种友谊真是太久了,太深了。他几乎老和孙玉峰在一起玩,有时半夜了还不回家,老婆大云就跟他骂起架来。本林从来畏惧身材高大的大云,她骂起来时,他毫不反抗,有时还略有腼腆地坐在一边倾听。可是友谊又往往给人以勇敢,本林见大云有时竟连孙玉峰也一块儿骂了,就愤愤不平地站起来,拍着胸脯说:"我怕谁?!"当大云迎上一步时,他又紧接着喊一句,"谁怕我?!"……由于孙玉峰的坠琴拉得太好,终于不能够在村里安下身,最后被海滨一个农场的宣传队招去了。

从那以后,本林也就很少见到老朋友了。

坠琴拉得人心里痒挠挠的。本林明白这个家伙拉琴就是这样,把琴拉得那个"浪",简直是听死了年轻人不偿命!……他"嘻嘻"地笑起来,脸庞兴奋地随着飘来的琴声转动起来。

琴声在南风里响着。那边的孙玉峰哪知道此刻的村头上,他的老朋友正虔诚地欣赏着,完全地陶醉了。

本林站在那儿,由于兴奋,两腿老要活动,光着的左右脚轮换地抬起来,去摩擦另一只脚背。他长得矮,虽然腹部莫名其妙地有些胖,却还是显得十分灵捷。他的眉眼、脸庞,全显得不像四十多岁的样子。他的皮肤怎么晒也不黑,只是有些黄;他的头发也有些黄。此刻他笑着,一直露着洁白的牙齿。额头上,折起了三两道深深的横皱,其余全无深皱。如果他一直在这琴声里笑着,他就永远像个年轻人。

又听了一会儿,他迎着琴声大步地跑去了。

一棵又矮又粗的梧桐树下,果然有个人在拉琴。也许是人们都在吃午饭吧,他身边一个听琴的也没有。拉琴的人也四十多岁,一只眼睛稍微斜一点,样子显得有些过分地严厉。他握着琴弓,像握住了一根沉重的铅条,拖出来,再拖出来,手腕上的筋脉都暴起老高。在琴杆(这琴杆竟是又粗又长,像个小镢柄)上活动的另一只手倒灵巧极了,它的指尖扣在弦上,飞快地跑。它跑一次,他的头就深深地低下来一次,像要细细地品味从弦上和琴筒里飞出的旋律。

本林站在他跟前了,他只顾拉着琴。

"孙玉峰啊!"本林大喊了一声。

孙玉峰慢慢地收了弓。他翻了翻眼皮,看清了是李本林,忙站起来,握住了他的手。

本林知道他本来不会握手的。他这一招肯定是从农场里学来的。对此本林稍存异议:你怎么也握起手来了哩?你也是跟人握手的人吗?本林从来都把握手看成干部们的事,人家似笑不笑,手在制服袖口上伸平,然后除去拇指以外的四根手指向下一弯,停住了,停着等人去握呢!你?你也学会握手了……本林心里虽然这样想,但最终还是愉快而熟练地握住了老朋友的手,用力地耸动着。他好久没有这样握手了。握手,曾给他好多愉快的想象。

"我在村头就听出来了,再远也听得出,嘿嘿!"

"王八场长!"孙玉峰骂道。

"你拉琴另一股味儿,一点不错,嘿嘿!"

孙玉峰从身后摸出一顶鲜艳的太阳帽戴了,又骂一句:

"王八场长!"

本林有些惊讶地盯住了这顶帽子。他的注意力全在这顶帽子上了,并没有在意对方骂着什么、骂着谁。

孙玉峰见他没有回应,就推他一把说:"你听不见吗?——王八场长!"

本林点点头。

"我跟那家伙干架了。我再不去农场了,这回行李也背回来了!"孙玉峰说。

"嗯?不去了?"本林刚听明白,大吃了一惊。

"这家伙老挑我毛病。他懂个狗,排戏也要插一手,老嚷:'紧拉慢唱,紧拉慢唱!'气不气死个人。我……"

"就为这个干架吗?"

"倒也不为这个……他嫌我老是直眼瞅着女演员——他妈的

我不盯住她的口形,能配得上腔调吗?"孙玉峰恼恨万分地拍打着膝盖。

本林抬起头来,眼望着北方那林木的梢头,狠狠地骂道:"王八场长!"

孙玉峰眨动着有些歪斜的眼睛,幸灾乐祸地说:"我一高兴,拍拍裤子,背上琴就回来了!他们排戏可抓了瞎。让他们去想念这把坠琴吧。咱可不怕,咱如今做什么不行?贩鱼、养蜜蜂、开油坊、打草窝(一种软底草鞋,也叫'蒲窝')……做什么不行?"他说到这里站了起来,提高嗓门喊道,"现在不是过去了。我还不稀罕那点儿工资呢。咱干什么不行?咱干什么不发财?!"

本林在他的喊声里,觉得心窝一阵燥热,血慢慢涌上头来。他禁不住也高声地喊起来:"咱干什么不行?咱干什么不发财?!"

孙玉峰喊过之后坐下了。他把坠琴慢慢装进一个黑布套里,然后默默地不吱声了。

本林激动过以后,慢慢也平静了。他首先想到贩鱼,耳边立刻又想起海岸那喧嚷声,眼前好像又出现了鱼贩子们那睁大了的眼睛,不由得吸了一口凉气……他觉得贩鱼似乎是不行的。

梧桐树上的知了叫起来。微微的南风这会儿也停了。这似乎是一天里最闷热的时候,他们呼吸起来,觉得热气就堵在了鼻孔上,像棉团一样……他们都坐在树下的一块青石上,一动不动,脚边上,放着装了琴的布口袋。

正在两人沉默的时候,一个高大的女人叫骂着,在街口上出现了。她疾疾地走来,一边用手比画着威胁本林。

本林慌促地站起来,微笑着,向她举起了那串小鱼……

三

如果本林在海滩上没有看错的话,那么那个细高个子就是卢达了。

卢达几年前还是这儿的公社书记,约两年前考入了一所师范学院的"干部大专班"。他还没有毕业。提起他来,人们还是喊他"卢书记",几乎全都忽视了他如今是一位大学生这一事实。他修长挺拔的身量,庄重的面容和总是有分量、有分寸的谈吐,在人们脑子里难以和"学生"两个字连在一起。虽然芦青河边的人和其他地方的人一样尊崇着"大学生",以上大学为荣耀,但觉得卢书记做了"大学生",这或多或少对他有点侮辱的意味吧!……本林突然发现卢书记在这海边上溜达时,深深地吃了一惊。他不明白这个人怎么就到海边上来了,以至于跑开老远,心里还在怀疑:我没有看错吗?

他没有看错,那细高个子正是卢达。

卢达有意地避开了人多的地方,一个人走着。他在这片土地上工作了十年,这儿的人几乎没有不认识他的。他先是在这儿做团委书记,后来做公社书记,把家也安在了这片土地上。他在校园里常常思念这儿的海、河,这儿绿油油的庄稼。豆子摇铃了,玉米蹿缨了,花生结水仁了,他都能扳着手指算出来……海风很凉,不知怎么,他今天闻起来,它好像有一股子冰镇啤酒的气味。这味道既是熟悉的,又是陌生的。但这人群、这喧嚷声,的确是陌生的。

过去的海岸没有这么多的人,海中也没有这么多的帆。他记起前几天看过一张报纸,上面有篇写农村变化的文章,题目是《沸腾的土地》。他今天似乎对"沸腾"两个字有了更深切的理解。

白色的沙子反射着阳光,常常耀得人要闭一会儿眼睛。在海边活动着的人,皮肤都是油黑油黑的,闪着亮光儿,像是要流动起来。也有皮肤晒暴了的,白色的干皮卷起着,一块块,使人想起旧冬衣上袒露出来的破败棉絮……他们在沙土上跑动,绵软的沙子使腿脚吃了不少苦头:沙子总是将脚陷进去,吸干他们腿上刚淌下来的汗珠儿。拔网的时候,这腿脚要陷得更深,它在那儿颤动着,好像试探着,要寻找机会扎到土地里去。一个个弓起的脊背,椎骨凸出老高,那么细、那么清晰,使人担心它会在用力的时候折断。一步、两步……沙滩上空出一个又一个深窝儿,后面的人又把这深窝儿踏平,踏出新的沙窝来……

卢达走近人群时,总要默默地看一会儿。他从这黑色的脚踝和一个个沙窝,能联想到"力"、"坚韧"、"耐久"等字眼。

他想当你要描叙它的时候,会用到这些字眼的。他想起现代汉语课上的一位副教授———一位很执拗的老头子。他的头发总是梳理得一丝不乱,讲话时发出一种惹人发笑的尖音。"记住,气流振动声带,在口腔、咽头不受阻碍而形成的音,叫元音……"他用一口标准的普通话讲课,最喜欢用"莫衷一是"这个词。"争论颇多,莫衷一是……""众说纷纭,莫衷一是……"然而他在说"记住"时,神情却是那么毅然、郑重。"记住,根词是基本词汇的基础,它常以词根的资格繁衍出一族一族的各式各样的合成词!""记住,'蚯蚓'

是个单纯词。你硬分开来:'蚯'是什么?'蚓'是什么?"老头子讲到这里得意地笑了起来……卢达不由得将刚刚想到的几个词做了构成分析,他像回答副教授的提问似的,清晰地读出:"力、坚韧、耐久……"

　　卢达刚刚三十八岁,身躯挺得笔直。他的头发乌黑;眼角上,如果不仔细看,还发现不了那淡淡的几条鱼尾纹。脸色稍微有些黄,但那眼睛却闪着有力的光泽,完全是一双洋溢着生气的年轻人的眼睛。他显得瘦一些,看上去干练、敏捷。一件雪白的衬衫扎紧在灰色的、笔挺的长裤里,这装束不知怎么多多少少透出了一股学生味儿。他再有一个半月就毕业了,如今还是名副其实的大学生。学校放暑假,他回到家里也呆不住,常常从公社驻地那个小院子里骑上车子出来。他没有什么固定的目标和目的,只想随便走一走、看一看。他常常把车子支到田埂、桥头、小码头、葡萄园边,一个人蹲下来,默默地和这些东西交谈。毫不夸张,这算得上交谈!他和这些田埂、小桥,和这些建筑物、这些园林树木,都算得上老朋友了。田埂老了!小桥老了!对比起它们他实在还是个年轻人呢。他们相对注视,没有言语,却在推心置腹。

　　岁月真是无情啊。卢达第一次踏在这些田埂上的时候,还是血气方刚的小伙子。他脸上的颜色和朝霞的颜色差不多。一转眼,他头上也可以找到几根白发了,眼角也可以找到皱纹了。最使人丧气的是他把遗憾和悔恨留在了岁月里,岁月又没有不露痕迹地将其埋葬掉。当他归来时,一切东西还清楚地存留在田埂和小桥的记忆里。他和它们交谈,显得很沉重。也实在是沉重——他蹲在那儿,有什么东西压得他低下头来,不得不用两手去支撑着……

他走在海岸上,他是从田埂和小桥那儿来的。

当他发现前边不远处有个矮矮胖胖的人正愣怔怔地端量他时,那个人已经飞快地跑开了。不过他从那个背影上,很快地想到了一个人。

那个有趣的、可笑可怜的人哪,你在今天这块土地上是怎么过日子的呢?——卢达在学校里,有时脑海中也匆匆闪过他的影子。不会认错的,跑开的就是他!不过他为什么要跑开?为什么要表现得这样胆怯呢?卢达心中涌出一股难言的酸楚滋味。

他一定要去找那个跑开的人!不过,见面时谈些什么呢?

四

结过婚的人常有一种苦恼,这就是老婆没完没了地唠叨。任何一对夫妇里面,男人都曾有过这种苦恼。有的妻子在三十到四十岁这十年间唠叨过;有的在更年期的时候唠叨过;有的心中交织着初孕的喜悦和烦恼,就不停地唠叨;也有的虽然一生中只唠叨过几次,却也给丈夫留下了难以忘怀的印象……奇怪的是,本林娶了世界上最能唠叨的女人,却从来没有过这种苦恼。

大云的正式名字叫范绮云。

也许有人不信:这个最能唠叨的女人,出生在当时农村里最有教养的人家里。她的父亲就是当地有名的范老中医,不仅医道高明,而且熟读经书。他本来想让女儿学点药理,继承他的事业,但慢慢也就明白这是在白费心思。她从小长得就很壮，却没有一个精细的心眼儿，为一点事情就笑半天。她喜欢到田野里去跑动，对什么药书、小戥子、药柜子之类毫无兴趣。老父亲硬将她按在凳子上坐了，大声说："大黄，性味，苦寒！鹅不食草①，性味，辛温！……"大云先是睁大了圆眼睛听着，然后拍拍手掌笑起来："鹅不吃草，吃菜叶去！吃谷糠去！……"她只是笑，赤着脚跑出屋去。

范老中医决定招个女婿。当时还没有儿子小进，他要选择一个能够继承事业的人。本林刚刚八九岁，长得聪敏可爱，又是自幼丧母，正好进老中医的中药铺。他先要踩着板凳拉药屉——这是学徒的规矩，俗话说拉十年药屉，就是一个好中医了。只可惜本林刚刚拉了两年，老中医就去世了！中医铺终于不能再开下去，若干年之后，他和"嘻嘻"笑的大云正式结为夫妇了。老岳母过世后，年纪很小的小进也就和他们住在一起了。

这个家庭至今也还是三口人，他们没有孩子。

大云比本林大几岁，也长得比他粗大出好多，自以为有管教本林的资格。小进自然也在她的管教之列。随着年纪的增长、生活的艰辛，她再也不那么爱笑了，却换成了无休止的唠叨。她的嘴唇很厚，后来不知怎么慢慢有些发乌，还总暴着一层白皮。无数的过日子的道理，苦闷、怨艾、兴奋、诅咒，都从这样一张嘴巴里飞出来。她的一对眼睛和善而美丽，上面的眉毛扬得轻松飘逸，这使她又有些可爱。也许就是因为这个吧，本林对她的唠叨能够忍受也能够消化。她常常骂着本林，慢慢就转向了小进。

---

① 中药，又名球子草。

共同的命运,使本林和小进联结在一起。当大云骂个不停的时候,他们也就围拢在炕角上做起了什么小游戏:折折纸猴儿、摔摔扑克牌。小进玩输的时候,本林总是很认真地伸出手指,在他的鼻梁上刮一下……小进本来是个很灵秀的孩子,到了十八九岁上,已经是个英俊的小伙子了,可也就在这时,他遭了一场不大不小的磨难。后来,他就常常犯傻了。清醒的时候,他依然十分可爱,听话、懂事,只是太像个孩子。本林出门的时候他常常跟在后面。本林笑,他也笑;本林皱着眉头,他就有了莫名的苦恼。大云骂他们:"两个猫头狗耳!"

责任田承包之后,本林好像也没有什么事情要做。这儿人多地少,全家分了那么一点儿地,做什么去?他喜欢自由、清闲,像匹脱缰的马那样一炮蹄子跑开了。他要"云游四方",到集市、到田野、到树林,到那些以前想去而没有工夫去的地方。

但他去得最多的,还是芦青河湾。那真是个好地方,绿的水,蓝的天,野鸭儿,芦苇滩。连他自己也不知道为什么总是要到这儿来,这儿对他为什么有那么大的吸引力!他童年的时候——他现在还记得那时候,他差不多天天要到河湾里洗澡,他可以算做河水里泡大的人。后来没有机会亲近这条河了,他要和全村的人一起忙生活。他像一条久离清水的鱼一样,感到了焦渴和窒息。他是来河里玩玩吗?来摆脱成年累月的劳动的沉重吗?来打发一个人的孤寂吗?不!他是来亲近童年——他自己的童年!一个人到了四十多岁才去亲近和寻找童年,得到的是带有悲剧意味的欢欣……小进有时候也要跟上他到河湾里来,玩得总是十分痛快。

他像对待一个最亲近的伙伴那样,往本林身上捧水、扬沙子。本林教他踩鱼,他做着这新鲜而富有实际意义的事情,竟然永不疲倦。

当他专心踩鱼的时候,本林就躺在一边的水上,轻松地拍着水波。他看到小进握住一条乱蹦的小鱼那样高兴,也忍不住要笑。人们最熟悉的,就是本林的笑容了。四十多年的奔波,酸甜苦辣,都没有消磨掉他这笑容。更多地给他痛苦的,倒是在他身边踩鱼的小进——小进常常犯傻,犯了毛病时会跑出小草屋,一连几天不见踪影。本林找不到他就不吃不喝,冒着漫天大雪串村走户,到茫茫的海滩上呼叫。有时他自己也昏倒在雪地里了,被村里人见到抬回来……他每一次历尽辛苦找到小进时,就紧紧地搂住那个不断颤抖的、瘦小的身躯,像生怕他再跑掉一样。小进却瞪着发红的眼睛,用牙咬他,挣扎他的头发。他一动不动,嘴角淌着血,只是搂紧这个躯体……

从孙玉峰那儿回到家里,大云要忙着去做那一串小鱼,也就来不及唠叨了。但三个人吃过饭,那一串炸成焦黄的小鱼也嚼光了时,大云就开始抱怨了。

"你说说你是个什么东西?你也有脸来家吃饭?我爹爹也算瞎了眼,招来你这么个怪物。早知道你这样,招个猫不行吗?招个狗不行吗?……"

本林和小进挨在一起躺着,这时小声对小进说:"猫猫狗狗,一打就走!"小进也"嘻嘻"笑着学一遍:"……一打就走!"

大云用炊帚刷着锅,很麻利地一甩一甩把水撩起来,等水珠落下时再飞快地用炊帚尖儿一抹。她做活儿很有节奏,唠叨起来也随了这个节奏,使人听起来她是故意一顿一顿地说着话:"你睁开眼、你看看、你东家西家去转转、贩鱼的、卖烟的、打铁匠、修壶匠、编草窝、绑苇笆、你会做什么、你是白吃货!……"

由于这一段儿说得很连贯,有韵致,所以本林简直是带着一点儿惊讶听完了的。他朝小进伸伸舌头,又咂咂嘴。

刷完了锅,唠叨也就失了节奏。大云站在炕前,开始把手掐在腰上了。她把身子压紧在炕沿上——让人奇怪的是,她的身子往前探那么厉害,竟还能保持平衡!她用下颏指点着本林说:"好样的啊!你也是好样的。你什么不会做?你赶过车,打过马蹄掌,当过医生。什么做好了?捧住了哪只饭碗?老天爷,天底下也没有你这样的男人哪。我不求你当个'万元户',我只让你挣来瓦房不漏,和我家原来那幢中药铺子一样!……"

本林听着听着有些困了,他闭上了眼睛。

大云说着说着把脸仰起来,笑盈盈地说:"你什么不会做?老天爷,说起来没人信:你还演过戏,做过'文艺人'哩!"

本林一生最羞于让人提他演戏的事,这时像被什么戳了一下似的蹦起来。他拧着眉头,恼恨地看了一会儿大云。最后他笑眯眯地、半是商量半是规劝地说:"说点别的吧?……"

五

吃过晚饭之后,天还没有黑透。夏天的晚霞有时很淡,成一片微紫色,这颜色洁净而透明。只有一两条红云,像刚刚开放的并蒂莲花瓣那般颜色的,被什么力量拉扯得又细又长,穿过一片透明的微紫色。

李本林坐在门口的高草墩上，能够久久地望着西面的天空。他有时坐在这里想好多心事，把多少年的经历，特别是令人愉快的事情，细细地咀嚼一遍。他觉得他过得总算幸福。他没有遇到危及生命的不幸和坎坷，一切都还过得去。老婆的唠叨也只是给无声息的屋子添一些声音，这也没有什么不好——有些人家买来收音机，也无非是为了添一些声音。

可是近来，本林不愿安稳地坐他的高草墩了。

他要找孙玉峰去！老朋友对本林有一股奇怪的吸引力，他有时想起要找孙玉峰去，简直一刻也不能在家里停留。只要一想起"孙玉峰"三个字，心里就像流过一阵糖水那样舒服。他觉得孙玉峰的话让人服气，一听就懂。自己的话对方也听得懂，听得懂不容易啊！像大云，一起生活快四十年了，她有些话他还听不懂。世上的事情再没有比找一个朋友玩更好的了。所以，有时本林奔出门来，那急慌慌的样子简直像着了魔似的，连小进也顾不得了，什么大云的呼喊，他听不见！

孙玉峰吃过饭，就及时地避开他的老婆孩子，到一墙之隔的另一处小院里了。这个小院怎么看怎么怪：院墙很高，以至于院里的大小梧桐树从外面看只露几个梢头；一个小厢房靠在墙角上，使这芜杂而显得多少有些荒凉的院落有了灵魂；院墙根下，有坍塌了的兔窝、多年不用了的葫芦架、一排子石桩，还有谁也看不明白的、挖得方方正正的一溜儿黑洞洞……这个院落平常只有本林有资格光顾，连自己的老婆孩子都一概拒之门外。孙玉峰就在这里拉他的坠琴,会他最亲近的朋友。如果一般的听琴人来了,他就坐到院子外边的梧桐树下。

本林进了小院时,孙玉峰总在吸他的大黑烟斗。他一大口一大口地吸,往外吐烟时,总要将腮鼓起来。他看到本林来了,一动不动,就像没有看见一样,那有点歪斜的眼睛,一只盯在烟斗上,一只盯在院角的小厢房上。本林并没有因此而感到不快,他知道:孙玉峰对最好的朋友才这样呢!他不吱一声,坐在孙玉峰的身边,一边看着他那顶鲜艳的太阳帽,一边等他吸完这一斗烟。

他们的交谈在别人看来也许有些奇特,但他们自己以为都是极平常的。他们也不过谈些风、星星、海滩,或者是白天晚上的琐屑事情。孙玉峰说:"过去有人说'风像小刀子割一样',我还不信。去年冬天抬水泥杆,一出门让风把脸割了个口子!"他说着把帽檐儿歪一下,让本林看那个一寸左右长的疤痕。本林说:"这看什么!我还不信吗?像刀子,有时也像锥子……"他们没话谈了就仰脸看天。孙玉峰指着一颗很亮的星星说:"看到那个了吧?发红了。报上常讲有星星掉下来,我看就是发红的先掉。"本林肯定地说:"那还用说!像苹果一样,熟透了不掉怎么的!"……他们议论起国家的、县里的、村子里的事情,也一致得很。有时根本用不着说话,只是做个动作:孙玉峰用力地拍一下腿,本林也用力地拍一下腿;孙玉峰抚摸着裤子上的褶皱,本林就弹开食指,弹掉了那儿的一撮灰……

他们谈不太久,就要到小厢房里取那个盛了坠琴的黑布套了。这是他们每次会面最兴奋的时刻。

孙玉峰开始拉琴的时候,李本林总要站起来,微微弓着腰听着。无论听过多少次,本林还是那么专注、那么倾心。他咂着嘴,又微微张大了嘴巴,或者是轻轻地跺着足。他在心里说:"这不是拉琴哪!你个家伙!你在搬弄什么神物啊!这哪里是在拉琴啊!"……只有本林懂得它的极大的妙处,只有本林知道它这让人听了哭起来、痴起来和笑起来的声音是怎么出来的。看!看他那四根指头、指头顶儿。你莫要以为它像闹着玩似的一颠一倒,那是在搬弄神法儿!一弓子出去,那声音要拐千万道弯儿才飞出来,年轻人听了就脸红,就心跳,就像有条小毛毛虫在那儿咬似的,又疼又痒!怎么形容这声音?说它好呀妙呀?说它拉得人心里抖呀?全不对。要说得准,只一个字,也除非是这一个字:"浪"!不要以为是谁琢磨出来的,谁也没有那样的脑筋。这是四根指头在弦上弄神法儿那个人自己,是孙玉峰说的!他说:"坠琴,坠琴可不是别的,它就得拉得'浪'!……"

他们的友谊就是从琴上开始的。

有一年上闹饥荒,吃不饱饭。村剧团到外村演戏时,不仅吃得饱,还吃得上白面馒头!李本林考虑到肚子问题,就要求到团里跑龙套。谁知这个美差竞争激烈,村干部没有同意。但本林常到剧团听孙玉峰的琴,孙玉峰对他早有好感,就为他说通了村领导。本林在那几年里经历了一生中最难忘怀的好日子,至今也怀念那段时光。后来,因为一段羞于让人提起的原因,他才被赶出了村剧团。

可是本林从那时起就学会了歌唱。不唱,他的嗓子就痒。每天晚上,他总要唱几段。他唱一些有名的剧目,生旦皆可。这天晚上他一开口,孙玉峰就说:"别唱那些腻腔了,来段儿'听见狗咬'!"

这是本林随口胡编的一小段儿,叙说的是他自己经历的一个故事:有一天晚上本林在果园里"看泊",就睡在草楼铺上,铺下还拴了一条狗。他到邻近的果园里玩,突然听到自己园里的狗叫起来,于是赶紧跑回去,一看,铺子被掀倒了。后来他才知道这是邻地"看泊人"的恶作剧……

本林听了孙玉峰的提议,十分兴奋,两手揪住衣襟拉开了扣子。他的小白褂通常钉的是按扣,所以用力一拉即开,并能发出"啪啦啦"的声音,像是为即将开始的歌唱喊响的"叫板"。他唱道:

(白)本林哪!
我听见狗咬,
抬腿就跑,
跑到了铺跟前铺就放倒!
我越寻思越不是个滋味,
到明天不干了!
看泊的对看泊的,
哪好这么胡闹?!……

这是一段孙玉峰和李本林都满意的歌子。不知怎么,本林每唱完一次,心中都有一种莫名其妙的激动;孙玉峰放下弓子,也用热切的目光注视着本林,好像每次唱过之后,他们的友谊都比以前加深了……

拉过一阵坠琴之后,孙玉峰就把它放进黑布口袋了……他重新吸他的大黑烟斗了。他徐徐地吐着烟气,不动声色地望向墙角。停了会儿他说:

"我也要做买卖了……"

本林蹲到他的面前去,看着他沉沉的脸色问:"真的吗?"

孙玉峰望着树隙里透出的夜空,很严肃地点了点头。

"也做做'万元户'?"

"'万元户'算个什么?做得好,几万都是它!"孙玉峰一只眼睛盯着本林,使本林觉得事情突然重大起来。

本林吸了一口凉气,久久没有做声。他说:"你总能行的——你贩鱼吧?"

孙玉峰讪笑着摇摇头:"纺麻绳——开个纺绳厂!粗绳细绳,三股四股,运到龙口码头就是宝。先到南山里收红麻,原料是根本!……"

本林呆呆地望着他,惊得说不出话。他在心里喊:哎呀!你个孙玉峰!你怎么想出的哩?这是个高招,一看就知道比贩鱼(鱼有多么腥气!)、比开油坊、比打草窝(草窝打得再好,人家买了还是穿在臭脚上!)高出千倍……他这时那么羡慕孙玉峰,心中突然鼓胀起勇气来。他声音低低地说:

"我想……入伙……"

孙玉峰毅然地摇了摇头。

"不行吗?"本林急得站起来。

"不行。朋友归朋友,买卖归买卖。你不是做大事情的人。再说,你又没有本钱。"孙玉峰提起黑布口袋,就要回那个小厢房去了。

本林迎面将他拦住说:"我有买瓦片的三百块,这是我的本钱;我和小进顶一个人,还不行吗?"

孙玉峰坐了下来,不吱声了。他磕磕烟斗,突然大声说:"罢、罢、罢!朋友一场,收你入股了!"

本林像喝醉酒一样地摇晃起来,激动地将孙玉峰头上那顶鲜艳的太阳帽给他旋转了一下,"哈哈"地笑起来……他问:"什么时候去收红麻啊?"

"好事不能迟,明天!"

六

李本林从孙玉峰家里出来,觉得身上十分燥热。他轻轻地扯开衣衫,让南风吹着裸露的胸腹。他手扯着衣襟,两臂张开很大,觉得这样大约能够多收入一些凉风。他就这样张着手臂走下去,步子蹒跚,"哈哈"地笑着,好像喝醉了一般,两腿有些轻飘,步子急促而细碎,一直向前走去。他要回家去,可又并没有跨进那条走熟了的街巷,而是沿着一条小路走下去,渐渐出了村子……

哦哦!多么辽阔的原野,温厚的、湿润的夏夜。海滩小平原上,一个没有月光的夜晚。大片大片的麦子已被收获,那在田野上泛出微微光色的,是那又齐又平、雪白的麦茬儿。麦茬儿之间该是刚刚生出四五片叶子的玉米苗儿了,它们中最小的直立在中间的一个叶片上,骄傲地挑着属于它自己的那一滴露珠。土地的确有一股厚重的香味儿,它和地脑沟畔上茂长的茅草中发出的透着微酸的香气、和路边树叶上发出的清香、和漫野里飘流着的野花野果的甜香,统统混合在了一起,只有庄稼人才能把它分辨出来。泥土的气息在这没有月光的夜晚里默默地熏陶着它的稼禾、它的树木、它的果实。蛐蛐儿以及各种善于欢歌的小虫都在这个夜晚里尽情地唱起,正是它们不同的、多彩的歌声,才使这夜在显得更加丰厚的同时现出它的层次。没有一丝云气的星空的边沿,那一抹浅淡的、像水墨画上毫不经意点出的一笔,是缓缓升起的暮雾吗?再近一些,那重重叠叠的黑影,是林梢的轮廓,或是真的山影吗?更近一些,那在地面上隐约可辨的弯曲交织的网络,是田间小路还是沟渠土埂?……

一两声鸟鸣响彻夜空,余音只在空廓渺远的星空里停了一小会儿,便紧缩成细细的一线,像抽丝一样地被抽走了。蛙声很疏散地叫起来,而且是十分干涩的,像在没有水的湾渠里发出的一样。伴着蛙声有什么在"吱扭扭"地叫着、"蓬蓬"地响着,那是用辘轳和柴油机车水的声音了。夜深了,田野上的劳作却没有停止。汗水一天没有汇满沟渠,青蛙一天没有在水湾里歌唱,他们就不会停止劳作。夜色隐去了一切,各种声音又是这么时隐时现的、断断续续的,使人觉得这个夏夜真的是默默地、就要在惬意的温暖和润湿中睡去。但你只要放轻脚步,细心地去倾听,你终会听到一种急促的,甚至是激越昂扬的节奏。你会听到一种在夜露里萌生苏醒的声音,一种骄傲而自信的声音。还有一种呼叫:它透过一层层夜幕传过来,虽然微弱,却仍能感觉到那是从一个强壮有力的肺叶中发出来;你会想象出一个中年汉子徜徉在他的责任田里,像一个将军那样雄心勃勃,步履坦然……夜色太辽远了、太浓重了。在这夏天的夜晚里,你应该走上原野,让夜露湿了衣衫,让热风吹乱头发,去感受和倾听一种节奏、一种声息……

本林并没有在意他走到了哪里,他只是笑着往前走。一双脚磕磕绊绊,那完全是太兴奋的缘故。他好像获得了什么,可是明明又什么都没有获得。他在为孙玉峰的许诺而高兴吗?好像是,又好像不是。他惊讶自己竟然有了这样的勇气,竟然要和另一个人合伙开工厂!他想到这儿又"哈哈"一笑,得意地闭上了眼睛。

风越来越凉了。李本林走着,猛抬头看到了一片片的芦苇、一湾泛着光亮的小湖!他竟又走到了芦青河湾,这简直有点儿鬼使神差。由于水面是静静的,天上所有的星星都映在河湾里了,正神秘地向人眨着眼睛。野鸭不知藏在了哪里,水面上没有了一只游动的水鸟。跳鱼没有了。这一面硕大的圆镜此刻显得那么光滑、纯净。

本林在沙岸上蹲下了,他眯着眼睛端详这片发着柔和光亮的水湾,端详着黑的苇荻。他很想到里面洗个澡儿,洗去这一身的燥热。可是他不知怎么总也没有脱下衣服,跳到河水里。这样蹲了一会儿,他有些疲倦,就在这沙土上躺下来。沙土的温热差不多已经退尽,凉丝丝的,很舒服。他像是就要在这里睡去,仰着身子,两手抚摸着圆圆的肚子。

苇荻里有什么在轻轻地叫唤,发出"扑棱棱"的响声。本林想这是鸟儿们在捉迷藏,玩那个把戏了。他睡不着,想起了小时候在苇棵子里玩的那些把戏。那时候他们一伙都带了真的渔叉、假的弓箭,在这苇子里面奔跑,搞两军对垒。苇叶儿划破了胳膊,那等于被敌人的弓箭射伤,他们反倒觉得很光荣。这样玩累了时,他们就跳下河道,身子撞起几尺高的水花,去摸鳖,去叉鱼!本林做什么都是好手。他有一次叉到一条大鲢鱼,一直用渔叉高高地挑起,像他们这伙队伍中的一面旗帜……

他不记得怕过什么,正像他不怕河水一样:他可以侧游、仰游、打着滚儿游……可是后来他长大了,胆子反而变小了。在队里做活,队长喝一声:"本林,这是你做的好活计吗?!"他就身子发颤,急着要躲到人家后头去。反对"资本主义复辟"的时候,村支书喝一声:"本林,你到集市上倒卖过大白菜吗?"他嘴巴翕动着说不出话,恨不得跑到天边去藏起来。就是从那时起,他忘了芦青河,忘了从小玩过来的河湾,游泳的本领也荒疏了;再到后来,他简直憎恨起那些往河边海边跑的人了:正经的贫下中农,怎么能净玩那一套呢?驻村工作队抓住了赶河赶海捞外快的人,他心里也跟着高兴:抓得好!……

不过,本林记起他也有过胆子大的时候。胆子要大,有时也不过是一夜之间的事情:那一夜他们没有睡觉,举起红旗,呼喊着在街头、在田野、在马路上、在海滩上游荡,戴着通红的袖章,并且理直气壮地宣布了他们从今夜开始造反!……本林和好多人一样,脉管里的血静静地流淌多年,那种沸腾的欲望深深地潜下来,当温度适宜时,这个欲望就悄悄地燃烧起来了!

本林怎么也忘不了他们的队伍开进县城的前夜：一个满脸横肉的人推搡着他说："我委任你——本林同志，为一往无前革命战斗纵队革命战斗前敌委员会总司令！"说完对方就跟他握手。本林听不懂前面那一串字眼儿，可是他清楚地听到了"总司令"三个字，于是赶紧握住了对方的手……第二天，县城的大街果真有战斗，他还没有弄清怎么回事，就被飞来的一柄渔叉叉倒了！……伤在大腿上，虽然动脉无损，保住了性命，但还是流了很多血，结下了一个大大的疤瘌。他跛了两年。当后来人们回忆往事，把"造反"作为笑谈时，本林已经长好了的腿不由得又要跛起来，一拐一拐地走着说："'上古之世，人民少而禽兽众，人民不胜禽兽虫蛇！'"——这是他早年跟老岳父学来的唯一的一句古文，之所以能够记住，那是因为有"禽兽虫蛇"几个字。他说的时候，脑海里总出现人与虫蛇们搏斗的凶险而又不免有些滑稽的场面……

本林躺在沙土上。对往事的回忆使他笑出声来。他寻根草梗咬着，睁开眼望着星星。芦苇"沙沙"响起来，南风大一些了，本林又把脸转向了这片轻轻荡漾的水了。他想事情也真是神奇：他又回到这芦青河入海口了，又像个小孩子一样恋水了。他觉得自己也真的变得年轻许多——人竟能倒换着长：由孩童长成老年，再由老年回到孩童那里去吗？！这自然荒唐，可他却看到了一个千真万确的事实：他又回到芦青河湾了！

夜越来越深了。李本林毫不瞌睡。他除非在这水边沙地舒展着仰躺上一天两夜才能够尽兴。他想象不出开工厂会是个什么样子，想象不出到南山里收红麻会是怎样的情形，也想象不出大云得知他的宏伟计划会有怎样惊讶的神态。

想到大云,本林突然从地上站起来:把老婆一个人放在家里,深夜不归,这可以吗? 想到这里,他就毫不停歇地向着村里跑去。

七

早上,本林照例醒得很晚。太阳把窗棂映红的时候,院门被谁敲响了。大云问:"是孙玉峰来了吧?"说着就要去开门。本林先听了听,扯住她说:

"慢。孙玉峰擂门是'武播',这个人是'文播'。你先到门口去听准。"

大云用极少使用的钦佩的眼神看了看他,到门口去了。

她问:"谁呀?"

"我。"门外的答。

"'我'是个什么!"大云两手扠在腿上,从门缝往外望着,嘴里咕哝,"'门神门神扛大刀,大鬼小鬼莫进来'!……"

外面的人笑了:"本林同志在家吗?"

大云按在膝盖上的手立刻抖了一下,她慌促地退开一步,又退开一步。她端详了一会儿门,转身跑回了屋里,对在本林的耳朵上告诉:"他说'本林同志'!……"

本林不吱一声,飞快地穿好了衣服,坐在了炕边上。他的神色十分严峻,一动不动地望着大云和小进。他声音低低地说:"是他来了。我在海边上见过……他……怎么办呢?!"

大云狠狠地跺了一下脚:"'他'到底是谁?"

"卢书记。这还听不出来！你告诉他我睡了——"本林烦躁地挠着头,"再不,你干脆给他拉开门吧！真丧气,买卖还没开张,大清早就遇上这么个丧门星……"

大云一句也没有唠叨,转身就给他开门去了。

本林随后将全家唯一的一把红漆椅子搬到院中,端正地坐下来。他随着开门的"吱扭"声拖开长腔喊道:"进来的是哪一位呀——"

大云拧着脖子回报说:"本林,真是卢书记来了！"

卢达进了门,几步跨到红漆椅子跟前,弯腰握着他的手说:"你好！本林同志……"

"啊啊,啊啊！"李本林像被炭火烘烤着一样,脸色发红,一边频频点头,一边从红漆椅子上跳了起来。他紧紧握着卢达的手,不轻不重地耸动着,连连说:"你好你好你好！……"

卢达特别注意到:对方的手掌并没有伸离袖口太远,拇指直立起来,其余四根手指向下弯着。这只手的样子、形状,就像一个人在低首躬身,彬彬有礼。能够做出这种姿势的人,在芦青河边上还不多,这和握手人那不整的衣衫形成了鲜明的对比……他的目光停留在对方的手上,久久没有离开。他又发现这指头粗短的巴掌,比过去更粗糙、更添了些伤疤。在他离去的日子里,农村发生了一连串的变革,这双不算勤奋也不算笨拙的手又做了些什么呢？它在土地上抓挠过吗？它在竞争中拼抢过吗？它在烈日下暴晒、在寒霜中冻僵过吗？正这样想着时,他的手被这只粗糙的手握得微微发疼了。

他知道这只耸动着的手蕴含着好多意味,也只有他能看出这只手在和自己的手交谈着。它先是用力一握,好像说:"伙计,又见面了!"接着它那四根手指的指肚儿在手心里轻轻摩擦了一瞬,那是嬉笑,本林式的嬉笑!它仿佛嬉笑着说:"伙计,怎么样?我什么时候也还是笑……"直立着的拇指,指尖向下点了一下,多像一个人在不怀好意地、带着挑战意味地点头。那似乎在同时问道:"哼哼!你还记得我吗?你又来了吗?怎么,又要较量一番吗?!"……卢达这样想着,正要说什么的时候,这只握紧的手松开了。

握过手之后,本林慢慢才平静下来了。他又坐在了红漆椅子上,不停地翻着白眼。

大云把走出屋门的小进推进屋里,然后习惯地掐了腰说:"卢书记,你可是吃官饭摇官船的人哪,有话快说,莫耽误了俺男人的大事情啊!"

这种不友好的态度卢达似乎也预料到了。他没有对大云说什么,只是看着本林那脸上的皱纹,轻声说:"本林,我在学校里很想念你。我是来看看你,看看你的生活……"

一股热流涌向本林的心窝,但很快又冷却了。他淡淡地说:"生活不孬……"

"你要做什么'大事情'呢?"卢达问。

本林立刻用警觉的目光看了看卢达,又瞟了大云一眼。接着,他果断地一挥手说:

"这不关你的事!大云,送客!……"

八

卢达被主人从小草屋里赶出来了。他缓缓地蹬着他的自行车,吃力地爬了一个上坡,在一棵老槐树下面歇息了。他实在蹬不动了,第一次感到全身这样软弱无力。老槐树是生在离开村子不远的路边上的,粗大、苍老,巨大的树冠投下一片可爱的绿荫。坐在树下,可以清楚地看到那个矮小的草屋。

他简直不敢回味刚才的情景。他明白小草屋的主人,似乎也预先知道那个人不会怎么欢迎他。但他想不到会被三两下赶出来!……小草屋啊,还有比卢达更熟悉这个小草屋的吗?他下乡驻村时,曾经长年住在这个河边的屋子里,因为它是全村里为数不多的小草屋之一,它的主人自然格外受到他的注意,他们后来打过很多交道。多少年了,他无数次踏进小草屋,也曾真诚地帮助过它的主人,但最终还是没有让它改变模样。它至今还是顽强地存在着,就像它的主人一样,穿着不整的衣衫,带着一脸的嬉笑!

他本来准备和本林好好玩一玩、谈一谈。他肚子里装的话可太多了。他并不想去打动谁的心,他只是为了吐出来——很大程度上也是诉说给自己的心灵听的。可悲的是对方连这样一个机会也没有给他,这真有点残忍的意味。卢达望着那在霞光映照下的村子,茫然地点了点头……他承认本林一家做得并不过分,今天和昨天本来就有着因果关系。像哲人昭示过的那样,昨天的一切被生活的链条传递下去,又在遥远的地方凝聚成一股陌生的力量回击过来——卢达现在算是尝到回击的滋味了。他现在想做的、要做的,无非就是扯住那根无形的链条,去追溯过去的生活……

他和本林是怎么认识的呢?

那是他做团委书记的时候,刚刚住到这个村子的第二天。他听说一个生产队长和一个社员吵起来,队长毫无道理地罚了那个社员二百工分;而这个社员是全村里最穷的,住草屋、用破锅。他十分气愤,代表工作队狠狠批评了那个队长,并带着一口新锅去慰问了贫穷社员。这个社员就是本林。见面时,卢达如同今日一样,也是紧紧握住了他的手说:"你好!本林同志……"

他记得当时的本林是哭了。多少年来,有谁跟他握手啊!有哪个干部跟他握手啊!又有谁这样郑重地喊他同志?!他握着卢达的手,久久不愿松开,全身都跟着颤抖……卢达第一次看到这么穷的社员,他惊奇地发现,这屋里不仅是锅漏了,那锅盖也早已裂开了大口子。几天后,他又给本林送来了崭新的锅盖,并着手为他申请救济。

就在他送去锅盖的第二天,一首由本林亲自编成的快板儿传遍了全村。本林为了合拍,也出于亲昵,竟在他的名字中嵌进了一个"小"字,成了"卢小达":

卢小达,卢书记,
给我本林出了气。
出了气,不算多,
又买锅盖又买锅!
……

卢达听了虽觉得好笑,但心里还是热乎乎的。

后来他又听说:这个本林可不是个争气的玩艺儿,老岳父给他留下了多么好的家底儿,全被他作践光了!有好的不吃一口坏的,他把大瓦房卖了,净买猪头肉吃,看看那个吃圆了的肚子吧,至今没有消下去……各种议论都有,概括起来也不过是:好吃懒做,爱耍贫嘴,是个填不满的穷坑!他老婆吗?也好不了多少。

卢达听了十分不快。他是贫农,是农村中最革命的力量,怎么可以这样呢!

卢达决心在帮助他的同时去改造他。卢达坚信本林这样的人本质是好的,搞得好,会成为革命队伍中一股很重要的力量;搞得不好,又会产生很大的破坏性。要提防他,也要敢于使用他。

卢达以后就常常到那个小草屋去,倾听这个最贫穷人家的声音。卢达也是农民的儿子,他懂得日子的艰难。他发现小草屋里的三个人都那么乐观。本林在大云的唠叨声里照常说笑,哼他的吕剧。大云唠叨完了,很自然地就投入说笑。这个高大的女人走在屋里,踏得地面"咚咚"响,总带起一股飞扬的暴土末子。她安静下来的时候就倾听本林的言谈,瞪着一双专注的眼睛,以便从中寻到茬子争论几句。

他们争论最多的是草药,这常常使外行的卢达陷于茫然。但慢慢地,他明白了这种争吵只是一个家庭的"佐料",并无什么实在的意义。本林说一种草药"味苦,性平",大云偏要说它"味辛、苦,性温",还说它"有小毒"……她说时用手拍着桌角,如果本林仍要坚持自己的意见,她就弓着腰凑到本林跟前,腰使劲弓着以便使头颅与本林齐平——只有这个时候卢达才觉得她是可怕的……全家最可爱的要算小进了,这个十八九岁的小伙子白皙而文静,一双眼睛明亮而聪颖。他用含笑的眼睛望着他的姐姐、姐夫和卢达这个客人。他实在不像大云的弟弟……卢达感到全家人对他是友好的、信任的。有一次他进门时正遇上大云用勺子敲着锅跟来玩的村里人说话,这使他马上明白了她的那一口锅是怎么漏的了。她敲着锅说:

"看看吧,天底下有这样的好干部吗?这是他——卢小达送俺的……"

卢达那一次微笑着退出来。他在笑他的名字竟如此巧妙、如此滑稽地被人篡改了……

这年的冬天,中国农村出现了又一新生事物:合作医疗。村子里原来有一个药铺,药铺里有一个老头子,中西医都通晓一些;还有一个中年妇女,会接生、打针、下银针,并附带管账。本来将这个药铺变一下名称即可,但有人提出那个老头子曾经当过几天伪军——合作医疗政治要求高,这怎么行呢?村支书对卢达说:"算了,不要换了,药铺离了他不行的;再说,他其实只当了八天伪军。"卢达坚定地说:"当过一天也不行。我们还离不开一个'伪军'吗?那么多的贫下中农,像李本林,不可以培养吗?……"

李本林当了医生了。他通晓一点草药,而那个妇女会使银针。当时提倡"一根银针一把草",恰如其分。

……

卢达坐在老槐树下,遥望着平坦的原野上那远远近近的村落。

他完全沉浸在往事的遐想里了。

太阳升到树梢上了。原野上的雾霭在消散。刚才还显得暗淡的树叶子,现在竟在一片银亮的光点下抖动。

卢达仍要不时望一眼那个小草屋。他再一次抬起头时,突然发现小屋的门口站了一个身背宝剑的怪人!那人推着自行车,正用力地擂着门。停了一会儿,大云、本林、小进都出来了,然后他们又进门去了。不一会儿,本林领着小进,也推了自行车,跟上身背宝剑的人上路了⋯⋯他呆呆地望着,十分惊讶!

卢达在老槐树下站起来了。他猜想着:那身背宝剑的人是谁呀?

九

他知道,这伙儿人就要沿着这条路走过来了。他们似乎要去远方。

卢达这时候不愿让他们看到他。但他想看看这几个人⋯⋯他将自行车推开,推到路边的一丛紫穗槐下,然后坐了下来。

三个人走过来了。本林车子的后座上,坐着小进。因为要爬这个上坡,他们不得不下来推着车子走。最前边的就是背宝剑的人,还戴了一顶颜色鲜艳的太阳帽——卢达这才明白自己是被这顶小帽子骗了,那不是孙玉峰嘛!知道了是孙玉峰,也就不难知道他身后斜背着的黑布套里装了什么了。这家伙,远远看去多像背了把宝剑哪!⋯⋯卢达的目光很快从孙玉峰的身上移开,他发现本林神色严峻,却又透露出难以抑制的兴奋。后面的小进——卢达刚才在小草屋里并没有仔细端详,这才发现他原来十分瘦削孱弱,像个小老头儿一样!卢达脑海里马上又闪过那个十八九岁的小伙子,那个聪颖漂亮、有着一对明亮的眼睛的小伙子……生活要毁坏一个人真是容易啊。卢达还记得前几年他犯傻之后冲进风雨中的样子,记得他在本林怀里怎样蹬踢、乱咬……他们已经将车子推近了老槐树,卢达看到他们车上挂了一大束绳子。他们要干什么呢?三个人远去了,卢达眼看着小进萎缩的身影走上高坡,又消逝在高坡的后面……

卢达的目光又转向了村子,转向了那个小草屋。

他在俯视村子,俯视小草屋,俯视过去的生活。他是经过攀登之后,才来到了一个高坡上。比他高的是老槐树,他十几年前就见它屹立在这里,像一个巨人一样注视着村落、村落里忙忙碌碌的人们……老槐树,你看到了昨天的一切,你记得悲剧、闹剧和喜剧,记得那一幕幕情景吗?你还认识剧中的一个人物吗?他此刻正默默地坐在你的脚下。

……本林当了医生了。村里人为了方便起见,也为了一语道破两位医生职能和技艺上的区别,干脆喊他"一把草",喊她为"一根针"。"一根针"可以一针见血,而本林只不过是轻飘飘的"一把草"……本林整天穿着一件白大褂,高高地挺着肚子,倒剪双手,满嘴的"陈皮"、"牛黄"、"桔梗"……

大云也经常到合作医疗的小屋里来。她常常占据了本林的办公桌子,跷着二郎腿,当着病人的面和本林争论草药的"性味"……

后来她突然不去了,有一次吓唬本林说:"哎!你这个'短粗胖'(她气愤到极点时才这样称呼),小心我拧断你的腿……"她找到卢达说:"卢书记呀,我家本林'变修'了……"卢达不知她指的什么,询问的时候,她一拍膝盖说:"嘻,你还看不出来吗?一女一男成天关在一块儿还会好?……"卢达坚持说不会像她想的那样;她则坚持要将"变修"的男人揪回小草屋里,永不准他去拨弄那把草。

尽管如此,本林还是留在合作医疗站里。后来,完全是政治方面的原因,才使他永远离开了那儿。

那是一个夏天,卢达听说本林在伸手不见五指的黑夜里,常常要溜到那个当过伪军的医生家里去。他听了十分震惊,但又不信本林会做这样的蠢事、会有这样的胆子。他吩咐民兵暗中注意一下这件事情。结果所传属实。卢达对本林彻底地失望了。正在他又愤怒又怅然,不知对本林如何是好的时候,本林治病出了问题:一个老头子喝了本林配的药之后,抬到公社医院抢救去了!当时正是寻找"活靶子"的时候,哪里寻这样的例子去:阶级敌人利用变质下水的本林,破坏合作医疗新生事物,已经危及了贫下中农的生命!卢达亲自下达命令——揪出"伪军",撤掉本林,一根线上两只蚂蚱,一起批斗!……

"伪军"被批斗了,本林被批斗了。当时的卢达很少想到一场批斗对他们的命运、他们的生活会产生怎样深远的影响。

本林很快落魄了。他成了人人睥睨和取笑的角色。大云在家里更起劲地唠叨他,只是在外面却规矩多了——她自觉地分享了男人的屈辱。卢达也很少来这个小草屋了,他感到改造本林的计划已告失败,本林终于成为一个破坏我们事业的人物……

这是卢达给小草屋投下的第一个阴影。

那想起来令人心颤的、揪心的痛楚,是他做了公社书记第二年的事情。那一年他率领一个工作组驻在这个河边村子里。

事情巧得很,进村时一帮闲人正在街口上晒太阳,站在前面的正是李本林。卢达至今也不明白他当时为何要握住了他的手,像几年前一样,说了句:"你好!本林同志……"

本林开始时慌促地看着他,看着周围的人,但很快地,那眼神里闪射出了自豪的、优越的光辉……卢达想到了什么,立刻抽出了手。而本林的手还抬在空中,仍像握着什么东西一样,大拇指直立着,其余的四根手指使劲向下弯曲着。四周的人哄笑起来。大家喊着:"本林哪,追上去握!追上去握!……"本林没有动,只是含笑望着卢达率领的一伙工作组往前走去,那眼神里有一种感激,也有一种困惑和痛楚……卢达走开老远了,回头望一眼,见他终于将手放进衣兜里了,但仍站在那儿,向这边望着。他的头发被风吹着,没系扣子的衣襟也飘动起来。

卢达当时的心动了一下。他站下来,很想走回去和他说点什么,但终于没有动……本林是完全地憔悴了,那头发在风中撩动着,多像衰败了的枯草。他有什么话要诉说吗?他想乞求什么吗?卢达甚至想到他会不会是又要申请救济了。卢达想起这个不争气的、和一个伪军搅到一起的贫农,心中涌进了一股愤怒,他转身沿街巷走去了。

然而他后来却一直没法忘掉这个形象,这个抬起一只手的、头发在风中撩动的形象……

这年的冬天,是他记忆中最寒冷的一个冬天。

一个晚上,卢达正在小火炉子跟前烤烟叶,一只眼睛的村治保主任进来了。他报告说民兵在野外巡逻时,抓住了一个流氓,此刻正关在大队部里……卢达赶去一看,立刻呆住了:抓到的是小进!也许他和民兵搏斗过,衣服上有几点血迹,头发蓬乱,冒着汗气。他见卢达进来了,尖叫着"卢书记"跑过来,却被"一只眼"一脚踢了回去……卢达也没有理他,不安地走到了隔壁。他在那儿问清了情况:民兵巡逻到一个场院上时,冻得受不住,想到麦垛跟前暖和一下,想不到就撞见了小进,正抱着一个姑娘……卢达的心情十分沉重。他感到痛心的是小草屋里最让人喜欢的一个人也走向邪路了!离开大队部时他叮嘱"一只眼":不要动手打小进,我们要改造的是他的灵魂,而不是他的肉体。

想不到第二天卢达住的小屋被三个人围住了。本林不停地喊"卢书记",恳求放出小进。他见卢达脸色阴沉着,就不敢吭气了。但他在屋角蹲了一会儿,突然直直地站起来,大声喊起几年前编的那首快板来,喊一声往前走一步,那眼睛里旋转着泪水:"卢小达!卢书记!给我本林出了气。出了气,不算多,又买锅盖又买锅!……"

他往前走着,卢达就往后退去。他几乎不敢看本林的眼睛了。他心里明白:这次,实在不能像上一次那样帮助本林了。

大云在屋里蹦着,她不向着卢达,而是向着屋梁问冤:

"小进哪,我的好兄弟,是哪服药没有吃对呀,得罪了那些丧门星?……"

窗外,伏在窗台上的,是那晚和小进在一起的姑娘。她叫着"小进",哭着,用手紧紧地捂着脸。

三个人从早围到晚,卢达一刻也得不到安生。为了摆脱纠缠,他让"一只眼"将小进送到公社去,参加一个"学习班",结束后再送回来。办"学习班"实际上是全公社的"坏人们"定期集中受训的一个方式。办"学习班"是个好办法……后来他才了解到,小进解往公社时,是被五花大绑了的,后面紧跟着"一只眼"和持枪的三个民兵……

想不到两个星期之后,小进放回来时竟变傻了。他一头冲进雪地里,"嘻嘻"笑着,抚摸着地上的一团雪,又将脸偎上去。本林和大云赶过去,小进就像只雄狮一样躬起身子,牙齿磨动着……卢达是亲眼见了这个场面的。他已经无法帮助本林和大云了。而在这之前,他是他们命运线上紧紧关联着的人物。遗憾的是他没有送去帮助,却送去了毁灭。

他离开村子后,简直再不敢想象小草屋里的生活。

……一切都过去了。多少年来,当卢达遥想往事的时候,他始终不认为那中间掺杂了个人的恩怨。他信奉的人生哲学,决定了他要将自己的命运紧紧联系到为之献身的事业上。如果说当时由于他的赤诚而"完成"了自己时,那么他同时却毁坏了别人,给别人留下了永远无法痊愈的创伤、一个悲凉残缺的人生。

卢达的眼睛湿润了。村落模糊了,小草屋模糊了。

他明白,仅仅感到内疚是不够的。他应该帮助本林一家,而就他目前的地位来看,他也许做得到。

十

"蓝蓝的天上白云飘,白云下面车儿跑……"

李本林这样唱道。

他和孙玉峰慢悠悠地蹬着车子,并不慌急。出师第一天,蓝天白云,空气清爽,一路上花香鸟语,本林想这真是好兆头。孙玉峰就在他的前头,他直眼瞅着那顶鲜艳的太阳帽,就像航船在海里,驾船人常要瞅着灯塔一样。他想孙玉峰真算个乡间奇人了,敢于戴这样的太阳帽。他看到路上的人都向那顶帽子看去,心里不知怎么也跟着自豪起来。他相信紧紧跟着老朋友,是不会有什么闪失的。他相信前边这个老朋友任何时候都是有办法的。想想看吧,跟场长吵架,拍拍裤子就回家,谁有这股子胆气?他敢回来,就必有道理……本林对孙玉峰的崇拜是根深蒂固的,这种崇拜大约要追溯到很早的时候。不是孙玉峰给他说情进村剧团的时候,还要早。准确点说,他第一次听到那浪声浪气的坠琴调子,就爱上这个人了。

生活中就是有这样奇怪的事情,一个人可以对另一个人崇拜,至死不渝,却又说不出为什么。

前面,终于可以看到山影了。那是青青的、浓重的一道影子。从芦青河入海口算起,到那个影子至少有一百多里路。这路有上坡,自然也有下坡。"骑车儿三桩乐:顺风、下坡、带老婆。"——今天风小,可以不必计较;没有老婆(其实本林的大云粗壮高大,本林也未必带得动);但"下坡"这一条,他们却常常是占准了的!真畅快呀,两手只管扶正车把,高兴时两脚还可以搭到车大梁上,只觉得两耳生风,飞翔而去。本林在生活中,可极少有机会将身体献给这样的速度,所以他是在颤颤的惊骇中取得这快乐的。他问身后的小进:"嘿!舒服不?!"小进说:"舒服哩!"说着两手抄到了本林的白衫下边。他很喜欢本林身上这滑润的肌肤,抚摸着,常常把脸也贴到姐夫宽宽的后背上……

公路即将入山了,弯曲也多起来。这条宽宽的沙土公路,两旁栽了茂盛的槐树。槐树上结了嫩嫩的小豆角儿,像一把把小镰刀。有什么鸟儿在树上鸣啭,用歌声送他们一程。沿路的庄稼长得都很好,刚收过麦子的庄稼人闲出手来了,开始在新一茬庄稼身上下工夫了:他们细细地耘土,用耘锄划掉麦茬儿;然后是间苗,间掉多余的、孱弱的苗子和草;再就是浇水、撒化肥。在这个晴朗的早晨里,人们大多在地里车水浇地。看水的姑娘穿了红的、绿的衣服,将描花的斗笠系在田埂的小树上。她们的头发都是湿润的,像水流一样滚着波浪,披散在圆圆的两肩上。她们各自浇着自家的地,也怪孤独吧,就哼起歌来,互相应和着。太阳升高时,她们就纷纷戴上斗笠,遮去了半张脸,那模样儿全凭人去推想。她们看着水,有时也惊叫起来:为一只从水中游出的大蛤蟆;为一条懒洋洋的蜥蜴;为一条不小心碰了它,惹得它喷起水雾来的蚯蚓……如果她们看到从跟前蹦过的大蚂蚱,就一声不吭地逮住它,掐根草梗串起来,别到斗笠边上——这可是美味呢。

孙玉峰的车速越来越慢了。他的眼睛老往路边上看,有时车

子简直就要停下来。本林骑车子的技艺远远比不得孙玉峰,这样缓慢是要倒下的!他抱怨说:

"玉峰哥,这样慢,走不到南山啊!"

"就要入山了。"孙玉峰说着,眼睛并没有离开田野,"再说也不用慌急。做大事情的人没有慌急的。你得学会慢慢来。你以为做买卖就是为了赚钱哪?也为了出来散散心哩!整天憋屈在家里,耳不灵心不亮!……你看看,从西数第三个姑娘,那个俊气……啧啧!"

本林往路边看了看,见她们都一样戴着斗笠,真不明白孙玉峰是怎么看出她"俊气"来的……他想孙玉峰的话是对的,散散心再说!做买卖就为了赚钱吗?看看这一路上的光景吧,不赚钱不也值得吗?想到这里他越发钦佩孙玉峰了——这个人如何生得这样大的心胸、这样久远的眼光?怪不得人家出来收红麻也要背上坠琴,人家是大将气度哪!

入山了。

他们下了车子,喝了点水,吃了些干粮。但他们并未马上赶路。孙玉峰对本林和小进说:"看到了吧?山根下那些小趴趴屋,山里人都住这样的小屋。他们不比咱海边上的人,不比咱们仨,他们傻气!跟他们做买卖,用不了多少心眼。那些打草窝的、贩鱼的,都是到这里来赚钱的。山里人的钱好赚。到了村里面,可不要乱说乱动,得看我的眼色行事……"

本林点点头。三个人骑着车子,驶入山村街巷里了。

"收红麻咪!"

孙玉峰首先放开沙哑的嗓子,喊叫起来。

本林和小进也像他那样呼喊着……街巷里并没有多少人,大概人们都到山上忙庄稼去了。他们这样呼喊了一会儿,只有很少几个老年人打开街门望了望,弄明白了是怎么一回事后,又"呼"的一声关了门。本林丧气地说:"山里人更不好对付!"孙玉峰也喊累了,这时就找块大石头坐下来,拉起琴来。

本林一听见琴声又高兴了。他笑眯眯地瞅着震颤的琴弦,慢慢竟忘了是进山收麻来的,亮开嗓子唱起来。

过路的人停住了,老年人从院里走出来,正做活的也从近处赶来了。不一会儿,他们三人竟给围了起来。孙玉峰的太阳帽儿推到了脑后,有些歪斜的眼睛向上翻着,看着琴钮儿和远处的一个屋顶。他拉着曲子,不断糅合进一些奇怪的过门儿——这使唱着的本林十分为难,他知道今天需要拿出真功夫了。本林这样想着,两手扯紧衣襟猛一用力,按扣儿"啪啦啦"打开了。他短胖的手掌拍打着圆圆的肚子,眼睛睁大,耳朵侧向琴弦。这果然增添了若干的机敏,无论孙玉峰的过门怎么花哨,他都能垫上词儿……人群里,终于有人叫好了。

本林唱到后来,竟能插空儿喊上几句"收红麻哎!"。

……

　　大雪飘飘,年除夕,（吕剧《借年》唱词,流行于山东）
　　到俺岳父家里,
　　("收红麻——")

借年去……

没过门的亲戚,难开口,

("收红麻——")

为母亲哪顾得,

怕羞耻!……

("收红麻——")

……

十一

第一次进山,归来时孙玉峰的车后座上绑了三小捆儿红麻——虽然少一些,但毕竟有了收获。他们将此归功于坠琴与歌唱。

一路上,孙玉峰总用一只眼睛看着本林,一只眼睛看着小进。他说:"我真服你了本林,你唱戏还记得收红麻。我不行,我拉琴就是拉琴……不过最好编个收红麻的词儿唱,这样唱戏时心也专些。"

本林极为赞成。他想,我会很快编成的……

当晚,本林躺在炕上,午夜以前都是睁着眼睛的,终于编成了收红麻的词儿。

可是,第二天进山唱时,他刚刚开了头,孙玉峰就用长长的过门儿把他赶开。这使本林十分懊恼。这天他们是在一个新的村子里收红麻的,有好多的人围上听琴。一些上年纪的人一边听一边点头,说:"年轻人知道什么,光知道看电视——那其实是用电照出来的,不是真刀真枪。哪如实实在在瞅瞅唱戏文的?你看这个拉坠琴的吧,准是科班出身,老腔老调的……"他们说这话时声音很大(耳朵聋的人常是这样),满场里都听见。本林见孙玉峰拉得更起劲了,知道是几个老头子的话将他激励成这样——孙玉峰又将鲜艳的太阳帽儿推到脑后了,歪斜的眼睛又向上翻起来,身子摇晃得空前严重!他的琴开始疯狂起来,两个硕大而坚硬的琴钮子像人的脑袋一样左右摇动,那黄铜琴筒常要莫名其妙地从膝盖上跳动起来——这不是拉琴的大忌吗?本林和孙玉峰合作也不是一天了,他深知这是出了毛病。毛病的根源追究起来当然在那几个老头子身上。他们怎么可以用这么大的声音夸奖别人呢?孙玉峰拉了多少年的琴,是有激情的人,拉到激动处,他自己就可以醉死在琴声里,又怎么禁得住年老的人再从旁夸赞呢?!……本林终于停止了歌唱,只是不安地直眼瞅着孙玉峰。

孙玉峰什么也看不见,两眼只是紧盯琴弦。他激动时就是这样。盯上半个小时左右,琴弦在他眼里变粗了,如两根橡子。接上,两根圆圆的粗橡爆开,分化成无数条粉红色的细线。这细线由曲变直,由软变硬,成了一片红色的挺拔无比的树林。一只苍老的大手在这林子里活动,每一株树都要拨动一下,每一次拨动都发出动人心魄的乐声来。大手拨动着,像从中寻找什么,又像在费力地攀援。它从红木的树根拨到树梢:树根发音尖锐激越,树梢发音遥远细碎。它于是频频地拨弄,到后来整个儿人都攀到了树上,在红木林里机敏如猴。那细细的、挺拔的红木树经不起一个人的重量,弯曲如弓,像要折断。但与此同时,攀上去的人一个弹跃,又落到另一棵上了……

本林见孙玉峰两只歪斜的眼睛最后凝到弦上了,知道事情严重了。他不知如何是好,急躁得两手摩擦着裤子。在他的记忆中,孙玉峰出现这种情况,也不过才一两次。他对孙玉峰眼下这个样子,也感到十分惊讶。他想,作为孙玉峰的一个好朋友,袖手旁观是不对的。但怎么帮他呢?喊他停住吗?要知道,一个人做什么事情入了迷,猛地一喊,那会惊出毛病来的……本林第一次懂得了什么叫"欲做不能,欲罢不忍",尝到了为朋友使不上气力时的痛苦与焦灼,额角很快渗出了汗珠儿。焦急之中,他突然想出了一个简便易行的办法,就对着小进的耳朵咕哝了几句。小进马上钻出了人群。

"收红麻咪——"小进在人群外边轻声喊道。

孙玉峰的弓子在喊声里抖了一下,但眼睛并未离开琴弦。

"收红麻咪——"本林又在孙玉峰耳旁喊道。

孙玉峰像从一场酣睡中惊醒过来,猛地收住了弓子,脸上立刻流动起汗水来。他大口地喘息着,有些迷惑地看着本林。

本林索性迎着人群一声连一声地喊着:"收红麻咪!"

人们的目光全聚到本林身上了。

有几个老年人眯着眼睛看着,又交头接耳地说了一会儿。其中的一个突然用手一指本林,大声吼道:

"探子!"……

场上所有的老年人几乎同时把眼睛盯在了本林身上,那目光由困惑转为嬉笑,一会儿他们一齐大笑起来,前前后后仰动着身子。

孙玉峰一手提琴,一手抹汗,连连问着:"怎么回事?怎么回事?"

本林慌乱地夺过他的琴,扯着他说:"别问了,走,快走!"

三个人避开人群,快步走出了村子。

他们为了歇息一下,在路口的一棵大柳树下坐了……孙玉峰仍在询问:"怎么回事呢?"

本林没有吱声。他用恨恨的目光盯着身后的村庄说:"他们……认出我来了!"

孙玉峰愣怔怔地看着他,终于明白过来……

那还是很多年前,本林在村剧团做出的事情。当时人们都在找东西吃,千方百计抵挡着饥饿。本林为了填饱肚子,求孙玉峰说情到村剧团来了——剧团出来串村演戏,可以吃饱,外村人总想方设法招待他们。本林到了剧团里,只能演兵丁、探子。他的主要作用是摆置布景、搬搬戏装等,要上场时只需扎块红布,简单得很。

但本林却演出了舞台上最好的"探子"!

他长得很矮、很胖,扎着红布从台角登场,就像个肉球一样滚动过来。他呐喊着,手执小旗,说一声:"报!……"舞台下立刻响起一片掌声。他单腿跪地,神情严峻而专注,使人容易联想到军情的危急——"元帅"说一声:"再探!"他利落地起身,骗腿,一扬小旗,应声而去,又像个肉球一样滚走了。掌声又响起来。人们在台子下赞扬着:"真好'探子'!"

他们如果看到本林卸了装怎样吃饭,一定会补说一句:"真好饭量!"本林一手攥一个窝窝,一手攥一个馍馍,左一口,右一口,头颅就这样摆动几下,两手里的东西就光了。他接上再攥起两个……

他们在一个村里连演十场,周围十几里地的村子都赶来观看。那个年代里,物质上的贫穷连同着精神上的饥饿,人们哪里是来看戏,简直是跑来大餐一场!剩下最后一场演出了,山民们费了最大的力气,搞来了白面,晚饭让演员全部吃上了白面馍馍!"探子"上场时,人们都笑他那个大肚子,笑着看这个肉球滚过来……但这一次,当他起身,骗腿,一扬小旗子离去时,突然从身上滚出了几个馍馍!……

山民们终于明白了剧团的饭量为什么总是那么大!他们是饿着肚子来看戏的,这时睁圆了眼睛看着台上滚落的几个馍馍,又好气,又好笑,有些不能容忍了。人们在台下吼起来:"探子!探子!……"

本林当时在台上呆住了,全身不停地抖动。"元帅"灵机一动,大喝一声:"来人呀!"立刻应声上来几个手持银刀的"兵丁"。"元帅"手指本林怒喝:"给我把这个偷馍的拖下去斩了!""兵丁"蜂拥而上,拧起本林就走……

观众这才平息下来,戏继续演下去。本林当然并未被"斩",但他已被永远开除出剧团了。一场戏下来,这个剧团带着偷馍的耻辱离开了山村……

人们会忘记那个"探子"吗?

……

孙玉峰坐在柳树下,用手捧着头说:

"糟了,这一围遭的村子别想再收红麻了,他们都能认出你!"

十二

二次进山失利,挫去了三个人一些锐气。

孙玉峰一连几天没有领上本林和小进出门。他呆在自己的小院里,胡乱忙一些事情。他很喜欢这个小院,芜杂的院落,在他看来就是富有的院落。他沿墙挖的那一溜儿洞,这会儿连自己也记不起是做什么用的了。还有那些野扫帚苗儿,生得多茂盛啊,他实在想不起是亲手种上的还是野生出来的。他只觉得可爱,有时揪几把嫩嫩的尖叶,让老婆做菜饼吃……本林领着小进到院里来玩,因为他们也没有别的去处。孙玉峰指点着小院跟他们说话,那神情,好像所有人都嫉妒过他这小院似的。他说:"看见那些兔窝了吗?养鸡行,养兔也行;在海滩上抓住什么野物,放进去就是。梧桐树,最值钱的就是这梧桐树!本林你不知道,板胡——那些有名的歌儿就是它拉出来的——那是用梧桐做的!树下边和乱草里东西更值钱,藏了土鳖子,一个就卖一毛钱,你想想这院里能有多少土鳖子吧!……"

本林和小进神往地看着,终于忍不住用手到树下扒拉了几下,只扒出了一只毛毛虫。孙玉峰不高兴地说:"不是季节!入蛰了!……"这时候他老婆芝芝也许听见院里热闹,从门口探头望着,被孙玉峰看见了,他大嚷道:"探头探脑,和个女特务一样!呆会儿还做不好机器,看我揪头就揍!"他老婆赶紧把头缩回去了。他又回头对本林和小进说:"老婆是毛虫,不打不聪灵——这家伙当年恋着我的才貌(我那时可年轻!),赶也赶不走……"

本林一笑。全村里没有谁不知道孙玉峰待老婆好,也没有谁不知道他当年追老婆追了几百里的事情。本林问:"造什么机器呀?"

"纺绳机!就把工厂安在这院里!"孙玉峰掐着腰说。

本林看一眼小进,完全地惊呆了!孙玉峰的老婆会造机器!他拉上小进要到东院看机器,孙玉峰却拦住他说:"明天起早就来安装机器,那会儿还看不见?……你本林好运气,和我合伙做事情,我让老婆准备了机器,你只等着发财便是……"

本林感激地看着孙玉峰。

"安上机器,接上试车!"孙玉峰对本林挥了挥手,"试车就是试机器,这个我知道你不懂。明天起早就干,你瞧有好戏了。"

"不过……红麻呢?"本林最不愿提红麻的事,但出于全盘的考虑,他还是提出了这个要害的问题。

孙玉峰沉吟半晌,说:"先用那两小捆吧……以后,再说……"

本林怀着一点不安和巨大的兴奋,和小进走出了孙玉峰的小院。"哈哈哈哈!"他仰面高声大笑。路上有人看着他,他就冲人家更响亮地笑几声。

他一夜都没有睡好。

早晨,他首先听到的是北风吹过来的一阵琴声。

他慢慢穿着衣服,坐在炕沿上笑着。大云骂他,他听不见。他在想：孙玉峰啊，你这家伙早晨拉琴也是拉的安机器的事。开始弓子抖在粗弦上，"吱嘎吱嘎"的，那是把机器从东院拖出来了；以后又揉琴弦了，声音热闹闹的，准是机器转起来了！嘿嘿！拉琴也拉安机器！本林高兴得猛一捅衣袖，衣袖扯了道小口子。他想：不要紧，不要紧，安机器嘛，总要撕破了衣服啊，碰肿了腿啊，不要紧！

他匆匆吃了几口饭，就往孙玉峰那儿跑去。

孙玉峰吃过了饭，又接上拉琴。太阳升上树梢，他才放了琴，一拍膝盖："安机器！"

两个人雄赳赳地向院门走去，他们要到东院拖机器去。可是刚走近门口，门一下子打开了，有个男人走了进来。两个人先是一愣，接上一齐呼喊出来："卢书记！"

卢达对他们点点头，然后问孙玉峰："老孙哪，你们要干什么去？"

"试机器！"孙玉峰脱口答道。

本林扭了一下孙玉峰的胳膊："你！告诉他……干什么？！"

卢达微笑着看着两个人急急地走出门口去，然后回身看这个小院子了……

孙玉峰让本林在门外等着，他自己进去扛出了两个木头架子。这木头架子简单得很，只不过是用胳膊粗细的棍子绑起来的，横着的那一根还钻了三四个洞眼。本林问："机器呢？"孙玉峰用脚碰碰木架："这不是吗？"

本林顿时失了兴致。他用怀疑的目光端详着这两个木架，用指头"笃笃"地敲着……孙玉峰说："快抬到厂房那边吧，愣着干什么！你以为什么机器都是铁的吗？你错了！能制造出产品来的就是机器！就是好家伙！你没听说鲁班这个大神仙吗？他造的机器哪个是铁的？……"

孙玉峰这一番话，使本林立刻高兴起来。他再看那两个木架儿，觉得绑得真是奇巧；还有那横木上的三四个洞眼，那是容易钻的吗？……他们将木架子抬到西院了。

卢达有些奇怪地看着，上前用手轻轻晃动了几下木架子，摇摇头。他见两人将搓成绺儿的红麻拴到架子上，这才明白过来。他说："用它纺绳吗？这样不行的。"

本林低头忙着，对孙玉峰说："你不用管他……"

卢达扳住木架儿推摇了几下，连连摇头说："不行的，你看，老孙，一晃就想散的样子，怎么能用？"

本林从地上跳起来，愤怒中带有一丝悲哀地叫着："卢书记！你别耽误我们试机器！乱摇乱晃，你这是破坏机器……"

卢达看看本林和孙玉峰，退后一步说："那你们试吧，一试就知道。"

他们拴好之后摇起横木来。开始麻绺儿松，还勉强摇得好，本林和孙玉峰激动得喊叫起来；可是摇了一会儿，架子就歪斜起来；到后来横木怎么也摇不动了。本林和孙玉峰这才停了手，呆呆地瞅着"机器"。孙玉峰说："不太行。不过也差不了多少。"

卢达问："有斧子、锯、铁丝、钉子吗？我会一点儿木匠活，我帮你们整治一下。"

孙玉峰看了看本林。本林建议："就让他修修吧……"

他们取来东西,在一边看着卢达做起来。卢达一边做活一边和他们说话。孙玉峰讲到怎样从农场回来的事,又骂起了"王八场长"……卢达劝他们多想想过生活的点子,不过不要太急,要力所能及,一点一点来。孙玉峰听着,点着头。本林冲孙玉峰嚷道:"老孙,小心这个人!可不能跟他讲机密的事情!"

卢达停了手里的活儿,看着本林说:"你有什么'机密的事情'?还不就是收麻、纺绳儿吗?你也太能夸张了!……"

本林和孙玉峰惊讶地对看了两眼,不吱声了。

卢达用了半个上午的时间,为他们做好了两个架子。他们试了一下,觉得真的能行了……三个人"哈哈"大笑起来,都很高兴。孙玉峰说:"想不到你还有这两下子,真看不出。"本林说:"这你还看不出吗?早年他就给我做过一个锅盖!"卢达赶紧解释说:"那可不是我做的,那是我代表社里买了送你的……"

玩了一会儿,孙玉峰突然郑重提出说:"我们的机器是你修好的,你是我们的朋友了。我要拉一段坠琴给你听!"

他跑回厢房取琴时,本林对卢达说:"卢书记啊,玉峰的琴可不是谁想听就听的!"说着,他与卢达握了握手。

十三

由于第一次进山收来的几小捆红麻很快用完了,他们就不得不硬着头皮进山去了。

然而这第三次进山,更增添了新的困难:要绕道远行,凡是早年本林登台演出过的村子,一概回避。

孙玉峰走累了歇息时,对本林说:"你看看吧!要不是因为你,我们的工厂早就火火暴暴的了!这倒好,机器有了,原料又没有了!……"

这时候的本林一声不吭。他沉默了。他在想自己多么严重地拖累了老朋友,以及今后怎么去弥补……小进偎在本林身边,摆着石子玩,见本林很沉重的样子,就停住了。他从衣兜里掏出一块干粮递到本林嘴边,本林挡开了。

三个人推车上坡,骑车下坡,赶到村子里已经汗流满面了……在这陌生的村子里,他们能收到红麻吗?三个人先在村边的溪水里洗了脸,然后才踏上街巷呼喊。

像别的村子一样,这里的街上也没有多少闲人。他们喊了半天,只从一个老头子手里买到一小捆儿,而且很贵。最后,他们寻了一个宽绰的、有阴凉的地方,坐了下来。孙玉峰拉着琴,本林唱着,开始有点懒洋洋的——他们也真有点累了。后来慢慢围上了人,他们才不得不振作起精神;再后来彼此都进入了一种境界,不仅振作,而且激动了,使一场的观众都叫起好来。也像事先约定好了似的,正唱在激昂处,小进突然呼喊道:

"收红麻咪——"

接上孙玉峰换了个过门儿,本林毅然地扯开了小白衫上的按扣儿。他的眼神又尖又亮地盯住孙玉峰的琴弦,唱道:

(白)收红麻!
红麻本是脏东西,

沤在水里臭烘烘。
放在家里发酸气，
又招老鼠又生虫。
赶快卖给玉峰吧，
他能把红麻拧成绳！

绳子可是好东西，
庄稼人离绳哪能行？
卖猪用它绑猪脚，
籴粮用它把口袋封……
快卖麻呀快卖麻，
拉琴的就是孙玉峰！
我叫本林来他叫小进，
是玉峰手下的两个兵！
……

　　本林唱自己编的歌，自然比平时多卖些力气；又因为所唱全是所做的事，唱起来也特别容易动感情。不仅是山民们听了激动起来，就连孙玉峰听到"我叫本林来他叫小进，是玉峰手下的两个兵！"时，也感动得连连咳嗽起来。他一边拉琴一边望着自己这两个"兵"，一股自豪感油然而生……本林唱"我叫本林来"时，是用粗胖的手掌按在心窝上的，使人觉得他无比地忠诚可靠，把什么交给他都让人放心！

果然,在听过歌唱之后,就有好多人回家取来了红麻!虽然没有拿来太多的,但你一小捆他一小捆,竟也汇成了很可观的一堆。特别令人高兴的是,山民们在麻价上并未过多争执,这使收麻人省去了一些本钱。

三个人乐陶陶地将红麻捆上自行车后座,心上有说不出的轻松……太阳落山还要好久,他们推着麻在街巷里走着,有时也有意无意地喊几声"收红麻哎"。出山以来的巨大收获使他们沉浸在喜悦之中了。一切都好像那么出人意料。他们转了一会儿,这才想起并未吃饭,于是赶紧找个地方坐下来,掏出干粮。

他们不慌不忙地吃着饭,轻松悠闲,还要插空儿议论几句自己的老婆。孙玉峰掂着白烙饼说:"我那个老婆烙一手好饼。瞧这一包瓤儿吧,谁能数出有多少层?手艺都是管教出来的。有一回她把饼烙成了死面疙瘩,我咳了一声,她吓得连烙十张,选一张最好的送给我吃——跟这张饼一样!……"本林崇拜孙玉峰,但只有关于老婆的问题不信服他,不过也不去反驳,而是接上讲他的大云:"大云嘴碎,脾气也不好,可是在吃的方面对我一百成!她哪年里不炖两回鸡我吃?哪回汤里不放沙参?玉峰你不知道,沙参可是一味中药,味甘、苦,性微寒,养阴生津,止咳祛痰,有大补啊!炖鸡就喜沙参!……"

谈着老婆,饭吃完了。孙玉峰咕哝着"找水去",一个人沿着路边树荫走下去。

孙玉峰已经很久没有这样高兴、这样踌躇满志了。他展望着工厂之前景,又想起本林称自己和小进是"两个兵",心想这词儿编得也真是贴切,自己不就算个大将,率领着兵丁去征讨,即将大获全胜了吗?!……前边有个二十多岁的姑娘,就离他二三十步,他极想赶上去说点什么。正这样想着,那姑娘回了一下头,使孙玉峰看到了一张漂亮的脸庞。他的心跳了几下,两眼就一眨不眨地看那背影了。他这才发现她长了修长的身材,并且垂着一大束黑亮的头发!他立刻觉得她如果做个旦角,那是再好也没有的。他紧走几步,终于离那姑娘很近了。

一束黑亮的头发就在孙玉峰的眼前晃动,他不知怎么想到了那沤制好的、松软的红麻来了,于是脱口喊了一句:

"收红麻咦!"

姑娘惊慌地瞥他一眼,拐进一个巷子里。

孙玉峰也痴痴迷迷地进了巷子,就冲着她那束黑亮的头发嚷:"收红麻咦!收红麻咦!……"

姑娘跑动起来……迎着面来了个黑黑的山里汉子,他听姑娘嘀咕了几句,就小心地歪侧身子让过姑娘,然后掐着腰拦住了孙玉峰。

孙玉峰看看他,手有些颤抖。他很想从黑汉的身边钻过,但黑汉却把他挡住了。他小心地嚷了一句:"收红麻咦——"这已经比刚才喊的低涩多了。他的喊还没有收尾,那个黑汉扬起巴掌,只一下就把他打倒在地,打落了鲜艳的太阳帽。孙玉峰一个滚身爬起,架起了拳头。谁知他的反抗惹起了对方更大的愤怒,那个黑汉跺了跺脚,接着用蒲扇般的大手捏到了孙玉峰的头上,用力一拧,使他整个儿旋了几圈,并且在旋转中用另一只手做成刀状,不断砍击他的肋骨。孙玉峰的头刚刚被捏住时,就从那手指的力度上知道了远不是对手,于是开始号叫起来……

本林和小进正在等水,突然听到了吼叫声。他们终于听出是谁在吼,于是就像救火一般慌急地迎着声音跑去。

孙玉峰一个人倒在巷子里,四周并无一人。本林和小进托起他的头,连连呼唤着。

孙玉峰像永久地睡过去了。两个人不知呼唤了多长时间,他的眼睛才缓缓地睁开了一条缝……

十四

孙玉峰受伤,工厂自然陷于停顿。他们将收来的红麻暂且堆放起来,全力为孙玉峰医伤了。

因为天太热,李本林在西院的梧桐树下搭了张小床,把孙玉峰从厢房里背出来……小进、大云、孙玉峰的老婆芝芝,长时间地围拢着小床。芝芝握着一张芭蕉叶儿,频频地给男人扇动着。孙玉峰闭着眼睛,缓缓地喘气,浮肿的嘴角一动一动,显得有些可怕。有一次芝芝的芭蕉叶儿不小心碰着了孙玉峰的鼻子,孙玉峰就叫起来:"本林!本林哪!什么时候了你还不亲自动手?"本林赶紧要过芭蕉叶儿,一下下扇起来……

大云和芝芝老要弄清孙玉峰受伤的原因。她们问小进,小进说不知道。

本林就回头对两个女人说:"是让恶人打的。咱要开工厂,恶人也要开工厂。可是咱们有机器,恶人还没有机器。恶人心一急,就把玉峰打伤了……"

孙玉峰躺在那儿听着,这时睁开那双痛苦的眼睛,看着本林,看着所有的人。

两个女人吸了一口凉气……大云拍打着膝盖说:"天底下真有这么坏的人哪!见了别人发财就眼急!他们单单就伤玉峰,这日子可怎么过呀……"

孙玉峰慢慢地呻吟起来……李本林十分焦虑,最后他把扇子交给小进,然后采草药去了。

他要采些整治外伤的药。

整整一天的时间,本林都在采药……夜晚,本林在孙玉峰的小院里架火熬药了……梧桐树遮去星光,院子里到处是黑的影子。大云和小进都不在,芝芝可能也被孙玉峰赶开了。院子里十分沉寂。本林故意将火燃得很旺,默不做声地听着柴草"噼噼啪啪"地燃烧。

孙玉峰在小床上费力地翻动着身子。本林走到了床前。孙玉峰不做声,只是握住了本林的手。

"这都怨我。如果不到那村里去,也许遇不上恶人……"本林说。

"主要是运气不好。"孙玉峰仰脸望着星星说道,"运气不好啊。你想想,头几趟进山差不多都是空手回的;做了机器,又不好使——这事情原来从开头就不顺利……怨不得你,也怨不得我,是运气不好……"

"运气"到底是个什么东西,本林不十分明白。他看着孙玉峰微眯着的眼睛,觉得那样子、那话语,都隐隐藏下了什么难以言传的意味……他"哦哦"了两声,又退回到火边去了。

本林捅着火,突然记起了一件事情,这时就说:"你知道吗玉峰?我采药时听人说,那些贩鱼的、种葡萄园的,真有人发财了……村东老锅腰,也快成'万元户'了!"

孙玉峰大声地咳起来。他咬着牙关说:"我这工厂是散不了摊子的。等我的机器开动起来,老锅腰又算得了什么?哼哼,那个王八场长如果知道我现在这模样,一准会笑。不过没等他笑出声来,我的机器就开动起来了。我已经有了原料!我就不信造不出产品!……"

本林也有些振作了。他提议说:

"明天就开动机器吧!做出一些产品,就运到龙口码头上去……"

孙玉峰赞同地点着头,打断他的话:"让大云和芝芝摇机器,你和小进最后成绳……"

本林不吱声了。他在想:虽然没有推举出厂长来,但如果需要有人当厂长的话,那么孙玉峰就是不容争执的厂长了。想到这里,他对着小床轻轻地说道:"你当厂长吧!"

孙玉峰没吱声。他像睡着了一样,均匀地呼吸着。

柴草燃得很旺,本林还是不时地扇两下子。小沙锅徐徐地吐着白气,整个小院里都弥漫起草药的气味。不一会儿,药熬好了。本林等它温凉一些,就端到了孙玉峰的床边上。

本林用嘴吹着药汤,说:"花木通、旱莲草,专治跌打伤,凉血止血清肝热……"

孙玉峰两手把碗端正,然后一饮而尽。他攥住了本林的手腕,久久没有做声。

本林轻轻地挨着他坐下来,有些急促地呼吸着。他不知怎么嘴角老要抖动,于是他用力将嘴唇抿成一条线,用眼角瞟着孙玉峰的脸。

"芝芝她们呢?"孙玉峰有气无力地问了一句。

"不……知道。也许……她们困了吧……"本林断断续续地回答着,连自己也不明白这嗓子今晚是怎么了。

"现在的人靠不住啊,老婆这东西也靠不住。你看我伤成这样,她夜里就不来守我……"孙玉峰长长地叹息一声说,"我这一辈子算起来,就交了你这么一个朋友……本林哪,你是个懂医的人,你对我要说实话。你说我什么时候能好?该死的黑汉!伤了我的元气……"

"几天就好。我包你好。"本林肯定地说。

"让我好了吧。我如果死了,好日子就留到身后去了。工厂会发财的,你记住这句话!谁跟我玉峰做事情,都没有失败的时候。也许咱们一辈子里最好的时候快来了……"

本林神往地仰起脸来,看着树隙里的星星。他喃喃地说:"一辈子……"

本林很少想他这一辈子。他记住的只是当过医生、演过戏,记住的是那时候的神气和欢乐。不知怎么,这个夜晚他却突然想起了过去的一些倒霉事情,想到了他用破木板做成的饭桌子、总摆着的那些糠团和野菜……他突然觉得已经过去的半辈子太亏、太亏了！他用一只手握紧孙玉峰的手腕说：

"你快好了吧，我们开工厂！"

"工厂是要开的！"

"我们一准发财！"

"我们差不多已经发财了——不是收来那么多红麻吗？有原料就好说……"

孙玉峰的声音越来越有力量了，这使本林十分高兴。他摇动着孙玉峰的手说："我，还有小进，都是你的兵啊。你该明白：你是厂长。全村里再也没有第二个厂长！你还该明白：做大事情就有大磨难，麻烦多，说不定最后能发大财哩。黄连味苦，可是败火解毒的好东西！"

孙玉峰先是不做声，后来就不停地挥动着手掌。本林于是停了嘴巴。他问："怎么了？"

孙玉峰咳一声说："你刚才说的这些，我全明白。"

十五

三天之后的一个夜晚，孙玉峰的小院里点了一盏四方玻璃罩的煤油灯。灯苗儿虽然拧得很大，还是照不透院里的黑夜。在小院的角落里，黑咕隆咚的树底下，都有人活动着，发出"吭吭"的喷气声。不知有什么夜栖的动物被惊起来，蹿上院墙往别处去了。梧桐树上的蝉被震落在煤油灯的光亮下，"扑扑"地抖着双翅。人们只是不做声，步子急促地来来去去。这是人们在搬弄麻捆儿、机器,工厂就要正式开工了。究竟为什么要在这个漆黑的夜晚开工,谁也闹不明白,就连孙玉峰也不明白。只是他喜欢夏天的夜晚,喜欢这个小院儿,傍黑时对身边的本林说一句"开工了",也就干了起来。

两户人家的所有成员都到齐了——大云、小进、芝芝,还有芝芝的两个小孩子。开始他们笑嘻嘻地拥进院来,吆喝着:"开工了!开工了!"大云因为实在高兴,还伸出小拇指,在本林的耳垂那儿轻轻按了一下……孙玉峰在床上厌烦地翻了个身,本林于是大声喝道:"吵个什么!都给我闭上嘴巴!"大家也就默默地做起来。本来大云准备骂本林几句,但她想到孙玉峰身上的伤,也就闭上了嘴巴。

孙玉峰喜欢安静。他躺在床上,看到人们在黑影里奔忙着,有着说不出的快意。

本林和大家忙了一会儿,就一个人蹲到一边熬中药了。当柴草燃烧起来,火苗儿又把整个小院映成一片暗红色时,本林第一眼看到的就是孙玉峰又戴上了那顶鲜艳的太阳帽!他的心莫名其妙地颤了一下……他这样怔怔地看了一会儿,然后跑到了床边上。

"玉峰啊!嘿嘿嘿……"本林叫着,小心地将孙玉峰头上的帽子转动一下。

孙玉峰费力地欠起身来,问:"麻绺儿抬完了吗?"

"抬完了。"

"机器摆好了吗?"

"摆好了。"

孙玉峰眯着眼睛望了望院里,伸出手比画着说:"机器要东西方向摆,这样拧出的绳子长。是这样摆的吗?我的头晕,也看不清。"

本林告诉:"是东西方向摆的。"

"哦哦,"孙玉峰点点头,"那么开机器吧。"

机器动起来了。

本林走过去,对大云小声说:"……以后,什么都要听厂长孙玉峰的。"

大云笑着拍打一下手掌:"芝麻粒大的工厂也有厂长!"

芝芝停了手里的活儿,憎恨地看了一眼大云。

本林将食指和中指并在一起伸出来,狠狠地朝大云指了一下……

"天哩,我什么没见过……"大云说着,暗中也用手势威胁着本林……

机器"吱扭扭"地响着。

大云和芝芝站在两端摇着横木,小进领着两个小孩子搬运麻绺。横木磨着铁条儿,发出一种尖尖的声音。

暂时没人吵什么了。

本林掐着腰在转动的麻绺间走着,一会儿低下头捏弄几下。他望望在两端摇横木的大云和芝芝,吆喝着:"东慢西快!"再不就说:"西快东慢!"有时他把小进也领进麻绺儿中间,指指点点地说:"小进哪,用心学,技术都在这上边了!……"

孙玉峰一直饶有兴趣地看着他的工厂。在他的记忆里,这处小院落从建成那天起,今夜是最红火的时候了。连他自己也不敢想象这个小院里竟会做起这么大的事情来。他回忆着他如何经营了这座小院,极力要回忆起何时栽了那几棵树,何时竖了那一排莫名其妙的桩子。他觉得自己真是个了不起的人,目光远大,能够期待,也能够忍耐。蜘蛛在树空间牵了网子,他不理睬;黄鼠狼跑进来做窝,他也不理睬;兔子窝塌了,葫芦架子朽了,他都是任其自然。他亲眼见树根下的青草钻出来,又随着秋末的来临,在他的琴声里枯死下去。他对这个小院有说不出的喜欢。他几乎不愿让任何人来院里分享他的欢乐。小院子可以说是一直荒废着,也可以说一直充满了生机。它在今天派上了这么重大的用场,绝非偶然。孙玉峰觉得好像出自什么天意似的,这小院荒凉了几十年,几十年什么也没有做,它原来在等待着开一个工厂啊!……想到这儿他得意地笑了。

　　李本林看了看孙玉峰,就到院角的小厢房里取来了装着坠琴的黑布套,放在了孙玉峰的身边。

　　孙玉峰带着伤,没法拉琴。可他还是将琴抽出来,抱在胸前抚弄着。他将拇指按到弦上,用力一拨,发出"嗡"的一声。他说:"多少天没拉这东西了,我的手老痒老痒……"

　　本林深有感触地点着头。

　　孙玉峰想起了什么,脖子往上拧着,愣怔怔地说:"那个人呢?"

　　"谁?"

　　"那个卢书记——好多天没见了。"

　　本林撇撇嘴:"他不来也好。我很反对他。"

"我不反对他。他是个老实人,还帮我们做机器。"

本林不认识似的看着孙玉峰,惊呼着:"哎呀!你还说他是'老实人'!他就差没把我吃了……开始我也把他当'老实人',我还跟他叫'卢小达'……这小院可再也不能让他进来了。"

孙玉峰用手按了按头上的太阳帽,没有吱声。他这时瞅着坠琴,突然坐了起来。他指着那两根琴弦说:"看看,像不像机器上的那两根麻绺儿!"

本林端详着,"嘿嘿"笑着:"真像两根麻绺儿,真像架纺绳机呀……"

孙玉峰略显歪斜的眼睛盯在琴弦和琴钮上,然后伸出粗粗的食指来,在弦上使劲拨了一下……

大云正专心摇着横木,只听到"嗡"的一声,好像什么东西断掉了一样。正这样想着,手里的横木猛地一震:拴在铁条上的麻绺儿断掉了!她看了看对面的芝芝,见她并没发觉,正看着自己的男人摆弄琴呢。大云气恼地一掀机器站起来,大着嗓门喊道:"天生没出息的东西,开机器也不忘瞅男人!这工厂要能开好,算我大云眼长到脚后跟,嘴长到后脑勺上了!……"

十六

这天早上,卢达要到龙口镇去看望一个朋友。他骑着自行车路过河边村子时,在一个巷子口遇到了一群围拢着的人。人群中有人夸张地放尖了嗓子叫着,有人"哈哈"地大笑。卢达觉得奇怪,也就围了上去。

人太多，一时看不清里边的事情。正这时，突然从中间抛出一根绳子来，有几个年轻人攥住一端，"嘻嘻"笑着往外拖。绳子绷得很紧，可慢慢还是拖出来了。另一端竟缚在一个矮矮胖胖的人身上，他敞着衣怀，两脚硬硬地拄着地皮，人们一用力，他就往前蹿一下，骂年轻人一句……卢达一眼就认出是李本林了！原来他身上斜挎了一大卷绳子，年轻人跟他闹，揪出一根绳头就往外拖……李本林往前蹿着，当身体就要失去平衡的时候，他巧妙地抱住了眼前的一个人，然后得意地"哈哈"大笑起来。

他笑着，当凝神看了一眼他抱住的这个人时，立刻就惊住了。他嗫嚅着："卢……书记……"他要撒手退去，卢达却将他给抱住了。卢达知道那些拖着本林往前蹿的人并无恶意，可他还是有一些激动。他就这样紧紧地抱着本林，两臂有些抖。

人们也都认出了卢达，于是慢慢就散去了。巷子口上，只剩下一个小进、一辆"永久"牌破自行车……卢达问了他们几句，很快就搞明白了。原来本林今天要和小进到码头上送样品去，本林背着工厂的第一批产品，忍不住心里的激动，就在巷子里多兜了几个圈子。很快有一些人围住了他——不是本林，而是本林他们制造的绳子引起了村里人的好奇：这绳子倒是崭新的，略显得有些僵硬；由于红麻没有沤制得好，绳子上满是黑色的硬壳；特别让人发笑的是一节粗一节细，有的地方不知怎么就突然地纠结成一个瘤子，看去像一条吞食了鸡蛋的蛇……卢达的目光落在这绳子上，眉头不由得皱了一下。

本林耐心地将揪散的绳子理好，又像佩挂一条荣誉绶带一样

斜挎在肩膀上了。他扯上小进,往卢达跟前走了一步,仰脸看着卢达笑了笑,然后伸出手说:

"对不起卢书记,失陪了!⋯⋯"

卢达的手刚刚动了一下,就被对方紧紧地握住了。本林用力地耸动着手臂,连连说:"失陪了!失陪了!"

他将三个字咬得很重,这终于使有些惶惑的卢达明白过来:他要上路了。卢达咀嚼着"失陪了"三个字,觉得十分可笑,但他还是没有笑出来。当本林的手掌刚刚松离时,卢达赶忙告诉:"我正好也要到龙口去,我们同路了。"

本林满腹狐疑地看着他,然后让小进坐到后座上,怏怏不乐地跨上了车子⋯⋯

卢达一直和他并行着。他想和本林说点什么,本林却总要把头扭到一边去。小进搂紧了姐夫的滚圆滚圆的腰,像睡得舒服的孩子那样,闭了眼睛将头贴靠在他的后背上⋯⋯卢达看着小进,心头慢慢泛起一些酸楚。如果没有算错,那么小进今年该有三十岁了。猛地看去,这还完全是一张孩子的脸,可离近了看,你可以看到那一条条皱纹、一副没有光泽的面庞。你会觉得他有些早衰,不由得去想象他这样的年轻人的生活⋯⋯卢达极力把目光移开,移到本林身上那卷可爱的绳子上。他问:

"本林同志,工厂开工好多天了吧?"

"⋯⋯我听见狗咬,抬腿就跑⋯⋯"本林哼起了奇奇怪怪的调子。

"本林⋯⋯"卢达大着声音又叫了一句。

本林歪过头来,却伸出一根手指,指了指公路上一个拖沙耙子的老头儿,笑嘻嘻地说:"这活路好哇!这活路多松闲,拖拖拉拉往前走就能挣钱,还有看不完的光景儿!嘻嘻……"

卢达不做声了。

又走出一截儿路,本林突然提出要到路边村子里找水喝,让卢达等他一会儿,然后将车子拐到一条小路上了……

卢达还等得回吗?

本林刚将车子拐开,就偷偷地捂上嘴巴笑了。

他飞快地蹬起车子,穿过一个小村,沿一条小路往龙口镇去了……他心里终于轻松起来。他想这一段机智的脱险也值得回头跟玉峰叙说了!一想到病体痊愈的孙玉峰,本林就有说不出的高兴。

……

卢达开始还以为他会归来的。他一个人蹲在树荫下,看着本林羡慕过的养路老头儿拖着沙耙子一趟趟地从身边走过,一边耐心地等着本林。一个多小时过去了,他终于明白本林是撇开他往龙口码头上去了。"他是故意甩开我的!"他这样自语着,慢慢跨上了车子。他一路都在琢磨着这种特别的狡猾,不住地苦笑。

到了龙口街,找过朋友之后,天已近午了。卢达吃过了饭,然后就要往回走去。可他蹬着车子,竟不由自主地到了码头上——本林说过要到码头上去——这真是没有办法的事,在心灵的最深处也许埋藏了一双眼睛呢,它老要去注视本林的生活……卢达想到这儿心里有些沉甸甸的,仿佛觉得这自行车也不愿往前赶路了,它早该上油了,那么沉、那么涩。

　　码头外面的人乱哄哄的,简直有些吓人。各种各样的个体户都在用自己的嗓门喊叫着。有的莫名其妙地竖起一杆高高的木杆,木杆的顶端再拴一块红布,仔细些看,才知道那红布上写了广告。做油炸果子的油锅永远沸着,卢达站在远处看去,心都是灼热的!到处可以看到这样的人:头颅用力地往前探去,再探去,好像要用嘴巴去衔住什么东西似的;他们在呼喊,呼出每一句话时,都要同时将三根手指捏紧,往前用颈儿一推……不知怎么,卢达在这让人晕头的呼叫声里变得忧郁起来,他真担心圆圆胖胖的本林会被这些人挤扁、踩倒!

　　他四处寻找本林和小进,都没有发现。当他要失望地离开时,他才意外地看到了他们:坐在僻静的一个角落里,四只手握紧了那卷绳子,垂着头,沮丧极了……他走过去,站在了他们跟前。

　　本林并没看到他,自顾自地骂着什么:"臭东西,这个死猫烂狗!这个蝎子尾巴!……"他骂着,猛抬头看到了卢达,就腾地一下站了起来,"卢书记!"

　　卢达挨着他坐下来。

　　"这些商贩,没有一个好东西!"本林说。

　　"怎么呢?"

　　"哼!原来都是讲好了的,我们纺出绳子,他们收购装船,如今眼一翻就不算数了!"

　　卢达拿起绳子看着,没有说话。他知道这样的绳子哪个商贩也不会收购的。

"多好的绳子啊！纯麻的,拧得多紧……"本林用手抚摸着绳子说。

卢达终于忍不住了。他说:"这绳子……是不错。不过还要在质量上……下下工夫……比如,让它粗细变得一样……"

本林惊愕地昂起头来。他愣愣地看了卢达半晌,说:"质量还能再高吗？还能高到哪里去?!"说完就深表怀疑地摇起头来。

卢达觉得没有什么可说的了。他只是久久地看着这一卷绳子。

本林却从卢达的眼神中看出了一些睥睨和烦躁。这使他立刻气愤起来。他想,人哪,就是这样的怪物:没亲身经历的东西,总说是不好。就像小孩子一样,自己生的才好。他卢小达没有亲手造这绳子,当然看不起的！他就不知道孙玉峰的威力,就不知道大云和芝芝怎样摇那横木:"吱扭、吱扭"……如果说绳子在粗细上还不很匀的话,那也只是怨玉峰的小院不平整,纺绳机往前活动时,老要一磕绊一磕绊的……

卢达这时想起了什么,就建议说:"到海边上卖卖看吧,拉网的人使绳子多,也许能推销一些……"

没等他的话落地,本林就兴奋地站起来。他连连夸"好主意",扯上小进的手就走,也顾不得把卢达一个人撇在那儿了……

本林急急地赶路,往海边上奔去。

他望得见蓝蓝的海水了,听得到沸腾的人声了。

他一看到那些身体晒成黑红色的人群,心里就有一种莫名其妙的畏惧感,他后悔没有领上卢达一块儿来。他对小进嘱咐道:

"到了人群跟前,你来呼喊吧!"小进点了点头。

可是没等小进开口,人们就笑嘻嘻地围上来了。

一个海上老大问本林:"卖绳子来了吗?"

小进迎着老大耳根处喊了一句:"卖绳子哎——"

一伙儿人都笑了。人们一齐来捏弄这绳子,说:"真好手艺!本林哪,这得进口的机器才制得出吧……"

本林从他们的眼神中看出这是嘲笑。他对这帮人的眼神可是熟悉极了!他正思忖着用什么话来还击,人群中突然有人喊着:"本林,瞧我用这些绳子练个功夫你看!"说着站出来一个胖胖的青年,抓起绳子就往自己的胸脯上、腰上乱缠……人群嬉笑着往后退,一边嚷:"这小子会气功啊!"

大家退出一个圆圈儿看着。只见胖小伙子将绳子缠足三圈以后,就请人打了死结。然后,他握起拳头,满脸红涨,"啊啊"大叫,两臂一挓,三圈绳子在胸脯上"啪啪"断掉了!人群鼓起掌来,大笑着,推簇着胖小伙子走开了。

本林和小进呆呆地望着他们的背影。本林想:虽然糟蹋了一些绳子,但毕竟开了眼界!他还是第一遭看到这么有功夫的人哩!

这时有人拍了一下本林的肩膀。他回头一看,原来是海上老大。老大"哈哈"笑着说:

"还是回去提高质量吧,这个样子没人买的。再说如今海上大都用尼龙绳子了。你以为他真会气功吗?是你的绳子太糟了!……"

本林看看断掉的绳子,吸了一口凉气。

十七

孙玉峰又坐在梧桐树下拉他的坠琴了。他把鲜艳的太阳帽推到后脑勺上,低下头来。他拉琴入了迷,总要把头用力低下来,像要埋入两股之间。他要捕捉琴弦上的声音,还要捕捉弦外之音。每一支曲子都让他想起好多的往事。他想起这黄色的琴筒是怎样在他的腿上颠簸了这些年的,想着想着就感叹起来。他又把这些感叹糅进弦里去。他模模糊糊记起他走过好多地方:有一次坐船到桑岛上去演戏,半路上差点儿淹死。如今梧桐树下活动着的这个生命,就是那一次捡来的。

拉琴,能使他忘掉眼前的事情。

眼前的事情太不愉快了。绳子卖不掉,大云和芝芝又老要吵架。他一怒之下把机器和红麻都堆到了院子角落里,将所有的人都驱赶出这个小院!他说:"工厂非整顿不可了!"

他整顿的办法就是不停地拉琴。

小院子又恢复了多年来的寂静和安谧,这使他十分欣慰。夜晚,他有时放了琴,安静地坐在树下享受着一片清凉,倾听着院里各个角落的声音。每一种声音都是那么亲切!有什么东西在草堆里拱动,发出"沙沙"的响声,肯定是那只胖胖的刺猬了;一阵"哗啦啦"的骚动,必定是那群老鼠无疑了,它们几天来被工厂搅弄得不知躲到哪儿了,如今归来了,多少也算一桩值得庆贺的事情;蝙蝠飞来飞去,各种小虫虫也都频繁地活动起来……这一切声音孙玉峰都喜欢听。这个小院里住了好多"家族",这点儿只有他一个人清楚。他听着各种声音,无声地微笑了,笑得十分惬意……

他拉琴时,只有本林可以走进来。

本林只是在一旁默默地听着,不说话,也不歌唱。工厂正处于整顿时期,人人心情都不免有些沉重。他只是坐在孙玉峰身边的一个草墩上,看着那弓子在琴筒上拖来拖去,溅起一股股松香的白烟……他觉得孙玉峰在拉琴时要花费以往双倍的气力,他不知握弓子的这只手腕要承受多少痛苦:使劲钩着,筋脉暴起老高,整个儿显得苍白、僵硬。他想,如果抚摸一下,一定会是冰凉的。它缓慢地、有些笨拙地来回活动着,像是负载了什么重压。是的,是负载了重压啊,这重压来自一个需要整顿的工厂。它又像被什么束缚着而不能舒展,只得这样扭曲着。是的,束缚它的就是那一节粗一节细的绳子了。

本林想,如今工厂的难处是不说自明了的,全村里的人没有一个会不知道!孙玉峰已经用这琴声告诉全村人了。瞧他的弓子一顿一顿,琴声也就一顿一顿,那不是告诉人们纺出的绳子一节粗一节细吗?弓子乱点戳,各种声音都从琴筒里挣挤出来,那不是告诉人们大云和芝芝在吵架吗?

"唉!"本林一想到大云,忍不住就叹息了一声。

孙玉峰也将弓子停住了。

这会儿他们都听到了隔壁里传来一阵大似一阵的争吵声,原来大云不知什么时候又来找芝芝了。孙玉峰和本林正要出门去,她们两个人已经挣扎着往这边来了。孙玉峰威严地一指院门说:

"本林,快去上闩!"

本林箭一般冲向了门口……一霎时没有了声音。不一会儿，大云怒喝起来："你这个'短粗胖'！你是守门狗吗？"

孙玉峰一听大云跟男人叫"短粗胖"，知道她是真的发怒了，禁不住转身去看：大云已经推开本林，弓着腰跑进院里，由于一只鞋子是拖在脚上的，所以跳起来一拐一拐的。她好像没有洗脸，那灰污是再明显不过地挂在鼻子两侧。一撮头发咬在嘴里，这会儿为了说话方便，她用手把它抿到头上了。她喊着：

"孙玉峰，你可是当家的！我今天只问你一句话：我们合伙开工厂，我家是不是入了股金？"

孙玉峰歪斜的眼睛眨了眨，一只盯在大云脸上，一只盯在刚刚进门的芝芝脸上。他不解地问："怎么咧？"

"怎么？！"大云的手往后一抡，"你那个贱老婆说是白养活了我们！为开工厂，本林买瓦片用的三百块钱都拿来了！再说，机器是芝芝一个人开动的吗？白养活我们？说这样丧良心的话不怕遭雷打吗？……"

芝芝凑了上来："雷专打你这样的！"

大云将拖拉在脚上的鞋子甩开，然后扑向了芝芝……她们紧紧地抱在一起，一时谁也解不开。她们在院子里滚动起来，当滚到孙玉峰跟前时，孙玉峰就顺势给了她们一脚，她们于是向别处滚去……

本林惊呆了。他恐惧地叫着："玉峰！……"

孙玉峰两手掐腰，怒目圆睁。

本林说："工厂真正需要整顿啊！"

"整顿个狗!"孙玉峰把鲜艳的太阳帽揉皱了握在手里,看着她们两人在地上厮打。

大云和芝芝又滚到了红麻堆上。滚动了一会儿,她们突然没有声息了,坐在麻堆上,一齐抹起了眼泪……孙玉峰和本林有些疑惑地对看了一眼,跑过去一看,立刻傻了眼了——

纺好的麻绺儿全被老鼠咬成一节一节的,已经没法用来做绳子了!多大的一堆麻绺啊,如今全被老鼠毁了!

四个人定定地站着,一声不吭。小院里静极了。

突然,孙玉峰把太阳帽一抛,弯腰搬起一个木架子(即机器),高举过头,恶狠狠地摔下来……木架子碎成了几块,芝芝大哭起来。

孙玉峰用手指着大云和芝芝:"给我滚出去!永远也别回来!工厂,不开了!……"

两个女人还在犹豫,孙玉峰又怒喝起来,她们终于哭着跑走了……

两个男人颓丧地坐在了潮湿的地上,一声不响地坐着。

几片树叶儿飘下来,落在了他们头上。他们一动不动地看着脚下的泥土,彼此都听得见"呼呼"的喘气声。停了一会儿,孙玉峰长叹一声说:"工厂也就开到今天吧……"

梧桐树上的群蝉一齐鸣唱起来,那声音竟如此尖厉刺耳。它们叫得好欢畅、好热闹,本林真不明白在这个倒霉的夏日里,究竟还有什么令它们高兴的事情……两棵幼小一些的树木间,一只像橡子豆那么大的蜘蛛正伏在一张大网上。有一只小蚂蚱从地上弹起来,正好粘在网上,它于是挣扎起来。黑色的、僵死般的蜘蛛蠕动了。它伸开长腿,踩着网丝,颤颤地往前走了……本林看了孙玉峰一眼。

孙玉峰嘶哑着嗓子说:"我说过,事情从一开头就不顺利。你想想吧本林,收红麻不顺利,跑了多少冤枉路;后来总算收到了,又遭了黑汉的暗算;再后来,制造的产品商贩不要了,连渔民也不要!这已经不是一般的不顺利了,这简直是捉弄人!……"

本林补充说:"还有个不顺利的地方:机器刚造出来时,不能用……"

"这简直是捉弄人!"

"谁捉弄咱哩?"本林不太明白。

孙玉峰摇摇头:"谁都捉弄咱!"

"咱们这回是发不了财啦!"本林终于失望地说。

"让那些龟孙子发去吧!那个老锅腰不是也快成了'万元户'了吗?让老锅腰不得好死!让海边上那些拉网的贼大胆都喝喝海水才好!咱们喝酒!……"孙玉峰从地上跳起来说道。

"他们,"本林指点着门外说,"那些发了财的,全都是奔资本主义去了,玉峰啊,他们都没安好心哪!"

"他们都是特务!让他们喝喝海水才好,我们喝酒!……"孙玉峰真像喝了酒一样,身子有些摇晃,步子踉跄着向院角的小厢房奔去。

本林转身的时候,清楚地看到了孙玉峰的眼角有一滴泪水。他的心里一抖,大喊道:

"玉峰!"

孙玉峰没有吱声,径直向着厢房奔去……

他真的从厢房提出一个酒瓶来。他向本林举起瓶子:"咱们喝酒!"说着,先饮了一大口。

孙玉峰放下酒瓶就拉起琴来。他的头垂向两股间,一双眼睛又紧紧地闭上了。他只是不停地拉、拉……两个硕大的琴钮疯狂般地摇动着,黄铜琴筒又在膝盖上跳动起来。

本林拿酒瓶的手老要抖动,但他终于还是把瓶口塞到了嘴里。

十八

"哈哈哈……好酒啊!"本林满面红光,仰天大笑,从孙玉峰的小院里跨了出来。

他拍打着光亮的肚皮,觉得一身轻松,舒服极了!

门口有个人叫着他,他揉了好一会儿眼睛,才看出是小进。小进两手扳住他的胳膊哭起来:"我……我等你快一天了!她、她在家骂你、骂我,也不做饭……"

本林"哈哈"大笑,只是扯紧他的手往前走去。

他们没有回家,而是向着一个老地方,向着芦青河湾走去了……半路上小进说肚子饿,本林就和他卧倒在一片花生棵子里,扒了一些花生水仁儿吃。他们相视而笑了。本林用手抹一下小进的脑壳问:"舒服不?"小进说:"舒服!"他们"嘻嘻"笑着滚动起来,一片花生棵都被他们压倒了……

他们重新扯着手向前走去。也只有在这条路上,两个人才那么兴奋、那么无忧无虑,仿佛他们一踏上这条路就立刻年轻起来。"你闻得见它那股味儿吗?"本林问。"它"就是指芦青河湾,指那片平展展的水。小进笑了,鼻子上有一道可爱的横纹。他说:"闻得见,这还闻不见吗?湿漉漉的,一股鲜味儿;还有,鸟的长嘴巴里叼了鱼,一甩一甩,在半空里闪亮儿,鱼的腥味儿我也闻得见……"

本林笑了。

"你看你看!"小进往前比画着——哦哦,他们来到河头了。

这就是那个有名的芦青河湾吗?不,这是一片蔚蓝色的湖,是个童话,是个明亮的光斑,是面闪着银光的镜子!

水鸟飞着,大叫着欢迎他们归来。近处的水草绿得像染过一般,所有浮在水面上的藻叶也被微微的水波荡散了。这水让人一看就觉得心胸开阔起来,什么惆怅、懊悔,一霎时全都离去了!无有踪影了!……本林将衣服脱下来摇动着,高抬着膝盖往前走去。他觉得一连好多天没来这里,这真是蠢极了。这全怨那个倒霉的工厂!工厂不干了,又可以随意来这片水里泡了,从这一点上来看,工厂完蛋了才好呢!这样想着时,他突然又看到了一群跳鱼,立刻指给小进说:"你看你看你看!"

小进说:"真多!"

本林脱掉所有衣服往水下走了。小进从后面用沙子扬了他一下。他钻进水里。后来他抬头向小进招一下手——小进往前一探脖子,他吐了小进一脸的河水!

满河湾的笑声。

本林醒酒了。水暖融融的,那么柔软、那么温顺!他仰躺在水波上,伸手往四周触摸着。水花躲躲闪闪地在身子边上旋动,"哧哧"地笑。他觉得这水很像小进小的时候:软软的小身体,皮肤又嫩又白,你伸手点触一下,胳肢他的腋窝,他就笑着往后缩、缩!本林眯上了眼睛,任这水波摇动他。他想象着身边围起十双八双小小的巴掌,推动着他,拍打着他。他就像个白胡子老爷爷那么安然。天底下哪里也没有这片水好啊!他跟这水的情感,是从童年,从很小很小的时候就开始培养的。他觉得生活中那么多坚硬的棱角,老要撞得人鼻子发酸,身子上一块块青紫的印痕;而这片水波却是柔和的,每当他疲乏了,碰得疼了,他就躺倒在这里,让那无数个看不见的手掌抚慰他的伤口。

什么事情都最好能总结一下经验。本林如今躺在水上,总结出的经验就是:什么时候背弃了芦青河湾,什么时候就要倒霉!早几年有一阵忙着造田(吃饭都要在田里),成年累月不来这河湾了,结果穷得没东西吃,差一点饿死!武斗那几年忙着四处去,忘了这片水,结果险些被渔叉扎死!最忘不了的是做医生那段时光,他高兴得迷了路,竟一次也没有走到这海边上来。后来的报应是再清楚也不过的了:他被逐出合作医疗站,小进被捉!再有就是眼前这次了,财迷了心窍,到处去奔跑,结局就是工厂倒闭,老婆大哭,买瓦片用的三百块钱无影无踪!……多么深刻的教训哪,这里面有泪水,也有鲜血。

本林咬了咬牙关:他今生再也不痴心妄想了!他再也不背弃这片河水了!他在今后的生活里,即便暂时离开了,也要快快回来。他要像童年那样在这里无忧无虑地戏水,他要重新过一个童年——多么愉快的童年哪！童年,童年哪去了呢?他把童年遗失在了哪里呢?

"嘿嘿嘿!"小进欢笑着,手里握住了一条黄脊背的小鱼,向他炫耀着。

本林睁开了眼睛。眼睛里不知何时憋住了一汪泪水,这时一下子淌到河水里了……

淌过了泪水,两眼立刻清明好多。他望着岸上的绿草、一片片的蒲苇。可是就在这时候,他发现了有一个人正拨开苇丛,急匆匆地赶过来——他的身影十分熟悉,他是卢达呀!本林的心不由得急促地跳动起来。他比以往任何时候都更加厌恶这个身影。他把脸转向了另一边。

卢达也在岸上脱了衣服,慢慢地游过来。

卢达挨近了,本林却扯上小进的手,用脚蹬着水移开一些。

"我到处找你,后来我想你会到这里来……"卢达尽量地游近他,说道。

"你倒让我清闲清闲吧!"

"打扰你了吗?"

"你饶了我吧!"

卢达苦笑着,没有吱声。

"你还是饶了我吧!"本林将两手按到耳朵上,在水里巧妙地滚动起来。

"我一直想跟你好好谈一谈……我肚子里装了好多的话。本林!我们能好好地唠一唠吗?"卢达站在水里,盯着本林的脸说。

"唠些什么？你是吃官饭摇官船的人,和我唠有什么好处！我这样的人,你又不是不知道……"

卢达没有说下去。他突然朝岸上点点头说:"这儿不方便,没有烟抽,我们还是到岸上去吧。"

"你有好烟吗？那走吧！"本林往身上撩了几把水,让小进一个人踩鱼玩,然后和卢达上岸去了。

他们躺在白白的沙子上吸烟卷了。卢达说:"我还是想和你一块儿谈谈过日子的事。你知道,过日子可需要好好合计一下。"

"一天一天往下挨吧！"本林用中指和食指夹住烟卷,心不在焉地说。

"解放三十多年了,你还住着小草屋,穿这么破的衣服！还能这样挨下去吗？我看了心里十分难受……你知道,我对你负有责任,我……对不起你……"卢达说着,转脸看了一眼水中的小进。

本林笑笑:"好不容易自由了,我到这里洗洗澡儿,可你老跟着我！我再见不到你才好！"

"我总想,我应该帮助你……"卢达坐了起来。

"帮助我？"

"我说过,我对你负有责任！像小进,毁了一生,也给你的日子带来说不清的难处。这使我一想起来就十分难过……你不知道,这是欠下的一笔债,我怕回忆这些往事……"卢达的声音低沉下来。

本林一直有些惊骇地听着这些话,这时坐起来,拍打了一下卢达的肩膀,"哈哈"笑着说:"好哇,嘿嘿,原来也没便宜了你。就让你难过去吧！小进常常变疯,我还住小草屋,你难过好了！想想当年吧,我和大云那么哀求你,求你开恩放了小进,你硬是不干！恶有恶报,善有善报,今天让你难受去吧！……"

"本林！……"卢达恳求地叫了一声。

"你呀,嘿嘿,到底是读书人,鬼精鬼精!"本林继续嚷着,"你倒是会算账的。你哪里是为了帮助我？你是为了自己还账的,你为了自己以后想起来不难过……嘿嘿,你鬼精鬼精！嘿嘿嘿……"

"本林！……"卢达嗓子颤颤地叫着。在对方的笑声里,他全身颤抖起来……他的头垂下去,久久地垂下去。过了好长时间,他才艰难地抬起头来,吃力地说:"为了还债也好,为了我自己也好,我还是要……帮助你,帮助你脱离眼前的困境！"

"你没那本事。"

"我想我会尽力做。我想让你尽力配合我……"

"怎么做吧?"本林又嬉笑着燃上一支烟。

卢达和他挨得近一些,说:"让我们先研究一下失败的原因吧,看看别人都是怎么做的,我们怎么去竞争……"

本林笑了:"让我去奔资本主义吗？那好,能奔咱也奔！哈哈……"

卢达连忙摆手:"不！不要以为研究竞争、商品,就一定是资本主义……"

"对,"本林挤挤眼,"咱就说'不是'……"

卢达皱了皱眉头,继续说下去:"应该研究一下自己的优势,把自己的短处变成长处……比如做蒲窝吧,村子里还没有做的,原料又这么多,满河套子都是蒲草……"

本林警觉地站起来:"你又想让我开工厂吗?"

"也不算什么工厂。原料不用花钱,不用本钱的事情……"卢达赶快解释说。

本林想,割蒲草天天可以来河湾里,这事倒可以考虑。不过做那么多卖给谁呢? 他于是问:"卖得动吗?"

卢达说:"我就是为这个找你来的。镇上土产店要收购一部分蒲窝,我跟店里领导讲一下,让他们给你一些特别照顾……"

本林笑了。他紧紧攥住了卢达的手,抖动着说:"卢小达,你是个好人! 你到底还是没有忘了我本林哪!"

十九

本林做起蒲窝来了。

大云每天可以做五六双蒲窝,又快又好。本林将她做的每一双都放到脚上套一套,赞不绝口。可是大云给草窝锁边拧沿时,最后那几下子总也做不利索。这需要本林亲自动手。小进负责打捆儿:五双一捆,五捆一包……一家人再也顾不得吵闹。本林在心里暗暗叫着:"成了! 这到底不像开工厂那样不顺利,配合得多妙啊!"

做到第三天上,本林听到了一阵阵的琴声。

他一动不动地听着,最后一拍大腿说:"糟了! 玉峰心里正为没有事情做难受呢,这从琴上听得出来。我们该和玉峰一块儿做蒲窝……"

大云说："你就知道找那个斜眼子！买瓦片的三百块钱还不是白白送了！"

本林有些生气："怎么能说这样的话！工厂散了仁义在，我什么时候也忘不了玉峰！"

他说完就循着琴声跑走了……

这之后，他们两家都做蒲窝了。

第一批蒲窝送到镇上时，是本林和孙玉峰一块儿去的。他们进了土产店后院，立刻有一个二十多岁的姑娘迎上来。她笑吟吟的，说卢达跟他们店讲过，她负责收购这些蒲窝，你们一路辛苦了等等。本林看看孙玉峰，自豪地抿起嘴角说："谢谢！谢谢谢谢！"他的手很自然地在袖口那儿动了动，但他看对方无意握手，也就只好作罢。

这一次他们结算了五十多元钱。

他们板着脸走出门来，刚拐过一个墙角就互相盯着笑起来。本林小声呼喊着说："了得！这真是桩好买卖……"孙玉峰说："你看见她点钱了吧，点了好大一会儿！嘿嘿，她把小拇指甲留那么长！"

两个人到店里喝了一会儿酒，花去了十元钱。

第三天上他们又去送货了。这一次，孙玉峰出于高兴，特意背上了那把坠琴。姑娘见了他们说："怎么，这么快就来了吗？你们该攒多一些再来。"本林笑笑："不碍事，庄稼人工夫多哩。"

结账之后，他们还不愿马上离去。孙玉峰从黑布套里抽出坠琴说："姑娘，你见过这东西吗？"

姑娘点点头："在乐器店里见过。"

本林有些吃惊地看着她，小声在孙玉峰耳边咕哝道："她见过！"

孙玉峰又说："我来拉给你听听吧！"

姑娘点点头，但又补充说："不过时间不要长，正上班呢。"

本林高兴地看着孙玉峰调试琴弦，在一边对姑娘说："一般的人可听不到玉峰拉琴啊！……"

孙玉峰拉开了。他和以往任何一次不同的是（本林这样看），他一开弓子，就将左手放在琴杆的最高处，然后用手指频频地敲击那弦，一边敲击一边往下滑动；握弓子的右手急躁异常地来回拉动；更有趣的是他的身子并不随意乱摆，而是小幅度地颤动……结果有别一种声音发出来，很像流水，并且是由远而近地流过来，越流越勇，越流越宽，水面上不住地爆开几个水泡儿，发出"啵啵"的响声。

"嘿嘿！"本林首先笑了。他笑的是老朋友孙玉峰永远有翻不完的新花样。不过他想到这一手从未在他眼前露过，也多少有些遗憾。他想，跟上玉峰做事情还有错吗？增长不完的见识啊！

姑娘蹲在一边，两手捧着脸庞听着。

孙玉峰的头却越垂越低，越垂越低。本林知道那头颅如果再垂下去，拉上一两个小时是没有问题的……正这样想着，这时店里的经理将姑娘喊回去了！孙玉峰的弓子也顿时失了力气。他慢慢站立起来说："经理这个人不好！"

回去的路上，孙玉峰捏弄着刚得到的十元钱，突然生出了新的智慧。他说:"本林!我们原来愚笨哩!我们才能编出多少蒲窝?还不如在村里收购来,收多了,我们再送给店里,一个赚他五毛钱,你算算吧!"

本林傻愣了好长时间。他算彻底佩服孙玉峰了。他不说话,只是看着孙玉峰的脑袋。他不明白老朋友为什么总是有那么多的智慧!他激动地扳住了玉峰的胳膊……

他们很快在孙玉峰的小院门口贴出一张红纸,上书本林那歪歪扭扭的四个大字:收购蒲窝。

果然有好多人送来了蒲窝。芝芝负责记账,大云负责检查质量。如果因为质量问题不收谁的蒲窝,谁就笑着递给一边的孙玉峰和本林一支烟卷,结果也就收下了他的蒲窝……小院里很快积了一大堆蒲窝了。最后,孙玉峰和本林找来一辆地排车拖上,往镇上走去了。

土产店的姑娘迎来了这么多的蒲窝,一时有些慌促。她说:"你们编这么快吗?这……这太多了!"她要去喊经理,孙玉峰拦住她说:"你就自己来看吧!你处理问题的水平,啧啧,很高哩!经理,哼,他能行吗?……"姑娘有些迷惑地瞟了他一眼,开始动手检查产品了。

她看到那么多不合格的蒲窝,终于不敢擅自决定了,跑去喊来了经理。

经理看了看,果断地说:"一下子这么多,质量又不好,不能收,不能收……"

"卢书记……"本林嗫嚅道。

"谁讲也不能收的。以前已经是照顾了……"经理说。

孙玉峰一直盯着经理的脸。他对经理额头上那三道横纹尤其不能容忍。他想这个经理最好按到脏水洼里灌灌才好。他就这样忍着气,听着。听了一会儿,他终于忍耐不住,霹雳一般问了句:

"你对贫农是什么态度?!"

经理看看姑娘,一瞬间愣住了。

本林可是听清了这句话。啊啊,多么有力量!多么解气!它好像一下子唤起了本林压抑了很久的那么一种情绪,一种说不清的情绪!他的脸庞很快涨红起来,无数的恼怒都涌到了喉头上。他喊道:"你对贫农不买账,贫农也对你不买账!你去找那些发黑心财、奔资本主义的人吧!你算什么?你也站在这里跟我们说话了。我问你:什么是照顾?什么不是照顾?你觉得贫农就该受苦、吃糠,就该是让你照顾了?呸!整个江山都是我们的!我们还要你的照顾?!玉峰,走,把车拉回去!"

所有的人都愣住了。吵闹声招来了那么多人,大家都对这个矮矮胖胖的农民感到惊讶!哦哦,多么大的火气啊……大家眼睁睁地看着他和孙玉峰把车掉过头去,雄赳赳地拉出了土产店的大门……

他们将车不歇气拉出了镇子。当他们停下歇息时,孙玉峰一直用眼瞅着热汗涔涔的本林。本林知道这是为他刚才那一番气势雄壮、绝不容对方回驳的宣讲而感到吃惊!是的,连本林自己也不明白为什么就突然爆发了那么大的才智与胆魄,他自己也感到吃惊啊!……

二十

他们自豪地将车子拉回了村里。

可是当他们冷静下来的时候,当那些草窝重新堆放在孙玉峰的小院里时,他们才渐渐觉出了事情的严重……为收购这些蒲窝,他们借了好多钱,如今怎么办呢?两个人一下子陷入了新的、空前的焦虑之中了。最后,经过合计,决定由本林再去找一下卢达……

卢达在见到沮丧的本林之前,已经从镇上的店里知道了一切。但他还是耐心地听完了本林的叙说。本林最后说:"卢书记,你不知道,那个经理骂你有多么狠!"

卢达苦笑着点点头,毫无办法地将他送走了……

这时候正是黄昏天色。卢达将他送出村头,一个人久久地停留在暮色笼罩的原野上……他的步子沉重极了,几乎没有力气走回家去。晚风有些凉了,这提醒他该要进入秋天了。秋天是收获的季节,是播种之后的最末一次总结。多好的原野啊,旷阔、平整,一派葱茏的绿色。他在这片田野上耕耘过,还是正年轻的时候,他就开始为它洒落汗水了。他也开始收获了,他播下去的,他要收获。再苦涩的果子他也要收获,他知道哪个果子是属于他的。

在这几天之前,他似乎还满怀着希望。他希望离开这片原野的时候,看到一个和别人一样健康劳动着的本林。他努力去做了,为了本林,也为了自己。如果没有记错的话,他大约从未请求本林一家原谅过自己。他只是默默地去做,并未停留在一点自责和追悔上。他今夜感到十分痛楚的,是他终于明白了:他已经不能够帮助本林了！他明白了，这实在不是一个人的事情，实在不是几个月、几年能够做成的事情——这事情今天来做，也似乎是太晚了，太晚了！

本林会去拼搏、去竞争吗？他会有这种意愿吗？他会有这种力量吗？

卢达闭上了眼睛，痛苦地摇了摇头……

卢达漫无目的地向前走去。他望着那西方的晚霞暗淡下去，暗淡下去，逐渐变为一片橘黄、一片微紫，最后是铅样的沉淀。大地昏暗了，星星开始明晰。风在不知不觉中加大了，像是要安慰一下行人似的，它的手掌那么柔和地抚弄着卢达的头发……他蹲在了一条泛湿的小水道边上，用手折了一朵粉红色的小花。花梗上冒出乳样的汤汁，有一股辛辣的气味。他记起这是一种叫"苦柳子棵"的多年生草本植物，叶子用来烧水喝，可以提神明目清肝热——这正是李本林告诉他的。他还有一点儿中草药知识，全是办合作医疗时跟本林接触的结果……卢达在水道四周收集着这些粉红色的小花，最后竟凑成了一束漂亮的花球。他很自然地又想到了围绕办合作医疗那场风波，想到了他跟河边上这个最贫穷人家的多年交往……卢达蹲在水道边上，闻着这束小花的淡淡清香，头颅越来越低了。

卢达像好多人一样，出生在这片土地上，他对这片土地的忠诚是不掺假的。但当他把整个活的心灵交出去之后，芦青河最初孕育出的那个生命就开始蜕变了，死亡了！

卢达想到这儿，身子不由得震颤起来。他把心灵交到哪里了呢?交给了那个浑浑浊浊的年代了吗?……他真的变成了另一个人,这个人无知而残忍,曾经参与毁坏好多人的生活,破坏了一个个瑰丽多彩的人生!他永远也忘不了小进疯狂之后,两手伸进泥土里,全身颤抖痉挛!……是的,无可辩驳,他变成了另一个人。

他是在一个春天里痛苦地、缓慢地苏醒的……他又成了芦青河的儿子了。他是决心将自己的心灵融合在这片泥土里了,和这些黑色的、散发着浓香的土末搅拌起来,结成一体,把心灵真正地交还给这片土地!……什么也别想再夺走他的心灵了。他完全知道他在做什么。就为了这一切,他才去找本林,去找芦青河,去找过去的生活,去经受蜕变的痛苦……

卢达在茫茫暮色里站起来,四处张望着。不知什么时候起雾了,一层薄薄的雾。他迈开大步往原野的深处走去。辽阔的河边平原哪,你的儿子生在这里,又回到了这里!他要重新完成他自己。当然,不仅仅是为了忏悔,为了反省,为了那不堪回首的记忆……一个愿望在心底升起,比以往任何时候都强烈:他毕业要回到这里来,回到这里来!而本林,还是要帮助他,帮助他——不能再眼睁睁地看着他贫穷下去了……要紧的是,眼下得先让他有个事情做!

卢达久久地站在暮色里。

二十一

本林去找了卢达,好像也并没有什么结果,那些蒲窝还是照旧堆放在孙玉峰的小院里。孙玉峰对本林说:"罢!还得我们自己串街去卖了,没别的法子,进南山吧!"

他们两个,加上小进,沿着收红麻的路,重新进了南山。

"卖蒲窝哎!卖蒲窝哎——"

他们串街走巷,不停地呼喊,结果还是没有卖掉多少。焦急之中本林说:"玉峰,还是带来你的琴吧,那是好东西呀,收红麻时还不是亏了它!"

孙玉峰采纳了本林的意见,以后每次进山都背了那琴。奇怪的是,有琴相伴,三个人真的都乐观一些。孙玉峰拉起琴来可以忘掉一切,本林也在琴声里歌唱起来。当围看的人多了,本林就唱起了专为推销蒲窝而编成的歌词:

(白)卖蒲窝——
蒲窝可是好东西,
冬天用它防寒气。
又耐踩巴又耐磨,
俺本林编的是上等货!
……
胶靴好看不好穿,
生了脚气多犯难。
哪如套个蒲草窝,
轻轻快快干工作!
……

围看的人照例是笑,照例是鼓掌,可就是不愿买蒲窝。本林完全为了推销方便起见,几天来都是忍着热气穿着厚厚的蒲窝,在观众围成的平场上走着唱着。蒲窝在热天里穿出来,与单薄的夏衫相配,显得可笑极了。而本林走路极其轻快,两膝高抬,不断把软软大大的两团蒲窝提离地面,别有一种趣味……有一次人们笑得厉害,本林低头一看,才发现蒲窝不知什么时候裂开了一个大口子……

做买卖的艰难,这一次他们是体味得特别深刻了。每天,他们都是拖着疲惫的身子,走在崎岖的山路上。山民们的房子大多建在高高低低的石场上,他们要攀上去,敲响那黑漆漆的门。孙玉峰每逢在路边树荫下躺了歇息,就再也不愿起来。本林有时甚至要用哀求的语气劝他起来。本林在任何时候也忘不了夸赞孙玉峰。当他一觉醒来后,本林说:"玉峰啊,你不知道你打鼾有多么响。都是有大勇气的人才打这么响的鼾哩!嘿嘿,你睡得真快呀……咱们再往前走好吗?"

有一天早上,本林在家里等孙玉峰上山,却怎么也等不来了。他们已经歇息了好多天,原来讲好这一天上山的。本林有些焦急,于是跑去敲孙玉峰的院门了。

院门虚掩着,孙玉峰请他进去。

本林刚跨进门来,就深深地吃了一惊!这个小院变了!原来堆放在显著位置的那堆蒲窝已被胡乱推到了一个角落,取而代之的是四个带有小孔的木箱,正有小蜂子从小孔里"嘤嘤"地飞出来,飞遍了整个小院——原来孙玉峰养起了蜂子!

本林笑了！他好奇地蹲下看着，咕哝说："你养了这东西呀！"

孙玉峰笑眯眯地看着他说："'孙玉峰'不养蜂吗？"

"好东西！好东西！"本林连连夸赞，当他一转身看到那堆蒲窝时，立即皱起眉头说，"这个买卖怎么办？"

"怎么办都行。你和小进去做这买卖吧，我从今天退出来了！"孙玉峰说。

本林的脸色有些变。

孙玉峰继续说："朋友归朋友，买卖归买卖，我是再也不跟你合伙了。你这个人身上有晦气，我戴了这么好看的帽子都没有冲掉……"

本林这才注意到他又戴上那顶鲜艳的太阳帽了……他死死地盯住孙玉峰，颤着嗓子说："玉峰，莫是开玩笑吧？你真不要我了？"

"我可没有心思开玩笑。真的。"

本林像被什么击中了似的，一下子软在了蜂箱上。蜂子围着他旋转起来，他的眼里滚落出两颗大大的泪珠……

……

本林扯着小进，去卖那些蒲窝了。

他们攀在小路上，一齐张开喉咙呼喊，一粗一细的嗓音，一高一低的嗓音，像二重唱……这好像是个没有生意的季节，他们一连几天，才卖掉两双蒲窝！他们流了无数的汗水，他们讨了那么多茶喝。

有一天小进去敲一个院门讨茶，出来了一个大约三十岁的抱孩子的妇女。小进的眼睛很快凝住了，嘴巴抖着，手里捧的水碗也跌在地上。瓷碗碎成几片,小进看也不看,他只是盯着那个妇女——她就是十几年前,小进被捉时,伏在窗外哭了一夜的那个姑娘!此刻她也认出了小进,惊讶地叫起来,紧紧地抱着孩子往后退开一步……

本林全都看在眼里。他扯住小进就走。小进挣扎着、喊叫着,最后还是无声地跟上姐夫走了……

他们迅速地离开了这个村子。可当他们拐过一个山坳时,回头看那村子,那村子羞羞怯怯地笼在一片薄雾里,又像在他们的脚下了!……本林扯一下小进,再往前走去。走了没有几步,突然小进抛了草窝,撕心裂肺地喊了一声,往身后的那片山野里跑去了……

本林拼命地追赶过去。

他紧盯着前面那个奔跑的影子,放开喉咙呼叫着他:"小进!小进——"

没有回应。小进变疯了,他又变疯了——本林明白过来,身上强烈地战栗了一下!他觉得两腿突然变软了,身子就要坍倒下来。他用力扳住了一块青石,大口地喘息起来……他已经在这山路上走得太久了,他已经奔波得太疲惫了。他完全应该再回到那闪着蓝光的、像湖水般轻轻荡漾着的芦青河湾,洗去这泥尘、这汗渍、这无穷尽的懊恼和焦灼!他几次下了这样的决心:他再也不离开这片河水了,他要依偎在它温柔的抚摸中。可是这终于不能。他要忙生活,有时要攀很高很高的山,要在山上呼喊,要卖这该死的、一点儿也不漂亮的蒲窝!……

不知在这青石上靠了多久,本林才能勉强站立起来。他搓揉着眼睛去寻那个在山野上跳动奔跑的身影了——左右前方、崖上崖下,全是漫起来的雾,没有那个小进了,没有任何的影踪了……

"小进——"

本林呼喊着,跟跟跄跄地往前奔去了……

二十二

卢达即将离开芦青河边了。假期将满,他很快就要回到省城了。在剩下的不多的时间里,他不停地奔波,要尽量为本林做些事情。他想得很多、很细,想本林做点什么才好、才得当。有些工作也许本林很愿意去做,只可惜他实在没有能力帮他的忙。

卢达骑着自行车,在公路上急急来去的时候,常常要看到那些拉沙耙子的老年人。有一次他突然记起本林曾用羡慕的口气谈过拉沙耙子这个行当,心头不禁一动。这个工作倒不难做,拖耙子的人大都是从公路沿线一些村庄里雇来的年老体弱的人。拖一天耙子可得两元左右,虽辛苦一些,但收入尚可保障。对于本林来说,更重要的是这个工作无人来竞争!……卢达当即决定让本林做上这件事情!

正好他有个高中时候的同学在公路交通部门工作,卢达托他说合了一下,事情很快成了!卢达心里有些高兴,没有回家,就直接往河边村子奔来了,来告诉本林……

他来到村子时已近正午了。每个小屋的烟囱都冒起了炊烟。饭香弥漫在空气中,这使他觉得有些饥饿。本林的小草屋静静的,看到它,卢达的心中这时候不禁蓦然一动……他激动地向前走去,走近了,才看到那两扇破损的板门是锁起来的。能到哪里去呢?卢达想了想,很自然地想到了那个古怪的小院,于是又奔去找孙玉峰了。

孙玉峰歪戴着鲜艳的太阳帽,阴阳怪气地迎接了他。他告诉卢达他已经不和本林合伙做买卖了,但朋友依然是朋友,虽然本林现在不怎么来了……卢达见本林不在,就要离去,可孙玉峰非让他小坐一会儿不可。他坐下来,看着一院子飞动的小蜜蜂。孙玉峰说:"过去的全错了!"

卢达不解地看了看他。

"过去的全错了!"孙玉峰重复一遍刚才的话,有些得意地站在一边微笑着。

卢达琢磨着他的话,不知他指什么。这真有点像"谶语"。他不得不追问一句:"你指什么?"

孙玉峰摇摇头:"我在农场宣传队,又要做活又要拉琴,累死人不说,还要受王八场长的气!回来开工厂、卖蒲窝,也不是保险事情,说不定什么时候就吃了大亏。这不是全错了吗?"

卢达松了一口气。

孙玉峰眉飞色舞地讲他的蜜蜂了:"这才是好东西哩!不用管不用问,你就是躺在床上养神,它们也忙着往家搬蜜!我另外还占个大便宜:科学讲法,蜜蜂听了音乐多产蜜——我拉的坠琴不是音乐吗?"孙玉峰说到这儿"哈哈"大笑了,将一只手搭在卢达的肩膀上说:

"卢书记啊,最合算的事,就是你躺在床上,已经有些什么忙着为你往家搬东西了!……"

卢达看着他,真不明白这个在关键时候抛弃了朋友的人,有什么值得本林始终如一崇拜的地方!他为本林感到一阵阵的悲哀……想到这儿,他再也坐不住了,站起来就要告辞。孙玉峰却用一支毛笔样的东西蘸了点什么,跑上几步说:

"蜂王浆!蜂王浆!……延年益寿的好东西啊!"

卢达要躲闪,可是孙玉峰快要抹进他的嘴里去了,于是他只好用舌尖沾了沾……他走出了这个小院。

在街上,他不停地打听着本林。

有人告诉:本林和小进一块儿在南山卖蒲窝,小进在山里遇到了什么刺激,又犯老毛病了。本林和大云已经分头出去找了好几天了……

卢达觉得头颅"嗡"地响了一声!他急切切地问:"怎么了?怎么了?"

人家又给他重叙一遍。

小进,你这个迷途的羔羊!……卢达往村口上跑去了。他一直往前跑去……当跑到路口上那棵老槐树下时,他才慢慢止住了步子。他知道这样是找不到本林的。他坐在了老槐树下,他要等本林……

他仰脸看着这棵老槐树。他现在仍觉得它像个老人一样,在俯视下面这个村落的生活。什么它都清楚。它晓得人间的一切悲哀与不幸、一切的伤感与酸楚!可是它不言不语,不随便指责哪一个人。它宽厚而深沉,只用一双眼睛看着你,默默地等待着你的醒悟、你的追悔、你的无情的自剖……

天要晚了,晚霞出现了。

晚霞如血。

南风来了,南风变大了。

南风起自南山。

卢达静静地坐在树下,如一尊雕塑。他望着这条被晚霞映红的路,目光像凝住一般……身后,隐隐约约传来了琴声,越来越大,越来越大,卢达禁不住转过脸去倾听着。他知道这是孙玉峰又在拉琴了……哦哦,这琴声那般凄凉、那般哀恸——孙玉峰大概此刻也知道了小进的事情了吧?

当卢达慢慢回过头来时,他再看那条暗红色的路,不由得怔住了——有一个人,正是本林!他独自一人跟跟跄跄地走过来了!

"本林!——"卢达站起来喊道。

他并未听见。他听见的是琴声。他痴痴地站在那儿,倾听着。

南风吹乱了他的头发。他听着,突然"啪啦啦"地扯开了衣怀,大声地唱起来,和着琴声,拖拖拉拉地往前走去……他一边唱一边呼喊自己的名字:"本林哪!"

(白)本林哪!
我听见狗咬,
抬腿就跑,
跑到了铺跟前铺就放倒!

……

三天过去了。

卢达终于要回省城学校了。

他想再看一次本林,和他话别。走到离村子不远的地方,迎面涌起一团烟尘。这烟尘滚动着,越来越近,渐渐看出是一个人在拖沙耙子。卢达刚要走过,烟尘中有人响亮地喊了一声:

"卢书记!"

原来拉耙子的正是本林!卢达刚伸出手来,就被对方紧紧地握住了……卢达问起小进的事,本林立刻低下头来。他说:"还没有找到……这已经不是第一次了。不过你给他登了报,又让公安局帮忙,我寻思总会找到。太让你费心了……"

卢达握着他的手,没有说话。他注意到对面这张脸:那么多细碎的皱纹!原来总不曾想到他这样老,大概是因为他有那样活泼的一个性格吧。卢达强忍住了什么,只用鼓励的语气说:"会找到的,会找到的……"

本林的全身都沾满了白色的粉尘。他回头看着身后的沙耙子说:"真好工作。拖着它走走路,一天就给两块钱!真好工作。我,还有大云,都不会忘你这块恩情的……"

恩情论"块",愈显出了分量!卢达的眼睛有些湿润了。

"我这个人说话,嘴巴不挂锁,有伤了你的地方,你大肚吧!"本林认真地、带有一点歉意地说。

卢达的嗓子有些不好受,他什么也没有再说……

他们在公路上站了好长时间,才分手。本林弓腰拉上沙耙子,一直往前走去了,渐渐,烟尘重新掩去了他的身影……

卢达直眼看着那团烟尘。他在心里说:"我要尽快回到这里来,尽快!"

一切都晚了,又似乎还不晚。卢达比以往任何时候都有信心。信心才是最重要的啊。

1984 年 5—7 月于济南

附:中篇小说总目

1983 年

　　护秋之夜

　　秋天的思索

1984 年

　　你好！本林同志

1985 年

　　秋天的愤怒

　　童眸

　　黄沙

1986 年

　　葡萄园

1987 年
  海边的风

1988 年
  蘑菇七种
  远行之嘱
  请挽救艺术家

1990 年
  金米

1996 年
  瀛洲思絮录